Xavier Bosch

Der Mann meines Lebens

PIPER

Zu diesem Buch

Kim und Laura kommen aus unterschiedlichen Welten, als sie sich an der Universität kennenlernen und voneinander fasziniert sind. Sie verstehen sich gut, wollen allerdings »nur beste Freunde« sein – was sie verbindet, möchten sie nicht aufs Spiel setzen. Dreißig Jahre lang bleiben sie auf diese Weise verbunden, obwohl ihre Wege schließlich auseinanderdriften. Doch immer, wenn sie sich begegnen, ist da dieses Gefühl, dass es vielleicht doch Liebe sein könnte. Bei einer Geburtstagsfeier sehen sie sich im *Grand Hotel Rafaeli* in Barcelona wieder. Und in dieser Nacht geschieht etwas Unerwartetes ...

Xavier Bosch wurde 1967 in Barcelona geboren und zählt zu den bekanntesten zeitgenössischen katalanischen Autoren. Er ist Journalist und Fernsehmoderator und war Programmdirektor bei RAC1 und TV3. Sein Roman »Jemand wie du« wurde mit dem Literaturpreis Premi Ramon Llull ausgezeichnet und war ein Bestseller, der in sieben Sprachen übersetzt wurde und 2018 in Deutschland erschien.

Xavier Bosch

Der Mann meines Lebens

Roman

Aus dem Katalanischen von
Petra Zickmann

PIPER

Mehr über unsere Autorinnen, Autoren und Bücher:
www.piper.de
www.thiele-verlag.com

Wenn Ihnen dieser Roman gefallen hat, schreiben Sie uns unter Nennung des Titels »Der Mann meines Lebens« an *empfehlungen@piper.de*, und wir empfehlen Ihnen gerne vergleichbare Bücher.

Unser Versprechen für mehr Nachhaltigkeit
• Klimaneutrales Produkt
• FSC®-zertifiziertes Papier
• Hergestellt in Europa

MIX
Papier | Fördert gute Waldnutzung
FSC® C083411
www.fsc.org

Ungekürzte Taschenbuchausgabe
ISBN 978-3-492-31905-8
Oktober 2022

Titel der katalanischen Originalausgabe: »Nosaltres dos«,
Columna Edicions, Llibres i Communicació, S.A.U., Barcelona 2017

Umschlaggestaltung: Christina Krutz, Biebesheim am Rhein
Umschlagabbildung: Gerard DuBois / Marlena Agency
Satz: Christine Paxmann text • konzept • graphik, München
Gesetzt aus der Bembo
Druck und Bindung: CPI books GmbH, Leck
Printed in the EU

Für Francesc Garriga Barata

Man kann nicht zweimal
in denselben Fluss steigen.

HERAKLIT VON EPHESOS

Das unsichtbare Band

Ich weiß nicht recht, wo ich anfangen soll. Ich weiß nicht, ob ich euch alle umarmt und gebührend empfangen habe. Ich fürchte, nein ... Dort drüben bin ich, wie ich gerade sehe, noch ein paar Begrüßungsküsse schuldig. Ihr wisst ja, dass ich nicht besonders gut darin bin, meine Gefühle zu zeigen oder gar öffentlich zum Ausdruck zu bringen, aber ich habe den Eindruck, hier und heute wird mir nichts anderes übrig bleiben, als Farbe zu bekennen und ein paar Worte zu sagen. Jedenfalls hoffe ich, man merkt mir an, dass ich mich sehr, sehr freue, auch wenn ich zugegebenermaßen ein bisschen überrumpelt bin. Spreche ich laut genug?

Zunächst also herzlich willkommen, fühlt euch wie zu Hause, danke, dass ihr gekommen seid, und danke, Míriam, dass du dich einmal mehr über eine unserer Vereinbarungen hinweggesetzt hast. Denn Überraschungspartys hatte ich mir eigentlich strikt verbeten und ihr immer gesagt, wehe ihr, wenn sie es je wagen sollte, so etwas einmal für mich zu veranstalten. Zum einen, weil ich, sicher von Berufs wegen, ihr kennt mich ja, gern alles unter Kontrolle habe. Und zum anderen, weil mir der Gedanke daran, dass etwas hinter meinem Rücken passiert, unerträglich ist. Schließlich musste mir ja eine Menge Leute, die ich schätze und liebe – nämlich ihr –, bei all unseren Treffen und Telefonaten in den letzten Wochen verschweigen, dass wir uns heute im Rafaeli sehen würden. Alle habt ihr dicht gehalten, niemand hat sich verplappert, darum lasst mich euch aus tiefstem Herzen sagen: Ihr seid ein Haufen Schlawiner. Aus ebendiesem Grund wollte ich nie solche Überraschungspartys, denn jetzt komme ich mir vor wie ein Idiot. Und da du, Míriam, mich ja jetzt nicht mehr rund um die Uhr ertragen musst, hast du dir wahrscheinlich gedacht, es sei eine hübsche Rache, mir in meinem Haus, in meinem Hotel, eine Riesenüberraschungsparty zu organisieren und *tutti quanti* zusammenzutrommeln, Leute, die ich nicht mehr gesehen habe, seit … uff. Du und Elsa, von der bestimmt die Idee zu der ganzen Sache stammt, habt schwer was gut bei mir, damit ihr's nur wisst.

Um euch alle zu mobilisieren, haben sich diese beiden Intriganten dort neben der Lautsprecherbox vermutlich mächtig ins Zeug gelegt: Meine Tochter Jana – das ist die, die mit dem Handy gerade alles aufnimmt – und Víctor, der – auch wenn ihn manche von euch mit seiner langen Mähne nicht unbedingt wiedererkennen werden – immer noch mein Sohn ist. Ich liebe euch zwei mehr als alles auf der Welt, das wisst ihr, aber das hier werde ich euch nie vergessen.

Was soll ich sagen – ihr alle wisst, wie ungern ich Reden halte, vor allem aus dem Stegreif. Eines Morgens habe ich mal im Radio gehört, wie sie einem Fernsehproduzenten zum Geburtstag gratuliert haben, es war wohl auch der Fünfzigste, denn er sagte, wenn du mit fünfzig morgens aufwachst, und dir tut nichts weh, dann bist du tot. Gute Nachrichten, also. Ich bin offenbar noch am Leben. Wo es bei mir zwickt? In den Knien. Das Tennisspielen fordert seinen Tribut, und mittwochs, dem Tag nach meiner Dienstagspartie, die mir heilig ist, bewege ich mich nur im Aufzug, weil ich keine zwei Treppenstufen mehr gehen kann. Und das, obwohl wir nur im Doppel spielen, und meine drei Mitspieler, die ebenfalls heute hier sind, noch ein paar Jährchen mehr auf dem Buckel haben. Was mir sonst noch wehtut? Ach … was soll's, wir wollen hier keine Listen abhaken, aber die Augen machen uns irgendwann ja allen zu schaffen, und seit ein paar Jahren kann ich beim Check-in die Passnummern nicht mehr entziffern.

Diejenigen, die schon länger nicht mehr bei uns gewesen sind, werden feststellen, dass wir das Hotel renoviert haben. Beispielsweise gibt es jetzt keine Schlüssel, ja nicht einmal mehr Karten zum Öffnen der Zimmertüren, man braucht bloß noch das Handy mit dem Code davorzuhalten. Ins Wachstum investieren, wie mein Vater stets sagt, der immer noch derjenige ist, der uns in diesem Business zeigt, wo es langgeht. Je stärker der Wind, desto größer das Segel, nicht wahr, Papa, das ist einer deiner Wahlsprüche. Und schaut ihn euch an, ist er nicht der eleganteste Mann der Stadt? Mit ihm und Elsa waren wir übereingekommen, dass es an der Zeit sei, dem Rafaeli ein neues Gesicht zu geben, ihm innen und außen ein bisschen … New Yorker Flair zu verleihen, und ich hoffe, es gefällt euch.

Ich glaube, Großvater, der vor über siebzig Jahren den Grundstein für das alles legte, hätte die Entscheidung gutgeheißen. Es war mutig, damals, kurz nach dem Krieg, ein Hotel am Passeig de Gràcia zu bauen, als der noch eine einfache Straße war, lange vor seiner Verwandlung in unsere Fifth Avenue, die Champs-Élysées von Barcelona. Wir können uns nicht beklagen. Uns, die wir in diesem Gebäude geboren wurden – mich hat man aus der Klinik del Pilar im Carrer Balmes direkt hierher gebracht – und unser halbes Leben im sechsten Stock des Rafaeli gewohnt haben, erfüllt es mit Stolz zu sehen, was im Lauf der Zeit aus dem Hotel geworden ist. Der Namenswechsel, die Sterne, die Auszeichnungen in den Reiseführern, die Anerkennung und insbesondere die russischen Gäste, die dafür sorgen, dass wir ständig ein Jahr im Vorhinein ausgebucht sind. Ohne die Perestroika weiß ich nicht, was wir getan hätten und wo wir jetzt, im Jahr 2016, wären.

In diesem Moment der Freude kann ich jedoch nicht umhin, auch an Àlex und Roger zu erinnern, die wir vermissen, die uns fehlen und deren tragisches Ende wir nach all den Jahren noch immer betrauern. Wenn ich oben im Büro bin, wo sie sich gegenübersaßen wie mittlerweile Elsa und ich, vergeht kein Tag, ohne dass ich an diese beiden denke. Das Hotel hätten sie sicher besser geführt als wir, denn sie kannten sich wirklich aus und waren wie geschaffen für diesen aufreibenden Beruf, der mehr Herzblut und Fachwissen erfordert, als man gemeinhin annimmt. Ich denke, ich spreche auch in Elsas Namen, wenn ich sage, dass wir uns nur bemühen können, unseren Brüdern halbwegs das Wasser zu reichen. Zurzeit verfügen wir über siebenundneunzig Zimmer, fünfzehn Suiten und drei Apartments mit eigenem Pool. Unten gibt es jetzt einen Wellnessbereich mit einem Hallenbad, das dem von Mies van der Rohe im The Langham in Chicago nachempfunden ist. Dennoch haben wir niemals die Tradition und unsere Herkunft außer Acht gelassen, und unsere Bibliothek ist nach wie vor ein von allen im Haus sehr geschätzter Rückzugsort. Trotz der Krise war die Auslastung unseres Hotels in den vergangenen zwei Jahren die beste seiner Geschichte, und damit gehören wir zu den …

Sei's drum, ich höre jetzt besser auf, vom Hotel zu reden, Míriam sieht mich schon an, als wollte sie sagen, das ist heute nicht das Thema. Und sie hat vermutlich recht damit, wie immer. Also will ich jetzt nicht länger damit langweilen, sondern möchte euch einfach einen ganz tollen Abend wünschen. Auch wenn ich das Fest nicht selbst organisiert habe, gehe ich doch davon aus, dass es für alle genug zu essen und zu trinken gibt. Die Schallisolierung dieses Saales sollte perfekt sein, und falls nicht, werden wir das ja heute Abend sehen, dann beschweren wir uns morgen beim Architekten und sparen die Kosten für die Handwerker. Also, euch allen noch einmal ganz herzlichen Dank fürs Kommen, vor allem denen, die von weit her anreisen mussten und die, wie ich hoffe, untergebracht sind, wie es sich gehört. Und ein noch größeres Dankeschön geht an eine Person, die ich gerade hereinkommen sehe und die meine Rede wohl glücklicherweise verpasst hat, über deren Erscheinen ich mich aber unglaublich freue, weil sie für mich wie keine andere etwas verkörpert, das ich jedem Menschen wünsche, etwas, das dem Leben Sinn verleiht: Freundschaft. Denn so sollte Freundschaft sein: ein unsichtbares Band mit jemandem, den du fünfzehn Jahre lang nicht gesehen hast und bei dem du doch sofort das Gefühl hast, es sei erst gestern gewesen. Trinkt, esst, lacht, tanzt, zieht her, über wen ihr wollt, und lasst mich jetzt hier runter, damit ich sie so fest umarmen und küssen kann, dass ihr die Luft wegbleibt.

1983

DIE GLÜCKLICHEN ZWANZIGER

1

Drei Synonyme pro Sekunde

Aus heiterem Himmel. So unvermittelt, wie es ihre Art war, forderte sie ihn auf:

»Zeichne mir ein Schwein.«

»Wie bitte?«

»Hierhin. Ein Schwein. Irgendeins.«

»War das nicht ›Zeichne mir ein Schaf‹?«

»Mist …« Auf das Blatt, das sie vor Kim hingelegt hatte, war Bier getropft.

»Gib mal eine Serviette rüber«, befahl Laura.

Kim, den Kugelschreiber in der einen Hand, die Fortuna zwischen den Lippen, reichte ihr den Serviettenspender.

»Noch eine.« Sie zupfte zwei Papierservietten heraus, wischte den Tisch damit ab, knüllte sie zusammen und ließ sie ungeniert auf die grauen Bodenfliesen fallen. Wenn es in der Cafeteria des Fachbereichs etwas im Überfluss gab, dann waren es Papierservietten auf dem Boden. Und Kippen. Und Zigarettenrauch in der Luft. Und laute Gespräche. Ein Ort ausgelassener Fröhlichkeit. Laura riss eine weitere Seite aus dem Heft mit den Deutschnotizen und legte sie Kim vor die Nase.

»Zeichne mir ein Schwein, na los!« sagte sie mit dem schelmischen Augenaufschlag ihrer achtzehn Jahre.

»Aber was soll denn das?«

»Stell dich nicht so an, tu's einfach.« Sie sprach in ihrem Trainerinnenton, packte ihn an den Schultern und schüttelte ihn. »Es ist nur ein Spiel, weiter nichts.«

Seufzend begann Kim zu zeichnen, der Bleistift glitt träge über das Papier. Er konnte gut mit dem Bleistift umgehen, aber er hatte keine Lust, ein Schwein zu zeichnen. Das hatte er seit seiner Kindheit nicht mehr getan. Hätte sie ihn um ein Auto oder ein Schiff gebeten, kein Problem. Aber ein Schwein? Mit ein paar Strichen kritzelte er etwas Ferkelähnliches mit einem lächerlichen Ringelschwanz. Am Nachbartisch saßen ein paar Studenten der Abschlussklasse, die offenbar etwas zu feiern hatten. Auch wenn sie, in Anbetracht der vielen Bierdosen, die sich vor ihnen stapelten, den Anlass womöglich längst vergessen hatten. In den Cafeterien der Universitäten gab es immer etwas, worauf man anstoßen konnte. Und wenn es das Leben war, das sich vor einem auftat. Oder die Zukunft, die einen erwartete, noch voller bunter Verheißungen.

»Und jetzt?« Kim schob ihr das Schweinchen hin und sah, wie sie lachte. »He! Wenn du mich auslachst, spiele ich nicht mehr mit.«

Laura nahm die Skizze und begutachtete sie mit der Gründlichkeit eines Arztes, der ein Laborergebnis prüft. Etwas verunsichert sah Kim Ráfales der Diagnose entgegen.

»Du bist eher der realistische Typ. Du hast das Schwein in die Mitte gezeichnet. Weder zu weit oben noch zu weit unten. Zentriert.«

»Aha. Und weiter?« Sofort fand er das Spiel spannend. Ein kleines Lob, und schon wollen wir mehr.

»Dein Schwein schaut nach rechts.«

»Und?«

»Das bedeutet, dass du ein aktiver Mensch bist, innovativ, stimmt das?«

»Nun ja …«

»Und dass du nicht viel Familiensinn hast und wichtige Jahrestage für dich keine große Bedeutung haben.«

»Was sind denn wichtige Jahrestage?«, fragte er und fühlte sich ertappt.

Laura steckte sich den Bleistift in ihren Haarknoten und ging nicht darauf ein.

»Das Schwein ist im Profil gezeichnet. Wenn es uns anschaut, heißt das, du bist, wie soll ich sagen … Du diskutierst gern. Gibst gern ein bisschen den Advocatus Diaboli.«

»Ich? Weder das eine noch das andere.«

»Du diskutierst und streitest nicht gern? Aber sicher doch!«

»Nein, verdammt, was soll der Quatsch? Ich diskutiere nicht.«

»Ach nein?«

Sie hoben beide den Blick, sahen sich an und fingen an zu lachen. Laura hatte das Gefühl, dass Kims Blick an dem kleinen Leberfleck über ihrer Oberlippe hängenblieb, den sie von ihrer Mutter geerbt hatte.

»Wenigstens hat dein Schwein vier Beine. Sehr gut.«

»Ja, natürlich. Wer zeichnet denn dreibeinige Schweine?«

»Das sagt aus, dass du beharrlich bist und an deinen Idealen festhältst.«

»Ich?« Er staunte, was die paar Kritzeleien angeblich über ihn verraten sollten.

»Der Schwanz, jetzt pass auf«, sie trank einen Schluck Bier und begann wieder zu lachen. »Der ist ein Hinweis auf die Qualität deiner Sexualbeziehungen.«

»Sonst noch was? Ach, hör auf …«

»Je länger, desto besser.«

»Das gilt nicht. Ich habe den Schwanz geringelt, weil Schweine nun mal solche Schwänze haben, jetzt komm mir nicht mit so was ...« Allmählich hatte er genug von ihrer Küchenpsychologie. »Wenn du den geradeziehst, ist er doch ganz ordentlich.«

Laura enthielt sich jedes Kommentars. Sie ließ lediglich ihren Finger vom Schwanz zu den Ohren wandern.

»Nicht schlecht, Ráfales, die Größe der Ohren lässt immerhin darauf schließen, dass du anderen zuhören kannst. Die Nüchternheit deiner Zeichnung dagegen zeigt, wie methodisch du bist und dass ...« Laura runzelte die Stirn und schien zu überlegen.

»Dass was? Nun sag schon!«

Was, zum Teufel, hatte seine Kommilitonin bei ihrer Analyse entdeckt, dass sie mit einem Mal so lange zögerte?

»Deinem Schwein nach zu urteilen bist du, das muss ich dir leider sagen, emotional unbedarft und risikoscheu.«

Warum sagte sie das? Warum diese Pause? Im Unterricht hatten sie über den Effekt absichtsvollen Schweigens gesprochen. Warum hatte sie überhaupt auf diesem kindischen Spiel bestanden? Worauf lief das Ganze hinaus?, fragte sich Kim Ráfales. Mir zu sagen, dass ich emotional unbedarft bin und mehr riskieren sollte? Und das, nachdem sie sich über meine männliche Ausstattung ausgelassen hat? Was treibt Laura da? Ist es eine Provokation? Will sie, dass ich sie küsse? Ist es vielleicht das, was sie will?

Neulich, kurz vor dem langen Wochenende zu Allerheiligen, während er mit Marc, Xénia und Buixeda auf dem Rasen des Campus von Bellaterra in der Sonne saß und frühstückte, war Laura hinzugekommen. Sie hatte sich neben ihm ausgestreckt und wie beiläufig verkündet: »Letzte Nacht habe ich von dir geträumt.« Einfach so, peng. Vor allen anderen. Ohne rot zu werden. In jugendlichem Unverstand. Eine in der Herbstsonne explodierende Granate. Was ist davon zu halten, wenn eine Kommilitonin im ersten Studienjahr, in dem Stückchen Garten, das zum Fachbereich Übersetzen und Dolmetschen gehört, dich sieht, sich neben dich ins Gras legt und sagt »letzte Nacht habe ich von dir geträumt«? Und jetzt, allein mit dir in der Cafeteria, wirft sie dir an den Kopf, du seist emotional unbedarft und nicht risikofreudig genug. Wer weiß … Letzten Endes war womöglich sie die Unbedarfte, und das mit dem Traum und dem Schwein und dem Riskieren war nur so dahingesagt, um sich eine Weile zu amüsieren und dich dann wieder links liegen zu lassen.

»Gibst du mir mal deine Notizen zu Orovio?« Kim beschloss, das Thema zu wechseln und so zu tun, als wäre er nicht aus der Ruhe zu bringen. »Ich konnte gestern nicht ins Seminar kommen.«

Laura griff nach der Mappe, und bevor sie ihre Notizen zur Computerlinguistik herausholte, hatte sie Ráfales' Schwein schon hineingeschoben. Er bemerkte nicht einmal, dass sie seine Zeichnung vom Tisch genommen hatte, so irritiert war er. *Unbedarft*, hatte sie gesagt, *emotional unbedarft*, was noch schlimmer klang, und dabei hielt er sich keineswegs für einfältig. Rasch suchte er ein Synonym: *arglos*. Noch eins: *naiv*. Noch eins: *schüchtern*. Dieses letzte traf es vielleicht nicht ganz, aber das war ihm egal. Im Unterricht mussten sie das manchmal als Übung machen, drei Synonyme in weniger als einer Sekunde. Und sie anschließend ins Französische, Englische, Italienische oder in die jeweilige Sprache übersetzen, auf die sie spezialisiert waren. Mit *honett* hatte er sich in die Nesseln gesetzt. Er glaubte, alle seine Kommilitonen müssten ihn anstarren, während der Professor an der Tafel wartete, die Sekunden verstrichen, eine nach der anderen, und er nicht in der Lage gewesen war, *ehrbar, anständig, rechtschaffen* zu sagen. Er hatte keine Ahnung, was *honett* bedeutete, meinte vielmehr, das Wort noch nie gehört zu haben, und ärgerte sich, als Laura den Finger hob, um seelenruhig und mit aller Selbstverständlichkeit sämtliche Synonyme in sämtlichen Sprachen herunterzuleiern, die sie beherrschte. Das war der Tag, an dem Joaquim Ráfales Angerri – Kim, wie er sich nannte, wenn er Briefe oder Examensarbeiten unterschrieb, das dritte von vier Geschwistern, der junge Mann, der sich für Übersetzen und Dolmetschen immatrikuliert hatte, weil sein Vater gesagt hatte, er solle wenigstens Sprachen lernen, was im Hotelwesen immer hilfreich sei – merkte, dass die Universität die Präambel des Lebens darstellte, wo jeder auf seinen Vorteil bedacht war, sogar die Freunde. Er entsann sich nicht einmal der Worte, durch die er sich von Laura verraten gefühlt hatte. Es war eine in seiner Erinnerung schlummernde Episode, die ihm jedoch dank des verfluchten Schweins in der Cafeteria des Fachbereichs wieder ins Bewusstsein kam. *Emotional unbedarft* war, wie man es auch drehte und wendete, eine Beleidigung.

Lauras Mutter drängte ihre Tochter, sich den Leberfleck über der Lippe entfernen zu lassen. Sie hatte genau den gleichen an genau der gleichen Stelle, nicht ganz mittig, sondern näher am rechten Mundwinkel. Er war dunkel, wie mit einem dicken Filzstift aufgemalt. Sie sagte ihr, wenn Laura wolle, käme sie aus Banyoles nach Barcelona und würde sie zu einem Schönheitschirurgen begleiten, den man ihr dort empfohlen habe. Und flüsternd, damit der Vater sie von seinem Sessel aus nicht hören konnte, bot sie ihr an, den Arztbesuch zu bezahlen. Und auch den kleinen Eingriff, der, wie man ihr versichert habe, nicht einmal als Operation bezeichnet werden könne.

»Hör auf, Mama, du brauchst dein Trauma mit deinem Leberfleck nicht auf mich zu übertragen. Ich habe mit meinem kein Problem.«

»Aber es sieht hässlich aus.«

»Das ist doch gar nicht wahr.«

»So hübsch, wie du bist, mit deinen blonden Haaren, deinen hohen Wangenknochen und den grünen Augen, sollte dir die Welt zu Füßen liegen, es ist einfach ein Jammer, dass du dasselbe Ding im Gesicht hast wie ich.«

»Ach, Mama. Ich bin deine Tochter. Das ist halt so mit den Genen. Mir macht es nichts aus. Wir haben eben Kurven und ein Muttermal, was ist schon dabei?«

»Aber …«

»Wenn es mich irgendwann mal stören sollte, überschminke ich es einfach wie du.«

»Du riechst nach Rauch.« Unwillkürlich schnupperte die Mutter an Lauras Sachen, wie jede Woche.

»Es ist schließlich nicht bösartig, oder?«

»Das müsste ein Hautarzt feststellen.«

»Ich mag es aber, ich sehe dir gern ähnlich, Mama. Das ist unser Schönheitsfleck.«

Seit jenem Septemberabend wurde der Leberfleck im Haus der Altimiras nie mehr anders genannt.

Donnerstags gingen sie aus. Dann zog Laura mit ihren Freundinnen um die Häuser und kehrte erst gegen Morgen in ihr winziges Studentenapartment im Carrer Montseny zurück, schlief ein paar Stunden, kochte sich einen Kaffee und stieg an der Haltestelle Gràcia in den überfüllten Zug nach Bellaterra zur Universität La Autónoma. Nach drei Stunden

Vorlesung und dem einen oder anderen schlecht verhohlenen Nickerchen war die Woche vorbei. Lauras Sachen rochen nach Zigarettenrauch – na und? –, wie beinahe jeden Freitag. Da aß sie rasch etwas auf die Hand, packte ihre Tasche und nahm den Linienbus, um übers Wochenende zu ihren Eltern zu fahren.

»Ich habe gestern einen draufgemacht, ja, was dagegen?« Sie zog das T-Shirt über den Kopf und warf es zusammen mit der Unterwäsche, den Hemden und Strümpfen, die sie aus ihrer Reisetasche holte, in den Wäschekorb. »Ich stecke es schon selbst in die Waschmaschine. Du musst dich um nichts kümmern.«

Nie wieder wollte Laura sich die Vorhaltungen ihres Vaters anhören müssen. Es war an einem der ersten Freitage an der Uni gewesen, sie hatte sich darauf gefreut, ihren Eltern einen Kuss zu geben und ihnen zu erzählen, wie frei sie sich in Barcelona fühlte und wie gut der Professor für englische Literatur war, als ihr Vater – Buchhalter in einem Möbelgeschäft – beim Abendessen in Rage geraten war und sie angefahren hatte, wenn sie meine, ihre Mutter sei ihr Dienstmädchen, dann brauche sie gar nicht wiederzukommen. Was sie sich eigentlich einbilde, wetterte er, mit der Schmutzwäsche der ganzen Woche, einschließlich ihrer Sportsachen, nach Banyoles zu kommen und montags morgens alles sauber und gebügelt wieder mitzunehmen. Und obendrein noch Canelones, Bohnengemüse und Schweinesteaks, fix und fertig mit Käse und Schinken gefüllt und paniert, damit sie sie nur noch in die Pfanne legen müsse, und Tupperdosen mit Samfaina, ihrem Leibgericht. Die Mutter hatte mit gesenktem Blick den Hund gekrault, als ginge sie der Streit nichts an, und lieber den Mund gehalten. Sie hätte auch keine guten Karten gehabt, denn ein Wort gab das nächste, und sie wusste, sobald sie für eine Seite Partei ergriffen hätte, wäre die andere auf sie losgegangen. Somit hatte Clàudia es vorgezogen, sich nicht einzumischen, und Laura und ihren Vater so aneinandergeraten lassen, dass die beiden sich bis zum folgenden Tag anschwiegen. An jenem Freitag waren sie alle schlafen gegangen wie Dickens – mit hängenden Ohren.

2

Die kurzen Schritte der Vorfreude

»Mach das Radio aus, Àlex, Papa kann es nicht leiden, wenn wir bei der Arbeit Musik hören …«

»Aber der ist doch heute gar nicht da. Dienstags hat er Innungsversammlung.«

»Er ist im Fahrstuhl.« Roger zeigte auf den Bildschirm, auf dem sie die neun über das Hotel verteilten Kameras im Auge hatten.

Roger, der gerade zweiundzwanzig geworden war, verbrachte seine Nachmittage damit, live zu verfolgen, was in jedem Winkel des Rafaeli geschah. Der Vater hatte ihm nicht nur die Verantwortung für die Sicherheit des gesamten Gebäudes übertragen, sondern auch die Einstellung des Wachpersonals an der Rezeption – drei Schichten zu je acht Stunden – und die Auswahl der besten Videoüberwachungsanlage, damit man vom Direktionsbüro in der fünften Etage aus alles unter Kontrolle haben konnte. Wenn es um die Sicherheit des Hotels ging, wurde nicht gegeizt. Jetzt, da Barcelona dank der Fußball-Weltmeisterschaft in aller Munde war und Italien, Argentinien und Brasilien in Sarrià spielen würden, durfte sich das Rafaeli keine negativen Schlagzeilen erlauben. In *El Periódico* hatte gestanden, im vergangenen Monat seien in dem zentral gelegenen Hotel drei Touristen die Brieftaschen abhandengekommen, während sie an der Rezeption die Pässe vorgewiesen und das obligatorische Anmeldeformular ausgefüllt hätten. Àlex, dem seine Krawatte im Allgemeinen und der Artikel im Speziellen Beklemmungen verursachten, war auf alles gefasst gewesen, als er seinem Vater die Zeitung brachte.

»Besser ein Taschendieb, der es auf zerstreute Touristen abgesehen hat, als ein Einbrecher in den Zimmern. Das hat es bei uns, toi, toi, toi, noch nie gegeben.« Der Vater knallte die Zeitung auf den Tisch. »Und wenn tatsächlich einmal etwas weggekommen ist, haben wir uns diejenige vorgeknöpft, die die Betten gemacht hat, und alles ist im Handumdrehen wieder aufgetaucht.«

Roger, der Zweite der Ráfales-Brüder, hatte sich die Angelegenheit sehr zu Herzen genommen. Solange er für die Sicherheit zuständig wäre, würde das Rafaeli nie wieder in der Zeitung stehen, zumindest nicht wegen einer schlechten Nachricht. Er sorgte persönlich für die Installation einer Kamera über der Drehtür, dem Haupteingang am Paseo de Gràcia. Eine zweite kam über die Art-déco-Theke der Rezeption. Eine dritte über die Pförtnerloge, um dort jede Bewegung, vor allem aber die Gepäckaufbewahrung zu kontrollieren. Eine vierte hatte die drei Aufzüge gleichzeitig im Bild. Außerdem ließ er auf jeder Etage ein Weitwinkelobjektiv anbringen, das den gesamten Flur ins Visier nahm. So gab es praktisch keinen toten Winkel. Alle Zimmertüren, in der Nähe oder weiter weg, waren erfasst. Der Vater hatte die Bedingung gestellt, dass die Kameras weder versteckt noch zu klein, sondern gut sichtbar sein sollten, damit sie gleich abschreckend auf alle Langfinger wirkten. Roger hatte versucht, ihn umzustimmen.

»In einem Viersternehotel, das höchsten Ansprüchen genügen will, wäre es vielleicht besser, eine diskretere Form der Überwachung zu wählen.«

»Was soll das heißen?«, knurrte sein Vater.

»Dass es in unserer Lobby, mit all dem hellen Holz und dem Silber, passender und auch moderner wäre, ein System der Überwachung zu haben, wie wir es in London oder New York gesehen haben. Erinnert ihr euch an dieses Hotel in der Park Avenue? Da stand ein eleganter Mann im schwarzen Anzug an der Tür, als hätte er nichts Besseres zu tun. Das könnten wir hier auch gebrauchen, es sähe nach einem vornehmen Gast aus, der Besuch erwartet. Einer, der etwas von Physiognomie versteht …«

»Nein.«

Für so etwas war sein Vater nicht zu haben. Ein Wachmann musste gekleidet sein wie ein Wachmann, mit allem Drum und Dran. Da ließ er nicht mit sich reden. Er bestand auf einem Knüppel und einer Pistole, die unübersehbar am Gürtel steckte.

»Er soll aussehen wie ein Polizist, der nicht lange fackelt, sodass jedem die Lust vergeht, in fremde Taschen zu greifen, habt ihr mich verstanden?«

Paco Ráfales wusste immer, was er wollte. Er war bei seinem Vater in die Lehre gegangen, Großvater Francisco, dem Gründer des Hotels Ráfales. Jahre später, in den Fünfzigern des letzten Jahrhunderts, hatte er das alte Grandhotel mit erstaunlichem kommerziellem Weitblick umbenannt. Niemand in der Familie hatte je in Frage gestellt, dass die Italienisierung des Namens eine gute Idee gewesen war. Rafaeli klang nach Glamour und Marke. Nach einer ausländischen Hotelkette mitten auf dem Passeig de Gràcia. Erst recht, wenn man irgendwann nach Rom kam und feststellte, dass sich fünf Taximinuten vom Kolosseum auch ein Hotel Rafaeli befand, das von Onkel Vicenç nämlich. Weil Großvater Francisco bewusst war, dass Rechtsanwälte ihren Lebensunterhalt mit den Erbstreitigkeiten von Familienunternehmen verdienten, und er den Robenträgern noch nie getraut hatte, war er zu einer Entscheidung gelangt, die ihm gerecht erschien. Er benötigte keinen professionellen Rat, um zu beschließen, dass – unter dem Schirm einer gemeinsamen Firma Ráfales – jeder seiner Söhne ein Hotel erhalten sollte. Er war sich sicher, Problemen und Unzufriedenheit auf diese Weise für alle Zeiten vorzubeugen. Das Hotel in Barcelona hatte er seinem Ältesten vermacht, Paco, und das in Rom, das über knapp fünfzig Zimmer verfügte, seinem Zweitgeborenen. Vicenç, verheiratet mit Tante Mina – Zia Mina –, einer Römerin, mit der nicht gut Kirschen essen war, beschäftigte wiederum seine beiden Söhne im Hotel. Romulus und Remus. So wurden sie jedenfalls von ihren Vettern in Barcelona genannt, seit man denen erzählt hatte, ihre italienischen Cousins hätten als Kleinkinder immerzu an Zia Minas Brüsten gehangen. Noch mit drei Jahren hätten sie die Milch ihrer Mutter getrunken, sooft es sie danach gelüstete. Als Großvater Francisco starb – aus heiterem Himmel und an einem Schlaganfall – und die finsterste aller Suiten bezog, in der man für immer bleibt, war er überzeugt davon, seine Hinterlassenschaften perfekt geregelt zu haben. Er glaubte, dass nicht einmal seine Nachkommen der zweiten oder dritten Generation einen so makellosen Plan zunichte machen. Beide Betriebe waren Teil ein und desselben Familienunternehmens, die Aktien gehörten Paco und Vicenç je zur Hälfte. Der eine würde in Barcelona sein Hotel betreiben, der andere in Rom, und Friede auf Erden und im Himmel die Seligkeit. Und keinem ein Grund für ein böses Gesicht. So hatte er es einst verfügt, mit zittriger Handschrift, vor dem Notar Masoliver, der nach seinem Tod mit dunkler Krawatte und in angemessen feierlichem Ton den Söhnen das Testament eröffnet hatte.

Es war ein frommer Wunsch.

Großvater Francisco wäre sicher stolz gewesen, wenn er gewusst hätte, dass auch seine fünf Enkel auf die eine oder andere Art bereits in den Hotels arbeiteten. Das Mädchen noch nicht. Elsa war noch zu klein, und wenn sie manchmal samstags ihren Vater im Rafaeli abholte, ließen sie die Kleine die Tageszeitungen falten, dem Blumenstrauß in der Lobby frisches Wasser geben und die Broschüren der Touristenexkursionen wieder in den drehbaren Postkartenständer neben der Pförtnerloge einsortieren. Mit dem Aufräumen von Prospekten der Flamenco-Lokale, Werbung für Ausflüge nach Montserrat und Reklamegutscheinen, für die man einen Rabatt bekam, wenn man im Zoo an der Ciutadella den weißen Gorilla *Schneeflöckchen* besuchen wollte, hatten Àlex, Roger, Kim und Elsa zahllose Stunden verbracht.

Von den Sprösslingen, die aus der Verbindung von Paco Ráfales und seiner Frau Maria Angerri hervorgingen, die in Barcelona lebten, war Àlex der Erstgeborene. Er war der Aufmerksame, Gewissenhafte, der Erste, der alles kennenlernte und auch als Erster die ganze Zuneigung und Hingabe seiner Eltern bekam. Er hatte die Tourismusschule absolviert, und kaum dass ihm ein zarter Flaum wuchs, hatte ihn sein Vater im Hotel eingesetzt – um Tische zu bedienen, telefonische Reservierungen entgegenzunehmen, Rechnungen zu prüfen, was eben so anstand –, wie es schon sein Großvater mit ihm selbst getan hatte, damit er Erfahrungen sammelte und das Hotelgeschäft von der Pike auf lernte.

»Volles Haus, volle Kasse«, rezitierte der Vater gern.

»Betten leer, Kasse leer«, ergänzte dann die geschäftstüchtige Mutter.

Auch war Àlex von allen Enkeln Franciscos der Erste – was nicht zuletzt am Alter lag –, der herausfand, dass ein freies Zimmer nicht unbedingt von Nachteil sein musste. Es war zugleich eine großartige Gelegenheit, gratis und ungestört eine Weile mit einer Freundin zu verbringen. In dieses Geheimnis wurde unter der Hand ein Bruder nach dem anderen eingeweiht, sobald sie ungefähr achtzehn waren. Àlex gab es an Roger weiter und Roger an Quim, noch ehe Letzterer dazu überging, mit Kim zu unterschreiben. Aus Joaquim war ohne sein Zutun Quim geworden, es war ihm quasi in die Wiege gelegt. Dass Quim zu Kim wurde, war eine Sparmaßnahme. Kim hatte ausgerechnet, wenn er eines Tages einen Beruf hätte, in dem er viele Autogramme geben müsste – Tennisprofi, zum Beispiel –, würde er so in einem Jahr eine Minute Lebenszeit gewinnen. Je kürzer sein Name wurde, desto mehr wuchs sein Selbstvertrauen. Und so zögerte er nicht länger und wurde für immer zu Kim. An jenem Mittag im Frühling war er schon Kim und besuchte den Kurs zur Vorbereitung auf die Universität.

»Sieh mal, die Kamera im zweiten Stock«, sagte Roger zu Àlex, der eine Weile brauchte, bis er sich aus dem Stuhl hochgestemmt hatte. »Mach schon, beeil dich.«

»Mensch, das ist ja Kim.«

»Und wer ist die Frau?«

»Keine Ahnung. Ich kann sie nicht richtig sehen. Solange sie sich nicht umdreht …«

»Meinst du, die ist schon achtzehn?«

»Ist doch egal. Kim ist es ja auch nicht. Mannomann, guck dir diesen Hintern an.« Die beiden Brüder lachten. »Unser kleiner Bruder wird seine liebe Not haben, sie aus diesen Jeans zu schälen.«

Kim und das Mädchen gingen Hand in Hand über den Flur, mit den kurzen Schritten der Vorfreude. Als sie vor Zimmer 218 ankamen, blieben sie stehen und vergewisserten sich, dass sie an der Rezeption den passenden Schlüssel mitgenommen hatten.

»Er hat keine Handtücher dabei.«

»Verdammt.«

»Hast du ihm das nicht erklärt?«

»Ich?«, gab Àlex verdutzt zurück.

»Ist die 218 nicht das Zimmer der Operndiva?«

»Der Laborde? Nein, die will immer das an der Ecke, die 216.«

»Schau mal nach, nicht dass die 218 noch gebraucht wird. Wenn sie ihn da erwischen, reißt Papa ihm den Kopf ab.«

»Sollen wir ihm einen Schrecken einjagen?« Es war einfach Rogers Art, er konnte nicht einmal etwas dafür. Irgendeine Bosheit fiel ihm immer ein.

»Sei doch nicht so gemein.«

Àlex setzte sich wieder vor den Rechner.

»Bist du sicher, dass sie in der 218 sind?« Nach drei Mausklicks wusste er Bescheid. »Heute wird es von einem schwedischen Paar belegt, aber bis zwei Uhr ist es blockiert.«

Das bestgehütete Geheimnis der Ráfales-Brüder erforderte, abgesehen vom Siegel der Verschwiegenheit, eine logistische Struktur. Sie wussten, dass die Gäste die Zimmer spätestens um zwölf Uhr verlassen mussten. Sie wussten auch, dass die Putzkolonne in routiniertem Tempo bereits vor ein Uhr auf jeder Etage einige Zimmer fertiggemacht hatte. Dort waren Bettwäsche und Handtücher gewechselt, die Papierkörbe geleert, Bad und Toilette gereinigt, die Böden gesaugt und gewährleistet – darauf legte Senyor Ráfales gesteigerten Wert –, dass niemand die Ginfläschchen in der Minibar ausgetrunken und, mit Leitungswasser aufgefüllt, wieder zurückgestellt hatte. Von eins bis zwei blieb, wenn man nicht trödelte, reichlich Zeit. Der Trick bestand darin, niemals das Bett in Unordnung zu bringen und alles genau so zu hinterlassen, wie man es vorgefunden hatte. In diesem Fall allerdings, bei Kims erstem Abenteuer, hatte der vor lauter Aufregung vergessen, frische Handtücher mitzunehmen. Hinterher, als seine Brüder ihn beglückwünschten und ihn in ihrem Geheimbund willkommen hießen, musste er hoch und heilig versprechen, in der Folge stets daran zu denken. Er vergaß es nie wieder.

»Sag mal, werden diese Aufnahmen eigentlich gespeichert?«, fragte Kim, als er sich überführt sah.

»Klar.«

»Und wenn Papa …«

»Keine Sorge«, brüstete sich Roger. »Solange ich hier der Sicherheitsbeauftragte bin, sehe diese Bilder nur ich. Papa hat schon genug Arbeit.«

»Hör zu, Kim. Unsere kleine Schwester sollte davon noch nichts erfahren.«

»Nein, natürlich nicht.«

Elsa war ein Nachkömmling. Als Paco und Maria schon gar nicht mehr damit rechneten, zeugten sie noch ein Kind. Ein unerwartetes neues Glück für die Familie. Vor allem, da es für Maria die Tochter und für Àlex, Roger und Quim die Schwester war, die sie sich immer gewünscht hatten. Dennoch war ihnen – Eizellen haben nun mal ihre Launen – ein

Mädchen versagt geblieben, bis sie glaubten, mit der Fruchtbarkeit sei es endgültig vorbei. Im Herbst 1983, als Kim anfing zu studieren, feierte Elsa gerade ihren dreizehnten Geburtstag – mit einem Blutstropfen, der ihr auf die Schuhe fiel. Sie war für ihre drei großen Brüder immer wie eine Spielzeugpuppe gewesen. Eine Puppe, die plötzlich Kontra gab und sich wehrte und sich nicht mehr in die Wangen kneifen ließ, wenn die drei Halbstarken sie ärgern oder herumwirbeln wollten wie einen Kreisel. Sie verhätschelten und umsorgten die Kleine und brachten sie von früh bis spät zum Lachen. Erst recht, nachdem die Mutter gestorben und Elsa die einzige Frau unter vier Männern war, die im sechsten Stock des Hotels Rafaeli residierten.

3

Der Tag, an dem ich Dickens kennenlernte

Frankenstein war schuld daran, dass Laura und Kim nach drei Wochen zum ersten Mal miteinander sprachen. Beide hatten denselben Kurs belegt: englische Literatur, ein Kernfach, bei Francis Barata, über den sie, jeder für sich, ein paar Erkundigungen eingeholt hatten. Kim konnte in Erfahrung bringen, dass er viele Jahre Professor an der Universität von Dallas gewesen war. Dann hatte er anlässlich einer Einladung der Autónoma in Barcelona ein Seminar gehalten, die Wälder des Valdés für sich entdeckt und wohnte seither in Bellaterra in einem der modernen, preisgekrönten Häuser des Architekten Sert, welche die Hochschule für ihre Professoren bereithielt. Laura war zu Ohren gekommen, bruchstückhaft und vage, wie Gerüchte sich nun mal zu verbreiten pflegen, Francis Barata habe den Ruf, ein Exzentriker zu sein, er sei jähzornig, homosexuell und nicht ganz dicht. Nach vierzehn Tagen Unterricht waren sie sich einig, dass alles, was dem Texaner nachgesagt wurde, wahr sein könnte. Hinter dem Schnurrbart, den er unablässig zwischen zwei Fingern hochzwirbelte, verbarg sich ein Lehrer, der seinen Schülern eine ungewöhnliche Form der Romanlektüre nahelegte. Er verlangte von allen, unabhängig von der Kursstufe, immer laut zu lesen, an die Atmung zu denken und jeder Figur eine eigene Stimme zu geben. Er ließ nicht zu, dass ein Bauer und ein Anwalt im gleichen Tonfall redeten. Er lehnte es ab, wenn eine Buchhändlerin aus Notting Hill und ein Taxifahrer aus Stirling dieselbe Aussprache hatten. Jedes Wort musste ein

Aroma haben. Jede Gestalt brauchte ihren Klang, heller oder dunkler. Die Studenten waren angehalten, nach der Stimme jedes Protagonisten zu suchen. Und die Studenten, die ihren Lebensunterhalt als Simultandolmetscher verdienen wollten, mussten sie finden.

In der dritten Woche gab Francis Barata ihnen eine Gruppenarbeit auf. Jeweils zu zweit sollten sie ein Buch bearbeiten, jedes Paar einen anderen Titel aus der Liste, die er mit seiner Arztklaue an die Tafel kritzelte. *Wuthering Heights*, Emily Brontë, 1847. *A Room of One's Own*, Virginia Woolf, 1929. *Frankenstein*, Mary Shelley, 1818 …

»Verzeihung«, fragte Marc aus der letzten Reihe dazwischen. »Diese Romane sind alle von Frauen geschrieben, oder?«

»Und?« Francis Barata wandte sich ihm zu, herausfordernd, pikiert.

»Warum?«

»Das ist doch sonnenklar. Weil sich große Romane von Schriftstellerinnen von denen männlicher Verfasser durch zahllose Feinheiten unterscheiden, durch all das, was zwischen den Zeilen steht und beweist, was wir längst wissen, aber nicht aussprechen mögen, weil es uns peinlich ist. Nämlich, dass uns die Frauen haushoch überlegen sind.«

Nachdem Marcs Frage damit beantwortet war, blickte der amerikanische Professor wieder zur Tafel und drehte seinen Schülern den Rücken zu. Und dann griff Francis Barata an diesem ersten Mittwoch im Oktober 1983 mit jeder Hand nach einem Stück Kreide. Mit einer schnellen Bewegung warf er die beiden Kreidestücke über seine Schultern in den Raum, als wollte er eine Münze in den Trevi-Brunnen werfen.

»Wer hat eins erwischt?«

»Ich.« Laura, die die Kreide aus der Luft gefangen hatte, hob den Arm.

»Ich.« Kim hatte das andere Stück vom Boden aufgehoben, ohne zu ahnen, worauf das Spiel hinauslief.

»Sehr schön. Ihr beide bildet die erste Gruppe. Ihr habt Glück. Unter all diesen Büchern«, Francis Barata klopfte mit der flachen Hand gegen die Tafel, »habt ihr die freie Wahl. Sucht euch eins aus für eure Arbeit.«

Laura sah Kim an, der ihr ganz fremd vorkam. Ihr war, als sähe sie dieses Gesicht zum ersten Mal im Seminar. Und im Leben. Kim erwiderte den Blick und sah seine Studienkollegin an, von der er noch nicht einmal wusste, wie sie hieß. Wie nervig, mit diesem Mädchen, das ihm völlig fremd war, eine Hausarbeit machen zu müssen.

»Na?« Francis Barata hatte schon wieder in jeder Hand ein Stück Kreide. »Wird's bald?«

»Ach, wir müssen das jetzt gleich entscheiden?«

»Ja. Wir wollen schließlich nicht den ganzen Vormittag damit zubringen. Ich zähle bis fünf, dann teile ich euch eins der Bücher zu.«

»Nein, nein, warten Sie …«, rief Laura und schaute den unbekannten Kommilitonen an. »Was nehmen wir?«

»Frankenstein.«

Kim hatte eigenmächtig die Wahl für beide getroffen. Sie fiel auf den einzigen der Titel an der Tafel, von dem er schon einmal gehört hatte. In diesem Augenblick hatte er nicht die leiseste Ahnung, dass er sich damit für das erste Science-Fiction-Buch aller Zeiten entschieden hatte. Auch wusste er noch nicht, dass Frankenstein nicht der Name des Monsters war, sondern der des Wissenschaftlers, der es geschaffen hatte. Und erst recht nicht, wie wenig das Romangeschöpf mit den funkelnden Augen und den wirren Haaren dem Monster ähnelte, das durch das Kino in Mode gekommen und dutzendfach gezeichnet worden war. Aber keinesfalls hätte er erwartet, von der Geschichte des Doktors Viktor Frankenstein – eines Mannes, den der Tod seiner Mutter so mitnimmt, dass er zu experimentieren beginnt, um Tote wieder zum Leben zu erwecken – so unmittelbar berührt zu werden. Der Abschied von seiner eigenen Mutter lag noch keine zwei Jahre zurück (Maria Angerri i Cambra, 1932-1981), und ihre Abwesenheit war in der Familie Ráfales noch zu schmerzlich spürbar. Vielleicht glaubten sie, die kleine Elsa, die die meiste Zeit mit der Mutter verbracht hatte, käme so leichter über ihren Kummer hinweg, vielleicht waren sie aber auch einfach alle aus demselben Holz geschnitzt, Tatsache war jedenfalls, dass die drei Söhne und der Vater beschlossen hatten, sich ihre Trauer nicht anmerken zu lassen, und weitermachten, als wäre alles wie vorher. Was es natürlich nicht war.

Nach dem Unterricht wartete Laura vor der Tür auf Frankenstein.

»Na, wie es aussieht, werden wir wohl zusammenarbeiten. Hallo, ich heiße Laura.«

»Das haben wir an zwei Nachmittagen erledigt«, gab Kim ein wenig lahm zurück.

Sie gaben sich weder die Hand noch Küsschen auf die Wangen. Keiner von beiden war auf so etwas erpicht. Sie waren Kommilitonen und derartige Förmlichkeiten in Studentenkreisen kein Usus.

»Und wie heißt du?«

»Kim. Kim Ráfales. Am besten lesen wir das Buch erst mal, und dann treffen wir uns.«

»Hast du es denn?«

»Was?«

»Na, die englische Ausgabe von *Frankenstein.*«

»Ich?« Er hob die Arme, als hätte ein Schiedsrichter ungerechtfertigt Abseits gepfiffen.

»Weil du so kurz entschlossen mit dem Titel vorgeprescht bist.«

Sie sah ihn etwas vorwurfsvoll an, aber er verstand nicht, dass sie eine Entschuldigung für angebracht hielt. Er war es gewohnt, seinen Willen immer durchzusetzen.

»Kommst du mit runter?«, fragte er stattdessen.

»Nein. Ich habe jetzt hier nebenan Unterricht.«

»Gib mir deine Nummer, dann rufe ich dich an. Wohnst du in Barcelona?«

»Nicht nötig. Wir sehen uns doch sowieso im Seminar, oder?«

»Was ist, hast du kein Telefon?«

»Du bist ein bisschen schwer von Kapee, was?«

»Ich?«

»Ich wohne in einer Wohngemeinschaft mit noch drei anderen, und wir sind so gut wie nie zu Hause.«

»Aber ihr werdet doch ein Telefon haben, oder etwa nicht?«

»Was glaubst du wohl?«

»Ah, verstehe, deine Eltern kontrollieren dich, damit dir im Dschungel der Großstadt nichts passiert, stimmt's?«

»Zieh Leine, sonst kommst du noch zu spät zum Unterricht.«

Kim bot ihr eine Friedenszigarette an, doch Laura lehnte ab. Sie wandte sich um und schimpfte im Stillen auf Francis Barata und die verflixte Kreide, die sie aufgefangen hatte.

»He, Landpomeranze, wo kommst du denn her, das hast du mir immer noch nicht gesagt!«, rief Kim ihr hinterher, als sie den Flur entlangging.

»Verrate ich dir nicht.«

In der ersten Januarwoche parkte Kim den Ford Escort, den er sich mit Roger teilte, in Banyoles auf dem Platz mit dem Bogengang. Er schloss das Auto ab und machte sich, seine Notizen und das Buch unter dem Arm, auf die Suche nach dem Carrer de les Escrivanies. Laura hatte ihm die Straße grob aufgezeichnet und erklärt, sie liege direkt an der Stadtmauer. Ein beleibter, glatzköpfiger Herr, der mitten auf der Straße stand und nichts anderes zu tun zu haben schien, als Passanten den Weg zu weisen, sagte ihm, wie er dorthin gelangte.

»Carrer de les Escrivanies? Dann wollen Sie sicher zu den Altimiras.«

»Ja, genau.«

»Wenn Sie zu der Tochter wollen, die habe ich eben noch da drüben Ball spielen sehen.«

»Laura?«

»Unser Basketballstar.«

»Laura?«

»Sie ist bestimmt noch nicht zu Hause. Soll ich Ihnen inzwischen den Schwarzen zeigen?«

»Nein, danke.«

»Waren Sie schon einmal im Museum Darder? Da haben wir einen ausgestopften Buschmann. Ich begleite Sie gern hin. Es ist ein Krieger.«

»Nein, wirklich, ich kann jetzt nicht, ich muss zu …«

»Weil Sie den *Frankenstein* dabeihaben, dachte ich, Sie interessieren sich vielleicht für so was.« Er war so korpulent, dass er einschüchternd wirkte, und sah aus, als wollte er Kim nicht vorbeilassen. »Und der Schwarze ist ja längst nicht alles. Es gibt Tierembryos, einen Rehbock mit zwei Köpfen ... Haben Sie den Schwarzen wirklich noch nie gesehen? Sie werden doch schon mal in Banyoles gewesen sein, oder? Ich meine ja nur, weil die Kleine bestimmt noch nicht daheim ist.«

»Das macht nichts.«

»Wenn es Ihnen lieber ist, können wir auch zum Schrein des heiligen Martirianus gehen.«

»Sehr nett von Ihnen, aber ...«, sein Tonfall wurde entschieden, »ich werde erwartet, wir müssen eine Arbeit ...«

»Vilardell, zu Ihren Diensten.«

Der freundlichste Mann von Banyoles gab sich geschlagen, als er einsah, dass er einen Jungen mit eisernem Willen vor sich hatte, und deutete auf das dreistöckige Backsteinhaus der Altimiras, von dem Kim noch vierzig Schritte trennten.

Laura war vom Training bereits zurück, hatte geduscht, die Haare frottiert und Teewasser aufgesetzt, während sie auf Kim wartete. Sie fröstelte ein bisschen. Ihre Mutter hatte sich schick gemacht, weil ein Studienkollege ihrer Tochter zu Besuch kam, und gegrillte, eingelegte Auberginen zubereitet. Als es klingelte, fing Dickens an zu bellen und rannte zur Tür.

»Auf die Minute. Ich habe es dir ja gesagt ...«

»Hey, komm rein.«

Sie küssten sich nicht auf die Wangen. Auch reichten sie sich nicht die Hände. Keiner von beiden hielt es für nötig.

»Der tut nichts.« Laura schob den Hund mit dem Bein zur Seite, damit er Kims graue Jeans nicht beschnupperte. »Hast du es gleich gefunden?«

»Ja, ja. Ich habe den Wagen in der …«

»Darf ich vorstellen, meine Mutter.«

»Du bist Quim?«

»Sehr erfreut, Senyora.«

»Sei so gut, und sag nicht Senyora zu mir«, sagte sie in leicht bestürztem Ton. »Nenn mich einfach Clàudia.«

Lauras Mutter war es unbegreiflich, wie ihre Tochter ihr diesen gutaussehenden Kommilitonen ein ganzes Trimester lang vorenthalten konnte. Kim hatte ausdrucksvolle, sanfte Augen und eine dichte, schwarze, ungebärdige Mähne mit großen Locken, die in alle Richtungen aufsprangen. Krause Ringellöckchen konnte Clàudia nicht ausstehen und fand sie gerade bei Männern albern. Dann schon eher millimeterkurz geschoren, so wie ihr Mann die Haare trug. Clàudia, die nach Laura gern noch einen Sohn gehabt hätte, hatte ein Faible für junge Männer mit breiten Schultern. Wie die Ruderer, denen sie zuschaute, wenn sie zum Baden am See war, und die nach dem Training in enganliegenden Trägerhemden im Dorf ihren Schoppen tranken. Schon auf den ersten Blick hatte sie erkannt, dass in der kostspieligen Jacke mit Kapuze und fünfzig Reißverschlüssen ein Sohn aus gutem Hause steckte, und zudem keine halbe Portion, sondern ein vielversprechender junger Mann, an dem alles dran war. Sollte das ihrer Tochter wirklich nicht aufgefallen sein? Nur Ballspielen im Kopf. Es war ein echtes Kreuz mit ihr, keine Ahnung, von wem sie das hatte.

»Willst du deinem Kommilitonen nicht den Garten zeigen?«, forderte sie ihre Tochter auf, selbst erstaunt über all diese Gedanken.

»Möchtest du einen Tee?« Laura drehte den Herd ab.

Dickens strich an ihr vorbei.

»Hast du auch eine Cola?«

Das Haus war feucht. Die alten, dicken Steine bewahrten die Erinnerungen und die Kälte für lange Zeit. Oder vielleicht lag es auch an den dramatischen Wolkengebilden am Himmel, durch die an diesem Samstag kein Sonnenstrahl bis in den »Garten« gelangte. Kein Mitglied der Familie Altimira hatte jemals Garten dazu gesagt. Es handelte sich eher um einen Hinterhof mit einem Gemüsebeet, das bis zu der uralten Mauer reichte. Sie gehörte zu der Historie des Hauses und war ihnen allen so vertraut, dass sie ihr keinen besonderen Wert beimaßen. Im dreizehnten Jahrhundert hatte sich hier offenbar jemand zu Tode geschuftet, um einen Felsbrocken so über den anderen zu schichten, dass das Gemäuer die Zeit und den Wind und die Anfälle von Bauwut überdauert hatte. Doch für Lauras Familie war es nichts weiter als die rückwärtige Grundstücksbegrenzung, die vormittags Schatten spendete. Der Hof war verwildert. Zwischen den Pflastersteinen spross Gras und Unkraut. Hier zwei Kübel mit verblühten Geranien, dort ein gesprungener Topf, in dem Clàudia Küchenkräuter zog. Das duftige Rosa der Hortensien war die einzige Farbe in dieser Wildnis, in der sich Dickens ganz in seinem Element fühlte. Ständig lief er hinaus, kam wieder herein, näherte sich auf leisen Pfoten und sprang einen plötzlich an.

»Die Hängematte ist sicher für die Siesta.«

»Eher nicht. Ich habe zwar Stunden darin verbracht, mit Freundinnen oder einem Buch. Aber eine Siesta habe ich, glaube ich, noch nie darin gehalten.«

Die Hängematte war mit dem einen Ende an einen nicht sehr vertrauenerweckenden Pfosten gebunden, mit dem anderen an den Stamm eines Feigenbaums, der nach all den

Jahren die halbe Höhe der Mauer erreicht hatte. Die Hunderte von Feigen, die der Baum jedes Jahr trug, kochte Lauras Mutter zu einer Konfitüre ein, nach der sich alle die Finger leckten. Kein Besuch verließ je das Haus der Altimiras ohne ein Glas davon.

»Und du bist aus Barcelona?«

Clàudia hatte ihnen den Tee und die Cola auf einem Tablett bereitgestellt, damit sie sich alles mit nach oben nehmen konnten.

»Er wohnt in einem Hotel«, beantwortete Laura die Frage ihrer Mutter.

»Nun, das stimmt nicht so ganz. Ich wohne darüber. Das Hotel gehört meiner Familie, und wir haben im obersten Stock eine Wohnung. Schon meine Großeltern haben da gewohnt.«

»Das Hotel Rafaeli, weißt du, Mama, das auf dem Passeig de Gràcia?«

»Hmm … das sagt mir jetzt nichts.«

»Aber ja, es ist gleich an der Ecke …«

»Ich war schon ewig nicht mehr in Barcelona.« Entschuldigend sah sie Kim an. Meine Güte, was für ein hübscher Kerl! »Mein Mann ist immer so müde, dass ich ihn überhaupt nicht vor die Tür bekomme. Einmal habe ich ihm vorgeschlagen, Laura einen Überraschungsbesuch abzustatten und uns mal ihre Wohnung anzuschauen, und da hat er nur gesagt, aber kommt sie denn nicht sowieso am Freitag?«

Etwas verlegen setzte Kim sein Hotelierslächeln auf.

»Kommt bloß nicht auf die Idee ohne Ankündigung bei mir aufzutauchen, hörst du, Mama?« Laura nahm das Tablett und ging die Treppe voran. »Los, schnapp dir deinen *Frankenstein*.«

Vier Stunden brüteten sie in Lauras Zimmer über dem Text, bis sie zum Essen gerufen wurden. Am folgenden Montag begann das zweite Trimester, und sie mussten Francis Barata die Hausarbeit abliefern, koste es, was es wolle. Sie waren sich einig, dass sie drei Monate vergeudet und viel zu lange damit gewartet hatten, sich zusammenzusetzen und zu einer gemeinsamen Interpretation zu gelangen. Darum verzichteten sie auf die Mahlzeit und fingen lieber an zu schreiben. »Viktor Frankenstein oder Gott spielen« schien ihnen ein guter, packender Titel. Kim hatte die Idee, und der gemeinsame Beschluss war im Handumdrehen gefasst. Auch war man sich sofort einig, dass Laura sich an die Schreibmaschine setzte, denn sie tippte besser und schneller, zumal der Text auf Englisch war. Sie gestatteten sich kaum eine Pause und waren voll bei der Sache. Weder nutzten sie die Gelegenheit, um sich näherzukommen, noch um sich über die Poster von Magic Johnson auszutauschen, die Laura mit Reißzwecken an die Schranktüren geheftet hatte. Sie war lediglich erstaunt, als sie erfuhr, dass sie ein Jahr jünger war als Kim. Er hatte im Gymnasium einmal eine Klasse wiederholen müssen – welche, sagte er nicht – und das Studium deshalb ein Jahr später aufgenommen. Also, wie er scherzhaft meinte, mit umso mehr Lebenserfahrung. Und warum? Aus welchem Grund bist du sitzengeblieben? Darüber unterhalten wir uns ein andermal, wir dürfen jetzt nicht trödeln, schnitt ihr Kim kurzerhand das Wort ab. Einmütig folgerten sie, dass es in *Frankenstein* um das Menschliche im Monster geht, dass es zwischen der Wissenschaft und dem Gewissen Konflikte geben kann und dass Ängste – perfekt geschürt in einer Kombination aus Spannung und Geheimnis – eine Gesellschaft nicht lähmen, sondern sie, im Gegenteil, voranbringen können. Sie zogen das letzte Blatt aus der elektrischen Schreibmaschine und packten die sechsundzwanzig Seiten in eine Mappe, die Kim mitnehmen und im Hotel zusammenheften würde, wo sie für Konferenzunterlagen eine entsprechende Maschine hatten. Sie rechneten mindestens mit einer Zwei.

Laura fand, sie hätten viel zu viel Zeit im Haus verbracht, und schlug vor, einen Fahrradausflug zum See zu unternehmen.

»Nimm du meines, das ist höher.«

»Und du?«

»Ich nehme das von meiner Mutter.«

Laura zog die Felljacke über, die neben der Tür hing, und wickelte sich bis zur Nase in ihren blauen Glücksschal. Die Januarkälte im Gesicht, traten sie unbekümmert in die Pedale. Die Sonne stand bereits tief, obwohl es erst früher Nachmittag war. Kim blickte um sich und hatte es eilig, zum See zu kommen, Laura fuhr einhändig, Dickens trabte fröhlich nebenher und ließ die Zunge aus dem Maul hängen.

»Kommst du oft hierher?«

»Mit dem Fahrrad? Sooft ich kann. Seit …« Und nach einer kleinen Pause: »Oje, ich weiß gar nicht, wie viele Jahre ich schon meine Runden um den See drehe.«

»Mit deinem Liebsten?«

»Was redest du da?« Sie gab ihm einen kleinen Stoß in den Rücken, nicht zu fest, um ihn nicht aus dem Gleichgewicht zu bringen.

»Warum fährst du nicht Moped? Dann müsstest du dich nicht so abstrampeln.«

»Wie bitte?« Die zweite absonderliche Frage innerhalb kürzester Zeit. »Typisch Großstädter! Fährst du denn überhaupt nicht Fahrrad?«

»In Barcelona? Spinnst du? Mein Vater meint ja immer, man sollte spezielle Radwege anlegen und öffentliche Mietfahrräder zur Verfügung stellen. Er macht gern einen auf Visionär. Wie kommst du überhaupt nach Bellaterra?«

»Zur Uni? Mit der Bahn, wie denn sonst?«

»Ich nehme immer das Moped. Über die Arrabassada ist das Adrenalin pur.«

»Nicht dass du eines Tages aus der Kurve fliegst.«

»Guck mal.« Kim zeigte ihr die Narbe. Die Spuren von fünf oder sechs Stichen zeichneten eine Spinne auf seinen linken Unterarm.

»Ist das dieses Jahr passiert?«

»Nein, natürlich nicht.«

Laura deutete auf ein kleines weißes Haus, das vom Ufer aus über einen Steg zu erreichen war.

»Wir fahren einmal um den ganzen See, und dann machen wir dort Rast.«

»Die Narbe habe ich schon ewig. Die Heiligen Drei Könige haben mir einmal eine Montesa Cota 49 gebracht. Da muss ich acht oder neun gewesen sein. Ich bin mit meinem neuen Motorrädchen losgedüst und habe mich auf dem Schotter der Auffahrt zu unserem Haus in Llafranc sofort auf die Schnauze gelegt.«

Von all den Häuschen am See war La Carpa d'Or, Der Goldene Karpfen, Lauras Favorit. Weniger der arabisch anmutenden Formen wegen, die ihr in dieser Umgebung immer merkwürdig erschienen waren, und auch nicht wegen der Zinnen, die an eine Spielzeugburg erinnerten, sondern weil es am lauschigsten lag. Man sagte – um solche Gewässer ranken sich immer tausendundeine Fabel –, dass das verlassene Häuschen einem russischen Konsul gehöre. Doch Laura, die schon als Kind mit ihren Großeltern dort gewesen war, hatte nie eine Menschenseele gesehen. Sie legten die Räder auf die Erde und kletterten über das Verandageländer. Dann halfen sie Dickens herein. Es roch nach feuchten Kräutern.

»Dickens ist doch kein Name für eine Hündin.«

»Also bitte, das ist doch ein Rüde!«

»*And why* Dickens?«

»Daran ist mein Vater schuld. Es ist jetzt fünf Jahre her, dass wir ihn gefunden haben, ausgesetzt am anderen Ende des Sees, in der Nähe von Porqueres.«

»Deinen Vater?«

»Den Hund, du Idiot.« Sie öffnete ihre Jacke. »Er hat uns so leid getan, dass wir ihn ins Auto geladen und mitgenommen haben. Nie werde ich den Tag vergessen, an dem ich Dickens kennengelernt habe. Klingt nach einem Romantitel. *Nie werde ich den Tag vergessen, an dem ich Dickens kennengelernt habe*. Er war vollkommen verdreckt, man hätte nie gedacht, dass er dieses blonde Fell hat, und wie er uns anschaute … als wäre er uns unendlich dankbar, weißt du? Und nachdem wir ihn zu Hause im Garten gewaschen hatten, da sagte mit einem Mal mein Vater – der besessen ist von Charles Dickens, alles über diesen Mann weiß und uns hundertmal erzählt hat, dass es in dem Gedenkspruch auf seiner Beerdigung geheißen habe, er sei der Freund der Unterdrückten, der Armen und der Leidenden gewesen –, wir sollten ihn Dickens taufen.«

»So schlimm stand es um ihn?«

»Schlimmer.«

»Ich spreche von dem Hund, nicht von deinem Vater.«

Sie lachten.

»Was ist er von Beruf? Dein Vater, meine ich.«

»Er arbeitet bei einer Möbelfirma. Vielleicht hast du die Fabrik auf dem Weg hierher gesehen. Sie liegt auf der rechten Seite, bevor man nach Banyoles reinfährt. Can Constans, ein Riesengebäude. Ist dir das aufgefallen?«

»Nein.«

»Macht nichts. Mein Vater ist dort Buchhalter. Seit Jahren.«

»Er hat es mit den Zahlen, du mit den Buchstaben. Das ist dein Widerspruchsgeist.«

»Genau. Falls ihr also für euer Hotel mal Kommoden, Stühle, Nachtschränkchen brauchen solltet …«

»Ich werde es meinem Bruder Àlex sagen. Er ist der Älteste, er kümmert sich um solche Dinge.«

Dickens war in eine Feluke gesprungen, die vor dem Haus vertäut war, und vervollständigte das Postkartenidyll. Laura war der Boden zu kalt zum Sitzen, sie stand auf und stieg auch in das Boot, das weder Segel noch Ruder, weder Namen noch Geschichte besaß.

»Komm. Hier ist es bequemer.«

»Und wenn der russische Konsul auftaucht?«

Kim sprang auf die Füße, um sich an Lauras Seite niederzulassen.

»Magst du Boote?«

Er wusste nicht, was er sagen sollte. Dieses schon. Der Kahn des Russen stellte kein Problem für ihn da, weil er offen war. Doch jedes Mal, wenn er sich auf dem Segelschiff seines Vaters befand, und das kam häufig vor, nahm er diesen speziellen Geruch wahr. Eine Mischung aus Motor, Diesel, Wasser, Farbe, stickigen Kajüten … Woran es auch immer liegen mochte, noch nie hatte er sich auf *La Fornarina* aufhalten können, ohne hoffnungslos seekrank zu werden. Er wollte gar nicht daran denken, weil er dann den Gestank sofort wieder in der Nase hatte und ihm die bloße Vorstellung Brechreiz verursachte.

»Im Hotel haben wir jedes Jahr einen Gast, der immer zu einer bestimmten Messe kommt, weil er auf der ganzen Welt Düfte sucht. Einmal sind meine Brüder und ich in das Zimmer von Mister Paton gegangen, als der nicht da war, und haben seinen Koffer durchwühlt, der voller Röhrchen mit Proben von allem Möglichen war. Früher arbeitete er für Guerlain, die angeblich die besten Parfümeure sein sollen. Verwendest du so etwas?«

»Parfüm? Nein, nie!«, entgegnete sie entrüstet. »Wofür hältst du mich? Glaubst du, ich kann eine Mannschaft von Dreizehn- und Vierzehnjährigen trainieren und riechen wie eine Puffmutter?«

»Ich würde gern mal zuschauen bei eurem Training.«

»Komm, wann du willst.«

Laura bemerkte, dass Kim Ráfales Angerri zum ersten Mal Interesse für etwas bekundete, das nicht seine eigene Person betraf.

»Deine Schützlinge sind dreizehn?«

»Das ist das beste Alter. Da sind sie noch so spontan.«

»Wenn du meinst … Mir können diese Nervensägen gestohlen bleiben.«

Im Licht der letzten Sonnenstrahlen war der Weiher glatt wie ein Spiegel. Eine stille, blaue Fläche, reflektierte er die Brauntöne des Tages, die sich allmählich hinter das Grün der Berge zurückzogen. Nach und nach verschluckte die Nacht den Weg nach Mieres, den Wald von Les Estunes, den Rocacorba-Hügel und die erotischen Skulpturen von Xicu Cabanyes. Möglicherweise hätte sich Kim diese Riesenschwänze um Can Ginebreda gern angesehen. Aber die Sonne war untergegangen, und im Fischerhäuschen des Russen sank die Temperatur rapide. Laura spürte, wie die Kälte ihre Lippen austrocknete. Kim hatte sich schon vor einer Weile Lauras Schal umgeschlungen, den sie abgelegt hatte, um den Reißverschluss ihrer Jacke wieder hochzuziehen. Trotzdem drängte keiner von beiden zur Eile. Im dunklen Wasser blitzten letzte Lichtpunkte, die aussahen wie Quecksilbertropfen.

»Warum hast du dich eigentlich für dieses Fach entschieden?«

»Willst du das wirklich wissen?«

»Klar.« Vielleicht nicht wirklich. Laura hatte nur irgendetwas sagen wollen.

»Und du?«, fragte er statt einer Antwort.

»Ich?« Mit einem Mal war sie diejenige, die als Erste Farbe bekennen sollte. »Bei mir war es *Chuchotage. Chu-cho-tage* fasziniert mich.«

Laura sprach es mit spitzem Mündchen aus, sinnlich, spöttisch. Befangenheit war ihr fremd. Kim gab ihr mit einer Grimasse zu verstehen, dass er keine Ahnung hatte, wovon sie redete. Dennoch gestattete ihm sein Stolz nicht nachzufragen.

»Ich weiß seit der zehnten Klasse, dass ich das machen will. Ich liebe Sprachen, Englisch, Französisch, Italienisch … Sprachen liegen mir einfach. Und soll ich dir sagen, warum ich mich eingeschrieben habe? Weil ich dachte, man begegne als Dolmetscherin unweigerlich interessanten Menschen und lerne ständig dazu. Ich hätte mir auch vorstellen können, Journalistin zu werden und denen eine Stimme zu geben, auf die sonst niemand hört. Aber mit dem Dolmetschen ist es ja ein bisschen ähnlich. Montags sprichst du über Philosophie, dienstags über Politik, donnerstags über Genetik, oder du übersetzt ein Radiointerview mit Anthony Minghella, von dem ein neuer Film in die Kinos kommt. Jeder Tag ist anders.«

Laura schaute träumerisch aufs Wasser, ihr Blick verlor sich im Nirgendwo. Als gäbe es für ihren Ehrgeiz keinen Horizont.

»Lass das.«

Kim verscheuchte Dickens, der ihn beschnüffelte.

»Und du? Warum hast du das Fach belegt?«

Kim hatte die Aufnahmeprüfung für die ESADE, die Hochschule für Wirtschaft und Unternehmensführung von Barcelona, nicht geschafft. Nicht einmal annähernd. Auch für Ökonomie waren seine Noten zu schlecht. Auf Jura hatte er keine Lust – zu trocken –, und sein Vater, der es leid war, Schulzeugnisse zu unterschreiben, die ihm die Schamröte ins Gesicht trieben, rief ihn in sein Büro und erklärte, ohne ihm einen Stuhl anzubieten, sieh zu, wie du es anstellst, aber irgendetwas musst du studieren. Notfalls halt Sprachen, die werden dir im Hotel immer nützlich sein.

»Aber als ich mich für Übersetzen und Dolmetschen immatrikuliert habe, passte ihm das auch nicht. Das ist ein Frauenberuf, sagte er. Und die wenigen Männer, die das machen, sind schwul. Oder werden es, wenn sie es nicht von vornherein sind. Und jetzt sitze ich da«, er klatschte sich mit der flachen Hand auf den Schenkel, »und lasse mich von Frankenstein zu mentaler Selbstbefriedigung verleiten.«

Nach einer längeren Pause gab sich Laura einen Ruck und sah ihn direkt an.

»Bist du homosexuell?«

Soll ich dir beweisen, dass ich es nicht bin? Der Gedanke schoss Kim durch den Kopf wie ein Peitschenknall. Doch hielt ihn eine ungewöhnliche Scheu davon ab, es auch auszusprechen. Zur Abwechslung gelang es ihm einmal, den Ráfales in sich in die Schranken zu weisen. Zum ersten Mal betrachtete er Laura mit anderen Augen. Sie war keine fremde Kommilitonin mehr. Er beschloss, das Thema zu wechseln.

»Gibt es in diesem See eigentlich auch ein Ungeheuer?«

4

Puccini zieht immer

Alles war für ihre Ankunft ausgerichtet. Wie immer, wenn sie in der Stadt auftrat, hatte sich Paco Ráfales persönlich um jedes Detail gekümmert. Diesen Vorbereitungen widmete er sich mit einer Hingabe, die über das rein Professionelle weit hinausging. Er hatte alles bedacht. Er wusste, wann der Vorhang fallen würde, schätzte, wie lange es dauern würde, das Kostüm der Tosca abzulegen, berücksichtigte etwas Zeit, die sie mit den Speichelleckern in ihrer Garderobe verbringen würde, und kalkulierte sogar, wie viele Autogramme sie den begeisterten Fans würde geben müssen, die in der Calle Sant Pau darauf lauerten, dass sie das Liceu, das Opernhaus auf der Rambla, durch die Dienstbotentür verließ. Und er hoffte, sie möge noch viele Jahre Autogramme schreiben, jetzt, da ihre Stimme in Bestform und ihre Karriere auf dem Höhepunkt war.

Um die Sache abzukürzen, hatte die Sopranistin einen Stapel fertig signierter Postkarten mit ihrem Foto bei sich, einer Schwarzweißaufnahme, die sie – strahlend schön, tief dekolletiert und mit Schmuck behängt – im ersten Akt von *La Traviata* im Covent Garden zeigte. Sobald sie ins Auto gestiegen wäre, würde sie im Nu am Hotel Rafaeli eintreffen. Der Mercedes würde die Rambla bis zur Kolumbussäule hinunterfahren, die, wie man sie informiert hatte, nach Amerika deutete, das Denkmal umkreisen und die Allee auf der anderen Seite wieder hinauffahren. Um diese nächtliche Stunde, zu der die Verkaufsstände der Blumen- und Tierhändler die Rollläden heruntergelassen hatten, wirkte die Rambla trist. Von der Plaça Catalunya würde Diana Laborde den Passeig de Gràcia dann schneller erreicht haben als das hohe C.

Ein Hotelportier öffnete ihr die Wagentür, ein zweiter setzte die Drehtür für sie in Gang. Paco Ráfales, von einem riesigen Blumenstrauß fast verdeckt, fuhr sich über das graumelierte Haar. Er stand auf dem Perserteppich in der Eingangshalle und erwartete die Diva, als gälte es, ein Staatsoberhaupt am Flughafen zu empfangen. Mit hoch erhobenem Kopf und nervösem Lächeln.

»Es ist uns eine Ehre, unsere liebste Primadonna im Rafaeli begrüßen zu dürfen.«

»Signor Ráfales, immer so charmant.« Sie nahm die Blumen entgegen und schnupperte so verzückt daran, als nähme sie etwas Besonderes an ihnen wahr.

»War Puccini ein Erfolg heute Abend?«

»Puccini zieht immer, *caro amico*.«

»Ich hoffe, der Maler Cavaradossi war der gnädigen Frau würdig.«

»*Magnifico* ist gar kein Ausdruck. Josep Carreras, was für eine Stimme.« Theatralisch zog sie eine Augenbraue hoch. »Am liebsten würde ich ihn mit nach Hause nehmen.«

»So viel ich gehört habe, schwärmt ganz Barcelona von Ihrem *Vissi d'arte* heute Abend, was für ein Triumph!«

»Übertreiben Sie nicht. *Esagerato*.« Diana Davidova, die seit ihrer Eheschließung mit einem Pianisten aus Chicago Diana Laborde hieß, sprach eine Mischung aus Italienisch, Spanisch und Englisch, unterlegt mit einem östlichen Akzent, den der Eigentümer des Rafaeli – bei allem Respekt – sehr erotisch fand.

»Wie geht das doch gleich …?« Im Überschwang des Augenblicks begann Paco Ráfales leise zu singen: *»Und ich schickte meinen Gesang zu den Sternen am Himmel …«*

Er traf die Töne, legte sich aber nicht zu sehr ins Zeug, gerade genug, um sich nicht zum Narren zu machen. Noch ein kleines bisschen und … Er wusste, dass sich Diana mit ein paar Noten für den Strauß und die Verehrung erkenntlich zeigen würde. Das hatte mittlerweile Tradition.

»E diedi il canto agli astri, al ciel, che ne ridean più belli. Nell'ora del dolore«, schmetterte sie auch schon los, *»perchè, perchè, Signore!«*

»Brava!«

Paco Ráfales klatschte als Erster. Nach ein Uhr morgens befanden sich in der Lobby des Rafaeli nur noch die beiden Nachtportiers, der Wachmann, eine Rezeptionistin, die mit dem Gähnen gerade erst angefangen hatte, und zwei der Ráfales-Söhne, elegant gekleidet und auf Anweisung ihres Vaters dort angetreten. Ein Stück weiter wartete ein französisches Paar, das sich bereits den Zimmerschlüssel geholt hatte, auf den Fahrstuhl, um sich die Treppe in den ersten Stock zu ersparen. Auch diese beiden drehten die Köpfe und quittierten, ermuntert vom Wein, den improvisierten Auftritt lachend mit Applaus.

Roger und Kim beobachteten die Szene von der Rezeption aus.

»Meinst du, Papa denkt an diese Castafiore, wenn er sich einen runterholt?«

»Blödmann, sei nicht so schweinisch.«

»Was denn? Meinst du etwa, unser Vater wichst nicht mehr?«

»Hör auf, das will ich mir gar nicht vorstellen.«

»Als Witwer, was bleibt ihm da anderes übrig?«

»Verdammt, Roger, hör auf damit …«

Signor Ráfales trat auf die bulgarische Sopranistin zu und fasste mit zwei Fingern galant nach ihrem Ellbogen.

»Haben Sie Lust auf ein Glas Champagner an der Bar?« Er hatte auch noch einen Plan B. »Oder vielleicht in meinem Büro?«

Nie gab er sich geschlagen. Seit Jahren empfing er Diana Laborde nach jedem Auftritt an der Tür seines Hotels und lud sie höflich auf einen letzten Schluck ein, den sie nie akzeptierte.

»Ist das Abendessen fertig, *Signore*?«, fragte sie affektiert, als stünde sie noch auf der Bühne.

»Ja, alles, was Sie bestellt haben, befindet sich bereits auf Ihrem Zimmer.«

»Dann würde ich lieber gleich nach oben gehen.«

Roger gewann die Wette. Er hatte vorhergesagt, dass der Vater sich wieder eine Abfuhr holen würde. Und diese einstecken würde, ohne mit der Wimper zu zucken.

Das Rafaeli war nicht das beste Hotel der Stadt, aber der Diva gefiel es. Es war das erste Hotel, das ihr vom Liceu angeboten worden war, als sie noch unter dem Namen Diana Davidova irgendwo in der Mitte des Plakats erschien und für eine Nebenrolle in *Lucia di Lammermoor* engagiert war. Vom alten Ráfales, dem Begründer des Hotels, einem Musikfanatiker, der noch Schallplatten aus Schellack aufbewahrte, war sie von Anfang an mit Zuvorkommenheit behandelt worden. Und sie, die seinerzeit noch geringe Ansprüche und kaum Marotten hatte, fühlte sich wohl dort. Heimisch. Und besser kann man sich in einem Hotel nicht fühlen, insbesondere, wenn einen der Terminkalender zwingt, dreihundert Nächte pro Jahr in fremden Betten zu schlafen. Wann immer Diana Laborde mit ihren vielen Koffern im Rafaeli Einzug hielt, war es für mindestens drei Wochen, bis die jeweilige Oper einstudiert und die fünf Aufführungen über die Bühne gegangen waren.

In diesem Jahr war *Tosca* dran, und gegen Ende der Saison würde sie wiederkommen, um zum hundertsten Jubiläum der Uraufführung die *Manon* von Massenet zu singen.

Im zweiten Stock angekommen, öffnete der Hoteldiener die Tür zur Nummer 216 und schaltete das Licht ein, ohne auf ein Trinkgeld zu warten. Paco Ráfales hatte seinen Portiers, Kofferträgern und allen Bediensteten dieses auffordernde Innehalten im Zimmer von VIPs ausdrücklich verboten und ihnen bei Zuwiderhandlung angedroht, sie mit der Kneifzange zu kastrieren.

Diana Laborde hatte um Viertel nach eins nur noch einen Wunsch: die Tür hinter sich zuzumachen und die Schuhe auszuziehen. Der schönste Moment des Tages.

Am folgenden Morgen war Paco Ráfales – um den Hals die rote Krawatte, die mittwochs an der Reihe war –, bereits Etage für Etage durchs Haus patrouilliert, um sich zu vergewissern, dass alles in Ordnung war, ehe er sich Punkt halb neun zu einem Glas abgeseihtem Orangensaft, einem weichgekochten Ei und einem Toast mit Überraschungsmarmelade in seinem Büro niederließ. Er fing den Tag gern mit einem leeren Schreibtisch an. Dieser war das Schmuckstück des Büros, das sich im fünften Stockwerk über zwei Zimmer erstreckte. Paco Ráfales hatte sich auf einer Reise in ihn verliebt und ihn vom Ende der Welt herbeischaffen lassen. Was alles in allem ein Vermögen gekostet hatte. Es war ein

Möbelstück der Kolonialzeit, aus einem indischen Holz mit zweifarbiger, im Lauf der Jahre nachgedunkelter Maserung sowie dem einen oder anderen Kratzer, der ihm Patina verlieh. Eine klobige Platte ruhte auf vier massiven Beinen, unverrückbar. Zum Staubsaugen war es den Putzfrauen nicht möglich, das Teil von der Stelle zu bewegen, nicht einmal zu viert und mit vereinten Kräften. War das Mistding schwer …

Darauf befand sich nichts außer dem Foto von Maria, das seine vier Kinder zum ersten Weihnachtsfest ohne ihre Mutter für ihn hatten entwickeln und rahmen lassen. Sie wussten, dass ihr Vater ein praktisch veranlagter Mensch war, der mehr nach vorne als zurück schaute. Deshalb hatten sie ihn eindringlich gebeten, das Bild im Büro auf seinen Schreibtisch zu stellen. Paco Ráfales ließ sich das nicht zweimal sagen. Er erwiderte, natürlich, sie könnten sich darauf verlassen, einen besseren Platz gebe es gar nicht. Nirgendwo verbrachte er mehr Zeit, und Maria – bildschön auf dem Schnappschuss von ihrer Kreuzfahrt durch die Ägäis – leistete ihm fortan Gesellschaft auf diesem Tisch, der sich somit in einen Altar verwandelt hatte. Bevor er anfing zu frühstücken, blickte er sie direkt an und wünschte ihr einen guten Morgen. Nur ab und zu, wenn die Familie irgendeinen Jahrestag beging oder das Hotel einen kleinen Erfolg zu feiern hatte, über den er sich gern mit ihr gefreut hätte, schaute er sie aus traurigen Augen an und setzte seinem täglichen Morgengruß noch hinzu: »Ich vermisse dich so, Maria.« Nach diesem Ritual nahm er gefasst sein Tagewerk auf.

Das einzige Büro mit zwei Balkonen zum Passeig de Gràcia war das von Paco Ráfales. Das seiner Söhne, Wand an Wand mit dem seinen, hatte dagegen kaum Tageslicht. Und keine englischen Möbel. Auch keine der Lithografien von Salvador Dalí, von denen je eine über den Kopfenden der Betten in den fünfzig besten Zimmern des Rafaeli hingen. Fünfzigmal die Bleistiftzeichnung *Don Quijote y Sancho Panza*, signiert und nummeriert von 71/125 bis 120/125. Im Büro von Àlex und Roger, deren Schreibtische einander gegenüberstanden, gab es dafür ein Poster mit Aristoteles Onassis' zehn Schlüsseln zum Erfolg. Das hatte in eindeutiger Absicht ihr Vater dort angebracht. Àlex, ein guter Seemann, der schon als Kind mit seinem kleinen Optimist gesegelt war und einen ausgeprägten Hang zu Booten und zum Meer verspürte, hielt es vor allem mit dem fünften Gebot. »Bewahre dir deine Sonnenbräune, und nimm notfalls künstliche UV-Strahlen zu Hilfe. Wenn du im Winter braun bist, denken die meisten Menschen, du seist in sonnigen Gefilden gewesen, und in diesem Sinne steht die Sonne für Geld.« Roger, der Flatterhafteste von allen drei Brüdern und der schlechteste Schüler, empfand den letzten Ratschlag als den nützlichsten: »Willst du Erfolg haben, verschwende deine Zeit nicht damit, über Dinge zu lesen, die andere vollbracht haben. Es ist viel besser, dein eigenes Leben zu leben.« Roger war jede Entschuldigung recht, um nur ja kein Buch aufschlagen zu müssen. Und ihm eben dadurch Reichtum in Aussicht zu stellen, hatte gerade noch gefehlt. Obgleich Àlex, Roger und Kim ihren Vater nie gefragt hatten, waren sie sich einig, dass er sich, vor die Wahl gestellt, für das achte entschieden hätte. Darin erklärte Onassis, du solltest deine Probleme für dich behalten und nach außen hin immer den Eindruck erwecken, als ginge es dir blendend. Diese Überlebensstrategie war typisch Ráfales. Typisch Hotelier. Alles ist schön, alles ist perfekt, nie passiert etwas. Bis es plötzlich doch passiert, und dann heißt es, tja, so ist das Leben, und du musst dich mit deinem Unglück abfinden, oder du bist erledigt.

»Guten Morgen, Jungs.«

Paco Ráfales betrat das Büro seiner Söhne. Er hatte das graue Jackett an und zog sich im Gehen die Hose hoch, eine Manie schlanker Männer, die, wenn sie sich vom Stuhl erheben, das Gefühl haben, den Bund am Rutschen hindern zu müssen. Àlex und Roger standen auf, um ihrem Vater einen Kuss zu geben. Das war eiserne Regel.

»Im dritten Stock stehen zwei leere Frühstückstabletts auf dem Boden. Frag mal nach, ob die Zimmermädchen die Ratten anlocken wollen.«

»Ich notiere es mir.« Àlex hatte sich wieder auf seinen Stuhl ohne Armlehnen gesetzt. Wer in einem Hotel arbeitet, hatte der Großvater immer gesagt, darf sich nicht in einem Sessel lümmeln.

»Ich will keine schmierigen Messer und Butterreste vor den Zimmertüren sehen. Außerdem riecht der ganze Flur nach Essen. Und wie oft muss ich noch sagen, dass sie im Zweiten nicht so früh schon saugen sollen? Wenn Diana Laborde davon aufwacht, gibt es Ärger. Und sag den Zimmermädchen im Zweiten auch noch, dass sie den Wagen nicht mitten in den Flur stellen sollen. Hinterher fehlen Handtücher und Shampoo, und keiner hat was mitgekriegt.«

»Ich ruf gleich an und lasse ihnen Bescheid geben.«

»Nein. Du gehst selbst hin und sagst es ihnen.«

»Gut, mach ich.« Sie fürchteten ihren Vater nicht, aber sie hatten Respekt vor ihm.

»Hast du die Preisliste fürs nächste Jahr fertig?«

»Du hast sie noch vor dem Mittagessen auf dem Tisch. Ich bin mit dem Logo fast fertig.« Er wies auf die zweifarbige

Zeichnung. »Ich habe die Steigerungen übernommen, die du mir gesagt hast. Wir erhöhen die Hoch- und die Zwischensaison, der Rest bleibt wie gehabt.«

»Ich will es vorher sehen.«

»Ja, natürlich, klar.«

»Und du?«, wandte er sich an Roger. »Hast du schon eine zündende Idee?«

»Für das Fest?«

Es war die einzige Aufgabe, die Paco Ráfales Roger übertragen hatte, und der hatte nie wieder daran gedacht. Er beschloss, sich herauszuwinden, und hoffte, damit durchzukommen.

»Oh ja, und ob. Soll ich sie dir zu der Preisliste ins Büro legen?«

»Nein, mein Junge. Ich möchte gern jetzt wissen, was du dir überlegt hast.«

Roger warf seinem Bruder einen hilfesuchenden Blick zu, doch Àlex bedeutete ihm stumm, er solle sich gefälligst etwas einfallen lassen.

»Also …, ich habe mir überlegt …«, Roger räusperte sich, »einen außergewöhnlichen Kostümball zu veranstalten.«

»Einen Kostümball. Was heißt einen außergewöhnlichen?«

»Zurzeit herrscht ja große Aufregung, weil Barcelona Olympiastadt werden will, oder wie nennt man das?«

»Als Olympiastadt kandidieren will«, half ihm Àlex auf die Sprünge.

»Wenn Barcelona also kandidieren will, könnten wir doch ein Fest organisieren, zu dem sich alle in Anspielung an eine Stadt kleiden, in der die Olympischen Spiele schon einmal stattgefunden haben.«

»Zum Beispiel?« Der Vater schien nicht sehr angetan.

»Paris 1924. Männer mit Schiebermütze, ein sehr konkreter Kleidungsstil.« Nicht einmal Roger selbst hatte gewusst, wie viele der Austragungsorte er auswendig wusste. Es kam wie von allein. »Oder Los Angeles 1932 oder Berlin 1936 …«

»Wir werden doch nicht die Crème de la Crème von Barcelona als Nazis maskiert in unserem Hotel versammeln wollen.«

»Das ist vielleicht nicht das beste Beispiel …«

»Und du, was hältst du davon?«, erkundigte er sich nach der Meinung seines ältesten Sohnes.

»Gar nicht übel. Originell. Und in diesen Sommer sind die Olympischen Spiele wieder in Los Angeles. Das ist keine schlechte Idee, Papa.« Àlex sprach immer lebhafter. »Und es stimmt, was Roger sagt, in Barcelona spürt man so was wie Vorfreude auf diese Kandidatur. Der Bürgermeister hat sich begeistert darauf gestürzt.«

»Maragall? Der muss zu dem Fest kommen, hört ihr? Letztes Jahr hat er sich gedrückt.«

»Wenn wir uns diesen Spaß mit den Olympiastädten erlauben und es ausreichend publik machen, wird ihm dieses Mal nichts anderes übrigbleiben.«

»Am besten, ich rufe Pasqual selbst an.« Er legte Roger die Hand auf die Schulter. »Junge, da steht uns Arbeit ins Haus, hörst du? Eine Menge Arbeit. So einen Ball richtet man nicht in drei Wochen aus. Du hast sechs Monate, aber es muss erstklassig werden, hörst du? Denk dran, das ist kein Fest für die Hotelgäste, vielmehr feiern wir das Schließen der Sommerterrasse zum Saisonende, ganz Barcelona will ich hier haben, und die Zeitungen sollen darüber berichten. Aber wenn ich einen einzigen Hitlersoldaten sehe, schneide ich dir die Eier ab.«

»Mit der Kneifzange«, ergänzten Àlex und Roger wie aus einem Mund, indem sie spöttisch eine stehende Redewendung ihres Vaters zitierten.

Paco Ráfales ließ es ihnen durchgehen. Sie durften sich alles erlauben. Mit seinen einundfünfzig Jahren und der einen oder anderen Falte, die er um seine Augen entdeckt hatte, gestattete der Witwer nur seinen Kindern, ihn außer Gefecht zu setzen. Ein Spaß, ein halber Satz oder eine witzige Bemerkung beim Abendessen genügte, um ihn zu entwaffnen, weil er gegen seinen Stolz auf seine vier Sprösslinge nicht ankam. Àlex und Roger wurden allmählich flügge. Ihm war bewusst, dass Kim, der ihm am stärksten ähnelte, seinen eigenen Kopf hatte und es nicht leiden konnte, wenn man sich allzu viel einmischte. Erst recht, seit er angefangen hatte zu entdecken, worum es im Leben ging. Und Elsa, die Kleinste, das Püppchen. Paco liebte es, sie zu kitzeln und ihr das Kinn zwischen die Schulterblätter zu graben oder ihr bei einer Wurzelrechnung zu helfen, wofür sie auf seinen Schoß kletterte. Mittwochnachmittags horchte er gern von Weitem, wenn sie mit dem Bogen über das Cello schrammte, das ihre Privatlehrerin Ariadna ins Rafaeli schleppte. Wenn Elsa Freude daran fände, würde er ihr später ein eigenes Violoncello kaufen. Alles war an seinem Platz. Das Frühstückstablett, der Putzwagen, die Krawatte in der richtigen Farbe und die Kinder. Trotz der Abwesenheit der Mutter war Paco Ráfales überzeugt, dass sie eine recht glückliche Familie waren.

5
Eines Tages gehe ich nach Los Angeles

Im Treppenhaus roch es nach Katze. Als Kim zum ersten Mal zu Lauras Wohnung hinaufstieg, war es schon fast an der Zeit für die Abschlussprüfungen. Erst seit einer Woche, kurz nach Sant Jordi, dem Georgstag, trugen alle kurze Ärmel und waren in Frühlingslaune. Laura wohnte zusammen mit anderen Studentinnen im dritten Stock eines Hauses ohne Aufzug im Carrer Montseny. Der dunkle Hausflur mit den unbeschrifteten Briefkästen, die Stufen und Treppenabsätze – alles stank nach Katzenpisse. Er war gewiss nicht der Erste, dem das auffiel, und so verkniff er sich taktvoll jegliche Bemerkung.

»Tut mir leid, dass ich zu spät bin.« Er setzte die Sonnenbrille ab, während er sich entschuldigte. »Ein Unding, hier einen Parkplatz zu finden.«

»Bist du etwa mit dem Auto nach Gràcia gekommen?« Sie schloss die Tür hinter ihm. »Selbst schuld. Komm rein.«

Kim nahm die Schlüssel und das Päckchen Fortuna heraus, weil sie ihn in der Hosentasche störten.

»Darf ich rauchen?«

»Was glaubst du wohl?« Seit wie vielen Tagen hatten sie die Aschenbecher nicht geleert? Sie erinnerte sich nicht, wer damit dran war. Txell vielleicht. In dieser Woche war Laura für das Bad zuständig. Der unangenehmste Turnus. Sie hasste es, die Haare der anderen aus dem Abfluss zu fischen. Dabei hatte sie ihnen schon hundertmal gesagt, sie sollten sich die Haare abschneiden oder jede nach dem Duschen ihre eigenen wegmachen.

»Hast du schon angefangen?«

»Den Film zu sehen?« Beide wussten auf Anhieb, wovon er sprach, und lachten. »Nein! Ich habe auf dich gewartet. Ich will ja nicht, dass du den Anfang versäumst. Da gibt es die meisten Dialoge.«

Die Wohnung hatte drei Zimmer, eine Küche, in die man sich nur seitlich hineinschieben konnte, und ein Esszimmer, in das knapp ein verschlissenes zweisitziges Sofa, ein Fernsehgerät und ein kleiner Tisch mit vier wackligen Stühlen passten. Hinten verbarg eine Gardine die Aussicht auf einen öden Innenhof. Wenigstens fiel von dort das Licht der letzten Sonnenstrahlen herein. Zu Anfang des Trimesters hatten die vier Bewohnerinnen die Wände gestrichen – nachdem sich Weiß bei der Abstimmung durch Handzeichen drei zu eins gegen Eierschalfarben durchgesetzt hatte – und vier Regale angebracht, damit jede über einen eigenen abgegrenzten Bereich für ihre Sachen verfügte. Nachdem sie alles gestrichen, sich ein Wochenende lang mit Farbe bekleckst hatten und vor Lachen fast von der Leiter gefallen wären, baumelten die beiden Glühbirnen nackt von der Decke, und keine von ihnen dachte je wieder daran, dass ein simpler Lampenschirm ihrer Behausung ein wenig das Provisorische genommen hätte. Alle vier entschieden, diesmal einstimmig, dass das winzige Esszimmer frei von Bildern oder Fotos bleiben sollte. Wenn eine Poster haben wollte, konnte sie die in ihrem Zimmer aufhängen. Sira und Anna, die Schwestern aus Reus, die in Stockbetten schliefen, hatten Bruce Springsteen an der Wand sowie ein Filmplakat von Indiana Jones, das sie am Eingang eines Kinos gestohlen hatten, vorsichtig, ohne es zu zerreißen. Txell, die schon im ersten Kurs Informationswissenschaften fest entschlossen war, Fernsehmoderatorin für Nachrichtensendungen zu werden, ein Autogrammfoto mit Widmung von Bernd Schuster. Und überall Kunstwerke ihrer Nichten und Neffen. Bei sieben Geschwistern gab es davon reichlich. Mittlerweile waren es sechzehn, und es würden bestimmt noch mehr werden.

Laura hatte in ihrer Zelle ein Poster, das Kim bekannt vorkam.

»Dasselbe wie in Banyoles?«

»Nein, Mann. Das ist Kareem Abdul-Jabbar.«

»Ah. Und auf dem anderen?«

»Du hast es dir angesehen, ich weiß. Magic Johnson bei einem seiner Assists, während er zur entgegengesetzten Seite schaut. Aber ganz falsch liegst du nicht. Sie spielen beide bei den Lakers. Eines Tages gehe ich nach Los Angeles. Weißt du, wie man diesen Wurf nennt?«

Sie zeigte auf Kareem.

»Einen Haken?«

»Einen *Skyhook*. Kein Mensch beherrscht das so wie Abdul-Jabbar. Seine Bälle fallen vom Himmel.«

Sie nahm einen Basketball aus dem Papierkorb, und mit hoch über den Kopf erhobener Hand imitierte sie den Wurf. Sie traf.

»Olé.«

Laura machte eine triumphierende Geste mit der Faust und dem Unterarm, als hätte sie bei einem großen Finale in letzter Sekunde einen Dreipunktetreffer gelandet. Jede Menge Basketball, ja, aber die Platte auf zwei Böcken, die ihr als Tisch diente, war übersät von Notizzetteln, aufgeschlagenen Büchern und Kugelschreibern. Als ihr Blick auf zwei halbleere Teetassen und ein Tellerchen mit einer angebissenen Pflaume fiel, trug sie sie rasch in die Küche. Das übrige

Zimmer, abgesehen vom Schreibtisch, war sauber und ordentlich, das Bett gemacht. Nicht mit der Perfektion eines Hotel Rafaeli, dennoch hatte Kim den Eindruck, dass Laura die Laken nicht nur oberflächlich glattgestrichen hatte. Am Fußende des Bettes, das in einer Zimmerecke stand, befand sich ein Combo-Videogerät, ein anderthalb Spannen messender Bildschirm mit einem Einschub für VHS-Bänder.

»Hier?«, wunderte sich Kim. »Ist das dein Ernst?«

»Wieso?«

»Habt ihr keinen Fernseher im Wohnzimmer?«

»Du wirst das wohl nicht im Esszimmer anschauen wollen, wo jeden Moment eine von den Mädels auftauchen kann.«

»Mensch, Laura, sollte man uns dann nicht lieber auf dem Sofa vorfinden als in deinem Bett?«

»Was ist? Wir arbeiten doch bloß.« Sie legte das Band ein und suchte mit der Fernbedienung nach dem Videokanal. »Normalerweise ist es die Null … Hast du etwa gedacht, wir vögeln, oder was?«

Mit diesen Worten legte sie ihm beide Hände auf die Brust und schubste ihn rücklings auf die Tagesdecke. Ausnahmsweise fiel ihm keine Antwort ein. Zu seinem Glück fing in diesem Moment ein Film an, der zwar nicht in die Kinogeschichte, wohl aber in ihrer beider Lebensgeschichte eingehen sollte. Es begann in einem unscheinbaren Büro, durch das feiner Dunst waberte. Ein Mann, Verkaufsleiter allem Anschein nach, sprach in eine Gegensprechanlage. Kurz darauf trat eine junge Frau ein und brachte den neuen Katalog für Saisonprodukte. Sie befanden sich in einer Firma für Tiefkühlkost. Erbsen, Fisch, Pizza, Geburtstagstorten.

Alle, die bei Manuel Aguado ihr Seminar machten, waren bass erstaunt, als dieser altgediente Professor ihnen kürzlich bei Vorlesungsende aufgetragen hatte, sich einen Pornostreifen auf Englisch anzusehen und simultan zu übersetzen. Zuerst hatten sie es für einen Scherz gehalten. Aber es war keiner. Es war eine obligatorische Übungsaufgabe, die sie in spätestens vierzehn Tagen auf einer Tonbandkassette abzuliefern hatten. Als sie begriffen hatten, dass es sich um ein ernstgemeintes Ansinnen handelte, steigerte sich der Tumult. Eine Studentin war so fassungslos, dass sie ihre Siebensachen zusammenraffte und empört den Hörsaal verließ, während sie regelrecht nach Luft schnappte. Gleich am nächsten Morgen erhielt der Dekan der Universität einen Brief, in dem man ihn über den Vorfall unterrichtete, die – unentschuldbare – Obszönität der Aufgabenstellung beklagte, sich über die Perversion des Professors beschwerte und *ipso facto* Konsequenzen forderte. Womöglich sogar einen Universitätsverweis. Manuel Aguado, dem bis zu seinem Vorruhestand nicht mehr viele Jahre fehlten, ließen solche Schreiben vollkommen kalt.

Er wusste, dass jedes Jahr irgendjemand vom Opus Dei den Schrei zum Himmel erhob, seine Amtsenthebung verlangte, und das Ganze hinterher doch im Sande verlief. Das war Teil des Spiels. Und wen ging es letzten Endes etwas an, wenn er sich an den Übersetzungen aufgeilte? Zu Hause, allein, genehmigte sich Manuel einen Whisky und schaltete den Rekorder ein. Dann bewertete, korrigierte und benotete er, und die Welt war in Ordnung.

»Soll ich dir meinen Kühlschrank öffnen?«

»Gefrierschrank. Besser Gefrierschrank, findest du nicht?«

»Unterbrich mich nicht, sonst verlieren wir den Faden.« Laura äffte die Grimassen der Schauspielerin nach. »Soll ich … meine Gefriertruhe für dich öffnen?«

»Oh, Schätzchen, wie mir scheint, hast du da eher eine Mikrowelle.«

»*Microwave oven?* Was ist das?« Sie hörte auf, die Stimme zu imitieren.

»Den benutzt man zum … Verflucht, Laura, was für ein mieser Film. Wo ist der her?«

»Aus dem Videoclub. Es war der einzige, den sie auf Englisch hatten. Was hast du denn erwartet? Übrigens …« Sie drückte auf Pause und ließ den Verkaufsleiter erstarren, der die Finger ungeduldig an die Gürtelschnalle gelegt hatte. »Ich habe mich ein bisschen geschämt und dem Typen im Videoclub gesagt, es sei für eine Hausarbeit. Und weißt du, was er mir geantwortet hat?«

Kim sah sie fragend an.

»Ja, ja, schon klar! Als wollte er sagen, ich weiß schon Bescheid … Dabei kennt der mich doch überhaupt nicht!«

Die *Play*-Taste erlaubte dem Verkaufschef endlich, sich seiner Hose zu entledigen. Im Handumdrehen präsentierte er einen gewaltigen Ständer. Sie schauten den Film ohne jede Verlegenheit. Seite an Seite auf Lauras Bett sitzend, die Füße auf dem Boden, ohne die Schuhe auszuziehen, fühlten sie sich nicht einmal peinlich berührt. Die Augen unverwandt auf den Bildschirm geheftet, probten sie abwechselnd Übersetzungsvarianten, ehe sie schließlich die *Rec*-Taste des Philips-Gerätes für die Aufnahme betätigten, die sie als Ergebnis ihrer gemeinsamen Arbeit bei Aguado abgeben würden.

Sie waren gerne zusammen. Im Laufe des Trimesters lernten sie sich näher kennen, und ohne dass es ihnen aufgefallen wäre, verstanden sie sich jeden Tag besser. Sie frühstückten in der Cafeteria, saßen im Unterricht nebeneinander, besuchten dieselben Kurse, schrieben bei Klausuren voneinander ab, lachten über die gleichen Dinge. Und vor allem überließen sie sich gegenseitig ihre Notizen, wenn einer von beiden – Kim, um sich in einem freien Zimmer des Rafaeli heimlich mit einem Mädchen zu vergnügen, Laura wegen des Basketballtrainings – eine Vorlesung geschwänzt hatte. An einem regnerischen Nachmittag im Februar musste Laura ein Buch über die Geschichte der Jurisprudenz fotokopieren und wusste, dass man ihr den Abzug im Copyshop der Universität aus rechtlichen Gründen verweigern würde. Sie verkauften unter der Hand Marihuana und Shit, und wenn nötig sogar fertiggedrehte Joints, aber Bücher kopierten sie einem nicht. Kim, dem Lauras Ärger nicht verborgen blieb, erbot sich, sie im Auto nach Sant Cugat zur Plaça dels Quatre Cantons zu fahren. Er kannte dort einen Laden, in dem man alles kopieren lassen konnte. Ohne unbequeme Fragen gestellt zu bekommen. Man brachte das Buch hin, gab an, von wo bis wo man es kopiert haben wollte, und ein Angestellter, ganz altmodisch in einem durchgeknöpften blauen Kittel, verschwand nach hinten und kam, für eine halbe Pesete pro Seite, fünf Minuten später mit den fertigen Kopien zurück. Von Bellaterra nach Sant Cugat war es für Laura ein Katzensprung. Für sie, die sie es gewohnt war, hin und zurück den Zug zu nehmen – oder auch den Bus, der noch häufiger hielt und jedem Stau ausgeliefert war –, fühlte sich die Fahrt im Auto an wie der pure Luxus. Und Kim erwies sich als aufmerksamer Chauffeur.

»Geh rein. Ich warte hier.« Er hatte seinen Ford Escort halb auf dem Bürgersteig geparkt. Es regnete immer noch. »Willst du einen Schirm?«

»Nein, nein, es ist ja nicht weit, oder?«

Er hatte zehn Meter vor dem Copyshop angehalten, zwischen zwei Bäumen, der einzigen Stelle, wo man den Verkehr nicht behinderte.

»Wenn mich die Polizei nicht verjagt, warte ich hier auf dich.«

Laura war schon ausgestiegen, und der Knall der zuschlagenden Tür hatte Kims letzte Worte übertönt. Er vertrieb sich die Zeit mit den *40 größten Hits*. *Stay* von Jackson Browne war der erste. Drei Songs später, während die Regentropfen in unregelmäßigen Mustern über die Scheibe rannen, bemerkte er im Rückspiegel Laura, die wieder aus dem Geschäft kam. Hastig übersprang sie die drei Eingangsstufen und rannte los, weil man ja immer glaubt, so würde man weniger nass. Die Tasche war ihr egal, aber sie wollte wohl nicht, dass das Buch oder die Fotokopien etwas abbekämen. Im Spiegel sah Kim, wie Laura die Tür zu dem Auto aufriss, das hinter ihm parkte – auch ein Ford, der ebenfalls halb auf dem Bordstein stand. Der Fahrer blickte, eher verdutzt als erschrocken, auf das fremde Mädchen, das sich auf den Sitz neben ihm fallen ließ. Vielleicht wollte sie sich ja nur ins Trockene flüchten. Kim sah die entgeisterte Miene des jungen Mannes, hörte zwar nicht, was dieser sagte, doch dann schlug Laura sich die Hand vor den Mund, stieß die Tür wieder auf, sprang aus dem Wagen und lief die fünf Schritte zu dem richtigen Auto. Kim hatte bereits die Tür aufgemacht, damit Laura einsteigen konnte.

»Na, wo wolltest du denn hin?« Er grinste.

»Ich?« Sie zog die Tür zu. »Du hast das Auto nach vorn gesetzt, oder?«

Sie mussten beide lachen.

»Aber der Wagen hinter mir ist doch schwarz.«

»Und deiner, ist der nicht schwarz?«

»Nein. Der ist blau, Laura, immer schon gewesen. Bist du farbenblind, oder was?«

»Das soll blau sein?«

»Immerhin hast du das Modell erkannt. Der hinter uns fährt auch einen Ford Escort.«

»Siehst du, so schlecht bin ich gar nicht.«

»Was hat der Typ denn gesagt, als du einfach so in sein Auto gestürmt bist?«

»Na ja – ich hab einfach nicht so genau hingeschaut, ich wollte nur raus aus dem Regen, verstehst du? Aber ich hab gleich gemerkt, dass es im Wagen anders riecht … Und als ich nach dem Gurt greifen will, da fragt er: ›Äh … Kennen wir uns?‹«

»Und du?«

»Wie? Oh, verdammt, Verzeihung, Verzeihung. Und dann bin ich gleich wieder raus.«

»Und? Roch sein Aftershave besser oder schlechter als meins?«, erkundigte er sich eifersüchtig.

Sie mussten den ganzen Rückweg über lachen. Die Fahrt entlang der Arrabassada, der Landstraße, die von Sant Cugat nach Barcelona führt, war eine Strecke, die Kim mit verbundenen Augen hätte fahren können. Schließlich legte er sie jeden Tag mit seinem Moped zurück, und auch jetzt nahm er die Kurven, als gehörte die gesamte Fahrbahn ihm. Laura war dankbar, dass er sie bei diesem Wetter bis vor die Haustür brachte. Ihre Schuhe waren schon von den wenigen Schritten durch den Regen ganz nass geworden. Auf der Fahrt erzählte Kim ihr, wie er im Gymnasium einmal für zwei Wochen vom Unterricht ausgeschlossen worden war. Eigentlich hätten sie ihn endgültig rauswerfen wollen, doch seine Mutter sei vor der Rektorin zu Kreuze gekrochen, die allmählich ziemlich entnervt war. Die Schulleiterin war von seinem ältesten Bruder Àlex noch recht angetan gewesen, mit Roger habe es dann schon das eine oder andere Problem gegeben, aber nach der Sache mit Kims Karikaturen habe sie von den Ráfales-Brüdern die Nase gestrichen voll gehabt.

Kim konnte sehr gut zeichnen. Seine angeborene Begabung wurde ergänzt durch den Besuch eines Schneiderateliers, wo er an zwei Nachmittagen pro Woche nach der Schule für eineinhalb Stunden mit Kohle menschliche Figuren zeichnen lernte. Im Alter von fünfzehn Jahren skizzierte er mit ein paar Strichen den Körper einer Frau. Mit ein paar weiteren zog er ihnen Kleider an. Bei seinen Mitschülern erfreuten sich seine Karikaturen, die er während des Unterrichts anfertigte und die das unbekleidete Lehrpersonal zeigten, unterdessen großer Beliebtheit. Es gab bereits eine ganze Sammlung, und in der Pause auf dem Schulhof schlug er seine Mappe auf und brüstete sich vor den Schulkameraden mit seinen Werken. Den Lateinlehrer, klein und behaart, hatte er mit einem Schnauzbart bis zu den Füßen ausgestattet. Seinen Klassenlehrer zeichnete er nackt und mit einem Sheriffstern auf der Brust. Die füllige Mathematiklehrerin hatte er als Venus von Willendorf dargestellt, über deren enormen Brüsten jede Menge Halsketten baumelten, die Kastilischlehrerin am FKK-Strand mit einem Schamhaarbusch in der Form der Iberischen Halbinsel. Die Gerüchte von der Existenz dieser despektierlichen Zeichnungen verbreiteten sich an der Schule wie ein Lauffeuer. Und bald hörten auch die Lehrer davon.

Die Bombe platzte in der Französischstunde. Während Monsieur Pierre eine Fabel von La Fontaine mit ihnen durchnahm, schaute Kim immer wieder zu ihm hinüber, während er ihn heimlich porträtierte. Die Karikatur zeigte Monsieur Pierre mit einem Stück Kreide in der Hand und bis zu den Knöcheln heruntergelassenen Hosen. In einem unseligen Moment warf Driqui, Kims Banknachbar, aus dem Augenwinkel einen Blick auf die Zeichnung und prustete los. Er schlug sich die Hand vor den Mund, aber da nahm das Unglück schon seinen Lauf.

»*Quoi?* Was gibt es zu lachen?«

»Nichts, nichts.« Driqui presste die Lippen aufeinander und bemühte sich, ein Kichern zu unterdrücken.

Kim ließ das Blatt rasch unter einem Buch verschwinden … Zu spät. Monsieur Pierre, ein Bretone, der seinem eigenen Schatten nicht über den Weg getraut hätte, hatte es bereits gesehen.

»*Qu'est-ce que c'est?* Was ist mit diesem Papier?« Er näherte sich ihrem Pult, das sich etwa in der Mitte des Klassenzimmers befand.

»Nichts, nichts.« Kim zog das Blatt wieder unter dem Buch hervor und legte es in die Mappe mit den Trennblättern, die offen auf seinen Knien lag.

»Warum versteckst du es *donc*?«

Monsieur Pierre war nicht nach Spielchen zumute.

»Es ist …« Kim spürte, wie ihm die Hitze ins Gesicht stieg. »… etwas Persönliches.«

Mit strenger Miene pflanzte sich Monsieur Pierre neben ihm auf. Er konnte es nicht ausstehen, wenn jemand aus der Reihe tanzte.

»Her damit.« Er hielt seinem Schüler die offene Hand hin. Reglos. Unerbittlich.

»Tu's nicht, Mann, gib's ihm bloß nicht«, zischte Driqui und kassierte eine bretonische Kopfnuss, bei der ihm Hören und

Sehen verging. Kim öffnete zögernd seine Mappe, nahm die Zeichnung heraus, zerknüllte sie in der Faust, und als achtundzwanzig atemlose Schüler bereits davon überzeugt waren, dass er sie dem Lehrer aushändigen und gleich ein Mordsdonnerwetter losbrechen würde, steckte er das Papier kurzerhand in den Mund und begann zu kauen. Vernichtung von Beweismaterial nannte man das wohl. »Bravo, Mann«, entfuhr es Driqui, die anderen klatschten Beifall. Kim kaute wie verrückt und beeilte sich das Corpus delicti herunterzuschlucken. Monsieur Pierre geriet außer sich vor Zorn, er schleuderte die Kreide auf Kims Pult, machte auf dem Absatz kehrt, sammelte seine Geschichten ein und stürmte, begleitet von sämtlichen Fabelwesen La Fontaines, aufgebracht aus dem Klassenzimmer. Dabei schimpfte er unentwegt auf Französisch vor sich hin, doch in dem Aufruhr verstand niemand, was er sagte. Das Knallen der Tür war allerdings nicht zu überhören.

Keine halbe Stunde darauf hatte der Leiter der Mittelstufe Kims Mappe konfisziert. Darin fanden sich zwischen Notizen zu Trigonometrie und der industriellen Revolution unter anderem die Venus von Willendorf, die Iberische Halbinsel und der körperlange Schnurrbart des nackten Lateinlehrers. Der Sheriff, einer der Ersten, der die Zeichnungen zu sehen bekam, schmunzelte zunächst in sich hinein und dachte, wie gut der Schlingel zeichnen konnte. In dem Augenblick jedoch, als er sich selbst entdeckte, verhärteten sich seine Züge. Nachdem die Angelegenheit in einer Lehrerkonferenz diskutiert worden war, wobei die Karikaturen ständig herumgereicht wurden, weil jeder sie sehen wollte, beschloss man, den jüngsten Ráfales der Schule zu verweisen. Nur das Einschreiten seiner Mutter – nennen wir es Diplomatie, nennen wir es finanziellen Pragmatismus –

konnte eine Abschwächung dieser Strafe bewirken. Mit einer großzügigen Spende für die Schule wurde die Angelegenheit schließlich geregelt. In den zwei Wochen, die Kim bis zum Hals in Hausaufgaben vergraben zu Hause saß, zeichnete er unablässig die Rektorin in zunehmend schweinischen Posen, die glücklicherweise niemand zu sehen bekam. Dennoch hatte das Lehrerkollegium, möglicherweise aus Rache, übereinstimmend entschieden, Quim Ráfales Angerri das Schuljahr wiederholen zu lassen.

Am nächsten Tag erlaubte sich Laura, die sich über die Schilderung dieser unglückseligen Episode sehr amüsiert hatte, einen Spaß mit Kim. Dieser war zu spät zum Volkswirtschaftsunterricht erschienen und hatte sich ganz hinten in der Nähe der Tür auf den ersten freien Stuhl gesetzt, den er finden konnte. Dort saß er nun, allein, am Ende der Welt sozusagen, und als Laura ihn so sah, riss sie eine Seite aus ihrem Heft, schrieb etwas darauf und sorgte dafür, dass der Zettel unauffällig von Hand zu Hand gereicht wurde, bis ihn die Nachricht erreicht hatte. Verblüfft nahm Kim das viermal gefaltete Blatt entgegen. Er hatte keine Ahnung, von wem es kam. Verblüfft reckte er den Hals, blickte fragend nach vorn und fand in Lauras Augen des Rätsels Lösung. Er freute sich, dass sie die Absenderin war, und las rasch ihre Botschaft: »Lust, den Professor zu malen?«

Er riss ein Stück Papier ab, um ihr zu antworten, und sandte die Nachricht wieder zurück. Sieben Reihen weiter vorne wartete Laura schon. Bevor sie das Papierchen auseinanderfaltete, vergewisserte sie sich, dass der Professor an der Tafel beschäftigt war. Sie musste die Nachricht zweimal lesen, um sicherzugehen, dass sie sie richtig verstanden hatte.

»Lehrer interessieren mich nicht mehr. Ich zeichne jetzt lieber Kommilitoninnen.«

Laura wurde rot. Sie steckte den Zettel weg und tat, als hätte sie die Antwort nie erhalten. Sie drehte sich auch nicht um. Sie wollte nicht in Kims feixendes Gesicht sehen, der hinten im Saal darauf wartete, ihr die Zunge herauszustrecken. Er ging davon aus, dass sie den Witz verstanden hatte, denn manche Witze, wenn man sie nicht auf Anhieb begreift, können zu Missverständnissen führen, aus denen Konflikte entstehen, dann ist es von der Irritation zum handfesten Streit nur noch ein kleiner Schritt, und die Lage kann sich so verschärfen, dass nicht einmal eine internationale Friedenskonferenz die Wogen wieder zu glätten vermag. Und selbst wenn, wird es doch nie wieder, wie es einmal war.

Und so beließen sie es einfach dabei, aber seit jenem Tag machten Kim und Laura es sich zur Gewohnheit, während des Unterrichts kleine Botschaften auszutauschen. Das gesamte Studium hindurch wanderten die Zettelchen hin und her, und es löste jedes Mal eine kindliche Spannung aus, sie heimlich zu empfangen und ebenso unbemerkt vom Dozenten zu beantworten.

Gleich zu Beginn ihres Studiums hatten sie noch ein weiteres Spiel ersonnen, das unschuldiger wirkte, als es vielleicht war.

»Eins, zwei, drei, woran denkst du?«

»An die nächste Partie. An meine Mannschaftsaufstellung.«

In jedem Augenblick, was auch immer sie gerade taten, konnte einer den anderen mit dieser Frage überraschen. *Woran denkst du?* Und der andere musste die Wahrheit sagen. So war die Abmachung. Er fragte, sie antwortete, oder sie fragte, er antwortete, spontan, ohne zu überlegen. Dieses Spiel hatte

Laura eines Morgens erfunden, während sie auf dem Campus in der Sonne lagen. Die Regeln hatte Kim aufgestellt, wohl wissend, dass er sie als Erster brechen würde. Man kann nicht immer die Wahrheit sagen. In manchen Fällen muss man sich auch mit einer Halbwahrheit begnügen. Würden wir alle jederzeit und zu jedermann nichts als die Wahrheit sagen, wäre unser Zusammenleben unerträglich. Es gäbe noch mehr Kriege auf der Welt, mehr Tote, mehr Ehescheidungen, mehr öffentlich gewaschene Schmutzwäsche. Mehr Arbeit für die Rechtsanwälte. In diesem Moment jedoch, als sie zusammen in Lauras Zimmer den Film anschauten und in Anbetracht des Blowjobs, der dem Tiefkühlkostverkäufer soeben zuteil wurde, dachten sie nicht an ihre kleinen Spielchen, denn was sie sahen, nahm sie vollends in Anspruch. Laura spürte plötzlich, wie sich ihre Brustwarzen zusammenzogen. Schüchtern, aber sie regten sich. Sie senkte das Kinn, um unauffällig an sich herunterzublicken, stellte aber fest, dass unter ihrem T-Shirt nichts zu sehen war.

»Oh, ja, ja …«

»Mmmh, mmhh …«

»Ja, so, weiter, weiter …«

In das Spektakel vertieft, nahmen sie nicht wahr, dass jemand die Wohnung betreten hatte.

»Hallihallo! Ich bin's.«

Sira hörte das Stöhnen aus Lauras Zimmer. Laura! Wer hätte das gedacht! Schon war sie im Begriff, sich diskret zurückzuziehen, doch dann gewann die Neugier die Oberhand.

»Ihr könntet wenigstens die Tür zumachen.«

Jetzt erst hatten sie sie bemerkt.

»Komm rein, Sira, komm rein.«

Laura griff nach der Fernbedienung, um den Ton leiser zu stellen.

»Komm rein, es ist lustig. Nur keine Angst …«

Kim drückte auf die Stopptaste des Fernsehers und sprang wie auf frischer Tat ertappt vom Bett.

»Schon gut, es ist nur Sira«, sagte Laura, als hätten sie tatsächlich etwas Unrechtes getan.

Die Mappe noch in der Hand, näherte sich Sira – Medizinstudentin im dritten Jahr – zögernd der Tür. Sie fürchtete, Laura mit wem-auch-immer bei was-auch-immer anzutreffen, wobei sie auf alles gefasst war, nur nicht auf eine Hausarbeit fürs Studium. Sie machte zwei geräuschvolle Schritte in Richtung des Zimmers und klopfte dann an die Tür, die halb offen stand.

»Hallo, ich bin Sira.« Verlegen trat sie ins Zimmer.

Auf dem Bildschirm des Fernsehers war eine Vagina in Großaufnahme zu sehen.

»Hallo, ich bin Kim. Wie geht's?« Sie küssten sich rechts und links. Siras Wangen fühlten sich kühl an, fand Kim. Was vielleicht auch daran lag, dass seine glühten.

»Ihr kennt euch noch gar nicht? Ich dachte …«

»Nein, woher denn? Du hast mir nur schon eine Menge von Kim erzählt.«

»Nur Gutes, hoffe ich.«

»Du bist der Karikaturist, stimmt's?«

»Mein schlechter Ruf eilt mir wohl voraus …«

»Aber nein, ich finde es super.« Sie sah ihn spitzbübisch an. »Wir haben uns unsere Professoren doch alle schon mal nackt vorgestellt.«

»Was meint ihr«, warf Laura ein, »ob die uns auch in Gedanken ausziehen?«

»Puh, Leute, wie seid ihr denn drauf?« Sira wies auf den Bildschirm. »Na ja, kein Wunder.«

»Das ist eine Hausarbeit. Für die Uni.« Die Situation fing an, Kim Spaß zu machen.

»Sicher, weil sich zum Übersetzen und Dolmetschen ja nichts so gut eignet wie ein Pornofilm. Wegen der großartigen Dialoge, was? Tolle Ausrede.«

»Es ist wirklich eine Hausaufgabe von Professor Aguado, Sira, Ehrenwort. Wir sind auch aus allen Wolken gefallen.«

»Offensichtlich habe ich mir das falsche Fach ausgesucht. Wenn wir Mediziner Arbeiten aufbekommen, fischt man uns eine triefende Leiche aus dem Formalinbecken und klatscht sie auf den Tisch, damit wir sie zerschneiden. Wie ich sehe, ist bei euren Übungsobjekten mehr Bewegung drin.«

»Ja, aber reden tun sie manchmal auch …«

»Und triefen«, ergänzte Laura.

Sie saßen zu dritt auf dem Bett und konnten eine ganze Weile nicht aufhören, ihre Witze zu machen. Kim hatte den Eindruck, dass Sira etwas älter war als Laura und er. Was vielleicht auch daran lag, wie sie sprach – so selbstsicher und erwachsen. Oder, wie sie sich kleidete. Die Jeans, das passende T-Shirt, die leichten Stiefel, alles wirkte bedachtsamer gewählt als bei Laura. Nachdem sie sich wieder beruhigt hatten, ging Kim kurz raus, um sich einen Aschenbecher zu holen, den er im Wohnzimmer hatte stehen sehen. Kaum waren sie unter sich, huschte Sira zur Tür und schob sie zu.

»Mensch, Laura, warum hast du mir nichts davon erzählt?«, sagte sie leise.

»Was meinst du?«

»Na – du und Kim, meine Güte …«

»Zwischen uns läuft nichts.«

»Wie, da läuft nichts? Soll ich dir das glauben? Der ist doch echt süß.« Sie warf sich neben ihre Freundin. »Hast du gesehen, was der für ein breites Kreuz hat?«

Laura schaltete das Video aus, während Sira weiter bohrte.

»Ist er Schwimmer?«, wollte sie wissen.

»Keine Ahnung. Ich glaube, er spielt Tennis.«

»Tennis? Und er hat so tolle Haare.« Sie zauste Lauras Mähne.

Sie hörten, wie Kim den Aschenbecher ein paar Mal gegen den Mülleimer schlug, um Kippen und Asche auszuleeren.

»Sag ihm, er soll heute Abend mit uns ausgehen.«

»Er wird nicht wollen.«

»Ach, komm schon, Laura.« Sira gab ihr einen Stoß mit dem Ellbogen. »Wenn du ihn darum bittest, kommt er bestimmt mit.«

»Die Jungs aus Barcelona gehen donnerstags nie aus.«

Laura wunderte sich über das Interesse ihrer Mitbewohnerin. Kim, das Päckchen Fortuna in der einen, den Aschenbecher in der anderen Hand, stieß mit dem Fuß die Tür auf und bot ihnen eine Zigarette an. Sira bediente sich. Laura hingegen schien mit ihren Gedanken auf dem Mond zu sein. Kim aber wusste, wie er sie auf die Erde zurückholen konnte.

»Eins, zwei, drei. Woran denkst du?«

Er hatte recht. Man konnte nicht immer die ganze Wahrheit sagen.

6

Ein Stück Paris

Als Sira ihn spät in der Nacht in weiblicher Begleitung das Karma verlassen sah, fühlte sie einen Stich.

»Kennst du die?«

»Vom Sehen, ja.«

»Woher«, fragte sie erstaunt. »Aus dem Karma?«

»Ich weiß es nicht mehr.«

Laura machte es offenbar weniger aus als Sira, dass Kim an jenem Donnerstag morgens um Viertel nach zwei mit einem anderen Mädchen die Diskothek an der Plaça Reial verließ. Die vier WG-Bewohnerinnen aus dem Carrer Montseny hatten Kim überredet, mit ihnen loszuziehen und sich die Tour zeigen zu lassen, die die Mädchen vom Land nach und nach für sich entdeckt hatten und mit wenigen Varianten allwöchentlich abklapperten.

»Ich glaube, die ist an unserer Fakultät.« Laura zerbiss das Eis aus ihrem Wodka-Orange.

»Weißt du, wie sie heißt?«

»Meine Güte, Sira, ich kenne sie doch gar nicht.«

»Hier ist es mir zu stickig.« Ihre Mitbewohnerin Txell hatte genug. Vom Lärm, vom Rauch, vom Schweiß. »Gehen wir ein bisschen nach draußen?«

Sie waren seit vier Stunden auf Achse. Als Erstes hatten sie Kim ins Padam Padam geführt. Das ist ein Stück Paris, hatten sie gesagt, um es ihm schmackhaft zu machen. Was überflüssig war. An diesem Abend war er für alles zu haben. Er hatte Lauras Mitbewohnerinnen kennengelernt, fand sie alle drei hübsch und sympathisch und folgte ihnen bereitwillig auf ihrem Zug durch die Gemeinde. Im Jargon der Ráfales-Brüder war es eine Scalextric-Nacht, eine Nacht wie auf Schienen. Das hieß, man brauchte sich nur einzuspuren und von Ort zu Ort zu rollen. Ohne zu entgleisen.

Das Padam Padam war ideal zur Einstimmung. Eigentlich eine Musikbar wie jede andere. Doch ging es ihnen nicht so sehr um das Lokal im Carrer Rauric an sich, das mit den faden Kunstwerken eines Vorstadtmalers dekoriert war, an denen die ausgeblichenen Rahmen noch das Reizvollste waren, als vielmehr darum, dem jungen Mann die Wirtin vorzustellen. Diese war eine alte Frau, die alles allein machte, Plätze zuweisen, Getränke servieren, Tische abwischen, Musik auflegen und kassieren. Ihre Haut war so bleich wie die von Édith Piaf. Sie schminkte sich die Lippen so rot wie die Piaf. Sie war genauso klein und, wie Sira an einem lange zurückliegenden Ausgeh-Donnerstag konstatiert hatte, auch so hässlich wie die Piaf. Alles in allem sehr existenzialistisch und sehr französisch. Als vier Biere auf dem Tisch standen, fing Kim an, sie auszufragen.

»Also ein bisschen was weiß ich ja schon über euch.« Die vier Mädchen saßen um ihn herum. »Laura ist Laura. Wir kennen uns bereits.«

Sie nickten.

»Und ihr beide seid also Schwestern. Sira und Anna. Sira ist die Ältere, das sieht man gleich.«

»Werd nicht unverschämt!«

»Und sie studiert Medizin, auch in Bellaterra. Anna … also Anna sieht aus wie eine Philologiestudentin, dürfte tatsächlich aber im ersten Jahr Wirtschaftswissenschaften sein.«

»Die Richtung stimmt. Hispanistik an der Central«, kam Sira ihrer Schwester zuvor, um das Terrain abzustecken.

»Und was ist mit mir?«, fragte Txell. Wenn sie lächelte, füllte sie jeden Raum mit Licht. Und mit Leben.

»Dem Dialekt nach kommst du aus der Nähe von Banyoles.«

»Bravo. Aus Cornellà.«

»Aus Cornellà del Terri«, präzisierte Laura, die es gewohnt war, die Verwechslung mit Cornellà de Llobregat richtigzustellen.

»Du möchtest Nachrichtensprecherin im Fernsehen werden, so viel hat man mir verraten. Und weißt du, was ich denke?«

»Also, wirklich, Laura, was du alles über uns erzählt hast.«

»Willst du nun wissen, was ich denke, oder nicht?« Kim genoss sichtlich die Aufmerksamkeit der Studentinnen.

Txell und Sira brannten darauf, seine Meinung zu hören.

»Also, ich denke, beim Fernsehen könntest du werden, was du willst – mit diesen Augen und dieser …«

»Dieser Intelligenz«, warf Laura ein.

Sie lachten.

»Du hast mir das Wort aus dem Mund genommen.« Als die künftige Fernsehmoderatorin misstrauisch die Augenbrauen hochzog, bekräftigte Kim glucksend: »Doch, doch, ich schwör's dir.«

Txell Romeu, die noch im ersten Studienjahr war, sah sich im Geiste bereits vor der Kamera über den Beginn eines aufsehenerregenden Prozesses berichten, von dem vierzigtausend Vietnamveteranen betroffen waren, die unter den Spätfolgen eines von US-amerikanischen Kampfflugzeugen versprühten Herbizids litten.

Sie redeten über Gott und die Welt. Laura erzählte von dem Film, den sie am Abend zuvor im Capsa gesehen hatte, *Educating Rita*. Eineinhalb Stunden lang Michael Caine als Literaturlehrer einer jungen Friseurin, gespielt von Julie

Walters. Wenn möglich, gingen sie jeden Mittwoch zusammen ins Kino. *Flashdance* hatte ihnen riesig gefallen. Meistens gingen sie ins Verdi, nicht nur, weil es gleich nebenan war, sondern weil Laura – mit der Begründung, Originalversionen seien nützlich für ihr Studium – Sira, Anna, Txell und wen sie sonst noch zu fassen bekam, dorthin mitschleifte. Dienstag war der Tag, an dem sie nachmittags nach Barcelona fuhren. Sie schlenderten bis hinunter zum Portal de l'Àngel, betrachteten die Schaufenster im Carrer de la Portaferrissa, gönnten sich im Carrer de Petritxol eine heiße Schokolade – die beiden Schwestern mit Sahnehäubchen –, bummelten über die Plaça del Pi und Banys Nous zurück und blieben an der Ecke vor dem Hutladen stehen, den sie sehr lustig fanden, weil er wie aus der Zeit gefallen schien. Sie malten sich aus, wie es wäre, hineinzugehen, Hüte aufzuprobieren und mit Federn auf dem Kopf Feste zu besuchen, zu denen man sie niemals einladen würde. Je nachdem, welche Ausstellung gerade lief, schafften sie es an manchen Dienstagen in den Palau de la Virreina, und letzte Woche sogar ins Museu de Cera, ein Wachsfigurenkabinett, das sie allerdings grässlich fanden. Außerdem hatten sie niemanden erkannt. Allenfalls Cruyff, und den mit Mühe. Die vier Mädchen aus der WG eroberten Barcelona nicht gerade im Sturm. Eher war es ein Abenteuer auf Zehenspitzen, mit kleinen Schritten und großen Augen. Alles war durchgeplant, nur der Donnerstagabend war – einer stillschweigenden Übereinkunft zufolge – der Tag, an dem sie sich gestatteten, über die Stränge zu schlagen.

»Und du?« Jetzt war Sira an der Reihe, Kim auszufragen. Ihr war nicht entgangen, dass die Art des Lokals für Kim ungewohnt war, ebenso wie ihre ausgefransten Halstücher und das kecke Geplänkel. »Wo kommst du her?«

»Ich?« Sie hatte ihn kalt erwischt.

»Ja, was kannst du aus deinem Leben erzählen?«

»Na ja … Was soll ich sagen?«

Mit seinen achtzehn Jahren hatte er nie daran gedacht, vor irgendjemandem Bilanz zu ziehen. Er kannte mehr Anekdoten aus dem Hotel als aus seinem eigenen Leben. Für ihn hatte sich alles einfach so ergeben, wie von selbst und ohne dass er je groß hätte nachdenken müssen. Schule, Sommerferien, Spiele mit den Brüdern. Oder Streitereien, je nachdem. Vielleicht konnte man den ersten Kuss im Alter von vierzehn als einen Sprung nach vorn bezeichnen. Das Leben beginnt schließlich mit der ersten sexuellen Begegnung, von da an beschleunigt sich alles, und es gibt Erlebnisse, die zu bleibenden Erinnerungen werden. Als hätte man plötzlich ein geheimes, paralleles Leben. Hätte er sich einen Moment besonnen, wäre er darauf gekommen, dass der zweite Sprung bereits der an die Universität war. Mit einem Schlag saßen dir die Lehrer nicht mehr im Nacken. Ohne ihre Aufsicht – ein herrliches neues Gefühl – musstest du dich allein durchbeißen. Jetzt liegt der Schwarze Peter bei dir, ein Ausspruch seines Vaters, den er Dutzende von Malen gehört hatte und dessen tiefere Bedeutung ihm erst allmählich aufging. Und als er an diesem Abend in der Bar der Piaf vier Mädchen gegenübersaß, die begierig auf seine Geschichte waren, wusste er nichts zu erzählen, außer dass er es mochte, wenn die Sonne schien, der Himmel blau war und es erst spät dunkel wurde. Oder, andersherum formuliert, wie restlos ihm Regentage die Laune verdarben. Schon als Kind, wenn seine Mutter ihn weckte und ihm, auf der Bettkante sitzend, die Strümpfe anzog, hatte er verlangt, dass sie die Jalousie hochzog, um zu sehen, wie das Wetter war. Das tat er noch immer, wenn auch aus reiner Gewohnheit. Beim Anblick der vier gespannten Gesichter bemühte er sich, seinen Werdegang grob zu skizzieren, so weit das kurz vor dem neunzehnten Geburtstag möglich war.

»Ich bin von hier, meine Eltern ebenfalls, und meine Großeltern sind auch alle aus Barcelona. Ich habe zwei ältere Brüder …«

»Hol sie her!«

»Und dann gibt es noch Elsa, meine kleine Schwester, die natürlich von allen nach Strich und Faden verwöhnt wird.« Er zog seine rutschenden Strümpfe hoch. »Meine Mutter ist vor zwei Jahren gestorben, und ich habe einen Onkel, eine Tante und zwei Cousins, die in Rom leben. Im Hotel Rafaeli in Rom. Das Hotel wurde von meinem Großvater gegründet. Beide Hotels.«

»Hast du noch Großeltern?«

»Von den vieren nur noch einen Opa.«

»Ich habe noch drei«, sagte Sira, überzeugt, dass niemand sie übertrumpfen würde.

»Ich zwei«, mischte sich Txell in den spielerischen Wettstreit ein. »Die Großeltern mütterlicherseits.«

»Ich habe gar keine mehr.« Laura konnte kaum glauben, dass sie Großeltern zählten wie Freiwürfe beim Basketball. »Eigentlich habe ich nur noch meine Oma Dolores kennengelernt, die hat aber alle anderen aufgewogen.«

»Ich weiß nicht, ob ihr dieses Spiel auch gespielt habt. Es ist ein bisschen makaber, das gebe ich zu.« Unwillkürlich legte Kim eine Hand auf Lauras Knie. »Als wir noch alle vier Großeltern hatten, haben meine Brüder und ich gewettet, in welcher Reihenfolge sie wohl ins Gras beißen würden. Bei keinem haben wir richtig geraten. Großmutter Teresa, immer kränklich, immer schwindlig, mit maroden Halswirbeln und

Arztterminen zu jeder Tages- und Nachtzeit, hat alle anderen überlebt. Sie hat durchgehalten und als Letzte das Licht ausgemacht. Zuerst starb der eine Großvater, dann der andere, der nie krank gewesen war, und nachdem wir schließlich alle darauf gesetzt hatten, dass Großmutter Teresa als Nächste fällig wäre, konnten wir es kaum fassen, als die andere, die Mutter unserer Mutter, vor ihr starb. Und jetzt, wenn ich das einmal so sagen darf, hängt mir das Thema langsam zum Hals raus.«

Madame Piaf wies ihren Gästen nicht nur den Tisch zu und brachte das Bier und die Rechnung, sie frönte auch ihrer musikalischen Vorliebe. In ihrer Bar erklang unaufhörlich Édith Piaf. Nichts als Édith Piaf. Von *Milord* bis *La vie en rose.* Von *Non, je ne regrette rien* bis *Padam Padam*. Eine wahre Besessenheit. Sobald die Kassette mit den größten Hits zu Ende war, kam der Moment, die Kurve zu kratzen und den französischen Existenzialismus hinter sich zu lassen, bevor die ewig gleiche Leier wieder von vorn losging. Als sie lange genug so getan hatten, als wären sie in Paris, setzten sie ihre donnerstägliche Runde im Karma fort.

Marc und Buixeda leerten im Glaciar soeben ihre zweite Flasche Bier. Laura, die sich bei Kim eingehakt hatte, und ihre drei Mitbewohnerinnen, die zehn Schritte zurückgefallen waren, holten die beiden dort ab. Xènia erwartete die ganze Clique am Eingang der Diskothek. Man roch den Zigarettenrauch bis auf die Straße.

»Werden die mich in Turnschuhen reinlassen?«

»In denen? Die sehen aus wie ganz normale Schuhe, Anna, *don't worry.*«

»Außerdem ist der Laden voller Touris, die ziehen sich an, wie sie wollen.«

Kim wusste nicht, wo er war. Drei Treppenstufen weiter unten schien alles wie in Nebel gehüllt, der fünf Stufen tiefer noch dichter wurde. Nach zehn Stufen spürte er das Dröhnen der Musik im ganzen Körper. Seine Wadenmuskeln vibrierten bei jedem Schritt, als wollten sie verkrampfen. Auf der Tanzfläche bewegten sich etwa hundert Personen, jede für sich, in ekstatischen Verrenkungen. Laura wollte Kim etwas sagen, aber er konnte sie nicht verstehen. Sie musste die Hände wie einen Trichter an den Mund legen, als wäre sie beim Training mit ihrer Basketballmannschaft, damit er eine ungefähre Ahnung bekam, wovon sie sprach. Die Musik war dermaßen laut, dass sie sich nur kurze Sätze sagen, direkte Anweisungen geben konnten, es war entnervend. Als sie anfing, mit den anderen Mädchen und Marc und Buixeda zu tanzen, verlor sie ihn aus den Augen.

Kim, die Hände in den Hosentaschen, schob sich durch die Menge bis zu dem Tisch, der am weitesten von der Tanzfläche entfernt stand. Weniger Rauch, weniger Gedränge, weniger Krach. Eine Oase. Mit einem Mal sprach ihn jemand an.

»Bist du nicht bei uns im Fachbereich?«

»Was?«

»Machst du nicht Übersetzung und …«

»Ich?«

»An der Autònoma?«

»Ja.«

»Ich kenne dich vom Sehen.«

»Was willst du?«

»Wie bitte?«

»Was du trinken willst.« Er führte ein imaginäres Glas zum Mund. »Gin Tonic?«

»Wie heißt du?«

»Kim.«

»Tim?«

»Kim. Joaquim.«

»Ich bin Frida.«

Sie gaben sich zwei Wangenküsschen. Kim bestellte ihr einen Gin Tonic und für sich einen Cuba Libre.

»Wie war doch gleich dein Name?«

»Frida. Fri-da. Was ist? Lach nicht.«

Er versuchte, ernst zu bleiben, was ihm aber misslang.

»Sei nicht blöd, Mann.«

Kim zog einen Tausendpesetenschein aus der Hosentasche.

»Ich mache dieses Jahr meinen Abschluss.«

»Und wie ist es so?«

»Was?«

»Das Studium.«

»Hängt vom Prof ab. Aber ganz gut.« Sie steckte einen Finger in ihr Glas, um die Zitronenscheibe zu befreien, die zwischen zwei Eiswürfeln eingeklemmt war. »Ich liebe Sprachen. Die unterschiedlichen Zungenschläge.«

»Ja, das merkt man dir an.«

»So, merkt man das?«

Sie näherte ihre Wange seinem Hals. Zwischen seine Haut und ihre hätte kein Blatt Papier gepasst. Aus dieser Nähe roch er ihren Atem, und dass der Gin Tonic nicht ihr erster an diesem Abend war. »Findest du wirklich, das merkt man?«, beharrte die Studentin, deren T-Shirt aus mehr Ausschnitt als Stoff bestand. Nach dieser Bemerkung war Kim klar, wie es weitergehen würde. Sie würden noch ein bisschen flirten und ihr Glas auszutrinken. Und dann … Nie war die Zukunft leichter vorauszusagen gewesen. Bereits in der Diskothek fingen sie an zu knutschen.

Txell, die schon die neuesten Nachrichten verbreitete, bevor sie überhaupt Journalistin war, machte die anderen darauf aufmerksam, dass Lauras Freund mit einer gewissen Eile zur Treppe strebte.

»Hey, Mädels, guckt mal, Kim schleppt eine Frau ab!«

»Die gehen tanzen«, meinte Laura gleichmütig.

»Kennst du sie?«

»Flüchtig, ja.«

»Von hier? Aus dem Karma?«

»Weiß ich nicht mehr …« Und ob Laura das wusste. »Ich glaube, sie ist an unserer Fakultät.«

»Weißt du, wie sie heißt?«

»Verdammt, Mädels, jetzt reicht's aber.«

Sie blieben am Rand der Tanzfläche stehen und blickten den beiden nach, bis Kim und das Mädchen mit dem nackten Bauchnabel durch den Tabakdunst nach oben entschwunden waren. Laura war sich plötzlich nicht mehr sicher, ob sie das Mädchen wirklich von der Universität kannte.

»Das ist nicht fair.« Sira fiel es schwer, ihre Niederlage zu verkraften. »Er ist mit uns gekommen, da hätte er auch mit uns gehen sollen.«

»Wenigstens hätte er tschüss sagen können.«

Laura nahm ihn nicht in Schutz. Sie wusste, dass ihre Mitbewohnerinnen recht hatten. Obwohl ihr die Laune verdorben war, tat sie, als machte es ihr nicht das Geringste aus. Sie ging auf die Tanzfläche und fing an, mit Marc zu tanzen, der die blauesten Kulleraugen im ganzen Maresme hatte. Er stammte aus L'Escala, dessen war sie sich sicher, erinnerte sich aber nicht, ob er in Vilassar, Premià oder Teià wohnte. Und wenn schon. Wie gut Marc doch tanzte, und was für eine lahme Ente Kim dagegen war.

Als sie bei dem Ford Escort ankamen, den er im Parkhaus an der Plaça de la Gardunya hinter dem Markt de la Boqueria abgestellt hatte, ließ sich Frida auf den Beifahrersitz fallen. Sie war erledigt vom Gin, den hohen Schuhen und den vielen Stunden, die sie auf den Beinen war. Ohne zu fragen, zog sie eine Fortuna aus Kims Päckchen.

»Wo gehen wir hin?«

»In ein Hotel.«

»Ein Hotel? Das wird aber teuer. Wohnst du noch bei deinen Eltern?«

»Ja, klar.«

»Ich auch. Mist.« Sie zündete sich die Zigarette an. »Lieber an die Mole. Ein Hotel kostet zu viel Geld.«

»Keine Sorge.«

»Weißt du, wo ich meine? Bei den Wellenbrechern.«

»Entspann dich.«

Diese Worte sollte er im Laufe der Nacht noch öfter wiederholen. Frida schloss sich dem selbstsicheren, muskulösen Jungen aus dem ersten Studienjahr bereitwillig an. Und sie kam aus dem Staunen nicht mehr heraus, als er vor einem Grand Hotel im Paseo de Gràcia parkte, hinter der Rezeptionstheke auf dem Belegungsplan nach einem freien Zimmer schaute, aus einem Wäscheschrank frische Handtücher nahm, einen Universalschlüssel aus der Tasche zog und mit ihr in ein Einzelzimmer im ersten Stock ging, ungerührt die drei Knöpfe ihres Shirts öffnete und ihr, als sie nackt und hingegeben auf dem Bett lag, alle nur vorstellbaren Lustgefühle bescherte.

7

Die fünfunddreißigtausend Wörter des Diktionärs

Der Montag war kein Tag wie jeder andere. Auch wenn sich im Leben der Studentinnen eine Woche kaum von der anderen unterschied, gab es unabänderliche Rituale, die sie gern einhielten. Ausnahmslos jeden Montag – nach der Uni und dem Mittagessen – hatte Laura es eilig, in die Schule zu kommen. Und noch bevor Brotons eintraf, der sonst immer der Erste war, hatte sie das Training bereits gewissenhaft vorbereitet. Dann band sie sich die Haare zum Pferdeschwanz, streifte das schwarze Trikot über den Kopf und stieg in die lange schwarze Baumwollhose, die einen so weiten Schlag hatte, dass man ihre Füße fast nicht sah. Laura kehrte in ihre Vergangenheit zurück. Sie griff nach der Tasche, die sie in der Umkleide aufbewahrte, und zog den Reißverschluss auf. Aus dem Seitenfach holte sie die Stoppuhr und hängte sie sich um den Hals. Wenn sie diese Halbwüchsigen aus der Mittelstufe trainierte – die, abgesehen von den Aufbauspielern, alle größer waren als sie –, legte sie Wert auf unstrittige Autorität. Und eine simple Stoppuhr auf der Brust, die ihr bis zum Nabel baumelte, bedeutete Schutzschild und Autorität zugleich. Sie verlieh ihr Selbstvertrauen, wenn sie die Jungen zusammenstauchen oder zu Übungen verdonnern musste, die sie verabscheuten, sie also beispielsweise nötigte, mit geschlossenen Augen den Ball zu prellen, fünfzigmal mit jeder Hand. »Hast du jemals einen Trainer in kurzen Hosen gesehen?« Seit Laura in der *Sports Illustrated* ein Interview mit Pat Riley gelesen hatte, in dem der diese rhetorische Frage stellte, hatte sie beschlossen, sommers wie winters beim Training lange Hosen zu tragen. Mit dem Nebeneffekt, dass diese Halbwüchsigen nicht von ihren Beinen abgelenkt wurden, die sie nicht vorhatte zu zeigen.

Als die acht jungen Basketballer auf dem Feld angetreten waren – »Muntaner kann nicht, weil er zum Zahnarzt muss« –, begann Laura mit ihren Kommandos.

»Wir fangen mit Dehnen an. Bildet vier Paare, setzt euch auf den Boden und helft euch gegenseitig, drückt die Zehen nach oben, bis es in der Wade zieht und ihr den Schollenmuskel spürt. Aufstehen, los! Um die hintere Oberschenkelmuskulatur zu dehnen: ein Bein nach vorn heben, euer Partner fasst es am Knöchel, mindestens dreißig Sekunden halten, es soll ordentlich ziehen, jetzt das andere Bein. Drei Runden um den Platz zum Aufwärmen, die erste Hälfte so schnell ihr könnt, die andere zum Verschnaufen. Jetzt im Zickzack, seitwärts, rückwärts, weiter rückwärts, Verteidigungshaltung, Hintern runter, noch tiefer, da geht noch was. Seht her, wie ich es mache.«

Als Kim die Halle betrat, wandte ihm Laura den Rücken zu und bewegte sich in geraden Linien hin und her, die Knie gebeugt, den Po herausgestreckt, die Hände halb erhoben und angespannt, wie um sich eines unsichtbaren Rivalen zu erwehren, oder wie ein Karateke, der sich konzentriert, bevor er einen Ziegelstein entzweischlägt. Sie bemerkte ihren Freund nicht, der sich in die zweite Reihe der Tribüne der Sporthalle gesetzt hatte, die dringend einen neuen Anstrich brauchte. Sobald sie nicht aufpasste, drückten sich Arlà, Enric und Rosell, wo sie nur konnten. Immer gab es einen, dem es irgendwo fürchterlich wehtat, nur um sich die Übung zu ersparen, die Laura angeordnet hatte. Bis endlich der Ball ins Spiel kam und sie anfingen, zuerst Korbleger und dann Distanzwürfe zu trainieren, musste sie sie andauernd ermahnen, hey, Jungs, ohne Fleiß kein Preis.

Kim und Laura hatten sich am Morgen in der Uni zwar gesehen, als sie beide an einer Vorlesung über Retourdolmetschen teilnahmen, der letzten vor der Abschlussprüfung. Sie hatten aber nicht zusammensitzen können, weil Laura erst hereingestürmt war, als die Galindo schon eine Viertelstunde dozierte. Laura und Sira, die ebenfalls jeden Morgen mit dem Zug nach Bellaterra fuhr, hatten zwischen zwei Stationen festgesessen. Über eine Stunde mussten sie ohne jegliche Erklärung hinter verschlossenen Fenstern in dem Waggon ausharren. Unerträglich die sengende Hitze und der totale Mangel an Information, allzu vertraute Zustände in diesem chaotischen Land. »Was, zum Teufel, ist hier los?« Zum Glück hatten sie beim Einsteigen in Gràcia einen Sitzplatz ergattern können.

Mit einem Mal, als sich bei einigen Passagieren bereits erste Erstickungssymptome zeigten und Verzweiflung um sich griff, kam das Gerücht auf, jemand habe sich in der Nähe von La Floresta vor einen Zug geworfen. Eine Frau. Angeblich um die sechzig. Es wurde viel spekuliert, von offizieller Stelle allerdings ließ man nichts verlauten, weil man über solche Vorfälle, die anscheinend keine Seltenheit waren, Stillschweigen bewahrte und nicht einmal etwas davon in der Zeitung stand. Selbstmord war eine Schande.

Seit der Donnerstagnacht in der Disko hatte Laura Kim nicht mehr gesehen. Am Freitag war er nicht in der Uni erschienen, und sie war im Anschluss an die letzte Vorlesung gleich nach Banyoles gefahren. Sie hatte beschlossen, ihm keinerlei Vorhaltungen zu machen, wenn sie sich wiedersahen. Ihn nicht dafür abzustrafen, dass er sich verzogen hatte, als sie zusammen im Karma waren. Frida, von der sie nur den Namen kannte und erfahren hatte, dass sie bald mit dem Studium fertig sein würde, würde sie jedenfalls nicht erwähnen. Warum auch? So sehr Txell in ihrer intriganten Art sie auch aufzuhetzen versuchte, Laura sah keinen Anlass, beleidigt zu sein. Wenn Kim das Thema nicht von sich aus anschnitt, würde sie so tun, als hätte sie nichts gesehen. Als hätte sie keinen Gedanken darauf verschwendet, was anschließend passiert sein musste.

Als sie in den Hörsaal stürzte, stellte sie jedoch erfreut fest, dass Kim ihr entgegenblickte und offenbar nach ihr Ausschau gehalten hatte. Noch mehr gefiel ihr, als sie, kaum dass sie saß, schon ein Zettelchen von ihm erhielt. Sie faltete es auseinander. »Die Vorlesung beginnt übrigens um neun.« Lautlos trennte Laura ein Blatt aus ihrem Notizheft. »Höhere Gewalt. Eine Frau ist vor den Zug gesprungen. Ich komme ja nicht im eigenen Auto wie gewisse andere Studenten«, die Botschaft wurde nach vorn gereicht. »Ich komme mit dem Motorrad, verwechsle das nicht«, kam nach hinten zurück. »Du könntest mich eigentlich morgens abholen …«, nach vorn. »Du suchst wohl einen Vorwand, um dich an mich zu schmiegen«, nach hinten. »Eingebildeter Fatzke«, nach vorn. Kim fragte, ob sie Lust habe, am Abend mit ihm ins Kino zu gehen, und Laura antwortete, er sollte doch mittlerweile wissen, dass montags Basketballtraining sei. »Wo? Ich komme hin.« »In der Miquel-Cors-Schule. Das bringst du bestimmt nicht über dich«, stichelte sie. »Was wetten wir?«, gab er zurück. »Dass du einen Fuß in eine staatliche Schule setzt, würde ja direkt Schlagzeilen machen.«

»Langsam reicht es jetzt mal mit den Zettelchen, oder?« Eine Kommilitonin hatte es satt und beschwerte sich, ständig die Botschaften durchreichen zu müssen.

Wenige Stunden später saß Kim Ráfales tatsächlich in der Turnhalle, eine Zigarette in der Hand, und sah Arlà, Brotons, Enric und Rosell zu, die ums Verrecken keinen Korb trafen.

Aus dem Augenwinkel bemerkte Laura den einsamen Zuschauer. Immerhin die Andeutung eines Publikums, seit sie die Mannschaft der Miquel-Cors übernommen hatte. Normalerweise ließen sich die Mütter und Väter allenfalls blicken, wenn sie die Bälle schon wieder wegschlossen, um nach dem Training ihre Sprösslinge in den durchgeschwitzten Trikots abzuholen. Langsam drehte Laura sich um, unsicher, ob er es tatsächlich war. Doch ihre Intuition hatte sie nicht getrogen. Kim hob einen Finger, so zaghaft, als bekannte er sich eines Fouls für schuldig. Sie musste lachen. Mit einer Geste bedeutete er ihr, sie solle sich um ihre Sache kümmern und ihn gar nicht beachten. Und sie wandte sich wieder dem Spielfeld zu und fühlte sich für einen Augenblick wie die Trainerin der Lakers. Doch Brotons war nicht Magic Johnson und Arlà nicht Abdul-Jabbar, und so fand sie sich schlagartig auf dem Boden der Tatsachen wieder.

Sie ließ die Jungs eine Partie spielen, vier gegen vier auf halbem Spielfeld. Wenn der Ball die Mannschaft wechselte, mussten sie aus der Markierung treten, um auf den Korb zu werfen. Ihre Anweisungen hallten zwischen den leeren Wänden wider. Während das Spiel lief, verließ Laura für einen Moment ihren Posten als Schiedsrichterin – eine undankbare Aufgabe selbst bei Trainingspartien –, und näherte sich der Bande. Kim übersprang zwei Stuhlreihen und kam ihr entgegen.

»Wow. Ich habe den Eindruck, die hören auf dich.«

»Was hast du denn gedacht?«

»Du hast wohl nicht damit gerechnet, dass ich komme, was?«

»Wie meinst du das? Soll ich mich jetzt bedanken?«

Ihre Antwort fiel ungewollt aggressiv aus, und Kim, der sein eigenes Unbehagen auch nicht recht verstand, wechselte schnell das Thema.

»Wer ist denn der Star deiner Mannschaft?«

»Tja …« Laura mochte kein Urteil über ihre Spieler fällen. »Jedenfalls sind wir auf Platz fünf der Liga. Wir haben genauso viele Spiele gewonnen, wie wir verloren haben.«

»Also seit ihr in der Mitte. Weder top, noch flop«, stellte er fest. Es folgte ein Schweigen, das beiden unangenehm war. »Na, dann werde ich mir wohl selbst mal eine Partie ansehen müssen, um mir ein Urteil zu bilden.«

»Bei den Spielen bin ich nicht dabei. Ich habe das Training übernommen, aber von vornherein gesagt, dass ich am Wochenende nach Hause fahre und die Mannschaft samstags nicht betreuen kann. Das übernimmt der Sportlehrer der Schule, der mehr oder weniger alles kann. Ein bisschen Basketball, ein bisschen Handball, ein bisschen …«

Laura hielt den Ball unter dem Arm und bemerkte, dass Kim sie anstarrte und mit seinen Gedanken offenbar ganz woanders war. Sie konnte es sich nicht verkneifen.

»Eins, zwei, drei, woran denkst du?«

»An nichts …«

»Das ist gegen die Regeln, Freundchen. Du musst die Wahrheit sagen.«

»An nichts, im Ernst.«

»Hast du meinen Leberfleck angeschaut?«

»Ich?« Er schien ertappt. »Nein.«

»Was ist es dann?«

»Nichts, ich schwöre es dir.«

»Wo hast du hingeschaut?« Sie berührte kurz den Leberfleck über der Lippe, wie um sich zu vergewissern, dass er noch an Ort und Stelle war. »Stimmt etwas nicht an mir?«

»Nein, nein …«

»Habe ich noch irgendwo einen Croissant-Krümel im Gesicht?«

»Aber nein.«

»Warum guckst du mir also auf den Leberfleck?«

»Ich?« Er tat gekränkt wie ein Madrider Angriffsspieler, dem man ein Foul gepfiffen hat.

»Ist der dir noch nie aufgefallen?«

»Doch, natürlich«, sagte er leise, »aber ich habe nicht darauf geachtet.«

»Und jetzt? Gefällt er dir nicht?«

»Hey, Laura … Jetzt halt mal die Luft an. Wann bist du eigentlich mit dem Training fertig?«

»Ja, genau. Reden wir von was anderem, typisch Mann. Wenn ihr euch in die Enge getrieben fühlt, wechselt ihr einfach das Thema. Als wären wir nicht ganz bei Trost.«

»Aber nein, Laura. Ich weiß auch nicht. Ich habe einfach nur so vor mich hin gestarrt.«

»Und das soll ich dir glauben?«

Laura schubste ihm den Ball gegen den Bauch, doch er fing ihn ab.

»Hallo, ich bin's, Kim, dein Freund. Ich bin gekommen, um dir zuzusehen, wie du den Nachwuchs trainierst. Ich wollte dich mal in Aktion erleben.« Er lächelte.

»Ach so.« Als sich ihre Blicke trafen, war klar, dass sie einander nicht böse sein konnten.

Laura beruhigte sich. »Und ich freue mich, dass du gekommen bist. Aber eins musst du mir sagen, ja?«

Kim bemerkte die Unsicherheit in ihren Augen.

»Ja.« Was blieb ihm anderes übrig. »Nämlich?«

»Stört dich mein Leberfleck? Findest du ihn hässlich? Meinst du, ich sollte ihn entfernen lassen, wie meine Mutter es gemacht hat?«

»Das musst du doch wissen.«

»Meine Mutter hält ihn für einen Schönheitsfehler.«

»Unsinn. Ich finde, er hat doch irgendwie … Persönlichkeit.«

Oh mein Gott! Was redete er da. Er hatte das falscheste aller Worte gewählt. Die verflixte Persönlichkeit des Leberflecks. Als könnte das Ding allein tanzen und denken. Kim bemerkte das irritierte Zucken in Lauras Gesicht und begriff im nächsten Augenblick, dass er sich von den fünfunddreißigtausend Wörtern des Diktionärs das wohl ungeeignetste ausgesucht hatte. Er spürte das Unwohlsein oder die Wut, die das Wort in ihr auslöste, und bemühte sich hastig, es wieder in Ordnung zu bringen.

»Ich meine, wenn er dich doch nicht stört? Magst du ihn denn? Was hältst du selbst von deinem Leberfleck?«

»Schon gut. Er hat … Persönlichkeit.«

Sie nahm ihm den Ball aus den Händen, kehrte ihm den Rücken zu und brüllte aus vollem Hals ihre Mannschaft an, sie seien Faulpelze, und sie wolle mehr Kampfgeist sehen, Arlà und Rosell wären bei ihren Kontern wie Klosterschülerinnen, und, Brotons, verdammt noch mal, auf den Korb werfe man mit Entschiedenheit, mit Durchsetzungskraft, den Kopf hoch und das Knie vor, Himmel, Arsch und Zwirn! Knie nach vorn, hab ich gesagt, seid ihr taub?

Zu Enrics Glück hörte Laura ihn nicht »Halt die Klappe, alte Meckertante« murmeln. Auch Kim, der am Spielfeldrand saß, bekam es nicht mit. Er hörte das Quietschen der Gummisohlen auf dem Holzboden und staunte über Lauras Jähzorn. So hatte er sie noch nie erlebt. Und wie gut ihr diese Hosen standen, knalleng über Hintern und Oberschenkeln, und nach unten weit. Fast hätte er gedacht, dass seine Kommilitonin wirklich Persönlichkeit hatte – wenn er es denn gedurft hätte. Persönlichkeit in ihrer Art, sich zu kleiden, zu sprechen und mit anderen umzugehen. Doch an jenem Montagnachmittag im Frühling, in einer Schulturnhalle bei einem Sport, den er nie praktiziert hatte, beschloss er, das elende Wort aus seinem Vokabular zu streichen. Mit der Persönlichkeit war ein für alle Mal Schluss. Im Unterricht hatte man ihnen erklärt, ein normaler Mensch verwende etwa dreihundert Wörter, ein Schriftsteller etwa achthundert, er, als Student der Geisteswissenschaften, der Dolmetscher werden wollte, sollte über etwa fünfhundert verfügen. Ab diesem Moment würden es also vierhundertneunundneunzig sein.

»Einen starken Kaffee, Senyor Paco?«

Zwischen Arseni und dem Hotelbesitzer gab es einen speziellen Code.

»Gern.« Mit einem kurzen Blick stellte er fest, wie viele der Gäste an diesem Abend bereits auf ihren Zimmern waren.

»Sofort?«

»Sofort.«

Arseni Rubio, der Rezeptionschef des Rafaeli, kannte die seit vielen Jahren bewährte Losung, auf die er zurückgreifen musste, wenn er seinem Chef eine dringende Mitteilung zu machen hatte, die absolute Diskretion verlangte. Ein geheimes Zeichen zwischen den beiden, das der Angestellte mit dem schmalen Oberlippenbart als Ausdruck außerordentlichen Vertrauens als Anerkennung seiner mehr als dreißig Jahre treuen Dienste verstand. Arseni hatte im Rafaeli angefangen, als sich das Hotel anlässlich des Internationalen Eucharistischen Kongresses im Mai 1952 mit Gläubigen aus aller Welt füllte. Anfangs hatte er als Laufbursche den Gästen in der Lobby Botschaften überbracht, war anschließend zum Kofferträger avanciert – zu einer Zeit, als es für das Hochschaffen des Gepäcks noch erfreuliche Trinkgelder gab – und dann zum Portier aufgestiegen. Nachdem er Tausende von Taxis bestellt und den Gästen jahrelang empfohlen hatte, die Sagrada Família zu besichtigen, die Fronleichnamstradition des tanzenden Eis nicht zu verpassen oder ein *Tablao Flamenco* zu besuchen, wurde er zum Rezeptionisten befördert. Ein neuer Status. Einchecken und Auschecken. Der erste Eindruck des Hotels und, nach Bezahlen der Rechnung, der letzte. An seinem fünfzigsten Geburtstag lud Paco Ráfales ihn und seine Frau zum Abendessen ins Via Veneto nach Ganduxer ein, schenkte ihm eine wertvolle Uhr und eröffnete ihm, wenn er keine Einwände habe, wolle er ihn zum Empfangschef des Rafaeli ernennen. Arseni und seine Frau Amparo weinten vor Rührung. Und Dankbarkeit. Der Aufstieg, das Restaurant, das Geschenk, eine Omega mit Kalender und allen Schikanen … So viel Wertschätzung war ihnen noch nie zuteilgeworden. Von diesem Tag an war Paco Ráfales überzeugt, dass er sich auf seinen Rezeptionschef bis in alle Ewigkeit blind verlassen konnte.

Arseni war ein kräftig gebauter Mann. Er kämmte sich das Haar altmodisch nach hinten, hatte eine glänzende, bläuliche

Haut und eine Rossnatur. Den dünnen Schnurrbart trug er seit seiner Zeit als Portier, weil er damals meinte, er verleihe ihm Autorität und ein souveränes Auftreten. Nun ja, und Amparo gefiel er damit natürlich auch. Wenn er lachte, sah man allerdings, dass ihm zwei Backenzähne fehlten. Auf jeder Seite einer. Wenigstens die Symmetrie war perfekt. Vielleicht schämte er sich wegen dieser Lücken und lachte deshalb so wenig, darüber jedenfalls hatten sich die Ráfales-Brüder immer mokiert, als ihre Mutter noch lebte. Arseni lachte in der Tat selten, um nicht zu sagen, nie. Einmal hatte Àlex beim Abendessen am Familientisch geäußert, wie das denn aussehe, wenn der Rezeptionschef zwar ein freundlicher, seriöser Herr sei, aber ein lückenhaftes Gebiss habe. Mit so was würde man doch eher an den Empfang eines Bestattungsinstituts passen, war es dem Ältesten der Ráfales-Söhne entfahren. Sein Vater hatte die Bemerkung mit einem knappen »Halt den Mund und iss!«, das keinen Widerspruch duldete, vom Tisch gefegt. Die Gäste seien es zufrieden, wenn sie, müde nach der Reise, im Hotel einträfen und sich von der ersten Begrüßung an umsorgt fühlten. So die Ansicht des Vaters, und daran gab es nichts zu rütteln.

Seit Arseni das Jackett eines Empfangschefs trug, besprach er sich jeden Morgen in dem Büro hinter der Rezeption zwischen Ordnern, Mappen und Heftern zwanzig Minuten lang mit Senyor Ráfales. Wenn dieser Mann, der alles wusste, was im Hotel vor sich ging, allerdings zu irgendeinem anderen Zeitpunkt »Einen starken Kaffee, Senyor Paco?« sagte, verstand dieser sofort, dass es sich um eine Sache handelte, die nicht bis zum nächsten Tag aufgeschoben werden konnte. Dann gingen sie in die Piano-Bar, einen hinter den Fahrstühlen gelegenen Raum mit zwanzig niedrigen Tischchen und gedämpfter Beleuchtung, und während Ráfales einen *Ristretto* mit etwas Blätterteiggebäck oder einem Täfelchen Schokolade zu sich nahm, hörte er sich an, was Arseni auf dem Herzen hatte. Arseni erfand nie etwas. Nie redete er einfach drauflos. Nie verbreitete er ungeprüft Gerüchte oder schwatzte um des Schwatzens willen. Wenn er Senyor Ráfales zu einem starken Kaffee aufforderte, dann, weil er sich seiner Sache sicher war. Glaubwürdigkeit erlangt man, indem man sich nie irrt. Arseni empfand eine Art professionellen Stolz, niemals, nicht ein einziges Mal etwas erzählt zu haben, das nicht stimmte. Im Zweifelsfall hielt er lieber den Mund. Falls er nicht die Hand für etwas ins Feuer legen konnte, schwieg er wie ein Grab. Was also war an diesem Montag geschehen, das Senyor Paco unbedingt erfahren musste? Weil Arseni nicht recht zu wissen schien, wie er beginnen sollte, sprach der Hotelchef leiser als gewöhnlich. Es galt, die Angelegenheit behutsam anzugehen.

»Wo drückt der Schuh, Arseni, was bedrückt dich? Nur raus damit, immer raus mit der Sprache.«

Der Pianist griff wie aufs Stichwort in die Tasten und fing an zu spielen. Zum Auftakt gab es wie jeden Abend einige verjazzte Nocturnes von Chopin.

»Mein Sohn, sagst du?«

Arseni nickte verlegen.

»Àlex oder Roger?«

Leise drangen die Pianoklänge zu ihnen hinüber. Santi Santos, der tagsüber an einem Bankschalter arbeitete, schlüpfte abends in ein schwarzes Sakko, um von neunzehn bis dreiundzwanzig Uhr im Hotel Rafaeli Klavier zu spielen. An sechs Abenden pro Woche.

»Kim?« Paco Ráfales verstand nicht, was Arseni andeutete. »Wieso Kim?«

Hinterher, wenn es sich ergab, ließ sich der Barpianist noch von einem einsamen Gast zu einem letzten Glas einladen. Und im Gegenzug? Hörte er sich die Kümmernisse des anderen an, einer Menge Leute geht es dreckig.

»Das ist nicht dein Ernst, Arseni!«

Einmal war eine Witwe aus Marseille der Faszination seiner virtuosen Finger dermaßen erlegen, dass sie ihn auf ihr Zimmer bat.

»Wann, sagst du, ist er …?«

Und oben angekommen, gab er einen Rachmaninow zum Besten.

»Am Donnerstag?«

Zum Vorspiel ein *Allegretto*. Gefolgt von einem *Andante con moto*. Mit Gefühl.

»Bist du dir sicher, Arseni?«

Und ein *Molto allegro* zur endgültigen Befriedigung der Marseiller Witwe, an deren Witwenstand er hinterher zweifelte.

»Danke, Arseni. Ich verstehe, dass es dir nicht leichtgefallen ist, mir das zu sagen. Trotzdem danke.«

Senyor Ráfales trank seinen Kaffee in einem Zug aus, erhob sich von dem Barhocker und begrüßte geistesabwesend Santi Santos, noch völlig in Anspruch genommen von dem, worüber Arseni ihn soeben mit dürren Worten in Kenntnis gesetzt hatte.

»Wie geht's, Senyor Ráfales?«

»Gut, Santos …« Er rückte den Knoten seiner grünen Montagskrawatte zurecht.

»Um diese Jahreszeit wird es hier drin in den Plüschsesseln allmählich warm. Ich bin gespannt, wie viele Gäste kommen«, meinte er, während seine Finger über die Tasten glitten.

Erstaunlich, diese Fertigkeit der Barpianisten, zu plaudern und zugleich unentwegt weiterzuspielen.

Kim hatte die Drehtür noch nicht erreicht, da hatte er bereits zwei Aufforderungen erhalten, sich in den fünften Stock zum Büro seines Vaters zu begeben. Arseni, der gerade das Anmeldeformular eines norwegischen Ehepaares ausfüllte, sah, wie er sich in Richtung Aufzug vorbeidrückte. Als sich die Tür in der fünften Etage öffnete, wurde er dort von Àlex und Roger erwartet.

»Vater sagt, du sollst sofort zu ihm kommen, wir sollen dich nicht aufhalten.«

»Wisst ihr, was los ist?«

»Keine Ahnung.« Roger, fantasiebegabt wie alle Rotschöpfe, mutmaßte: »Vielleicht hast du die Packung Kondome im Zimmer vergessen.«

»Wer sagt denn, dass ich die gebraucht habe?« Erst einmal wie Napoleon. Die beste Verteidigung ist ein forscher Angriff. »Meint ihr, er weiß etwas?«

»Von mir nicht.«

»Von mir auch nicht. Wie hieß die Frau?«

»Hat er dich nach den Video-Bändern vom Donnerstag gefragt?« Kim deutete auf den Bildschirm mit den Übertragungen der Sicherheitskameras.

»Nein, mich nicht.«

»Übrigens wollen wir Samstag und Sonntag einen Ausflug mit dem Segelboot machen, jetzt, wo das Wetter so schön ist. Kommst du mit?«

»Ohne mich, ohne mich.« Kim wiegelte ab.

»Wir müssen *La Fornarina* mal wieder bewegen, sie liegt schon zu lange vor Anker.«

»Abschlussprüfungen, Jungs. Ich kann nicht. Wisst ihr nun, was Papa will, oder nicht?«

»Geh rein und halt einfach die Klappe. Und stell keine dummen Fragen.«

Kim öffnete die Tür zum Büro seines Vaters, ohne anzuklopfen. Die vier Geschwister wussten, dass sie im ganzen Haus die Einzigen waren, die sich das erlauben durften.

Auf dem Schreibtisch befanden sich nur ein einziges Blatt, das in der Nähe von Marias Foto lag, ein Aschenbecher und ein Päckchen Zigaretten. Paco Ráfales stand aus seinem Ledersessel auf und zog seine Hose mit einer übertriebenen Geste hoch, dann küssten sich die beiden Männer auf die Wangen.

»Wie ist es dir heute ergangen, mein Lieber?«

»Gut, gut.«

Dem Tonfall nach war er nicht verärgert.

»Wo kommst du her?«

Paco Ráfales setzte sich auf das Sofa und winkte Kim neben sich. Dieses Gespräch ließ sich nicht über einen Schreibtisch hinweg, nicht einmal von Angesicht zu Angesicht führen. Nebeneinander war es leichter, den Blick des anderen zu meiden und ins Leere zu sehen.

»Eben gerade?« Au Mann. »Du wirst es nicht glauben, ich komme aus einer Schule, wo ich mir ein Basketballtraining angeschaut habe.«

»Basketball? Du? Aber das ist ein Sport für den Gefängnishof.«

»Was sagst du da, Papa? Eine Freundin von mir trainiert eine Mannschaft und …«

»Du hast eine Freundin?«

»Eine Kommilitonin. Laura, die kennst du doch. Sie war schon mal hier, und da habe ich sie dir …«

»Laura, also?«

»Ja.«

»Und letzten Donnerstag hast du sie mit hierher genommen?«

»Nein …«

»Du hast sie nicht mitgebracht und ihr ein Zimmer gezeigt?«

»Nein.« Scheiße, er wusste Bescheid. »Laura ist nur eine Studienkollegin. Eine gute Freundin, sonst nichts.«

»Demnach war es nicht Laura, verstehe. Das heißt, es gibt noch eine andere.«

»Da läuft nichts, Papa …«

»Aber du«, Paco behielt den ruhigen Ton bei, »warst doch mit einem Mädchen hier – ja oder nein?«

»Ja.« Kim senkte den Blick. »Allerdings nicht mit Laura.«

»Mit wem dann?«

»Wie sie heißt?« Hätte er sich kurz besonnen, wäre ihm der komische Name wieder eingefallen. »Ist doch egal.«

»Es ist egal, genau.« Der Vater stemmte sich aus dem Sofa. »Willst du einen Schluck Whisky?«

»Whisky? Ich? Papa, was soll das?«

Sein Vater jedenfalls brauchte offenbar einen. Er ging zu dem Barschrank, neben dem ein Gemälde von Bosch-Roger hing, schenkte sich ein und ließ sich dann wieder auf das Sofa fallen. Das Glas stellte er auf dem kleinen Tisch ab, dann korrigierte er den Sitz seiner Krawatte.

»Also gut, Kim, als Vater fällt es einem nie leicht, über diese Dinge zu sprechen. Und erst recht, seit deine Mutter nicht mehr da ist, die darin sehr viel besser war als ich. Und so bleibt es nun an mir hängen … dich zu beglückwünschen. Und dich willkommen zu heißen im Club.«

Kim starrte ihn an und traute seinen Ohren nicht.

»Ich weiß, dass du am Donnerstag mit einem Mädchen hier warst, ich weiß sogar, in welchem Zimmer. Keine Sorge, weder Àlex noch Roger haben dich verpetzt, und vom wem ich es weiß, geht dich nichts an. Du bist bald neunzehn, und das ist ein gutes Alter, um …« Kein Wort erschien ihm passend, alle klangen irgendwie kitschig. »Nun, sagen wir, es ist ein wunderbares Alter für erste sexuelle Erfahrungen und die Entdeckung, was für ein Vergnügen es ist, mit einem Mädchen ins Bett zu gehen, und …«

Kim war drauf und dran zu sagen, Papa, jetzt hätte ich doch gern einen Whisky, stattdessen wurde er knallrot und geriet in solche Verlegenheit, dass er Mühe hatte, seine Gesichtszüge zu kontrollieren. Außerstande zu sagen, schon recht, lass gut sein, Papa, mein erstes Mal ist bereits vier Jahre her, und, ja, es gefällt mir, dieses bis dahin nie gekannte Gefühl des Eindringens, dieses Gleiten ins Ungewisse, die scheinbar unendliche Lust, die ich seither hier im Hotel, im Auto, am Strand, nachts auf dem *Green* des Golfplatzes im Prat immer wieder genossen habe. Besser, wenn du nichts davon weißt, Papa. Sondern denkst, Frida – plötzlich war ihm ihr Name wieder eingefallen – hätte mich am letzten Donnerstag hier im Hotel entjungfert, gratuliere, für dich ist es besser, und mir ist es lieber, wenn es bei dieser Version bleibt. Und Paco Ráfales, der darum rang, sich mit dem Taktgefühl und dem Verständnis eines modernen Vaters auszudrücken, mit dem Verantwortungsbewusstsein eines Witwers, der seinen Kindern Vater und Mutter zugleich sein musste, schloss mit den Worten:

»Zwei Dinge, Kim, um die ich dich bitte. Solltest du irgendwann irgendein Problem haben, sei so gut, und sprich mit mir, ich bin dein Vater, und auch wenn ich immerzu arbeite und anscheinend der meistbeschäftigte Mann der Welt bin, seid ihr, du und Àlex und Roger und Elsa, das Allerwichtigste in meinem Leben. Und sieh dich bitte vor, schütze dich, das habe ich auch deinen Brüdern ans Herz gelegt, als sie so weit waren wie du jetzt. Einverstanden, Kim?«

Es war ein seltsamer Pakt zwischen Vater und Sohn.

»Und das war's, Kleiner, ich bin froh, dass wir dieses Gespräch hatten, so von Mann zu Mann. Was nicht zuletzt mir zu verdanken ist, wenn ich das noch anfügen darf.« Er zwinkerte.

Kim konnte es kaum erwarten, das Büro zu verlassen und in Gelächter auszubrechen, bis ihm die Tränen kamen. Und seinen Brüdern von dieser Unterredung zu erzählen und Laura, die bestimmt auch total perplex wäre. Würdevoll stand er auf und gab seinem Vater einen Kuss auf die Wange.

»Übrigens bist du heute sehr elegant, Papa.«

Kims Bemerkung überraschte Paco Ráfales. Seit dem Tod seiner Frau hatten seine Söhne ein Auge auf ihn. Sie achteten mehr auf ihn, waren erwachsener geworden und schreckten nicht mehr davor zurück, gewisse Dinge auszusprechen. Paco Ráfales, der auf alles ein Sprüchlein hatte, erwiderte, wie jedes Mal, wenn jemand seine Eleganz lobte:

»Das Kompliment gebührt allein meinem Schneider.«

»Ist der neu?« Kim strich mit der flachen Hand über den feinen Stoff von Jackett und Hose.

»Vom letzten Sommer. Ich habe ihn lange nicht getragen.« Er wusste nicht, warum er seinem Sohn diese Erklärungen gab, doch er tat es. Möglicherweise weil es einen solchen Austausch zwischen ihnen noch nie gegeben hatte. »Aber bei dieser Hitze …« Er zuckte mit den Achseln.

»Es ist doch wohl nicht wegen …« Kim stockte.

»Weswegen denn?«

»Tritt dieser Tage nicht Diana Laborde in Barcelona auf?«

8

Warten auf Carl Lewis

An Bord der Fähre nach Menorca entspann sich ein Disput. Um elf Uhr abends hatten sie im Hafen von Barcelona abgelegt, und morgens um drei herrschte im unteren Passagierraum noch immer ausgelassene Stimmung. Diejenigen, die gern geschlafen hätten, beschwerten sich, sie bekämen bei dem Krawall kein Auge zu. Trotz der Schlafmasken, die einige besonders Vorausschauende eingepackt hatten, und der vorsorglich mitgebrachten Ohrstöpsel, wälzten sie sich von einer Seite auf die andere. Es waren nicht mehr als sieben oder acht junge Leute, die Gitarre gespielt und gesungen hatten und inzwischen dazu übergegangen waren, irgendwelche Witze zu erzählen, über die sie sich offenbar maßlos amüsierten. Jedenfalls grölten sie, als wären sie allein auf dem Schiff, und ob sie die anderen störten, scherte sie nicht. Schließlich riss einem der älteren Passagiere der Geduldsfaden und er beschimpfte einen langhaarigen jungen Mann, der am lautesten lachte und grölte, als einen rücksichtslosen Scheißkerl. Und schon befürchteten die anderen einen dritten Weltkrieg, sofern man der Sache nicht Einhalt gebot.

»Passt dir was nicht, Tattergreis?«, blafften die Halbstarken den aufgebrachten Alten an, der sich mit ihnen angelegt hatte, und bauten sich drohend vor ihm auf, während seine besorgte Frau ihm die Hand über den Mund legte.

Laura bemerkte, wie Kim sich aufrichtete.

»Du hältst dich da raus. Bitte.«

»Wir werden völlig groggy in Maó ankommen.«

»Halt dich trotzdem raus.«

Kim, der zwischen Laura und Xènia saß, zog eine unwillige Grimasse.

»Wenn wir jetzt nicht endlich schlafen, kriegen wir morgen nichts auf die Reihe.«

»Du hättest eben eine Kabine nehmen sollen«, zog ihn Xènia auf.

Er schwieg. Tatsächlich hatte er das kurz überlegt, hatte sich dann aber dagegen entschieden, weniger aus Solidarität mit seinen Studienkollegen, die sich keine Kabine leisten konnten, als vielmehr, weil er das Gefühl des Eingesperrtseins nicht ertrug und diesen speziellen Schiffsgeruch, der weiter unten noch intensiver war. Es war nicht so sehr die Angst, dass ihm schlecht werden könnte, als die Angst vor der Angst, dass ihm schlecht werden könnte. Seine älteren Brüder machten sich darüber immer lustig, wenn sie zusammen mit dem Segelboot hinausfuhren. Auf dem Passagierdeck wusste er zumindest, dass er jederzeit aufstehen und frische Luft schnappen konnte, ohne über Treppen hasten zu müssen, von deren kalten Geländern anscheinend immer die Farbe abblätterte.

Endlich hatte sich der Alte von der Knebelhand seiner Gattin befreit, bezeichnete die Jugendlichen, die Tattergreis zu ihm gesagt hatten, lautstark als ungehobeltes Pack und schwang seinen Krückstock, worauf sie ihn wegen seines Buckels verhöhnten und er zusehends außer sich geriet. Die Gitarre wurde beiseitegelegt und die Jungen gingen auf den aufgebrachten Mann los, um ihn zum Schweigen zu bringen. Als Kim und Marc sahen, dass sie ihm den Stock entrissen und weit weg schleuderten, sprangen sie auf. Einige andere Kommilitonen, die in ihren Sesseln dösten, wurden ebenfalls munter, als die Typen den Alten an Armen und Beinen packten, zur Backbordseite hinausschleppten und Anstalten machten, ihn über die Reling ins Wasser zu werfen.

Der Mann schrie sie an und wehrte sich so vehement, wie er sich in den letzten zehn Jahren nicht mehr gewehrt hatte. Seine Frau kreischte noch lauter als er. Sie rief nach der Polizei, die es an Bord nicht gab, und nach der Besatzung, von der sich niemand blicken ließ. Xènia und Laura liefen Kim und Buixeda hinterher an Deck. Marc, der in der Rugby-Mannschaft der Universität spielte und zu dem Jähzorn neigte, für den man im Alt Empordà berüchtigt ist, brauchte normalerweise nur kurz zu brüllen, ein bisschen zu rempeln und zu drohen, und schon war die Ordnung halbwegs wiederhergestellt. Wer Zoff wollte, sollte Zoff haben. Im Zweifelsfall war er immer bereit, die Ärmel aufzukrempeln und seine Fäuste zu benutzen. Er schnappte sich die Gitarre, präsentierte sie wie eine Geisel und holte anschließend damit aus, als würde er sie im nächsten Moment zerschmettern. In seinem enganliegenden gelben Fred-Perry-Shirt sah man die in vielen Trainingsstunden erarbeiteten Bizepse. Unmittelbar bevor die Gitarre gegen das Rettungsboot gekracht wäre, hielt er in der Bewegung inne und sah die Störenfriede herausfordernd an. *Quid pro quo.* Mit Rückgabe der Gitarre war dann immerhin erreicht, dass sich die erhitzten Gemüter weit genug beruhigten, um den alten Mann, der noch schlotterte, als er längst wieder festen Boden unter den Füßen hatte, in Frieden zu lassen. Seine erste Menorca-Reise im Alter von zweiundsiebzig Jahren würde er wohl sein Lebtag nicht vergessen.

Um acht Uhr morgens, als das Fährschiff der Trasmediterránea im Hafen von Maó aufhörte zu brummen, waren die meisten zu übernächtigt, um den Sommerhimmel zu würdigen, der sie in heiterem Blau empfing. Es war Ende Juli, und von jenen, die ihr erstes Studienjahr in Übersetzen und Dolmetschen hinter sich gebracht hatten, nahmen ungefähr vierzig an der – im Voraus zu bezahlenden – Fahrt nach Menorca teil. Ursprünglich hatte die Reise sofort nach den Prüfungen stattfinden sollen, doch war das Interesse so groß gewesen, dass es Probleme mit der Unterkunft oder den Schiffspassagen oder was auch immer gegeben hatte und der Termin für die fünftägige Fahrt mehrfach verschoben werden musste, weshalb sie jetzt in eine Zeit gerieten, zu der die Insel bereits voller Touristen war und aus Barcelona ganze Familien anreisten, um sich für die Saison einzurichten. Marc, Xènia, Buixeda, Kim und Laura setzten sich auf die fünf hintersten Plätze in dem Bus, der sie zu einem Landhotel zwischen Alaior und Sant Climent bringen sollte. Näher an den südlichen Stränden war zu diesem Preis nichts mehr zu haben, für zwanzig Doppelzimmer waren sie zu spät dran gewesen.

Das Hortolà war ein Hotel ohne Sterne, ohne Restaurant, ohne Pool und ohne alles, was sie sich in Menorca erhofft hatten. Mit dem Optimismus von Achtzehnjährigen betrachtet, sah es aus wie das Gesindehaus einer feudalen Finca aus den Zeiten der Engländer. Doch ein Herrenhaus war nirgendwo zu entdecken, und auch der Gemüsegarten nicht, nach dem der Ort, an dem sie vier Nächte verbringen sollten, benannt war. Buixeda, der das erste Jahr mit lauter Einsen beendet hatte, hatte als Erster eine Erklärung parat:

»Das muss das Haus des Bauern gewesen sein, der sich um das gekümmert hat, was man auf diesen steinigen Äckern säen und ernten konnte.«

Dies allerdings musste schon sehr lange her sein. Mittlerweile hatte man dem Haus von außen einen Anstrich verpasst und es innen umgebaut. Es war in winzige Räume unterteilt, die ausgestattet waren mit je zwei Bettgestellen, zwei Matratzen, einem Regalbrett als Nachttischersatz und einem kleinen Fernseher, der aussah, als hätte man ihn dort abgestellt, um ihn nicht entsorgen zu müssen. Neben der Tür gab es ein Waschbecken unter einem zwei Handbreit großen Spiegel und eine Toilette hinter einem Wandschirm aus Rohrgeflecht. Die Duschen hingegen musste man sich teilen. Sie befanden sich außerhalb der Zimmer am Ende des Flures, eine in jedem der beiden Stockwerke.

»Eine Dusche für zwanzig Personen? Das kann ja heiter werden.« Der Kommentar stieß auf einhellige Zustimmung.

Das Hortolà war ein schlichter Bau mit Giebeldach und vier blendend weiß gestrichenen Mauern, die einem schon von weitem entgegenleuchteten. Nur eine Schildkröte, die träge an der Eingangstür vorbeikroch, und eine Bougainvillea, die sich violett und stolz die Fassade hinaufrankte, verliehen dem tristesten Ort der ganzen Insel einen Hauch von Leben.

»Etwas Schäbigeres war wohl nicht aufzutreiben, was?«, sagte Marc und nahm eines der Betten in Besitz, indem er seinen Rucksack darauflegte.

»Hör mal …« Kim zögerte und hielt seinen Koffer unschlüssig in der Hand. »Würde es dir etwas ausmachen, mir dieses zu überlassen? Es ist näher an der Tür.«

»Hast du etwa Angst?«

»Nein.« Sie lachten. »Pure Gewohnheit.«

Das Zimmer nebenan – die Nummer 29 – war das einzige mit einem Balkon nach hinten raus und einem endlos weiten Blick bis zum Monte Toro und wurde von Xènia und Laura bezogen. Das war ihr Glück, denn so konnten sie sich abwechselnd eine Zigarette genehmigen. Drinnen wollten sie nicht rauchen, darüber waren sie sich einig, und für beide zugleich war auf dem winzigen Austritt nicht genug Platz. In diesem Moment hätte Xènia nicht im Traum gedacht, dass sie bald gezwungenermaßen viele Stunden auf diesem Miniaturbalkon verbringen würde.

Am Mittag ihrer Ankunft auf Menorca ging, wer Lust hatte, an den Strand. Vom Hortolà zum Strand von Son Bou war es ein langer Marsch, der ihnen auf dem Hinweg in der Hitze schwerer fiel als später zurück. Auf der verkehrsreichen Straße mit dem glühenden Asphalt zu Fuß unterwegs zu sein, war kein Vergnügen, und einige entschlossen sich, den Daumen zu recken, in der Hoffnung, dass jemand anhielt und sie mitnahm. Das Wort *Autostopp* amüsierte die Übersetzungsstudenten. Es kam ihnen zu lang, rudimentär und veraltet vor. Sehr plastisch, das schon. Aber überholt. Und wer machte eigentlich Autostopp, der Fußgänger oder der Fahrer. Bräuchte es nicht vielleicht einen Bindestrich? Bestimmt stand es nicht mal im Wörterbuch. Doch, stand es wohl – zwischen *Autostereotyp* und *Autostopper.* Was weißt du schon, du Schlauberger? Sie diskutierten, ob es ein universeller Ausdruck sei, der überall verwendet werde. Laura zählte die Begriffe auf, die ihr darüber hinaus einfielen: *per Anhalter fahren* oder *den Daumen raushalten* oder *trampen*. Und dann fingen sie an, sich Anekdoten über Leute zu erzählen, die auf diese Weise gereist waren. Ich kenne einen, der … Ich weiß von einem Typen in Frankreich … Ich habe von einer Frau gehört, die in einen Mehari gestiegen sein soll und nie wieder … Lachend und kreischend versuchten sie sich gegenseitig zu übertrumpfen, bis sie endlich am Meer ankamen.

Son Bou war ein langer Sandstrand ohne den Charme der kleinen Buchten – wie die Cala de Canutells, die Cala de Biniparratx oder Binidali an der Felsenküste –, die man ihnen empfohlen hatte. Der Weg dorthin wäre jedoch noch weiter gewesen, und baden oder sich auf dem Handtuch im Sand ausstrecken und den auf der Fähre versäumten Schlaf nachholen, das konnten sie auch hier.

Für den geplanten Nachmittagsausflug zur Naveta dels Tudons meldeten sich nicht genügend Teilnehmer an, sodass die Tour abgesagt wurde. Den meisten war es zu lästig, über die ganze Insel zu fahren, um einen prähistorischen Bau zu besichtigen, der schon seit Jahrtausenden dort stand und ihretwegen weitere Jahrtausende dort stehen konnte, ohne dass sie sich dafür interessiert hätten, wie irgendwelche Leute aus früheren Zeiten bestattet worden waren, von denen sie ohnehin nicht viel Ahnung hatten.

Es reichte schon, dass jemand behauptete, wenn man den Kopf durch die enge Eingangsöffnung in das schiffsrumpfförmige Gebilde stecke, rieche es nach Stinkbombe, damit sie dankend ablehnten und es vorzogen zu bleiben, wo sie waren.

Der Vorschlag, in der Bucht von En Porter zu Abend zu essen und Eintrittskarten für Les Coves d'en Xoroi zu besorgen, einer Diskothek in einer Felsenhöhle über dem Meer, stieß dagegen auf regen Zuspruch. Etliche wollten sich plötzlich zurechtmachen. Wer nach dem Strandbesuch nicht geduscht hatte, meinte, sich vor dem Ausgehen noch dringend abseifen zu müssen. Da es nur zwei Duschen für alle gab, entstand auf den Gängen des Hortolà ein hektisches Hin und Her, es bildeten sich Schlangen, Handtücher wurden herumgereicht, und der Menorca-Urlaub kam allmählich in Schwung.

Im Bus saßen Kim und Marc ganz hinten und warteten auf die Mädchen, die später als verabredet auftauchten. Xènia hatte sich die Augen nachtblau geschminkt, was ihr sehr gut stand. Laura ließ das blonde glänzende Haar offen über den Rücken fallen und trug ein weißes Trägerkleid, das sich verführerisch um Brust und Hüften schmiegte. Ein Büstenhalter hätte darunter nur gestört, also hatte sie ihn weggelassen. Das Kleid ließ viel Haut sehen, die in dem runden Dekolleté und an den Schultern golden schimmerte. Tausendmal hatte sie ihre Mutter sagen hören, die Sonne in den Bergen trockne die Haut aus.

In den vielen Sommerferien, die die Familie Altimira in Calafat verbrachte, habe sie hingegen beweisen können, dass die am Strand gewonnene Sonnenbräune dank der winzigen Sandkörnchen tatsächlich besser aussehe. In kürzester Zeit sei die Haut seidig glatt und der ganze Körper in Festlaune. »Braungebrannt sind wir alle hübscher«, war von Clàudias zahlreichen Merksätzen der, den sie den ganzen August lang unentwegt wiederholte.

»Für jedes Mal, wenn du diesen Satz von dir gibst, einen Duro, und wir wären reich«, meinte der Vater, der es als Buchhalter gewöhnt war, seine Statistiken und Strichlisten zu erstellen. Aber Lauras Mutter hatte zu den Vorzügen brauner Haut noch mehr Weisheiten auf Lager. »Der Kontrast lässt das Weiß der Augen strahlen«, oder »Sonnenbräune ist ein Andenken an die im Freien genossene Zeit«, oder »Braun zu sein, steigert das Selbstvertrauen«. Und Laura, die eben davon nicht viel besaß, sah das zwar theoretisch ein, scheiterte aber oft in der Praxis. Im Gesamtranking zählte von diesen letzten drei Sprüchen allerdings keiner zu den Top Ten von Clàudias meistzitierten Sprüchen.

Marc und Kim war nicht entgangen, dass ihrer Kommilitonin Laura, die kaum wiederzuerkennen war, auf dem Weg von der vorderen Bustür bis zur letzten Sitzreihe zweimal der Träger von der linken Schulter rutschte.

»In dem weißen Kleid kommt deine Bräune viel mehr zur Geltung«, meinte er anerkennend, und sein Blick glitt bewundernd über Lauras goldbraune Schultern.

»Das musst gerade du sagen. Du siehst ja selbst immer aus wie ein Gitano«, gab sie schnippisch zurück.

»Ich?« Kim schaute an sich hinunter. Er trug ein blaues, frisch gebügeltes Hemd, zugeknöpft über der Brust, mit bis zu den Ellbogen aufgekrempelten Ärmeln.

»Im Winter vom Skilaufen, im Sommer vom Segeln und das ganze Jahr hindurch vom Tennisspielen.«

»Beneidenswert, was?« Jetzt, wo er es sagte …

»Kein schlechter Lebensstil, Mann!«

»Mein Vater hat eine Liste von Onassis' goldenen Regeln in seinem Büro hängen, auf der steht …« Er zog es vor, den Satz nicht zu beenden. »Los, Mädels, setzt euch, es geht los.«

Er mochte das fünfte Gebot von Onassis' Dekalog nicht zitieren. Es war Àlex' Lieblingsregel, die besagte, dass man sich seine Sonnenbräune das ganze Jahr hindurch bewahren sollte, wenn man Erfolg haben wollte.

In der Pizzeria ließ man sich Zeit. Bis man sie bediente, dauerte es ewig. Sie waren noch bei Tageslicht eingetroffen, und während sie ein Bier nach dem anderen bestellt und darauf gewartet hatten, dass der Büffelmozzarella aus Sizilien herübergeschwommen käme, war es dunkel geworden. Als sie spät am Abend den Innenhof des Restaurants verließen, schwankten einige bereits. Buixeda hatte ungefähr fünf Bier intus. Marc und Kim, die an Bier auf nüchternen Magen gewohnt waren, merkte man nichts an. Laura und Xènia aber, obwohl sie wesentlich weniger getrunken hatten, kicherten über jede Kleinigkeit. Sie fanden alles unglaublich witzig, und nur weil der Weg hinunter zur Höhle des Xoroi so holprig war, fielen ihre Gleichgewichtsstörungen nicht so auf.

Vor der Diskothek standen etwa vierzig Personen, um ihre Eintrittskarten vorzuweisen und sich abstempeln zu lassen wie Kälber, damit sie eine Nacht lang dort aus und ein gehen konnten. Die Schlange bewegte sich nur langsam vorwärts. Der Türsteher kostete seine Macht, den Zugang zu regulieren, weidlich aus.

»Alte Verkaufstaktik«, sagte Buixeda. »So sieht es aus, als würden die Leute anstehen, um hineinzukommen.«

Laura war die Warterei leid und stützte sich auf Marcs Arm. Kurz darauf lehnte sie sich mit dem ganzen Körper an ihn. Vertraulich begannen sie miteinander zu plaudern, als wären die anderen gar nicht da. Sie flüsterten, kicherten und alberten herum. Marc, mit seinem Vollbart und Haaren, die fast so lang waren wie die von Laura, schien außer Rand und Band. So aufgekratzt hatte Kim, der seinen Freund seit einem Jahr fast täglich sah, ihn noch nie erlebt. Und dann, als sie fast zum Ende der Schlange vor dem Eingang zu Les Coves d'en Xoroi aufgerückt waren, küssten sich Laura und Marc auf den Mund. Und dann noch einmal. Kim tat, als hätte er es nicht mitbekommen.

»Um wie viel Uhr ist hier Schluss?«, fragte er den muskulösen Türsteher stattdessen.

»Eine feste Zeit gibt es nicht«, erwiderte dieser. »Nicht bevor die Sonne aufgeht jedenfalls.«

Drinnen schauten sie sich neugierig um. Man hatte ihnen den Ort beschrieben, doch erst als sie ihn mit eigenen Augen sahen, begriffen sie, wie einzigartig er war. Die Musik und die Beleuchtung waren wie in jeder Diskothek, doch es war, als bewegte man sich durch die riesige Behausung eines Höhlenmenschen mit vielen Zimmern, die immer neue Ausblicke boten. Die Tanzfläche war nicht sehr groß, aber spektakulär durch eine Öffnung im hinteren Teil – einem natürlichen Panoramafenster, das einen überwältigenden Blick auf das schäumende Meer bot. So eine Diskothek hatten sie noch nie gesehen. Nachdem sie alle Winkel, Terrassen und Durchbrüche erkundet hatten, sammelte Kim die Eintrittskarten ein, auf die man pro Nase ein Freigetränk erhielt, um fünf Cuba Libres zu besorgen. Die erste Runde. Als er mit den randvollen Gläsern zurückkam, erzählte Marc gerade die Legende von dem Mauren, nach dem die Höhle benannt war. An einen Baumstamm gelehnt, der als Barriere diente, damit niemand angetrunken in die Tiefe stürzte, gab er die Geschichte zum Besten, die er selbst mal gehört hatte und nicht so ganz genau kannte. Vor langer Zeit, er wisse nicht wann, hätten maurische Seefahrer vor dieser Küste Schiffbruch erlitten. Von allen, die an Bord gewesen seien, habe nur einer überlebt: Xoroi. Schwer verletzt und unter größten Anstrengungen habe er es geschafft, zu den Höhlen heraufzuklettern, und festgestellt, dass man darin gut wohnen konnte.

»Ein bisschen feucht, meinst du nicht?«

»Mag sein, aber was für eine Aussicht!«

»Bei Nacht hat man davon gar nichts.« Xènia wollte sich endlich setzen.

»Und dann? Wie ging es weiter?« Laura fand es herrlich, dass Marc ihnen vor dem Schlafengehen ein Märchen erzählte.

Eines Tages, fuhr Marc bereitwillig fort, habe Xoroi die Höhle verlassen, ein Mädchen entführt – eine junge Schönheit aus der Gegend, die kurz vor ihrer Hochzeit stand – und sie hierher verschleppt. Viele Jahre hätten sie zusammen in dieser Höhle verbracht. Bis eines Tages die Insel zur allgemeinen Verblüffung von einer Handbreit Schnee bedeckt gewesen sei und die Bauern von Alaior eine Fußspur verfolgt hätten, die sie direkt zu diesem Ort geführt habe. In der Höhle hätten sie den Mauren und das Mädchen angetroffen, das längst kein Mädchen mehr gewesen sei, sowie drei gemeinsame Kinder. Xoroi habe daraufhin keinen anderen Ausweg gesehen, als zu einer dieser Felsöffnungen zu rennen und hinauszuspringen. Niemand habe je wieder von ihm gehört. So sei er in die Wellen zurückgekehrt, denen er einst entstiegen war.

»Und die Moral von der Geschicht?«

»Wenn's schneit, verlass die Wohnung nicht.«

»Findet ihr nicht auch, dass dieser Cuba Libre nach Fertigmischung aus dem Kanister schmeckt?«

»Wer kommt mit zum Tanzen?«

»Es ist schon ein Hammer, aus so einer Höhle eine Diskothek zu machen, was? Ein Hammer, echt.«

Marc und Kim mussten sich ducken, als sie jetzt durch das Gewölbe gingen. Im Lauf der Zeit war der Stein, aus dem die natürliche Decke bestand, durch die Erosion des Südwindes oder die Köpfe derer, die sich bereits ihre Beulen geholt hatten, ganz glatt poliert. Jedenfalls waren keine scharfen Kanten zu sehen. Über der Tanzfläche dagegen erhob sich ein immenses Gewölbe. Es bot sogar Platz für eine riesige Kugel, die sich im Licht eines Scheinwerfers drehte und mit ihrem Mosaik aus Tausenden von Spiegelsteinchen Lichtblitze in alle Richtungen verschoss und die Tanzenden in grotesken Posen erstarren ließ, als würden sie alle zwei Sekunden eingefroren.

»Wenn Xoroi das sehen könnte ...«

»Er würde sich sofort wieder ins Meer stürzen.«

»An einem solchen Ort eine *Boîte* aufzuziehen, sollte echt bestraft werden.«

»Wer sagt denn heutzutage noch *Boîte*?«

So laut sie auch schrien, eine Verständigung war kaum mehr möglich. Sie tanzten, rauchten, tranken. Lachten über jeden Unsinn. Ließen alle Zügel schießen. Ein ganzes Jahr lang hatten sie zusammen studiert, einander jedoch noch nie so erlebt, so außer Rand und Band, so übermütig, nicht einmal an den Donnerstagen in Barcelona. Kim tanzte mit einer blonden Holländerin. Marejke, meinte er, verstanden zu haben. Sie wirkte älter, war es aber vielleicht gar nicht. Auf jeden Fall war sie so groß wie er. Hellblond. Mit geschminkten Lippen. Sie lächelten sich zu, tanzten jeder für sich, sehr nah, aber ohne sich anzufassen und sangen beide einen Gloria-Gaynor-Song mit. Lauthals, voller Inbrunst, hemmungslos. Als wäre es Teil eines Spiels, einander keinesfalls zu berühren. Doch dann wirbelte Marejke – oder wie immer sie auch heißen mochte – herum und schwenkte ihren Hintern aufreizend vor ihm. *I will survive.* Sie bewegte sich graziös, diese Holländerin. Dabei war es gewiss nicht leicht, auf diesen roten Stilettos das Gleichgewicht zu halten. Schließlich fasste Kim sie um die Taille. Sie warf ihre Mähne auf eine Seite und bot ihm den Hals wie eine Einladung zum

Draculakuss. Nachdem Kim nicht hatte widerstehen können, nahm sie ihn bei der Hand und zog ihn weitertanzend an den Tischen vorbei. Die Damentoilette war besetzt. Sie sahen sich in die Augen und einigten sich wortlos. Ohne zu zögern, tauschten sie ein verschwörerisches Lächeln und schlüpften in die Herrentoilette, die gerade frei wurde. Nachdem Marejke den Riegel vorgelegt hatte, klappte sie den Klodeckel herunter, setzte sich darauf, drückte Kim mit dem Rücken gegen die Tür, öffnete, in perfekt europäischer Reihenfolge, Gürtelschnalle, Knopf und Reißverschluss, um ihren Blow-Job zu beginnen.

Er ließ Marejke zuerst hinausgehen. Sie war aus Alkmaar, sechsundzwanzig Jahre alt, eher Cruyff- als Neeskens-Fan. Während sie ihre Kleider ordneten, hatten sie dann doch noch ein paar Basisinformationen ausgetauscht. Anschließend wusch er sich die Hände, fuhr sich durchs Haar und kehrte in die Außenwelt zurück, als wäre nichts geschehen.

Die Diskothek kam ihm jetzt noch voller vor. Man konnte kaum einen Schritt tun, ohne jemanden zu streifen. Obwohl er längere Zeit nach ihnen suchte, fand er Laura und Marc nirgendwo. Xènia tanzte verzückt, Umberto Tozzi schien sie regelrecht in Ekstase zu versetzen.

»Weißt du, wo die anderen sind?«

»Wer?« Buixeda, der mit seinem Wodka-Orange auf einer der Terrassen stand, spürte den Wind im Gesicht, hätte aber längst nicht mehr mit Sicherheit sagen können, ob er sich am Strand von Phuket, auf Safari in Tansania oder an einer sturmgepeitschten irischen Küste befand.

»Laura und Marc.«

»Wer?«

»Ach, vergiss es.«

Kim bestellte sich noch einen Cuba Libre mit viel Eis und trank ihn an einem der natürlichen Fenster der Höhle. Er hörte, wie das Meer weiter unten gegen die Felswand plätscherte. Er nahm den letzten Schluck und sammelte dann Buixeda und Xènia ein, um sie mit ins Hotel zu nehmen. Er bezahlte das Taxi.

»Xènia! Xènia!«

Laura klopfte gegen die Zimmertür. Ohne Erfolg.

»Xènia, hallo, wach auf, ich hab keinen Schlüssel.« Und wieder pochte sie an die Tür von Zimmer 29, nicht allzu fest, damit um drei Uhr morgens nicht das ganze Haus aufwachte.

»Xènia, bitte.«

»Gib's auf, Laura, versuchen wir's vom Garten aus.«

»Einen Moment …«

Von drinnen war Xènias verschlafene Stimme zu hören. Verwirrt stand sie auf und wankte wie eine Schlafwandlerin mit geschlossenen Augen die drei Schritte zur Tür.

»Ich habe Marc dabei …«

»Hi, Marc, how are you?«

Marc blieb auf der Schwelle stehen, und Xènia sank ins Bett zurück. Laura kauerte sich neben sie und bat sie flüsternd um einen Gefallen, während sie ihr über den Arm strich, damit sie nicht wieder einschlief.

»Okay, okay …« Xènia rappelte sich seufzend wieder auf und stolperte benebelt durchs Zimmer. Von dem Wandbord neben dem Bett nahm sie Zigaretten und Feuerzeug und verzog sich auf den Balkon, um eine zu rauchen. Als Laura die Tür hinter ihr anlehnte, fragte sie:

»What time is it?«

»Ungefähr drei. Warum sprichst du Englisch mit mir, Xènia?«

»Wo wart ihr denn die ganze Zeit?«

Was für eine Frage! Hätte sie ihr etwa erzählen sollen, dass sie nass vom Strand kamen, wo sie zum ersten Mal in ihrem Leben nackt gebadet hatte? Und wie Marc sie provozierend gefragt hatte, ob sie schon einmal nachts im Meer gewesen sei?

»Das ist ein irres Gefühl.«

»Bekommt man da keine Angst?«

»Nein, es ist … ich kann es nicht beschreiben, du musst es ausprobieren.«

»Jetzt?«

»Hast du Lust?«

Ohne zu zögern, hatte sie gesagt ja, große Lust, und dann waren sie aus der Diskothek geflüchtet und zur Bucht hinuntergerannt, wo sie lachend und außer Atem ankamen. Noch angezogen, hatten sie sich in der kleinen Sandbucht geküsst. Köstlich, der Gin-Geschmack auf seiner Zunge.

»Hast du deine Badehose drunter?«

»Nein, natürlich nicht.«

»Und jetzt?«

»Umso besser, oder? Es gibt nämlich nur eins, das noch besser ist, als nachts im Meer zu baden …«

Rasch zogen sie sich aus. Marc streifte sein gelbes Fred-Perry-Shirt über den Kopf, und sie ließ ihr Kleid zu Boden gleiten. Wie Marc schon vermutet hatte, trug sie keinen BH. Mit den Füßen im Wasser umarmten und küssten sie sich wieder. Die erste Umarmung nackter Körper löst immer einen wohligen Schauder aus. Und wenn man völlig allein am Strand ist, erst recht. Marcs warmer Körper, der sich gegen ihren Nabel drückte, erregte Laura dermaßen, dass sie sich losriss, um ins Meer zu laufen. Es war kühl, doch es regte sich keine Brise, und so ließ es sich gut aushalten. Lachend stakste sie mit langen Schritten vorwärts, bis ihr das Wasser zum Hals reichte. Er verfolgte sie mit noch längeren Schritten und spritzte sie nass, und als er sie eingeholt hatte, tauchte er unter und legte ihr beide Arme um die Taille. Sie ließ sich einfangen. Marc hob den Kopf aus dem Wasser, küsste ihr mit triefendem Kinn Gesicht und Ohren und tastete mit den Lippen nach ihren Brustwarzen. Laura löste sich vom sandigen Boden und umschlang seine Hüften mit Armen und Beinen. Ihre ineinander verschränkten Körper löste ein unbekanntes Lustgefühl in ihr aus. Eine Weile verharrten sie so. Im sanften, sachten Wiegen des stillen, fast spiegelglatten Meeres. Nur sie beide. Marc hatte recht gehabt. Man brauchte keine Angst zu haben. Es war nur neu, etwas völlig anderes. Sie war froh, es gemacht zu haben, und wunderte sich nur, warum sie es nicht schon viel früher getan hatte.

Im Zimmer rubbelten sie sich mit einem noch halbfeuchten Handtuch ab und fielen auf Lauras Bett. Sie genossen den frischen Salzgeschmack auf der Haut des anderen. Was für ein Unterschied zu den aufgeheizten Körpern in der Mittagssonne. Marc war der Erfahrenere und wusste, was er zu tun hatte. Oder zumindest überlegte er nicht lange, und Lauras unterdrückten Seufzern war zu entnehmen, dass ihr das Spiel seiner Finger, die mal rasch, mal langsam über ihren Körper glitten, gefiel. Er wusste, wie er seine Zunge einsetzen musste, und spürte am Zucken ihrer Schenkel, wann er ihr eine Pause gönnen sollte, um danach noch intensiver fortzufahren. Als beide es vor Erregung nicht mehr aushielten, legte sich Marc auf den Rücken, damit Laura sich rittlings auf ihn setzen und den Rhythmus bestimmen konnte, bis zum langen, lustvollen Finale.

Sie ließen sich seufzend auf den Rücken fallen.

»Dass wir jetzt bloß nicht einschlafen und Xènia draußen vergessen«, sagte Laura und streckte sich neben Marc aus.

Marc brauchte nur ins Nachbarzimmer zu wechseln und fürchtete, es könnte ihm ebenso ergehen wie Xènia. Kim hatte den einzigen Schlüssel zu Zimmer 28, und nach vier Uhr morgens waren die Chancen, dass er Marc klopfen hörte, gering.

»Ja, ich komme schon!«

Kim war noch wach und hatte ihn auf Anhieb gehört.

»Wieso schläfst du nicht?«, beeilte sich Marc, in Hosen, aber mit nacktem Oberkörper, als Erster zu fragen.

»Olympiade, Mann. Ich warte auf Carl Lewis.«

»Hundert Meter?«

»Nein, heute ist die Langstrecke dran.«

»Ist er schon gesprungen?«

»Noch nicht. Wie war's?«

»Was?«

»Mit Laura …«

»Hat man was gehört?« Marc errötete nur deshalb nicht, weil er schon beim Hereinkommen knallrot gewesen war.

»Wir sind im Hortolà, Mann. Die Wände sind hier nicht gerade schalldicht.«

»Dabei haben wir uns so bemüht, leise …«

»Keine Sorge, so laut wart ihr nun auch wieder nicht. Und – wie war's?« Er versuchte zu grinsen.

»Willst du das wirklich wissen?«

»Na klar, Mann.« Klar, dass ich es nicht wissen will. Oder soll ich dir etwa erzählen, wie mir diese Holländerin einen geblasen hat, dass mir Hören und Sehen vergangen ist?

»Gut.« Marc besann sich einen Moment und fügte mit Nachdruck hinzu: »Also, Laura ist … richtig gut.«

Was Kim noch mehr irritierte als die Antwort an sich, war die Pause. Es klang, als wollte Marc sich damit brüsten, Laura flachgelegt zu haben.

»Guck mal, wer sich da warmmacht. Das ist doch Carl Lewis, stimmt's?«

Ja, ja, lenk nur ab, du Arschloch. 8,45 beim ersten Sprung. Nicht zu fassen, dieser Sohn des Windes! Kim sah sich weiter die Übertragung an, während Marc bereits fünf Minuten später neben ihm schnarchte wie ein Wildschwein.

Am folgenden Tag unternahmen sie einen Busausflug. Laura wollte für sich sein und setzte sich auf einen Fensterplatz. Sie wollte nachdenken. Oder, besser gesagt, an gar nichts denken. Sie wollte lediglich die Sonnenblende vollständig öffnen und das Leben in anderen Farben sehen. Hinausschauen und die kilometerlangen ockerfarbenen Mauern vorüberziehen lassen, diese ohne Mörtel aufgeschichteten Steine zur Begrenzung von Feldern und Grundstücken, die das Bild der ganzen Insel prägten. Die Steilküste an der Nordseite raubte ihr den Atem. Die Landschaft beim Leuchtturm von Cavalleria, rau und schroff, hatte wenig gemein mit den kleinen Buchten und lieblichen Stränden auf der anderen Seite, die stets ein sanfter Südwestwind zu streicheln schien. Der Fahrer – »Wer aufs Klo muss, kann das jetzt in der Bar der Kapelle erledigen« – parkte den Bus auf dem Monte Toro, der einzigen Erhebung auf dieser Insel ohne Gebirge. Wie eine perfekte

Aussichtsplattform ragte er genau in der Mitte von Menorca auf und erlaubte einen kompletten Rundblick. Links Ciutadella, rechts Maó, geradeaus das Cap de Cavalleria, und das dort unten musste Cala En Porter sein. An diesem wolkenlosen Mittag konnte man sogar Mallorca am Horizont auftauchen sehen. Das einzige Foto, für das sich die gesamte Gruppe der Fakultät versammelte, entstand an dieser Stelle, mit dem malerischen Fornells und den ausgedörrten Feldern im Hintergrund. Die ganze Truppe sagte gleichzeitig Lluíiís, während der Busfahrer sie mit unterschiedlichen Kameras fotografierte, danach machten Kim, Marc, Xènia, Laura und Buixeda noch ein Foto von ihrer Gruppe. Und zum Schluss kam der Knaller.

»Kim, machst du noch ein Foto von mir und Marc?« Laura drückte ihm ihre Kamera in die Hand. »Komm her, Marc.«

»Klar.« Kim schaute durch den Sucher und sah Laura die Arme um Marcs Schultern legen. »Ich bin kein großer Fotograf, das sage ich euch gleich … Muss ich was einstellen?«

»Alles automatisch, Kim. Drück einfach auf den Auslöser.«

»Steht ihr nicht im Gegenlicht?«

»Drück schon ab, los.«

»Wenn es verwackelt ist, kann ich nichts dafür.«

»Drück ab!«

Was für ein grausamer Befehl, selbst wenn es nur darum ging, einen Moment auf einem Foto zu verewigen. Und in diesem Augenblick passierte es. Kim betätigte den Auslöser, und mit einem Mal überkam ihn ein ganz neues Gefühl. Er reichte die Kamera zurück, lächelte verlegen, sagte bitte schön, gern geschehen, wobei er sich jede Ironie verkniff, und als er wieder im Bus saß, begannen seine Gedanken zu kreisen. In Wahrheit war es ihm völlig gleich, wohin die

Fahrt als Nächstes ging, zu welchem Dorf diese schneeweißen Häuschen gehörten oder wie die Bucht mit dem feinen Sandstrand hieß, die sie jetzt ansteuerten. Seit er Laura mit Marc fotografiert hatte, empfand er eine sonderbare Leere, als hätte man ihm etwas entrissen, das er bislang für sein Eigentum gehalten hatte. War es verletzte Eitelkeit, die er fühlte? Ein Anflug von Eifersucht? Diese berühmte Eifersucht, von der so viel geredet wurde, die er aber aus eigener Erfahrung noch nicht kannte? Vielleicht war es das. Wenn es das war, mochte er das Gefühl nicht und wollte es nicht haben. Er hätte nicht sagen können, was ihm mehr stank, die beiden zusammen zu fotografieren oder zu sehen, wie vergnügt sie miteinander waren. War es bloß ein Erinnerungsfoto für spätere Zeiten, oder war es der Anfang von etwas Größerem? Würde Marc künftig womöglich zwischen ihm und Laura stehen, ausgerechnet jetzt, da Kim sich an ihrer Seite so wohlfühlte? Er bezweifelte, das Marc, dieser bärtige, etwas ungepflegte Typ, den nichts aus der Ruhe zu bringen schien, besser zu Laura passen könnte als ein smarter Junge wie er. Es ließ sich nicht leugnen, dass einige der weniger betuchten Kommilitonen der Meinung waren, Kim sei mit dem goldenen Löffel im Mund geboren worden. Was letzten Endes keine besonders originelle Erkenntnis war. Er konnte auch nichts dafür, dass die Karten so ungleich verteilt waren.

Auf der Rückfahrt legte der Bus einen Überraschungsstopp ein und setzte sie an einer Kartbahn in der Nähe von Sant Lluís ab. Sie hatten anderthalb Stunden Zeit, sich Helme überzustülpen, Benzin zu verprassen und auf einer Strecke mit vorwiegend Rechtskurven so viele Runden zu fahren, wie sie wollten. Kim zeigte, was er konnte, gab Gas, überholte auf der Innenspur und bremste später ab als jeder andere, bis er Marc vom Asphalt gedrängt hatte. Marcs Kart bohrte sich in einen Berg von Autoreifen, der strategisch vor der Zielgeraden aufgestapelt war.

»Du hast dir doch hoffentlich nicht wehgetan, oder?«

9

Wie Weihnachten im August

»Beim Verlassen des Hotel Rafaeli soll man sich besser fühlen als bei der Ankunft.« Von diesem Leitsatz war Francisco Ráfales zutiefst überzeugt, und er hatte seinen beiden Söhnen diese goldene Regel ein Leben lang eingebläut, sodass sie sie nie vergaßen. Sowohl Paco in seinem Hotel in Barcelona als auch Vicenç in seinem Viersternehaus in Rom bemühten sich nach Kräften, damit jeder Gast mit einem Lächeln auf den Lippen abreiste. Und auch Àlex, Roger und das gesamte Personal des Rafaeli am Passeig de Gràcia waren angewiesen, zu diesem Zweck Himmel und Erde in Bewegung zu setzen. Allen Gästen, die durch die Drehtür hereinkamen, musste es besser gehen, wenn sie wieder hinausgingen. Gleichgültig, ob sie eine einzige Nacht im Hotel blieben, eine Woche da waren oder, wie in diesem Fall, nur zum Bankett auf der Gartenterrasse kamen, dem alljährlichen Großereignis im Rafaeli. Nach monatelanger Vorbereitung war der Tag des großen Events endlich gekommen, das viele Nerven gekostet hatte und für eine gute Presse sorgen sollte. So weit entfernt ein Termin auch scheint, irgendwann ist er da.

Die vierhundert geladenen Gäste – von denen tatsächlich dreihundertneunundsechzig erschienen waren, was ein voller Erfolg war – hatten eine persönliche, nicht übertragbare Einladung erhalten. Die Karte, von Roger entworfen, bestand aus einem Schild, wie man es von außen an die Tür seines Hotelzimmers hängt, doch statt der Aufschrift »Bitte nicht stören« zeigte sie die olympischen Ringe, in denen in fünf Farben die

Anleitung zum ersten Kostümball in der Geschichte des Hotels geschrieben stand. Damit wurden alle Damen und Herren gebeten, in Kleidern zu erscheinen, wie sie in fünf Olympiastädten im jeweiligen Jahr Mode gewesen waren. 1906 in Athen. 1924 in Paris. 1944 in London. 1960 in Rom. 1972 in München. Allesamt europäische Städte. Wie auch Barcelona, das davon träumte, die Spiele 1992 auszurichten, und zwei Jahre lang gewissenhaft seine Kandidatur ausarbeiten würde, in der Hoffnung, den Zuschlag zu erhalten. Der Ehrgeiz hatte die gesamte Stadt erfasst wie eine Epidemie der Begeisterung, und es sah ganz so aus, als könnte etwas daraus werden. Doch ehe der Umschlag nicht geöffnet und der Name der Stadt laut verlesen würde, konnte man nie wissen.

Die Polizei hatte den Gehweg zwischen zwei Übergängen gesperrt, damit die Festgäste über einen dunkelroten Teppich, der über den Bürgersteig bis zur Drehtür des Rafaeli ausgerollt war, den Eingang erreichen konnten. Beim Eintreffen der Geladenen ging es zu wie bei einer Filmgala. Ein Fernsehreporter hielt die Ankunft im Bild fest. Zwei Pressefotografen, Taschen und Kameras über der Schulter und um den Hals, nahmen alles ins Visier, was sich bewegte. Das Hotel hatte auch ein Team von Hochzeitsfotografen engagiert, die einige Tage später die entwickelten Schnappschüsse und Vergrößerungen an Paco Ráfales schicken würden, damit der Hotelchef sich in den folgenden Wochen damit beschäftigen konnte, seinen Gästen ein Andenken zukommen zu lassen. Nur wer unvorteilhaft oder mit geschlossenen Augen getroffen war, ging leer aus. Der Berichterstatter der Stadtverwaltung, der Einzige, der innerhalb der Barriere arbeiten durfte, wurde erst aktiv, als sich an der Spitze seines Gefolges der Bürgermeister näherte. Pasqual Maragall, in einem erdfarbenen Anzug – Athen 1906 – kam zu Fuß und schüttelte, jovial und ohne Eile, alle Hände, die sich ihm entgegenstreckten. Auf der Straße bildete sich eine Traube von Menschen, die sich den Hals verrenkten, um zu sehen, ob sie unter denen, die dem Rafaeli zustrebten, irgendjemanden erkannten.

»Wie Weihnachten im August«, sagte ein kleiner französischer Junge, der hingerissen die zu diesem Anlass hell erleuchtete Fassade bestaunte.

In der Lobby erwarteten Paco Ráfales und seine drei Söhne in Reih und Glied ihre Besucher, alle gekleidet wie im Rom des Jahres 1960. Makellose graue Anzüge, eng und mit sehr schmalen Hosenbeinen, zu braunen, blankpolierten Schnürschuhen. Die weißen Hemden, ebenfalls Maßanfertigungen, hatten einen übertrieben großen, steif gestärkten Kragen. Die Krawatte, in freitäglichem Marineblau, war schmal und hatte keine Spitze am Ende. Es war das erste Mal, dass Paco Ráfales einen gestrickten Binder trug, der unten gerade abschloss wie mit einer Schere gestutzt. Er verließ sich darauf, dass unter dem zugeknöpften Sakko niemand diesen Frevel bemerken würde.

»Herrje, Paco, welche Eleganz!«, rief der Bürgermeister aus und begutachtete den Chef des Grandhotels von Kopf bis Fuß.

»Das Kompliment gebührt allein meinem Schneider.«

Die Brüder konnten sich kaum das Lachen verkneifen. Hinter Pasqual und seinem Hofstaat aus Gemeinderäten und Sekretären kam Doktor Tarrés, der Star der In-vitro-Befruchtung, mit den breiten Revers von München 1972. Nach ihm, in einem Churchill-Smoking, der renommierte Ökonom Federico Esparver, Daueranwärter auf den Nobelpreis, der ihm immer wieder vorenthalten wurde. Seine

Begleiterin, im stilvollen Londoner Rosa von 1944, stellte er, ohne rot zu werden, als Kollegin aus seinem Dekanat vor.

»Familie Mundi, wie geht es uns?«

»Wir freuen uns, Ráfales, lieber Freund, dass Sie uns wieder eingeladen haben« – weder Athen noch Paris, noch London, noch … –, »und haben unsere Tochter Míriam dabei, die gerade achtzehn geworden ist und darum gebettelt hat, mitgehen zu dürfen.«

»Herzlich willkommen.« Paco küsste das Mädchen, das reizende Katzenaugen hatte, auf beide Wangen und sah dann zu seinem jüngsten Sohn hinüber. »Ach, ihr zwei kennt euch doch. Ihr seid gleich alt. Kim, erinnerst du dich noch an Míriam von den Mundis mit der Kerzenfabrik. Als ihr klein wart, haben wir uns oft gesehen, weißt du noch?«

»Ja, sicher, hallo!« Mit jugendlicher Unbefangenheit tauschten Kim und Míriam zwei Küsschen. Nach der Begrüßungsrunde wurde ein Cocktail gereicht.

»Champagner mit Johannisbeersirup«, wiederholten die Kellner mechanisch, während sie unentwegt lächelten. »Der Cocktail des Liceu.«

Bald schon lockten Klänge eines Live-Orchesters die Gäste zur hinteren Terrasse wie einst die Flöte des Rattenfängers von Hameln die Kinder.

Laura sah auf die Wanduhr in der Küche. Inzwischen waren bestimmt schon alle da, und sie war immer noch nicht fertig mit ihrem Make-up, und dann musste sie auch noch ein Taxi nehmen und hinfahren. Was für ein Stress, bevor es überhaupt richtig losging! Sie war zu dem Fest im Rafaeli eingeladen – die Karte war ihr in das Studentenapartment geschickt worden –, und seit sie wusste, dass sie verkleidet erscheinen sollte, hatte sie keine ruhige Minute gehabt. Sie fühlte sich am wohlsten mit Kapuzenjacke und Basketballschuhen. Doch mochte sie auf einem so vornehmen Fest auch nicht als hässliches Entlein auftreten. Es war nicht ihre Welt. Ganz und gar nicht. Aber als sie Kim gesagt hatte, sie würde lieber nicht kommen, hatte er auf sie eingeredet und ihr versichert, wie enttäuscht er dann wäre und dass es für einen Rückzieher schon zu spät sei. Er habe seinem Vater bereits mitgeteilt, dass er zum ersten Mal in Begleitung an dem jährlichen Sommerfest teilnehmen würde. Deswegen hatte sie nicht nein sagen können, und während sie sich jetzt das Stirnband um den Kopf schlang, verfluchte sie sich dafür, nicht rechtzeitig eine Ausrede gefunden oder den Mut gefunden zu haben, ihm zu sagen, tut mir leid, Kim, aber ich kann nicht. Sira hatte ihr geraten, zu Menkes auf die Gran Via zu gehen, dort würde sie sicher etwas zum Anziehen auftreiben. Aber dort war ihr alles zu teuer, zu kindisch, zu … Verdammt noch mal, sie konnte sich in einer solch albernen Maskerade einfach nicht sehen. Schließlich sollte das doch ein Olympiafest sein und nicht der Ball von Aschenputtel. Die Rettung kam von ihrer Mutter, die ihrer Tochter schon von Weitem ansah, was sie umtrieb. Clàudia hatte eine Freundin aus Banyoles, eine Verwandte der Besitzer vom Hostal Flora, die eine Menge hübscher Kleider von ihrer Großmutter aus Porqueres geerbt hatte. Die reinsten Museumsstücke. Es gab filigrane Taufgewänder mit Spitzen und Rüschen, sogar ein elfenbeinfarbenes Brautkleid, das seiner Zeit weit voraus gewesen war. Aus der großmütterlichen Truhe hatte sie auch ein bezauberndes Charlestonkleid zutage gefördert. Trotz seines Alters war das blassrosa Gewebe seidenweich. Auf wie vielen Partys der goldenen Zwanzigerjahre mochte dieses Kleid wohl getragen worden sein? Was hatte sich auf den Festen in diesem aufgewühlten Europa nach dem großen Krieg wohl so alles abgespielt? Ihre Mutter bat, das Kleid ausleihen zu dürfen, als handelte es sich um ein kostbares Schmuckstück. Sie machte es ein paar Zentimeter enger, damit es besser saß, und kaufte Laura ein Paar passende Schuhe, mit Fesselriemchen, damit sie diese beim wilden Tanzen nicht verlor. Alles sah aus, als sei es für sie angefertigt worden. Mit dieser Kostümierung würde sie locker für Paris 1924 durchgehen. Laura hoffte nur, dass sie nicht die Einzige war, die so viel Bein zeigte.

Im Garten herrschte ausgelassene Stimmung. Paco Ráfales hatte angeordnet, nur wenige Stühle aufzustellen, damit die Gäste mehr umherspazierten und sich unterhielten. Auf diese Weise würden sie auch mehr tanzen, schneller müde werden, und er würde sie nicht hinauskomplimentieren müssen, weil sie sich dann irgendwann von selbst verabschiedeten. Nach drei, allenfalls vier Stunden würden sie genug haben. Überall im Garten hingen rote Lampions und zwischen den Bäumen wie Fähnchengirlanden auf einem Schiff Ketten aus kleinen Schminkspiegelbirnen. Das tiefe Rot der Lampions und das hellere Licht der kugelförmigen Glühlämpchen sorgten für eine zauberhafte Beleuchtung. Roger hätte sich zwar etwas weniger Licht gewünscht und eine eher schummerige Atmosphäre bevorzugt, doch sein Vater setzte sich mit zwei unschlagbaren Argumenten durch.

»Erstens sollen unsere Gäste sehen, was sie auf ihrem Teller haben, und zweitens werden wir alle noch genug Zeit im Dunkeln verbringen, wenn wir erst mal unter der Erde liegen.«

»Keine Sorge, Papa, dich werden wir einäschern …«

Hier und da hatte Paco in Blumenampeln oder Pflanzenkübeln Fackeln mit Zitronenduft stecken lassen, um die Stechmücken fernzuhalten. Die bloßen Schultern und Fußknöchel der Frauen stellten beliebte Angriffsziele für die Ende August so lästigen Großstadtmoskitos dar.

Laura betrat das Rafaeli durch die Drehtür. Das Empfangskomitee hatte sich bereits aufgelöst. Zurückgeblieben war nur ein Kellner mit einem Tablett voller Begrüßungscocktails, um die Verspäteten Willkommen zu heißen.

»Champagner mit Johannisbeersirup.«

»Oh ja, danke.«

»Der Cocktail des Liceu.«

»In der Eile habe ich meine Einladung vergessen«, entschuldigte sie sich mit einem umwerfenden Lächeln. »Wo muss ich hin?«

»Ganz einfach. Immer der Musik nach.«

Und den Essensdüften. Und dem Stimmengewirr, da sich ein paar Hundert Gäste, die über alles und nichts schwatzten, in zunehmender Lautstärke untereinander Gehör zu verschaffen suchten.

Je mehr Leute, desto mehr Gesprächsstoff. Lauras Füße fanden den Weg wie von selbst. Als sie in den Garten hinaustrat, bot sich ihr ein prachtvolles Bild. Sofort sah sie, dass Kim sie nicht zum Narren gehalten hatte. Alle waren elegant kostümiert, in höchst unterschiedlichen Aufmachungen, und sie stellte fest, dass nicht nur sie sich im Stil des großen Gatsby verkleidet hatte. Zwischendurch hatte sie schon befürchtet, dieser Kostümball sei einer von Kims Scherzen gewesen. So an der Nase herumgeführt zu werden, hätte sie ihm niemals verziehen.

Sie sah sich um, entdeckte das Musikerquartett auf dem Podest, das Fernsehen, das einen Scheinwerfer auf den Bürgermeister gerichtet hatte und ein Interview mit ihm führte, und überall Kellner. Von den Ráfales keine Spur.

Kim, der schon seit einer Weile alle drei Minuten auf die Uhr sah, hatte sie jedoch sofort erspäht und bahnte sich durch Dutzende von plaudernden Grüppchen einen Weg zu ihr.

Sie war kaum wiederzuerkennen. Sie hatte die Haare hochgesteckt und trug ein paillettenbesetztes Band um den Kopf. Eine Ponysträhne fiel ihr in einer weichen Welle in die Stirn. Die blonden Haare mit den haselnussbrauen Strähnen glänzten wie Gold. Über dem schimmernden zartrosa Kleid hing eine Unmenge langer Perlenketten. Oder vielleicht war es auch eine einzige, vielfach gewundene Perlenkette. An ihren Handgelenken blitzten etliche Armbänder. Ihre Haut war noch gebräunt von dem Ausflug nach Menorca. So elegant hatte er Laura noch nie gesehen.

»Kim, das ist doch nicht etwa deine Basketballtrainerin?« Roger fielen beim Anblick von so viel Glamour und Lauras nackten Knien fast die Augen aus dem Kopf.

»Doch, das ist Laura. Endlich.«

»Und die vögelst du nicht?«

»Wo hat sie denn heute ihre Jogginghosen gelassen?«, spottete Àlex.

»Ach nein, die vögelt ja mit Marc.« Roger verfügte offenbar über einen Informationsvorsprung. »Es war doch Marc, oder nicht?«

»Nicht mehr.«

»Ach, nein?«

»Das waren nur drei Tage, auf unserer Menorca-Fahrt.«

»Und? Worauf wartest du dann noch? Sonst fackelst du doch auch nicht so lange.«

»Wir haben einen Pakt, Laura und ich.«

»Klar, Mann«, antworteten Àlex und Roger wie aus einem Munde. Sie kannten Kim zu gut, um ihm das abzunehmen.

Es kränkte Kim, dass er gegenüber seinen Brüdern so wenig Glaubwürdigkeit besaß, aber in diesem Moment kam Laura auf ihn zu, und ihm blieb keine Zeit, ihnen von der Vereinbarung zu erzählen, die er an einem Donnerstag tief in der Nacht mit ihr getroffen hatte. Nach einem Zug durch die Gemeinde, den sie im Padam Padam begonnen hatten, waren sie durch das Gotische Viertel geschlendert und hatten sich schließlich auf eine Bank an der Plaça del Pi gesetzt. Kim hatte wie unabsichtlich ihre Hand genommen und, während seine Stimme immer leiser und intimer wurde, seinen Mund ihrem Gesicht genähert. Die Augen voller Zärtlichkeit, hatte sie ihn angesehen, ihm einen raschen Kuss gegeben, nur einen, und sich wieder zurückgezogen.

»Kim …«, sie war offenbar unsicher, wie sie es ihm erklären sollte. Sie hatten beide gewusst, dass dieser Moment kommen könnte, und obwohl der Kuss ein nicht unangenehmes Kribbeln in ihr ausgelöst hatte, sagte sie jetzt:

»Mir wäre es lieber, wir würden es dabei belassen.«

»Aber …«

Sie legte ihm einen Finger über den Mund, damit er schwieg. Dennoch fanden sich ihre Lippen noch einmal. Zu einem weiteren Kuss. Und noch einem.

»Ich möchte das, was zwischen uns ist, nicht aufs Spiel setzen, Kim. Es wäre mir unerträglich, unsere Freundschaft zu riskieren. Was wir haben, ist so wunderbar, und wenn wir darüber hinausgehen … Ich weiß nicht. Ich will dich nicht verlieren.«

»Aber ich dich doch auch nicht.«

Sie vergaßen die Zeit, gaben der Leidenschaft nach. Bis Laura sich schließlich aus seiner Umarmung gelöst hatte. Sie schüttelte energisch den Kopf und runzelte die Stirn.

»Ich meine es ernst, Kim. Du bist mein bester Freund. Versprechen wir uns, diese Grenze niemals zu überschreiten, um nicht das Ganze zu gefährden. Lass es uns schwören.«

Sie klang vollkommen überzeugt. Und er, ohne recht zu begreifen warum, nickte.

»Einverstanden«, flüsterte er.

Sie schlossen einander fest in die Arme und saßen eine gute Weile so da, bis ein schlaksiger Mann in Sandalen und mit Schnurrbart ihnen für hundert Peseten eine Blume verkaufen wollte. Das war der Augenblick, in dem sie aufstanden und weitergingen.

Laura hatte sich in ihrem Paillettenkleid durch die Menge geschoben und nach allen Seiten umgeschaut, staunend wie Alice im Wunderland. Die Fransen über ihrer Brust schwangen bei jedem Schritt anmutig mit. Schließlich entdeckte sie die drei Ráfales-Brüder und winkte.

»Das, was sie anhat, trug man in der Charleston-Zeit, oder?«

»Keine Ahnung, Bruderherz. Sie sieht jedenfalls fantastisch aus. Sogar einen Schönheitsfleck hat sie sich auf die Oberlippe gemalt.«

Kim befahl ihnen, den Mund zu halten, und ging die zwei Stufen hinunter, um Laura zu begrüßen und ihr die Hand zu reichen. Als sie ihren Retter erblickte, verbarg sie ihr Gesicht hinter einer goldenen Larve. Es war eine venezianisch anmutende Handmaske, die man an einem glitzernden Stäbchen vor die Augen hielt.

Er zog verblüfft die Augenbrauen hoch.

»Sollte es denn kein Maskenball sein?«, fragte sie.

»Doch, doch. Du bist perfekt, Laura. Genau richtig.« Er zögerte eine Sekunde. »Du siehst wunderschön aus.«

»Danke.«

Im selben Moment begann das ungute Gefühl, mit dem Laura diesem Abend entgegengesehen hatte, nachzulassen.

Paco Ráfales war kein großer Redner. Bevor er die Orchesterbühne bestieg, überflog er noch einmal den Notizzettel, der in der Innentasche seines Jacketts steckte.

Als die Musiker eine Ranchera von Jorge Negrete beendet hatten und die Instrumente zur Seite legten, langte der Hausherr nach dem Mikrofon, um ein paar Worte an seine Gäste zu richten. Erstens: ein herzliches Willkommen im Namen des Hotel Rafaeli. Zweitens: ein großes Dankeschön, dass alle der Aufforderung gefolgt seien, sich nach der Mode einer Olympiastadt zu verkleiden. (Hier fügte er scherzhaft an, dass Woodstock übrigens niemals Austragungsort der Spiele gewesen sei, und sah zu einem Paar hinüber, das im Hippie-Look gekommen war. Alle lachten über seinen Witz, sogar das entsprechende Pärchen.) Drittens: viel Erfolg für Bürgermeister Maragall und die Stadt bei der Bewerbung um die Olympischen Spiele. Und viertens: dieses Jahr wolle er den Ball mit einer ganz besonderen Person eröffnen, mit seiner Prinzessin, der Frau seines Lebens, seiner Tochter Elsa.

Angesichts der Freude, mit der er die Jüngste des Hauses zum Tanz führte, wurden die Augen vieler Gäste feucht. Ein Witwer mit heranwachsenden Kindern weckt stets Mitgefühl. Die Kleine genoss es, die gesamte Tanzfläche für sich und ihren Vater zu haben und an einem Abend, der, wie man ihr eingeschärft hatte, ungeheuer wichtig für das Hotel war, das Zentrum der Aufmerksamkeit zu sein. Sie wusste, dass sich die Crème de la Crème der Stadt versammelt hatte, und war überzeugt, dass alle Welt gebannt dem Schwung des roten Kleids mit dem weiten Rock folgte, das sie zu ihrem Debüt erstmals trug.

Anschließend wurden sie umringt und mit Komplimenten überschüttet, und Elsa verteilte nach rechts und links Küsschen. Paco Ráfales war ein geborener Diplomat und betrieb Öffentlichkeitsarbeit nach allen Regeln der Kunst. Er kannte jedermann beim Namen, hatte für jeden ein persönliches Wort, war über die Neuigkeiten sämtlicher Familien auf dem Laufenden. Und dennoch behielt er zugleich unauffällig alles unter Kontrolle. Die zeitlichen Abstände und die Reihenfolge der exquisiten Speisen, die Temperatur der Weine, eventuelle Warteschlangen bei den Getränken, frische Handtücher auf den Toiletten. Niemandem sollte es an irgendetwas mangeln. Nichts war ein Problem. Er war humorvoll, aufmerksam und bester Laune wie stets. Niemand durfte ihn je leiden sehen. Nicht einmal schwitzen. Einem Hotelier war so etwas verboten.

Da Kim sich vor dem ersten Tanz verdrückt hatte, nutzte Roger die Gelegenheit. Er sah Laura alleine dastehen und in den Himmel schauen, als zählte sie die Sterne, und sprach sie an.

»Hey.«

»Oh, hallo.«

»Ich bin ein Bruder von Kim.«

»Ja, ja, ich weiß.«

»Ich sag das auch nur, weil wir uns nicht gerade ähnlich sehen.«

»Heute seid ihr ja sozusagen in der gleichen Uniform.«

»Gefallen wir dir nicht? Rom 1960.«

»Und ich, Paris 1924. Es war doch 1924, oder?«

Sie lächelte, und er verstand ihre Bemerkung als Aufforderung, sie von oben bis unten zu mustern.

»Wirklich hinreißend.« Und dann noch einmal von unten nach oben. »Ob mir die schönste Frau des Abends wohl diesen Tanz gewährt?«

»Uff, tanzen soll ich?« Wie peinlich. »Ich weiß nicht, was ich sagen soll?«

»Sag einfach ja. Es ist ein langsames Stück, ablehnen kannst du nicht.«

Genau so war es. Ablehnen konnte sie nicht. Diese Brüder hatten etwas an sich, das wie ein Magnet auf sie wirkte. Sie fragte sich, ob dies eine besondere Ráfales-Eigenschaft war oder schlicht ihre schwache Seite.

Der junge Mann streckte ihr die offene Hand hin, und Laura legte ganz altmodisch ihre Rechte hinein und ließ sich zur Tanzfläche führen. Doch just als Roger seinen spiegelblanken Schuh daraufsetzte, tippte ihm jemand auf die Schulter.

»Verzeihung, mein Junge, aber auf diesen Tanz erhebe ich Anspruch.«

Paco Ráfales nahm ihre Hand aus der seines Sohnes und zog die verdutzte Laura zur Mitte der Tanzfläche. Staunend über die Nonchalance seines Vaters, blieb Roger zurück und sah den beiden mit offenem Mund hinterher. Auch Laura starrte Senyor Ráfales einigermaßen erstaunt an, wusste aber nicht, wie sie ihn hätte aufhalten sollen. Behutsam fasste der ältere Herr sie mit einer Hand um die Taille und legte ihr die andere auf die Schulter, und ohne weiteren Körperkontakt tanzten sie zu den Klängen der *Moonlight Serenade*. Laura, die sich eher unbehaglich als geehrt fühlte, war dankbar, als er nach dem zweiten Klarinettensolo ein Gespräch mit ihr begann.

»Kim hat mir gesagt, dein Studium laufe sehr gut.«

»Ja. Ich kann mich nicht beklagen.« Sie lachte nervös. »Es macht mir viel Freude.«

»Du übernimmst sogar schon Aufträge, habe ich gehört.«

»Ja. Ich finde das toll. Gestern habe ich …«

»Gestern? Wo?«

»Im Archäologiemuseum von Gavà. Kennen Sie das?«

»Nein, das kenne ich nicht. Aber sei so gut, und duze mich, mach mich nicht älter, als ich bin.«

»Wir haben Helme bekommen und sind mit einer Gruppe von zehn Wissenschaftlern aus Leicester in eine Mine hinuntergefahren, ich als Flüsterdolmetscherin.«

»Als *was*?« Wenn Kims Vater lachte, sah er aus wie sein Sohn. Der Gesichtsschnitt, die Augen, die Kontur der Lippen. Sie hätte nicht genau sagen können, was es war, aber sie ähnelten sich. Auch hatten sie beide diesen verschmitzten Blick. Als junger Mann musste Paco Ráfales ein wahrer Herzensbrecher gewesen sein.

»Flüsterdolmetschen bedeutet, der Museumsführer hat geredet, und ich habe es auf Englisch übersetzt, ohne Mikrofon, den Engländern direkt ins Ohr.«

»Was du nicht sagst.«

»Tatsächlich wäre eine Konsekutivübersetzung fachlich angebrachter und weniger mühsam gewesen, zumal das Ganze sich über eine Stunde hinzog, aber na ja …«

»Weißt du, was das hier ist?« Rhetorische Frage von Paco Ráfales. »Ein Foxtrott. Könntest du mir das vielleicht flüsterdolmetschen?«

Sie tanzten weiter zu den Klängen von Glenn Miller. Einen Preis hätten sie nicht gewonnen, aber sie traten einander wenigstens nicht auf die Füße, was schon viel wert war. Paco nahm einen Duft war, der ihn an ein Parfüm seiner Frau Maria erinnerte, süßlich mit einer leichten Pfirsichnote. Mister Paton – der Mann mit der feinen Nase, ein Stammgast des Hotels, der auf allen fünf Kontinenten an Parfüms roch – hatte Paco erklärt, dass ein- und derselbe Duft auf der Haut jedes Menschen ein anderes Aroma entfaltete. Was er nicht wusste, war, dass Laura, die normalerweise kein Parfüm auflegte, ihre Mutter an diesem Abend um eines ihrer Pröbchen gebeten hatte.

Als Kim wieder in den Garten trat, erwartete ihn Roger bereits mit belustigter Miene.

»Hast du schon gesehen?«

»Was?«

»Schau mal. Papa ist dir zuvorgekommen.« Er deutete auf die Tanzfläche, und Kim zog die Augenbrauen hoch.

Àlex, der ebenfalls auf der Tanzfläche war, hatte Míriam Mundi um die Taille gefasst, und sie hielt die Hände in seinem Nacken verschränkt.

»Wie es aussieht, lässt auch unser großer Bruder nichts anbrennen.« Roger deutete mit dem Kinn in Richtung Àlex. »Was für Wahnsinnsaugen dieses Mädchen hat.«

Kim nickte stumm.

»Vielleicht möchtest du mit *mir* tanzen?«, erbot sich Roger im Scherz.

»Hornochse!«

Es war eine Unmenge Essen übrig. Vier Blumentöpfe waren zu Bruch gegangen, in zwei Zimmern hatten sich die Gäste wegen des Krachs auf der Terrasse beschwert, und ein Kellner hatte sich einen Arm verrenkt, als er auf dem Weg in die Küche ausgerutscht war.

Bevor sich der Bürgermeister mitsamt seinem Gefolge verabschiedete, hatte er Paco Ráfales beiseitegenommen, ihn liebevoll in die Wange gezwickt und ihm eine verschlüsselte Mitteilung gemacht: »Diesmal wird es was, Ráfales, dieses Jahr klappt es.«

Niemand wusste, was er meinte. In der Politik ist das wohl so, dachte Paco, und ließ es auf sich beruhen.

Um zwei Uhr morgens hatten die Musiker längst aufgehört zu spielen. Sie saßen noch da und tranken etwas, rauchten und bemühten sich, den Kontrabass in einer Hülle unterzubringen, in die er unmöglich passen konnte. Laura, einen Cuba Libre in der Hand, trat zu Kim auf den Balkon, der mit gedankenverlorener Miene dastand und auf die Kolumbussäule blickte. Sie hielt ihm ihre Maske vors Gesicht und zog sie blitzschnell wieder weg.

»Eins, zwei, drei, an was denkst du?«

»Oh, hallo.« Kim fühlte sich ertappt. »An nichts.«

»Das gilt nicht.«

»Ich weiß nicht, ich bin zu müde zum Denken.«

»Komm schon, Kim, red dich nicht raus. Woran hast du gerade gedacht?«

»An etwas, das meine Brüder gesagt haben.«

»Was denn?«

»Über dich.«

»Über mich?« Überraschungen haben es nun mal so an sich, dass man nicht mit ihnen rechnet. »Ja, und was?«

»Das kann ich dir nicht …«

»Das ist gegen die Absprache, Kim. Wenn wir spielen, spielen wir.«

Doch ihr Spiel war riskant geworden. Mit einem Mal spürten sie die Gefahren von etwas, das wie ein harmloser Zeitvertreib begonnen hatte. Plötzlich konnte die Wahrheit verletzen. Die Wahrheit konnte unbequem sein. Die Wahrheit tat manchmal weh. Aber wenn sie Freunde waren, echte Freunde, durfte es keine Missverständnisse geben. Sie konnten sich alles sagen. So lautete die Regel.

»Na schön. Wenn wir spielen, spielen wir, hast du gesagt.« Kim holte tief Luft, wie beim Tennis vor dem Aufschlag. »Als du hereinkamst, so elegant und sexy, in deinem kurzen Kleid, da haben sie gesagt …«

»Was? Spuck's schon aus!«

Kim blieb keine andere Wahl. Um seine Verlegenheit zu kaschieren, übertrieb er Mimik und Tonfall.

»Ist das etwa deine Basketballtrainerin?« Er überlegte, ob er weitersprechen sollte. Nur zu, wenn du schon mal so weit bist, ist es doch sowieso egal! »Und die vögelst du nicht?«

»Wie bitte?« Für eine Sekunde entgleisten ihr die Gesichtszüge. »Die vögelst du nicht? ›Die‹, als wäre ich … Und was hast du ihnen geantwortet?«

»Dass sie keine Ahnung hätten. Dass wir … dass du und ich nur gute Freunde sind.«

»So ist es, ganz genau«, sagte Laura mit einem Anflug von Misstrauen. »Und wie haben sie reagiert?«

»Wenn du die Wahrheit wissen willst …« Er wartete auf ihre Bestätigung, sie senkte die Lider. »Sie haben es mir nicht wirklich geglaubt, nehme ich an.«

»Sie kennen dich zu gut, Àlex und …«

»Roger. Er ist derjenige, der dieses Fest organisiert hat. Er allein. Es war seine Feuerprobe. Ich freue mich für ihn, weil alles gelaufen ist wie am Schnürchen.« Er schaute zum Himmel. »Sogar das Wetter hat sich gehalten.«

Laura wurde nachdenklich. Etwas beschäftigte sie.

»Und über meinen Leberfleck? Über meinen Leberfleck haben sie nichts gesagt, deine lieben Brüderchen?«

»Nein. Meine Güte, Laura, denkst du wirklich, dass dir jeder auf den Leberfleck starrt? So sehr fällt er nun auch wieder nicht auf. Du hast ein kleines Schönheitsfleckchen und kein Riesenfurunkel.«

Laura hatte den Eindruck, dass er etwas zu heftig reagierte, nur um dem Gespräch eine Wendung zu geben, bevor es brenzlig würde.

»Und du …«, sie trank einen Schluck von ihrem Cuba Libre, um Anlauf zu nehmen, »du wirst später mal ein sehr interessanter alter Knabe sein.«

Zunächst hörte Kim das gar nicht gern. Rasch aber gelang es ihm, ihren Worten etwas Positives abzugewinnen. Er war zufrieden mit seinem Körper, hatte sich jedoch bisher noch nie Gedanken gemacht, wie er in einigen Jahren aussehen würde. Nie hatte er sich vorgestellt, wie Joaquim Ráfales Angerri wohl mit vierzig, fünfundvierzig oder fünfzig sein würde. Und mit einem Mal fand er den Gedanken, dass er auch dann nicht unansehnlich wäre, sehr erleichternd. Laura könnte das ruhig noch ein bisschen weiter ausführen.

»Ach ja? Und wie muss ich mir das vorstellen?« Ermunternd hob er die Brauen und reckte das Kinn.

»Wenn du anfängst, deine Haare zu verlieren und Falten bekommst, hier um die Augen«, sanft kitzelte sie ihn mit den

Fingerspitzen an den Schläfen, »und diese Altersflecken auf den Händen. Vielleicht wirst du eine Lesebrille brauchen. Aber wenn du so schlank und sportlich bleibst, das Tennisspielen nicht aufgibst und dir keine Wampe zulegst, gehörst du später sicher einmal zu diesen reifen Männern, nach denen Frauen sich umdrehen.«

Ihre Blicke begegneten sich, und wie immer mussten sie lachen. Laura setzte noch eins drauf.

»Du wirst sehen. In ein paar Jahrzehnten sprechen wir uns wieder.«

»Und bis dahin?«

Kims Frage schien im Raum zu schweben. Er war sich nicht sicher, ob Laura tatsächlich auf so lange Sicht plante oder nur daherredete, weil sie in Feierlaune war und der Champagner so süffig. Doch auch die Antwort blieb in der Luft zwischen ihnen hängen, völlig unbeeindruckt von der Schwerkraft.

»Bis dahin? Du hast es deinen Brüdern doch selbst gesagt: sind du und ich gute Freunde.« Geschwisterlich hakte sie sich bei ihm unter. »Was wollen wir mehr, oder?«

Darauf gab es nur eine mögliche Antwort.

»Ja, sicher.« Er öffnete seinen obersten Hemdknopf, weil ihm plötzlich warm wurde. »Tut mir leid, dass ich heute Abend nicht viel Zeit für dich hatte. Ich musste mich um die Gäste kümmern.«

»Das verstehe ich vollkommen. Weißt du, ich hatte mir das Ganze schlimmer vorgestellt.«

»Tanzt mein Vater gut?«

»Er ist sehr charmant.«

»Ich hole die Autoschlüssel und fahre dich nach Hause.«

»Um diese Uhrzeit? Auf keinen Fall.«

»Keine Widerrede.«

»Nein, Kim, kommt nicht in Frage. Ich nehme ein Taxi. Ich weiß nicht, ob du überhaupt noch in der Lage bist …«

»Weißt du, was mein Vater immer zu meiner Mutter gesagt hat? Er würde besoffen besser Auto fahren als sie nüchtern.«

»So etwas sollte mein Mann zu mir sagen, und er würde nie wieder fahren.«

»Laura, ich rede von meinem Vater.«

»Aber du bist doch nicht betrunken. Jedenfalls habe ich nicht den Eindruck.«

»Nein, natürlich nicht, aber … Du ahnst nicht, wie es mir stinkt, morgen mit Àlex nach Eivissa zu segeln. Ich weiß nicht, ob ich überhaupt aus dem Bett komme.«

»Morgen?«

»Ein Vierundzwanzig-Stunden-Törn, brutal. Ich fürchte, ich werde die ganze Fahrt verpennen.«

»Unsinn, das wird bestimmt toll. Kein Grund zu jammern.«

»Magst du nicht mitkommen? Au ja, komm doch mit.«

Es gibt Blicke, die man sich merkt. Dieser war so einer. Man weiß nicht, warum, aber sie nisten sich für immer in einem Winkel des Gedächtnisses ein.

»Um nichts in der Welt. Mit zwei Ráfales-Brüdern nach Eivissa? Das ist mir viel zu gefährlich.«

»Ich verstehe überhaupt nicht, was du meinst.«

Wieder lachten sie.

»Mach's gut!« Laura gab ihm einen Kuss auf die Wange, nur einen. »Es war eine tolle Party.«

Nachdenklich schaute Kim ihr nach, bis sie durch die Drehtür verschwunden war. Laura fühlte sich beim Verlassen des Rafaeli jedenfalls besser als bei ihrem Eintreffen. Viel besser. Mission erfüllt, Papa.

10

Wie eine unsichtbare Insel

»Im Mittelmeer kommt das nicht oft vor, aber hin und wieder schon.«

Die *Fornarina* war bei sonnigem Wetter und einem Südwestwind der Stärke vier mit einer Geschwindigkeit von sieben Knoten nach Eivissa unterwegs. Die kleinen Schaumkronen auf dem Meer waren ein hübscher Anblick. Die beiden Brüder lachten zuweilen und unterhielten sich, zuweilen hing jeder seinen eigenen Gedanken nach. Überrascht stellten sie fest, wie ähnlich ihre Badehosen waren. Sie erinnerten sich, dass die Mutter sie als Kinder immer gleich angezogen hatte. Die drei Jungen erschienen auf sämtlichen Geburtstagsfotos in den gleichen mit Pferdchen bedruckten Hemden und am Dreikönigstag mit den gleichen Kordhosen. Sogar mit den gleichen schwarzen Schuhen, die man ihnen – jedem in seiner Größe – in Can Torrent gekauft hatte, auf einem Abschnitt der Gran Via, wo der Krach nicht zum Aushalten war. Sie mochten dieses Schuhgeschäft, weil es dort ein Röntgengerät gab – das zu verbieten damals niemandem eingefallen wäre –, in die man den Fuß mit dem Schuh stellte und genau sehen konnte, bis wohin die Zehen reichten. Eine Nummer größer, wenn's geht, sagte in weiser Voraussicht die Mutter, die wusste, wie schnell ihre Kinder wuchsen. Vielleicht war es eine Spätfolge dieser mütterlichen Macke, sie gleich anzuziehen, dass sie unabhängig voneinander beinahe identisch gemusterte Badehosen der Marke Meyba gewählt hatten. Àlex, ein Auge ständig auf den Koordinaten, streifte sich ein Hemd über, knöpfte es aber nicht zu. Er liebte es, mit nackter Brust am Ruder zu stehen, wie er es von seinem Vater kannte. In Abwesenheit des Familienoberhauptes war er derjenige, der die Yacht lenkte und furchtlos durch die Dünung navigierte. Der Wind kam von Steuerbord, Àlex führte das Boot mit einer leichten Neigung nach Backbord und betrachtete stolz die weiße Kielspur, die die *Fornarina* hinter sich herzog, während ihr Bug durch die Wellen schnitt. Immer mit einem Kurs von hundertachtzig Grad Süd dorthin, wo sie ohne Pause drei Tage durchfeiern wollten.

»Im Mittelmeer gibt es das nicht oft, aber hin und wieder schon«, erklärte der Polizeiexperte für Schiffsunfälle und zuckte unbeholfen mit den Achseln. »Durch den Suezkanal kommt viel Containerverkehr, weil man sich damit den langen Weg um den gesamten afrikanischen Kontinent erspart, da geht gelegentlich schon mal einer verloren. Das kann passieren, ja. Es passiert selten, aber es passiert. Auf den Ozeanen häufiger, wo die See rauer ist. Aber bei hohem Wellengang oder durch einen dummen Zufall rutscht auch im Mittelmeer ab und zu ein schlecht vertäuter Container über Bord. Nicht häufig, aber manchmal schon, und es ist eines der Dinge, vor denen Seeleute am meisten Angst haben. Diese Container gehen nicht unter, sondern treiben auf dem Wasser. Sie sind so hermetisch verschlossen, dass sie schwimmen, weil in ihrem Inneren Luft ist. Je mehr Luft, desto weniger sinken sie ab. Und am schlimmsten sind die, die eine Handbreit unter der Oberfläche bleiben. Sie sind mit bloßem Auge kaum zu sehen, der Radar erkennt sie nicht, und mitten im Meer ist ein Container wie ein enormer Felsen. Ein solcher Zusammenstoß ist, als würde man mit voller Wucht gegen eine unsichtbare Insel fahren. Es tut mir sehr leid, Senyor Ráfales. Da war nichts mehr zu machen.«

Die Stille währte zwanzig Sekunden. Vielleicht dreißig, die sich aber anfühlten wie zwei Stunden. Kim war dankbar für den Arm seines Vaters, der auf seinen Schultern ruhte. Benommen vor Entsetzen, marterte ihn zudem der Gedanke, dass eigentlich er sich auf der Yacht hätte befinden sollen. Und er musste unbedingt wissen, wie sich die Tragödie abgespielt hatte. Jede Einzelheit. Er brauchte eine Hypothese, wie das Unglück passiert war.

»Was wir glauben?« Der Polizist atmete tief durch. Auch wenn er Übung darin hatte, in Wartesälen von Krankenhäusern Schreckensnachrichten zu überbringen, war dies kein Fall wie jeder andere.

»Ja, bitte.«

»Das sind alles Mutmaßungen, darüber müssen Sie sich im Klaren sein. Was genau geschehen ist, können nur die beiden wissen, die …«

»Dass Sie nicht dabei gewesen sind, weiß ich. Aber ich bitte Sie, mir zu sagen, wie das alles passiert ist.«

»Dazu wäre es hilfreich, das Boot zu bergen, doch nach Ansicht unserer Taucher, die es noch gesehen haben …«

»Hören Sie, meine beiden Brüder sind tot. Reden Sie also jetzt bitte nicht um den heißen Brei herum, weil nichts von dem, was Sie uns sagen, das Geschehene noch verschlimmern kann.« Sein Vater drückte ihm den Arm, um ihm zu verstehen zu geben, dass er sich nicht so ereifern sollte. Kim riss sich zusammen und fragte mit einem Schluchzen in der Stimme: »Ich muss einfach wissen, wie es passiert ist …«

»Bei einer Geschwindigkeit von sieben Knoten mit einem zwanzig Tonnen schweren Container zu kollidieren, ist, wie mit Vollgas frontal gegen eine Mauer zu fahren. Durch die Aktivierung der Notfunkbake wussten wir, dass sie etwa in der Mitte zwischen dem Festland und den Inseln sein mussten. Sie hatten mit dem Hindernis nicht rechnen können, weil der Radar nur registriert, was sich oberhalb der Wasseroberfläche befindet. Und da sie das Hindernis nicht rechtzeitig sehen konnten, war kein Ausweichen möglich. Der junge Mann am Ruder ist vom Steuerrad eingeklemmt worden. Es hat sich in ihn hineingebohrt, und er war mit Sicherheit sofort tot. Wie es dann weiterging, ist schwer zu sagen, aber mit hoher Wahrscheinlichkeit …«

Kim starrte den Polizisten an. Er wollte alles wissen. Fakten. Einzelheiten. Auf welche Weise Roger versucht hatte, sich zu retten, wann die Wanten gerissen waren, sodass der Mast brach, wie es ihm gelungen war, die Notfunkbake zu aktivieren und so lange durchzuhalten, bis der Hubschrauber eintraf. Er musste ihre letzten Minuten rekonstruieren, jedes Detail, um sie für alle Zeiten in Helden zu verwandeln. Paco Ráfales dagegen, die Augen ins Leere gerichtet, hörte alles nur noch wie aus weiter Ferne. Ihn interessierte ausschließlich das Warum. Das Warum als solches. Weder die fachmännischen Spekulationen, ob der asiatische Container ins Meer stürzte, weil er nicht richtig gesichert war, noch die Art, wie die *Fornarina* ihren Mast eingebüßt hatte, sondern einzig und allein das Warum. Warum seine Söhne? Warum hatten sie so jung sterben müssen? Warum, Heilige Jungfrau, zwei auf einen Schlag? Warum diese Grausamkeit des Schicksals gegen eine Familie? Warum ließ das Leben seine Wut ungerechterweise an einem guten Menschen aus? Warum war nicht er anstelle von Àlex und Roger gestorben? Was hatten sie Böses getan, dass Gott sie so unwiderruflich verurteilte? Was waren die Jahre, die er noch vor sich hatte, jetzt wert? Jahre der Verdammnis, in denen er nur stumpfsinnig weitermachen konnte, weil es nicht anders ging, im Kopf für alle Zeit die Melodie einer traurigen Geige. Er wollte diese furchtbare Hintergrundmusik nicht, eine unablässige endlose Tortur. Nicht einmal eine wissenschaftliche Erklärung wollte er. Er wollte seine Söhne zurück.

»Mit hoher Wahrscheinlichkeit«, setzte der Polizist mit sparsam dosiertem Mitgefühl seine Ausführungen fort, »sind bei dem Aufprall die Wanten gerissen, und alles ist heruntergekommen, der Mast, das Großsegel und die Genua. Ihr anderer Bruder, Roger, der in der Badewanne gesessen haben muss, dem einzigen Ort, wo er sich aufhalten konnte, wenn er nicht in der Kajüte oder der Dinette war, hatte eine tiefe Halswunde, als wäre er von dem Stahlseil, das den Mast am Heck festhielt, getroffen worden wie von einer Peitsche. Wissen Sie, was das Achterstag ist?«

Paco bejahte, indem er träge die Lider sinken ließ. Selbstverständlich wusste er das.

»Dieses Stahlseil meine ich. Trotzdem hat er es irgendwie noch geschafft, die Bake zu aktivieren, womit uns der Notruf und die exakten Koordinaten übermittelt wurden, und das Rettungsfloß über Bord zu werfen. Das bläst sich bekanntlich automatisch auf, sobald es ins Wasser fällt, und darauf wurde Ihr Bruder gefunden, als etwa eine Stunde nach Empfang des Notrufsignals der Hubschrauber ankam. Er war bewusstlos und hatte sehr viel Blut verloren. Die Helfer haben sich abgeseilt, um ihn aufzunehmen, und als sie ihn festschnürten, um ihn raufzuziehen, war er noch am Leben.«

»Und die Yacht?«, fragte Kim, mehr der Form halber. Die *Fornarina* interessierte ihn nicht im Geringsten.

»Sie liegt zu tief, um die Schäden beurteilen zu können. Vom Hubschrauber aus war nicht viel zu erkennen. Anscheinend ist der Rumpf unter Wasser an der Backbordseite aufgerissen. Da wird sie der Container wohl erwischt haben, und bei einem solchen Leck gibt es keine Hoffnung. Die Jungs waren völlig machtlos. Die Seenotretter haben noch gesehen, wie das Boot mit dem Bug voran unterging, sich dann auf die Seite legte und erst nach über einer halben Stunde ganz versunken ist.«

Von ihrer Mitbewohnerin Txell erfuhr Laura, die Söhne vom Hotel Rafaeli seien beim Segeln verunglückt. Was sagst du da? Im Radio habe es geheißen, der eine Bruder sei sofort tot gewesen, und den anderen habe man noch per Hubschrauber nach Vall d'Hebron geschafft, dort aber nichts mehr für ihn tun können. Das darf doch nicht wahr sein, verdammt noch mal! Als Laura, am Boden zerstört und am ganzen Körper zitternd, zum Krankenhaus fuhr, wusste sie nicht, warum sie sich so abhetzte, wenn es doch ohnehin zu spät war. Ihr war kalt, und die Angst ballte sich in ihrem Magen zusammen wie eine Faust.

Im Taxi weinte sie ein Taschentuch nach dem anderen nass, während ihr ganz viele Bilder durch den Kopf schossen. Kim mit seinem blauen Schal bei dem Fischerhäuschen in Banyoles, Kim, der unvermittelt beim Basketball auftauchte, der eifersüchtige Kim auf Menorca. Wie sie es jetzt bereute, ihn gekränkt zu haben. Oder gesagt zu haben, aus ihm würde einmal ein interessanter alter Knabe, wenn er doch – wie entsetzlich! – gar nicht alt hatte werden sollen. Der Taxifahrer, dem das verzweifelte Schluchzen des Mädchens auf der Rückbank zu Herzen ging, wagte nicht nachzufragen.

Aber in Anbetracht ihres Fahrtzieles konnte er sich schon denken, was los war, die arme Kleine.

Als das Taxi vor der Klinik hielt, schleppte sich Laura auf tauben Füßen hinein, sie musste Roger oder Senyor Ráfales finden und sie nach Kim fragen. Es konnte doch einfach nicht sein, dass er … Sie mochte den Satz nicht zu Ende denken. Sie weigerte sich, es sich auch nur vorzustellen. Was für eine Tragödie, die arme Familie. Kim tot und Àlex, der ein so guter Schiffsführer und so bedachtsam war, auch. Mein Gott, was war ihnen auf dem Meer nur zugestoßen?

An der Information schickte man sie in den ersten Stock. Sie rannte die Treppe hinauf. Das Wartezimmer war voller gesichtsloser Menschen. Sie nahm nichts wahr. Sie erkannte niemanden. Ganz hinten glaubte sie, Paco Ráfales sitzen zu sehen, niedergeschmettert, den Kopf in den Händen vergraben, umringt von sprachlosen Leuten. Niemand fand Worte für ein derartiges Drama. Und neben ihm … Aber das war unmöglich! Sie meinte Kim neben dem alten Ráfales sitzen zu sehen. Er konnte es nicht sein. Im Radio war von zwei Brüdern die Rede gewesen, aber sie wusste, dass es Kim und sein ältester Bruder waren, die die Bootstour unternommen hatten. Sie schob sich durch die Wartenden und sagte seinen Namen. Flüsternd zuerst, zweifelnd, ob sie es nicht mit einem Geist zu tun hatte. Dann mit dem sehnlichen Wunsch, der Geist aus Fleisch und Blut möge sich erheben, ihr ins Gesicht blicken, auf sie zukommen und laut und deutlich nach ihr rufen.

»Kim?«

»Laura!«

Es wurde die längste Umarmung ihres Lebens. Sie waren noch so jung und hatten noch nie Veranlassung gehabt, einander so verzweifelt und erschüttert in die Arme zu schließen. Beide weinten, während sie sich mit aller Kraft aneinanderklammerten. Kims Tränen tropften auf Lauras Haar, und sie schmiegte ihre Wange an die Brust ihres Freundes und verstand noch immer nicht, wie er gesund und munter sein konnte, wenn sie doch im Radio etwas ganz anderes gesagt hatten. Zwei Ráfales-Brüder auf hoher See tödlich verunglückt. Kim, der laut schluchzte, ohne seine ohnmächtige Wut gegen das Schicksal bändigen zu können, hatte nicht einmal die Kraft, sich mit der Hand über die Augen zu wischen. Lauras heiße Tränen bildeten einen sich stetig vergrößernden Fleck auf Kims Hemd. Immer fester wurde ihre Umarmung. Immer bedürftiger. Sie konnten sich einfach nicht loslassen. Immer wieder entrang sich ihnen ein derartiges Aufschluchzen, dass den Umstehenden die Tränen in die Augen stiegen. Es war einer dieser seltsamen Momente, in denen nichts anderes bleibt, als gemeinsam zu weinen.

»Aber du …«, mehr brachte Laura nicht heraus.

»Ja. Eigentlich … hätte ich … dabei sein sollen. Ja. Aber …«

»Aber …?«

»Dann ist Roger mit Àlex rausgefahren, weil ich …«

Er brach ab und brachte nur noch ein Wimmern hervor.

»Ganz ruhig, Kim, später erzählst du es mir.«

Die *Fornarina* war eine Segelyacht von siebenundvierzig Fuß Gesamtlänge, die Paco Ráfales, kurz nachdem er verwitwet war, im Sporthafen von El Masnou gekauft hatte. Ein regelmäßiger Gast des Hotels hatte ihm den Tipp gegeben, ein Textilunternehmer aus Teià, der seine Fabrik in Mataró habe, stecke in finanziellen Schwierigkeiten und wolle unter anderem ein vierzehn Meter langes Boot mit drei Kabinen verkaufen. Mit zwei großen Kojen plus einem Schlafraum mit Etagenbetten, dachte Paco, wäre es für ihn und seinen Nachwuchs ideal. An einem Samstagmorgen packte er, still und leise, wie bei den Ráfales üblich, seine vier Kinder ins Auto und machte sich, ohne jede Ankündigung der bevorstehenden Überraschung, ohne ihnen auch nur zu verraten, wo sie den Tag verbringen würden, mit ihnen auf den Weg zur Maresme-Küste. Als sie das Flüsschen von Alella erreichten, reifte in Àlex der Verdacht, dass sie zum Yachthafen von Masnou fuhren. Als ihre Mutter noch lebte, hatten sie gelegentlich bei Enrico zu Mittag gegessen. Sie liebten es, sich zu sechst eine Paella mit Fisch zu teilen. Auf diese Weise aßen sie alle dasselbe, und es fühlte sich an wie ein Festmahl. Nach dem Essen unternahmen die Eltern gern einen Spaziergang, um das Allioli zu verdauen, und betrachteten die Boote, die an den Pollern vor dem Segelclub vor Anker lagen. An jenem Samstagmorgen, als sie vor der Segelyacht *Rubén Cano* parkten, staunten sie nicht schlecht, als ihr Vater sagte: »Steigt ein!« Und noch mehr, als sie an Bord waren und er sie aufforderte: »Jetzt geht runter in die Kajüte.« Und erst recht, als sie unter Deck Zettel vorfanden, die jedem eine Koje zuwiesen.

»Ist das für uns, Papa?«

»Hast du es gekauft?«

Paco Ráfales sagte weder ja noch nein. Er sprach nicht gern über Geld. Seinen Kindern konnte es egal sein, ob es gekauft, gemietet oder für ein Wochenende ausgeliehen war. Doch genügte ein Fingerzeig, damit Àlex, Roger und Kim wussten, woran sie waren.

»Wenn ihr wollt, könnt ihr es umbenennen. Euch einen besseren Namen ausdenken.«

»Wir?«

»Aber es hat doch schon einen Namen. Es heißt *Rubén Cano*.«

»Wer ist Rubén Cano?«, fragte Elsa.

»Ein Matrose, der mit Kolumbus unterwegs war, als der Amerika entdeckte, glaube ich.«

»Ach was! Rubén Cano war ein Fußballspieler.«

»Unsinn!«

»Wenn ich es dir sage. Berühmt geworden durch einen reinen Glückstreffer.«

»Und nach so einem soll ein Schiff wie dieses …?«

»Lasst euch etwas einfallen. Jeder überlegt sich etwas.« Der Vater legte die Spielregeln fest. »Es muss ja nicht sofort sein. Überlegt euch, welchen Namen ihr ihm gern geben würdet, und nächsten Samstag suchen wir gemeinsam einen davon aus.«

Die Wahl fiel auf *La Fornarina*. Der Vorschlag stammte von Àlex, der eine Reihe von Argumenten ins Feld führte, mit denen er seine Brüder überzeugte. Dabei kam ihm zugute, dass er der Älteste und Gescheiteste war. Oder der mit der schnellsten Auffassungsgabe. Wie heißen wir? Ráfales. Und wie heißt das Hotel? Rafaeli. Und wie nennen sie uns manchmal in der Schule? Raffael. Àlex, dem in der Schule ein Kunstlehrer beschert gewesen war, der es verstanden hatte, in seinen Schülern die Liebe für alte Gemäuer und Museen zu wecken, wusste, dass der Freskenmaler des Apostolischen Palastes an einem Karfreitag zur Welt gekommen und nach siebenunddreißig Jahren, ebenfalls an einem Karfreitag, gestorben war. Und derweil hatte er, zwischen der einen Osterwoche und der anderen, nicht nur großartige Gemälde und bemerkenswerte Bauwerke geschaffen, sondern, während er sich in der Renaissance herumtrieb, auch eine Geliebte namens Margherita Luti gehabt. Die jeder, der Lust hatte hinzufahren, im Palazzo Barberini in Rom bewundern konnte, jetzt, Jahrhunderte später, mit ihrem klaren Blick, den nackten Brüsten und einer Armspange mit dem Namen des Künstlers: Raphael Urbinas. Margherita war bekannt als *La Fornarina*, das Bäckermädchen, weil sie die Tochter eines renommierten Bäckers aus Siena war. Dann sind wir uns also einig, entschied der Vater, voller Genugtuung über die herausragenden Geschichtskenntnisse seines Sohnes.

Paco Ráfales verwünschte sich unablässig. Sein Leben lang würde er bereuen, das Boot angeschafft zu haben, jenen schicksalhaften Samstag hassen, an dem sie voller Vorfreude ihren ersten Segeltörn vorbereitet hatten, den Tag verabscheuen, an dem sie den Namen *La Fornarina* aufgemalt hatten, und sich selbst dafür, Àlex den Kurs für den Bootsführerschein bezahlt zu haben.

Kims Reue wurzelte so tief nicht, doch wusste auch er, dass er sich das Ganze niemals verzeihen würde. Hätte er am Abend zuvor nicht so viel getrunken, hätte er nicht zu Roger gesagt, fahr du an meiner Stelle, ich komme nicht aus dem Bett. Begleite du Àlex nach Eivissa, allein sollten wir ihn nicht fahren lassen. Lass mich hier, du weißt ja, dieser Geruch auf dem Boot ist für mich … Und Roger hatte sich bereitwillig angezogen und rasch seine Tasche gepackt, um drei Nächte lang auf der Insel mit Àlex einen draufzumachen. Er hatte seinen Bruder um einen Gefallen gebeten und ihn in den Tod geschickt.

»Hör auf, so etwas zu denken, Kim, bitte.«

Das sagte Laura ihm gleich, nachdem sie erfahren hatte, warum ihr Freund bei dem Unfall nicht an Bord gewesen war. Und am folgenden Tag aufs Neue. Sie wiederholte es eine Woche lang jeden Tag. Und einen Monat lang jede Woche. All die Monate hindurch, die sie ihm eine Stütze sein musste. Das eine Mal holte sie ihn überraschend ab und schleifte ihn mit ins Kino, obwohl er vor lauter Tränen kaum die Leinwand sehen konnte. Dann wieder erschien sie mit einem Lehrbuch bei ihm zu Hause und forderte ihn auf, sie für die theoretische Fahrprüfung abzufragen. Oder mit ihr zu üben, sie nehme auch schon Fahrstunden, und er sei doch ein sehr guter Autofahrer. Sie bemühte sich, ihm über das, was er für seine Schuld hielt, hinwegzuhelfen, ihm zu zeigen, wie wichtig er ihr war, und dafür zu sorgen, dass es Dinge gab – und seien es nur ganz banale Alltäglichkeiten –, über die er allmählich auch wieder lachen konnte. Laura war entschlossen, so viele Seile hinunterzulassen, wie nötig wären, um ihn aus dem tiefen Brunnen zu ziehen. Sie wusste, dass es Momente gab, in denen er keines davon ergreifen wollte, so wütend war er auf die Welt, so trostlos an manchen Tagen seine Stimmung. Aber sie würde nicht aufgeben. Sie würde es niemals müde werden, die Hand auszustrecken und ihm Argumente zu liefern, an denen er sich festhalten konnte. Ihr war klar, dass es für die Familie Ráfales für immer ein Vorher und ein Nachher geben würde. Die verklärte Glückseligkeit vor dem Unfall. Dann die Tragödie. Paco Ráfales brachte es nicht über sich, Fotos seiner verunglückten Söhne neben Maria auf seinen Schreibtisch zu stellen. Zum Glück hatte seine Frau das nicht mehr erleben müssen. Die Mutter hätte den Tod der beiden Söhne, ihrer beiden Großen, niemals verkraftet. Niemals.

2001

SCHWINDELERREGENDE STUNDEN

11

Next station: Rock 'n' Roll

Der Morgen gehörte der Routine.

Eins. Noch eins, das den Baumstamm raufklettert, zwei. Das hier mit dem buschigen Schwanz, drei. Der kleine Akrobat, der mit seinen Sprüngen Muster in die Luft zeichnet, vier … Jeden Morgen zählte Laura die Eichhörnchen, die sie im Green Park auf ihrem Weg zur Arbeit sah. Von Montag bis Freitag durchquerte Laura – Schal, Wollmütze, gerötete Wangen, die Hände um einen Kaffeebecher gelegt – in aller Frühe mit eiligem Schritt den Park, ohne zu wissen, dass es mal eine Zeit gegeben hatte, da die im nahegelegenen Saint-James-Hospital gestorbenen Leprakranken auf diesem Terrain begraben worden waren. Sie hatte es sich zur Angewohnheit gemacht, den Park von der Piccadilly Street aus zu betreten, gleich beim Kiosk am Eingang zur Metrostation, und ihn hinter den Gärten von Buckingham Palace wieder zu verlassen, um so schneller an der Victoria Station zu sein. Erics Produktionsstudio befand sich nur wenige Straßen weiter. Auf ihrer Abkürzung quer durch den Park musste sie das tägliche Cricket-Match umrunden, das dort morgens stattfand. Einige Inder oder Pakistani – auch nach einem Jahr in London konnte sie sie nie auf Anhieb unterscheiden – hatten ihre Taschen auf einen Haufen geworfen, rannten laut rufend zwischen den Bäumen umher und droschen wie verrückt auf einen Ball ein. Wer dort zufällig vorbeikam, mochte annehmen, es handele sich um ein improvisiertes Spiel. Passanten, die jeden Morgen durch den Park gingen, wussten jedoch, dass es hier um einen Wettkampf nach allen Regeln der Kunst ging.

Laura eilte weiter. Der Morgen gehört der Routine, Richard Clemence hatte recht. Alle funktionierten mehr oder weniger nach der Uhr. Die Frau mit dem Hut auf dem Fahrrad, zum Beispiel. Sanft und stetig in die Pedale tretend, überholte sie Laura jeden Tag praktisch an der gleichen Stelle, wenn nicht bei diesem Baum, dann beim nächsten. Von Mal zu Mal wechselte allenfalls ihre Kopfbedeckung, denn mitunter trug sie einen hohen Hut im Stil von Nofretete, dann wieder einen Florentiner mit schmaler Krempe oder einen Damen-Borsalino, den sie sich leicht schräg aufsetzte. Unveränderlich hingegen blieb die Eleganz ihrer feinen Gesichtszüge. Auch der Pfeifenraucher, der schwungvoll bei jedem Schritt mit seinem Regenschirm ausholte, begegnete ihr fast immer an derselben Weggabelung. Laura schätzte ihn auf etwa fünfzig. Ein ergrauter Herr mit sympathischem Blick, der bei Sonne und Regen stets vor sich hin summte. Bestimmt fünfzehn Jahre älter als sie. Irgendwann würde sie ihn ansprechen. Und wenn es nur ein fröhliches *Good morning* wäre. Oder einfach ein höfliches *Good morning* im Vorübergehen. Frühmorgens im Green Park bewegte sich niemand langsam. Professor Clemences *Slow walk*, dachte sie, hatte sich in London definitiv nicht durchgesetzt. Der junge Mann mit Krawatte, der auf seinem Weg in die City immer spät dran war, berührte mit den Füßen kaum den Boden, so eilig hatte er es. Allerdings verging auch kein Tag, an dem er nicht in sein Handy schimpfte. Und immer ging es um Fußball. Sofern er sich nicht über den eigenen Trainer beschwerte, machte er sich über die Stürmer von West Ham lustig oder äußerte sich abfällig über Schiedsrichter und Linienrichter. Um acht öffnete der Angestellte von Carpigiani Gelato die Jalousie seines Kastenwagens, als könnte er den Frühling nicht erwarten und hoffte vergeblich auf zwei sonnige Tage am Stück. Und während sie in Richtung Victoria Station strebte, dachte Laura, dass Richard Clemence, Philosophieprofessor an der Universität von Kent in Canterbury, recht hatte mit dem, was er jedes Mal sagte, wenn während seiner Vorlesung jemand auf die Uhr sah:

»Es gibt nichts Verlässlicheres als die Zeit. Wir können zwar die Uhr zurückdrehen, aber die Zeit schert sich um nichts und niemanden und schreitet unaufhaltsam fort. Gleichmäßig. Im selben Tempo.«

Die Uhren von Laura Altimira und Professor Clemence waren sich zum ersten Mal bei einer Tagung im CCCB begegnet, dem Zentrum für zeitgenössische Kultur von Barcelona im besseren Teil von Raval. Nach Abschluss ihres Studiums war Laura nicht wieder nach Banyoles gezogen, obwohl ihr Vater wochenlang schmollte. Sie blieb in Barcelona, klopfte an die richtigen Türen, und es dauerte nicht lange, bis sie bei einer der führenden Agenturen einen Job bekam. Sie erhielt erste Aufträge als Simultandolmetscherin. Man schätzte ihren sorgsamen Umgang mit der Sprache, die Leidenschaft, mit der sie ihre Arbeit machte, die Tatsache, dass sie stets parat stand, vor allem aber ihre umfassende Wissbegierde. Selbst wenn sie stundenlange Flüge in Kauf nehmen musste, ließ sie sich ebenso bereitwillig auf einen Kardiologenkongress wie zu einer multireligiösen Veranstaltung oder zu einem internationalen Tennisturnier schicken. Die einzige Partie, die sie sich jemals angesehen hatte, war eines von Kims Dienstagsspielen, bei dem sie mal zugeschaut hatte. Ihrer Meinung nach war Tennis ein Sport für Snobs, aber sie hütete sich, das laut auszusprechen. Eines Tages wurde ihr ein Einsatz auf einer dreitägigen Hochzeitsfeier in Tossa de Mar angeboten. Die Braut war ein Mädchen aus dem Dorf, der Bräutigam kam aus San Francisco. Die Schwierigkeiten begannen schon damit, dass aus den Vereinigten Staaten acht kaugummikauende Verwandte anreisten, die auf Spanisch nicht einmal »Hallo, wie geht's« sagen konnten. Und mit Ausnahme der Braut verstand von den Einheimischen keiner ein Wort Englisch. Am Vorabend der Trauung wurde noch artig und gesittet Konversation gemacht. Tags darauf den Pfarrer zu dolmetschen, war schon nicht mehr so ohne, und der dritte Tag endete mit Karaoke-Gesängen sämtlicher Kalifornier, wobei Laura, die ausgelassen mitsang, den Text des Sommerhits *El baile del gorila* – Der Tanz des Affen – übersetzte. Als sie Kim davon erzählte, glaubte er, sie wolle ihn auf den Arm nehmen.

»Wie viele Revolutionen kennt ihr, von denen man die exakte Uhrzeit weiß, in der sie begonnen haben?«

Kaum hatte sich Professor Clemence die Uhr vom Handgelenk gezogen, sie auf den Tisch gelegt und mit dieser irritierenden Frage seinen Vortrag am CCCB eingeleitet, war Laura fasziniert. Von den Worten, der Stimme, der Intonation, von diesem Mann, der dem Alter nach ihr Vater hätte sein können. Er trug das Haar sehr kurz, wie auch den weißen Bart, über den er häufig mit der flachen Hand strich, vom Kinn hinunter zum Adamsapfel, als wollte er die Falten an seinem Hals glätten. Erst kurz vor seinem Auftritt waren sie einander offiziell vorgestellt worden, und Laura hatte ihn lächelnd gebeten, nicht allzu schnell zu sprechen. Nachdem das Eis gebrochen war, fügte sie hinzu, es wäre ganz wunderbar, wenn sie eine Kopie seines Textes haben könne, um sich vorab mit dem spezifischen Vokabular und dem Anzetteln einer Revolution vertraut zu machen.

»*Of course.*« Aus seiner Aktentasche, die über die Jahre ins Rentenalter gekommen war, zog er die siebzehn Seiten seiner Rede heraus.

»Improvisieren Sie viel?«, fragte Laura und blätterte flüchtig durch den Text. »Nur damit ich mich darauf einstellen kann.«

»Ein Vortrag ist wie das Leben. Wenn für die Freiheit kein Spielraum bleibt, ist er schlecht.«

Laura hob den Blick und begriff, dass sich hinter den kleinen zartblauen Augen des Professors eine fremde Welt verbarg. Und einer seltsamen Eingebung folgend, überkam sie sofort die Lust, diese zu entdecken.

Alle machten sich Notizen. Die dreißig Zuhörer, die den symbolischen Preis von vier Euro bezahlt hatten, um Professor Clemence zu hören, füllten mit einigen Mühen in dem abgedunkelten Hörsaal die Seiten ihrer Hefte und Blöcke. Von der Übersetzerkabine aus konnte Laura sehen, dass nur die Hälfte des Publikums Kopfhörer aufhatte. Die Übrigen verstanden offenbar Englisch und bedurften ihrer Dienste nicht. Der Professor hielt seinen Vortrag, mit dem er bereits erfolgreich durch halb Europa getourt war, im Stehen. Er hatte sein Jackett über den Stuhl gehängt, und wenn er für einige Erläuterungen hinter dem Rednerpult hervortrat, zeigte er einen schmächtigen Körper in einem schlecht gebügelten kanariengelben Hemd. Er war nicht eitel, aber sein Prestige verlieh ihm Anziehungskraft. Er sprach bedächtig, fast als diktierte er seine Rede. Vielleicht um ihr die Arbeit zu erleichtern, dachte Laura. Aufnehmen und wiedergeben. Darin bestand ihr Beruf. Und sie übte ihn mit Herzblut aus. Aufnehmen und wiedergeben, unablässig. An der Universität hatten man ihr gesagt, sei es ein gutes Zeichen, wenn das Adrenalin sie während des Dolmetschens in eine leichte Euphorie versetze. Und die spürte Laura, während sie Professor Clemence zuhörte und seine Worte ins Spanische übertrug. Fünfundfünfzig Minuten – schon wieder die Messung der Zeit –, die er ohne Stress, ohne Nervosität füllte. Sie fand es sehr interessant, was er über die Revolution des Kopernikus und dessen Versuch erzählte, Zuschauer um unbewegte Sterne kreisen zu lassen, nachdem er damit gescheitert war, die Sterne um die Zuschauer kreisen zu lassen.

Sie war zufrieden mit ihrer Leistung. Ihre Konzentrationsfähigkeit war auf eine harte Probe gestellt worden. Hinterher stieg der Professor mit britischer Liebenswürdigkeit ins Parkett hinunter, um Fragen der Neugierigsten im Publikum zu beantworten.

Anschließend raffte er seine Papiere zusammen und stopfte sie in den abgewetzten Aktenkoffer. Es war Zeit für das Abendessen. Der Organisator des Symposiums, ein Intellektueller ohne nähere Berufsbezeichnung, der vor Begeisterung über den Vortrag des britischen Professors ganz aus dem Häuschen war, schlug vor, gemeinsam irgendwo einen Bissen zu sich zu nehmen.

»Kommt Laura mit?«

»Wer?«

»Die Dolmetscherin. Ich glaube, sie hat gesagt, sie heißt Laura. Wenn Laura mitkommt, können wir gehen, wohin Sie wollen.«

Sie verließen das CCCB, passierten das MACBA – das Museum für zeitgenössische Kunst –, und um sich nicht noch mehr Initialen, Skatern und streunenden Hunden auszusetzen, betraten sie das Horiginal an einer Ecke des Platzes. Auf der Suche nach einem ruhigen Tisch gingen sie in den rückwärtigen Teil der Bar, wo sie in die Aufführung eines kleinen provisorisch wirkenden Theaters platzten. Mit zehn Tischen, einem Podest und einem Vorhang hatte man das Lokal ruck, zuck für das regelmäßige Mittwochsfestival hergerichtet. Sie ernteten einige vorwurfsvolle Blicke, weil sie mitten im Akt störten, und zogen es vor, still den Rückzug anzutreten. Viele junge Leute lauschten im Hinterzimmer der Rezitation eines Dichters, der seine unveröffentlichten Verse in der einen Hand hielt, während er sich mit der anderen auf einen Stock mit verziertem Knauf stützte. »Der Wind ist kalt, der Abend rau.« Mit großer Geste betonte er Silbe für Silbe. »Kommt zu mir, ihr bösen kleinen Gedanken«, deklamierte er, und das Publikum schwelgte mit geschlossenen Augen in der Melodie seiner Worte. Von Zeit zu Zeit feierten sie eine besonders gelungene Strophe mit einem Schluck Moritz-Bier aus der Flasche. »Verbrennt die Bücher. Nährt euch von der Asche.« Und alle waren bereit, dem Folge zu leisten. Zum Schluss applaudierten sie ihm, und der Poet Francesc Garriga zog seine übliche Grimasse, die besagte, dass es für Anerkennung schon viele Jahre zu spät war.

Sie aßen Tapas. Der Professor wollte Tapas, also gab es Tapas. Kroketten, Pulpo mit Paprikapulver, pikante Kartoffeln und Schinken. Der Professor wollte Schinken, und der Intellektuelle ohne Berufsbezeichnung bestellte Schinken. Ein Tellerchen nach dem anderen, weil Clemence mit zwei Fingern alles routiniert wegpickte. Beim Hinausgehen dankte der Professor dem Organisator der Philosophietagung für alles und meinte, es sei nicht nötig, dass dieser ihn zum Hotel begleite, Laura kenne ja den Weg, und der Organisator fühlte sich überflüssig. Verblüfft, aber stumm, verschwand er den Carrer de Joaquim Costa hinunter, um nicht lästig zu fallen. Laura hatte nichts dagegen, dass Professor Clemence ihren Arm nahm, um mit ihr zu seinem Hotel zu schlendern, das vier Häuserblocks vom Konferenzgebäude entfernt lag.

»Zu kurz, dieser Weg. Wir konnten uns ja gar nicht richtig unterhalten.«

»Sie müssen doch müde sein.«

»Ich? Nein, nein. Für mich ist es erst früher Nachmittag.« Er lächelte und drückte Lauras Finger mit dem Oberarm an sich. »Warum kommst du nicht mit rauf und erzählst mir, wer diese Laura Sowieso ist?«

»Laura Altimira.«

»Klingt hübsch ... Laura mit den grünen Augen. Also, kommst du mit?«

»Jetzt?«, fragte Laura noch naiv und leicht begriffsstutzig.

»Waren wir uns nicht einig, dass man im Leben improvisieren muss?«

Laura sah zur Seite. Sie spürte, dass sie rot geworden war. Gleich nebenan war ein Taxistand. Bis zu dieser Sekunde war sie darauf nicht gefasst gewesen, dass der Abend anders enden könnte. Unschlüssig sah sie zu den Taxis hinüber. Drei Wagen standen hintereinander, die mit eingeschaltetem Lämpchen auf sie warteten. Sie hätte nicht mehr tun müssen, als Clemence eine gute Nacht zu wünschen, es war mir ein Vergnügen, Herr Professor, in den ersten freien Wagen zu steigen und dem Fahrer zu sagen, bringen Sie mich, wohin

Sie wollen, aber bitte schnell. Clemence traf die Entscheidung für sie.

»Na, los.« Er nahm sie bei der Hand. »Du musst keine Angst haben.«

Mit klopfendem Herzen ließ sich Laura ins Hotel Vergara ziehen. Dieses hatte weder einen Portier noch den Glamour des Rafaeli. Und das, was sich zwischen dem Philosophieprofessor aus Churchills Nachkriegsära und der jungen Frau, die seine Tochter hätte sein können, im Zimmer abspielte, war in den Augen des müde dreinblickenden Rezeptionisten gewiss von geringem Interesse. Wohingegen Laura einen seltsamen Reiz verspürte, der sie mitlockte, ohne dass sie den Moment zum Absprung gefunden hätte. Im Aufzug, der eng und unbequem war, ohne dass sie dies zur Kenntnis genommen hätten, tauschten sie den Kuss, der sich schon den ganzen Abend angebahnt hatte. Den ersten von vielen während vieler, vieler Monate.

Im Zimmer öffneten sie ein Fläschchen Gin aus der Minibar. Sie redeten wenig.

Laura hatte es noch nie mit einem älteren Mann zu tun gehabt, und sie nahm fasziniert den Kontrast zwischen ihrer eigenen, glatten, straffen, makellosen Haut und der trockenen Blässe des in die Jahre gekommenen Körpers des Professors wahr. In keinem Moment fiel es ihr ein, sich darüber lustig zu machen – im Gegenteil. Sie behandelte seine vom Leben gezeichnete Gestalt mit Respekt und bedeckte sie mit Küssen. Er folgte den Linien ihres Körpers mit einer Zärtlichkeit und Behutsamkeit wie kein anderer je zuvor. Nicht dass sie mit vielen Männern zusammen gewesen wäre, und es ging auch nicht darum, Vergleiche anzustellen, aber die Geschicklichkeit, mit der der Professor seine Finger bewegte, war Laura absolut neu. Spielerisch, geduldig an unaussprechlichen Stellen … Das nannte man wohl Erfahrung. Sie ließ sich gehen. Mehr als einmal. Wie noch nie in ihrem Leben. Sie schloss die Augen, um sich besser ihrer Lust hingeben zu können und nicht das kanariengelbe Hemd sehen zu müssen, das in Ermangelung eines Herrendieners über einer Stuhllehne hing.

Kim hatte sich angeboten, sie zum Flughafen zu bringen. Zunächst hatte er fast nichts von dem verstanden, was Laura ihm bruchstückhaft am Telefon mitgeteilt hatte. Ob vor Aufregung, Überschwang, Nervosität, aus irgendeinem Grund sprach Laura nicht wie sonst. Sie verhaspelte sich, wechselte sprunghaft von der Vergangenheit in die Zukunft und zurück und fing immer wieder von Neuem an. Später, in der Bar des Rafaeli, hatte sie ihm dann, ruhiger und der Reihe nach, von den zwei Tagen berichtet, die sie nach ihrer ersten Begegnung im CCCB noch mit Richard Clemence in Barcelona verbracht hatte. Zum Abschluss zeigte sie Kim ein Foto.

»Sitzt du gut?« Sie drehte das Foto herum und legte es auf den Tisch.

»Wer ist das?« Kim nahm die Aufnahme zwischen zwei Finger.

»Na, wer schon?« Sie ließ einige Gäste vorbei, die die Bar verlassen wollten. »Der Professor.«

»Aber …«

»Also wirklich, Kim, du solltest dein Gesicht sehen.«

»Du willst mich auf die Schippe nehmen.« Er sah sie an. »Jetzt zeig mir das richtige Foto. Das ist doch wohl nicht dieser Richard Clemence?«

»Doch. Das ist er. Professor für Philosophie an der Universität von Kent. Ich schwöre es dir …«

»Laura!« Er konnte den Blick nicht von dem Bild wenden. »Aber wie alt ist der denn?«

»Er hält es mit den Indianern. Er sagt, die Jahre zählen nicht.«

»Für ihn vielleicht nicht. Aber was ist mit dir? Du bist doch viel zu jung für diesen alten Knacker.« Er gab ihr das Foto zurück. »Und du willst wirklich einen ganzen Monat bei ihm verbringen?«

»Ja, und?«

»Nichts, gar nichts … Ist ja das Normalste von der Welt. Dieser Knilch hat echt das große Los gezogen.«

»Hör auf, so einen Unsinn zu reden, Kim. Ich werde drei Wochen weg sein, was ist schon dabei, und …«

»Wissen deine Eltern über ihn Bescheid?«

»Bringst du mich jetzt zum Flughafen oder nicht?«

»Lenk nicht vom Thema ab, Laura. Das ist wirklich ein starkes Stück!«

Eine Woche später hielt Kim vor dem Eingang zu Terminal A für internationale Flüge, schaltete den Motor seines Audi TT aus und die Warnblinkanlage ein, damit die Flughafen-Polizei, die er flüchtig im Rückspiegel wahrzunehmen meinte, nichts zu bemängeln hätte.

»Eins, zwei, drei. Woran denkst du?« Wieder einmal hatte Laura ihn kalt erwischt. »Nein, nein, statt in dich hineinzugrinsen, antworte lieber.«

»Ich dachte gerade, ob ich mich bei dir bedanken soll oder nicht.«

»Wofür? Dass du mich hergebracht hast? Dafür müsste eigentlich ich dir danken.«

»Das meine ich nicht. Aber du bist jetzt in Eile, mit deinem Gepäck und überhaupt, und wir haben schon so oft darüber gesprochen …«

»Nein, sag schon! Ich habe noch genug Zeit.« Laura legte ihre Hand auf seine, die den Schalthebel des Automatikfahrzeugs umfasste. »Was ist denn, Kim?«

Er überlegte, bevor er sich einen Ruck gab.

»Es fällt mir schwer …«

»Was denn?«

»Puh …« Mutlos ließ er den Kopf aufs Lenkrad sinken.

»Bist du traurig, weil ich nach London gehe?«

»Nein, nein. Oder doch, ja. Aber das ist es nicht.« Er hob den Kopf wieder und sah sie aus verschleierten Augen an. »Es fällt mir einfach so schwer …«

»Was denn?« Sie erwartete, dass Kim ihr jetzt sagen würde, mir fällt mein neues Leben schwer, die Verantwortung zu tragen, mir einen Schlips umzubinden, im Hotel zu arbeiten, die Aufgaben meiner Brüder zu übernehmen, meinem Vater zu helfen, mich um Elsa zu kümmern und sie bei Laune zu halten. Mit jeder dieser Antworten rechnete sie, nur nicht mit der, die dann kam.

»Es fällt mir einfach schwer, die Wahrheit auszuhalten.«

Sie sah ihn fragend an. Doch er schwieg so hartnäckig, dass sie weiterbohrte. »Was meinst du damit?«

Er zuckte die Schultern. Er wusste es selbst nicht genau. Jedenfalls wusste er nicht, wie er es hätte formulieren sollen. Vielleicht hätte er sagen wollen, dass er die Realität nicht aushielt. All die Trauer um ihn herum. Die Selbstvorwürfe. Den Anblick seines sonst so tatkräftigen, optimistischen Vaters, den er noch nie so niedergeschlagen erlebt hatte. Sechs Monate nach dem Unglück vermochte Paco Ráfales die Vorstellung einer neuen Normalität noch immer nicht zu ertragen, falls es der Familie Ráfales überhaupt noch einmal möglich sein sollte, so etwas wie ein normales Leben zu führen, ohne die dunkle Fußnote am Ende jeder Seite, von der die weiteren Kapitel ihrer Geschichte für alle Zeiten überschattet sein würden.

Stockend bedankte sich Kim für ihre Unterstützung in den Tagen der Angst, wie er es formulierte. Und es klang, als hätte er lange darüber nachgedacht.

Die Tage der Angst. Damit meinte er nicht die Tage des Dramas und der Tränen, des Zorns auf ein ungerechtes Schicksal und all der Beileidsbekundungen, wo sie alle noch beisammensaßen. Er sprach von der Zeit dieser stummen Trauer, wenn außer dem engsten Kreis der unmittelbar Betroffenen niemand mehr da ist. Wenn sich unmerklich eine neue, umfassende Angst einschleicht, die sich wie Mehltau über dein Leben senkt. In den ersten Wochen nach dem Tod seiner Brüder, sogar nach zwei, drei Monaten noch, hatte Kim das Gefühl, der Tod sei irgendwie ansteckend. Mit einem Mal überfiel ihn die Angst vor dieser fundamentalen Leere, dieser kalten Stille, die Tage erstreckten sich zäh wie Morast, und hinter jeder Biegung lauerte eine Gefahr oder eine weitere Tragödie. Dabei wusste er, dass das Entsetzliche bereits geschehen war. Und ihm war klar, dass das Ereignis, so ungerecht und grausam es auch sein mochte, längst einen Teil der Familienchronik darstellte.

»Ich werde diese Angst einfach nicht los, verstehst du? Und dafür sind wir doch noch viel zu jung. Ich finde, wir sind nicht einmal alt genug für solche Gespräche. Dein Professor vielleicht.«

»Jetzt werd nicht frech.« Laura lächelte, obwohl ihr zum Heulen zumute war.

»Verstehst du, was ich dir damit sagen will, Laura?«

»Ich denke schon.«

»Es ist alles so unfassbar schrecklich …«

»Natürlich verstehe ich das, Kim. Allerdings ist es schwierig, sich in jemanden hineinzuversetzen, der gerade so etwas durchmacht.«

»Es ist …«

»Aber bedanken brauchst du dich wirklich nicht«, sagte sie. »Das war doch selbstverständlich.«

»Wenn man Angst hat, braucht man jemanden, der einen hält. Und das hast du getan, Laura.«

Wieder griff sie nach seiner Hand.

»Würdest du das nicht ebenso für mich tun?«

»Ich?« Sie war sich dessen keineswegs sicher, so selbstbezogen, wie er für gewöhnlich war. »Doch, vermutlich.«

»Bestimmt.«

Laura zog Kims Kopf an ihre Brust und drückte ihn fest an sich. Er hielt, so gut es ging, die erste Träne zurück. Auch die zweite schluckte er und war schon drauf und dran, ihr zu sagen, geh nicht weg, was willst du in London bei diesem alten Sack?, als Laura ihm zuvorkam.

»Ich gehe jetzt. Wir schreiben uns. Lass uns ab und zu telefonieren …«

»Sooft du willst.«

»Sooft du Lust hast. Es sind ja nur ein paar Wochen.«

»Wenn ich es nicht mehr aushalte, schicke ich dir einfach ein Zettelchen.«

Und weg war sie. Für beinahe fünfzehn Jahre.

London roch nach Curry und nach Geschichte. Auch darin hatte Professor Clemence recht. In seinem Häuschen in Swiss

Cottage hingegen duftete es zu jeder Tageszeit nach seinem geliebten Kräutertee. Im Haus des Philosophie-Professors herrschte die Behaglichkeit von Tausenden gelesener Bücher und einer Kaminglut, die niemals vollständig erlosch. Laura richtete sich ein in dem kleinen Haus aus Parterre und Obergeschoss, das auf der Rückseite einen winzigen Garten hatte, wo ausgedientes Mobiliar und Gerümpel aller Art herumlag, mit dem Richard Clemence nicht wusste, wohin. Wenn er für etwas keine Verwendung mehr hatte, warf er es kurzerhand hinters Haus, ließ es dort bei Wind und Wetter verrotten und verschwendete keinen Gedanken mehr daran. Seit seiner Scheidung von Rose Mary – bye-bye, Ricky, mir reicht's – hatte niemand mehr richtig aufgeräumt, weder das Haus noch den Garten, oder sich auch nur ein einziges Mal daran erinnert, die Tischdecke auszuschütteln. Er verbuchte den Auszug seiner Frau unter Lebenserfahrung, und ohne sich eine Spur von Selbstmitleid zuzugestehen, das seine wissenschaftliche Arbeit beeinträchtigt hätte, tat er nichts als denken. Den lieben langen Tag. Sieben Tage die Woche. Mit seiner abgetragenen Strickjacke und einer Tasse Tee als einzigem Trost, hämmerte er in dem kleinen Arbeitszimmer im ersten Stock auf die Tastatur seines Computers ein. Monatelang war es ihm nicht einmal in den Sinn gekommen, den Rasen zu mähen. Mit dem Schwung der Liebe und der Überzeugung, dass Glück und Hygiene oft Hand in Hand gingen, machte sich Laura ans Werk. Zunächst einmal musste tüchtig durchgelüftet werden. Und nachdem sie sich in Richards Schlafzimmer häuslich eingerichtet hatte, brachte sie nach und nach alles in Ordnung. Angefangen mit den Büchern, die sich auf dem Fußboden stapelten, unterzog sie das Leben des Professors ohne Vorwarnung einer Grundreinigung. Sie wusch die Gardinen und kaufte acht neue Gläser, um einige alte wegzuwerfen, die sie nie mehr sauber bekommen hätte. Bei dieser Gelegenheit erneuerte sie auch gleich sämtliche Tassen. Womöglich besaß das antike Service ja irgendeinen Wert, vielleicht war es ein Erbstück, aber es gab kein Teil ohne Scharte oder Sprung. Ab in den Müll damit, was soll's. *Who cares*. Reflexartig – eine Marotte ihres Berufsstandes – hatte sie überlegt, wie sie den Satz übersetzen würde. Aus Erfahrung wusste sie, dass Sprichwörter, Redewendungen und Wortspiele die mit Abstand spitzesten Steine in den Schuhen von Dolmetschern sind, die unter Hochdruck arbeiten müssen. Anhören und wiedergeben, ohne groß zu überlegen. Unter Hochdruck arbeiten – wie würde sie das übersetzen? Wenn sie solchen Gedanken freien Lauf ließ, fand sie kein Ende mehr.

Professor Clemence war mehr Artus als Lancelot. Sie hatte keinen Zweifel, dass er ein durch und durch redlicher Mensch war. Und er besaß eine Eigenschaft, die ihn in ihren Augen besonders liebenswert machte, denn obwohl er auf seinem Fachgebiet ein Genie war, nahm er sich selbst nicht allzu ernst.

»Bist du das?«

»Wo?«

»Auf dem Foto hier, das im Badezimmer hängt.«

»Wer denn sonst?«

Richard hatte die ganze Seite mit dem Interview, das *The Guardian* einige Jahre zuvor mit ihm geführt hatte, gerahmt und aufgehängt. Auf dem Zeitungsfoto war sein Bart noch nicht weiß, und er saß auf den Stufen vor St. Paul's Cathedral. Laura konnte sich vor Lachen kaum halten.

»Wozu die Schwimmflossen?«

»Das war ein Einfall des Fotografen«, rief Clemence aus dem Schlafzimmer. »Du hast immerhin drei Tage gebraucht, bis es dir aufgefallen ist.«

»Anzug, Krawatte und Entenfüße? Mitten in der Stadt? Das ist aber nicht sehr sexy, Herr Professor.«

»Das war die *Slow-walk*-Zeit. Die Idee machte gerade Furore. Und die Presse, die sich ja gern auf die banalsten Dinge stürzt, fand das witzig. Das Konzept stammte von mir. Langsam zu gehen, um den Augenblick auszukosten, das Leben und die Landschaft zu genießen. Das ist doch ein guter Ansatz, findest du nicht, *darling*?«

»Originell, ja.«

»Und der Fotograf der Zeitung kam mit den Flossen zum Termin, um zu demonstrieren, wie man sich, plitsch-platsch, mit langsamen Schritten vorwärtsbewegen sollte. So kann man garantiert nicht rennen, sagte er.«

»Hast du es ausprobiert?«

»Sehe ich so aus?«

»Aber du hast dich dazu hergegeben. Dich damit fotografieren zu lassen, meine ich. Ich weiß nicht, ob ich …«

»Er hat mich halt überredet. Was hättest du denn getan, Laura? Da erweist dir *The Guardian* die Ehre und stellt dir eine ganze Seite zur Verfügung, und alle halten die Dinger für einen tollen Einfall, sodass du am Ende sagst, also gut, meinetwegen mit Flossen, aber das Bild soll nicht in der Reportage erscheinen. Und welches von den hundert Fotos, die sie geschossen haben, wurde ausgesucht?«

»Trau nie einem Journalisten, Clemence.« Sie drehte die Brause auf. »Die sind noch tückischer als Philosophen.«

Das Wasser rauschte und Richard konnte Lauras Schlussfolgerung nicht mehr verstehen. Während sie sich ihre langen Haare einschäumte, musste sie immer wieder lachen. Sie stellte sich Clemence vor, wie er auf der Treppe der Kathedrale saß, die Schürsenkel aufband, aus den Schuhen schlüpfte, seine Socken hineinstopfte … Lächerlich, aber irgendwie anrührend. Schwimmflossen, wie peinlich war das denn! Plötzlich spürte sie die Hände des Professors, die sie von hinten umfingen, und seinen Bart, der sich gegen ihre Schulter drückte. Das warme Wasser strömte über sie beide. Er gab Duschgel in seine Hand und fing an, Laura einzuseifen, langsam und zärtlich, angefangen bei den Brüsten, dann die Beine von oben nach unten und wieder aufwärts bis zur Scham. Nach dem Abspülen fühlte sie sich in seiner Schuld. Also wusch auch sie ihn von Kopf bis Fuß, wobei sie sich in aller Ruhe dem zentralen Dreh- und Angelpunkt der Philosophie widmete. Seine Miene und seine tiefen Seufzer vermittelten Laura den Eindruck, dass der Professor nicht nur ein Verfechter des *Slow walk*, sondern auch des *Slow shower* war. Und natürlich des *Slow sex*.

Eines ergibt das andere. Vermutlich war es die Unbedachtheit eines Intellektuellen, der geistig in einer anderen Sphäre schwebte, jedenfalls hatte ihr Professor Clemence versichert, als Dolmetscherin könne sie in London sicher Arbeit finden. Völlig problemlos, hatte er gesagt.

»Eines ergibt das andere, du wirst sehen, Laura. In London finden täglich tausend Veranstaltungen statt: Vernissagen, Kongresse, Tagungen, alles Mögliche, und du bist gut in deinem Job. Wenn man dich erst einmal gehört hat, kannst du dich vor Aufträgen nicht mehr retten. Ich werde ein paar Leute anrufen, und, keine Sorge, es wird sich bis in den letzten Winkel herumsprechen, wir finden schon was für dich.«

Laura hatte nichts zu verlieren, und solange sie ihren Lebensunterhalt verdienen konnte, war sie zufrieden. Eine neue Stadt, neue Jobs und, vor allem, das erste Mal, dass sie sich an einen anderen Menschen band. Das Zusammenleben mit einem brillanten Gelehrten wie Professor Clemence, der sie mit Worten erobert hatte, kam ihr vollkommen vor. Es war beinahe gleich, ob er über den goldenen Esel von Apuleius redete oder mit grünem Kugelschreiber auf einem Stück Papier nachwies, dass sich Erfolg auf eine mathematische Formel reduzieren ließ, die er selbst ersonnen hatte. Wenn er erst Tristan und dann Isolde analysierte, hing sie an seinen Lippen. Wenn er mit Nachdruck behauptete, das Internet werde schon bald Schnee von gestern sein, glaubte sie ihm aufs Wort. Professor Clemence erklärte alles, im Hörsaal wie im Leben, mit Passion, Überzeugung und diesem Tick, den sie schon bei ihrer ersten Begegnung in Barcelona beobachtet hatte. Ständig fuhr er sich mit der flachen Hand über die Kehle, als streiche er über den heiligen Fuß der Sankt-Petrus-Statue im Vatikan. Laura sah in seine Augen und hatte das Gefühl, jeden Tag neue Welten zu entdecken, alles faszinierte sie. Sie hatte nicht das Bedürfnis zu diskutieren, sie wollte nur lernen, und sie liebte es, mit Richard zu Hause zu sein und ihm einfach zuzuhören. Oder ihm die bescheidenen Gemüsebeete zu zeigen, die sie im Garten hinter dem Haus angelegt hatte. Oder mit ihm durch Kew Gardens zu bummeln und im Angesicht der Pagode seinen Ausführungen zur orientalischen Denkweise zu lauschen. Sie genoss ihr entspanntes Miteinander, das Londoner Nieselwetter, und nach einem aufreibenden Montag nach Hause zu kommen und sich erklären zu lassen, Portugiesisch sei die Sprache der Dichter, ihn zu liebkosen, ein paar Anekdoten von der Arbeit oder der Universität auszutauschen und mit zwei Fingern spielerisch durch seinen Bart zu streichen. Dieser Bart roch nach Verheißung.

Laura war glücklich und ließ sich durch ein Leben treiben, in dem keiner den anderen kritisierte. Sie waren gern zusammen und niemandem Rechenschaft schuldig. Stillschweigend waren sie übereingekommen, ihren Altersunterschied von über dreißig Jahren zu ignorieren. Aus Vorsicht. Oder Klugheit. Überlebenswillen, vielleicht. Na und? Wen ging es überhaupt etwas an? Zu Hause verlor Laura nie ein Wort darüber. Nicht einmal ihrer Mutter gegenüber. Auch nicht, wenn sie ihre Eltern gelegentlich in Banyoles besuchte. Und dabei gab es durchaus Momente, in denen sie nahe daran war zu sagen, Mama, es stimmt nicht, dass ich allein in London lebe. Doch der Professor war älter als Clàudia, und das war schwer zu vermitteln.

Letzten Endes wollte sie vermeiden, dass ihre Mutter – der zwar irgendetwas schwante, die aber auch keine Fragen stellte – sich um sie Sorgen machte. Die Stabilität einer Familie hängt ab vom ewigen Gleichgewicht zwischen dem, was man ausspricht, und dem, was man lieber gar nicht wissen will. Eins zu eins also.

»Heute hat sich die Agentur wegen eines ungewöhnlichen Auftrags bei mir gemeldet.«

Sie nutzte die langen Abendstunden im Juni, um im Garten Unkraut zu jäten.

»Ach ja?« Der Professor sah ihr zu, während er einen Apfel mit Schale verspeiste.

»Ein Aufnahmestudio in irgendwelchen *Gardens* zwischen Victoria und Buckingham.« Laura ließ sich auf die Knie vor das Beet sinken, weil ihr das Hocken zu anstrengend geworden war. »Wo diese Pantherskulptur steht, weißt du?«

»Nein …«

»Egal. Da ist es jedenfalls.« Sie wischte sich die Hände an den Jeans ab und rupfte weiter. »Ich weiß nicht, ob er Chef einer Plattenfirma oder Musikproduzent ist, jedenfalls sagte der junge Mann – na ja, was heißt jung, er wird so um die vierzig sein –, sie wollten den CDs, die sie ins Ausland liefern, gern ein Booklet mit den Texten beilegen und die Songs dafür in sämtliche Sprachen übersetzen lassen.«

»Das klingt gut«, meinte er kauend.

»Langsam, Richard … Am liebsten hätte er nämlich, dass die Bands, die er betreut und für die er Welttourneen organisiert, immer von derselben Dolmetscherin begleitet werden. Abhängig von der jeweiligen Landessprache natürlich. Das bedeutet, ich müsste vielleicht mit ihnen reisen.«

»Das habe ich schon verstanden, Laura. Wie heißen sie?«

»Er? Eric.«

»Nein …« Richard winkte ab.

»Ah … Stuart Records.«

»Auch nicht.« Richard Clemence lachte hilflos. »Die Bands, meine ich.«

Laura lächelte, sah dem Professor in die Augen und senkte sofort wieder den Blick.

»Das wollte er mir nicht verraten. Wenn mich der Job interessiert, würde er es mir schon sagen, meinte er. Pop, Soul, Rock, mit mehr wollte er nicht herausrücken. Vorwiegend Rock. Ich habe die goldenen Schallplatten an der Wand gesehen. Das Studio ist in einem Souterrain, vollkommen schallisoliert, um die Nerven der Nachbarschaft zu schonen, nehme ich an. Was hältst du davon?«

»Was hältst *du* davon?«

»Es ist interessant, oder? Nach drei Jahren ist es die erste dauerhafte Beschäftigung, die mir angeboten wird.«

In diesem Moment begriff Professor Clemence, dass Laura sich bereits entschieden hatte.

»That's the point.«

»Wie bitte?«

»Ach … Nichts.«

»Sag schon, Richard.« Laura drückte mit einer Schaufel die Erde an.

Der Professor seufzte. Man musste kein Hellseher sein, um zu ahnen, dass sich mit diesem Gespräch wieder einmal das Verschwinden eines wichtigen Menschen aus seinem Leben anbahnte. Der Person, mit der er sich am wohlsten gefühlt hatte. Worum es sich bei der Liebe ja im Prinzip handeln sollte, bevor man dazu übergeht, einander nur noch Gesellschaft zu leisten.

Er aß den Apfel auf und streichelte Laura nachsichtig übers Haar.

»Nimm den Job an. Das wird dir bestimmt Spaß machen.«

Gut zwei Jahre lang koordinierte Laura Altimira aus Banyoles, Übersetzerin und Dolmetscherin mit einem Diplom der Universitat Autònoma de Barcelona, ihre Tätigkeit für Stuart Records mit sporadischen anderen, durchaus besser bezahlten Aufträgen. Sie pendelte zwischen den Künstlergarderoben der Tourneen und der Behaglichkeit ihres Lebens mit dem Professor, der immer weniger redete und immer mehr grübelte, hin und her. Und während Laura morgens im Park Eichhörnchen zählte, über Flughäfen hetzte und sich bei Konzerten amüsierte, verlor sich Richard Clemence zunehmend im verwinkelten Labyrinth seiner Gedanken. U-Bahn, Zug, London, Canterbury, Universität, Vorlesungen, Betreuung von Doktorarbeiten und die Fahrt zurück nach Hause, wo er erschöpft ankam, um noch drei Seiten an einem Essay zu schreiben, jährlich ein Buch zu veröffentlichen und sechsunddreißig zu lesen.

Am Tag nach ihrem Geburtstag, einem siebzehnten Februar, als die Parks mit Schnee überstäubt waren, fasste Laura einen Entschluss. Sie hatte einen spektakulären Blumenstrauß von Eric Stuart bekommen, ein rührseliges R-Gespräch mit ihren Eltern geführt und von Kim einen knappen, konventionellen Gruß per E-Mail erhalten. Vermutlich spielte das alles eine Rolle, wie auch die letzten Monate, die zunehmend stumpfsinniger geworden waren – jedenfalls kam Laura zu dem Schluss, dass es mit Richard Clemence und ihr vorbei war. Die Flamme war erloschen, um eine Metapher zu bemühen, die der Professor so oft auf andere Paare seiner Altersklasse angewendet hatte. Sie aber war noch zu jung, um sich damit zu arrangieren. Zu präsent war ihr das farblose Leben ihrer Mutter, und so gehorchte sie ihrem Impuls. Sie streifte die Schwimmflossen ab und packte die Gelegenheit beim Schopf, statt sich in ihr Schicksal zu ergeben. Sie vereinbarte einen Friseurtermin in Mayfair und ließ sich die Haare à la garçon schneiden, um die Erkenntnis zu feiern, dass mit dreißig ein Neuanfang möglich war. Und völlig in Ordnung. Etwas, das sie sich erlauben konnte. Das sie sich, verdammt noch mal, schuldig war. Zwei Nächte Sex und Musik in Erics Bett, und sie sah mit einem Mal einen unerwarteten Zug heranbrausen. Ihre Sachen waren im Handumdrehen gepackt. Professor Clemence unternahm keinen Versuch, sie aufzuhalten. Er rechnete seit Monaten mit einem solchen Ende, und wie die Stoiker hatte er dem Moment mit Fassung entgegengeblickt und sich mit der Hand über den Bart gestrichen. Laura verabschiedete sich mit mäßigem Bedauern und wenigen Worten, aber taktvoll und indem sie ihm direkt in die Augen schaute. Sie verabschiedete sich von der Philosophie, dem Staub der Bücher und dem Kräutertee und tat sich mit dem Musikproduzenten zusammen. Sie lechzte danach, ihr Leben zu leben, statt nur darüber zu reflektieren, und sprang kurz entschlossen auf den fahrenden Zug auf.

Next station: Rock 'n' Roll.

12

Eine Stimme wie aus Bronze

Santi Santos – ein paar Falten mehr im Gesicht, die Hände etwas krummer und die Jacke an den Ellbogen durchgescheuert – hatte nie aufgehört, in der Bar des Rafaeli zu spielen. Während er die Finger über die siebenundachtzig Tasten gleiten ließ, hatte er erlebt, wie das Trinkgeld von Peseten in Euro überging, die Krawatten rar wurden, eine Invasion von Baukränen Diagonal Mar eroberte und die Banken Eigenheime zu hundert Prozent finanzierten, ohne ihrer Kundschaft auch nur ins Gesicht zu sehen. Unentwegt hatte er die weißen und schwarzen Tasten gestreichelt und dabei den Touristenboom einer Stadt erlebt, die fröhlicher und selbstbewusster geworden war und ihre alten Komplexe abgeschüttelt hatte. Ohne sich von seinem Klavierhocker zu erheben, auf dem er jeden Abend Platz nahm, hatte er beobachtet, dass in der Bar des Rafaeli immer weniger Zeitung gelesen, dafür immer mehr Laptops aufgeklappt wurden und man die Aschenbecher von den Tischen räumte. Vielleicht stiegen weniger Japaner im Hotel ab, dafür aber mehr Russen, denen das Geld noch lockerer saß. Zumindest tranken sie mehr und hielten sich länger in der Hotelbar auf. Santi Santos hatte nach wie vor dasselbe Lächeln für die Herren und ein galantes Nicken für die Damen. Oder ein paar Komplimente, falls sich etwas ergeben sollte. Die Lust zu verführen war ihm allerdings mit den Jahren vergangen. Nach und nach. Fast ohne es zu bemerken, gerade so, wie das Leben verrinnt. Nie beklagte er sich, und jeden Abend spielte er *As time goes by*, stolz und mit aufrechtem Rücken. Über zwei Dinge jedoch ärgerte sich der Pianist des Rafaeli. Zum einen verstand er nicht, warum es so schwierig war, die E-Taste zu ersetzen, deren Elfenbein abgeplatzt war – niemand wusste, wie und wann –, und vor allem kränkte es ihn, dass er Konkurrenz bekommen hatte. Als am anderen Ende der Bar ein Flachbildfernseher auftauchte, wurde Santi Santos eifersüchtig. Er stellte fest, dass nicht mehr alle Aufmerksamkeit ihm galt, weil CNN, das fortan ständig lief, die Blicke auf sich zog und ihm aufs Gemüt schlug. Das Gerät war zwar stummgeschaltet, doch glitten pausenlos Nachrichten am unteren Rand entlang, die auf der linken Seite wieder verschwanden. Bush, Irak, die Resultate der New York Knicks, der verfluchte Dow Jones. Irgendwann hingen ihm die Börsenkurse – grüne Pfeile nach oben, rote nach unten – zum Hals raus. Er, ein Profi mit goldenen Händen und eiserner Gesundheit, hatte sein Spiel auch zur Jahrhundertwende nicht unterbrochen. Nicht einmal zur Jahrtausendwende, diesem Jahreswechsel, um den so viel Aufhebens gemacht worden war, weil es hieß, er bedeute das Ende der Welt und alles gehe vor die Hunde. Die Fahrstühle würden im freien Fall in die Tiefe stürzen, die Radiowecker zerstört und die Satelliten aus ihrer Umlaufbahn geraten und bis in alle Ewigkeit durchs All geistern. Am Ende war überhaupt nichts passiert. In jener Nacht hatte im Rafaeli, allen bösen Vorzeichen zum Trotz, eine Neujahrsparty stattgefunden, zu der Paco Ráfales jedoch nicht erschienen war. Seit dem Unglück wollte er von Festen nichts mehr wissen. Weder half er bei der Ausrichtung, noch feierte er mit. Solange es keine Schwierigkeiten gab, sagte er, macht ihr nur, und überließ alles Kim, der im Hotelalltag die Zügel übernommen hatte, und Míriam, die zwar nicht zur Belegschaft gehörte, sich aber für die Organisation größerer Veranstaltungen hervorragend eignete. Sie sorgte für alles, stimmte Termine ab, delegierte, engagierte Musiker, traf die Auswahl der Menüs und Weine, testete Caterer und suchte das Bedienungspersonal aus. Und sie hatte, was sicherlich mit dem Gewerbe ihrer Familie zusammenhing, das Talent, ein besonderes Ambiente zu kreieren, indem sie Kerzen in allen Größen verteilte. Wenn Míriam Mundi bei den Angestellten Vertrauen und Respekt genoss, dann nicht, weil sie die Frau des jungen Chefs war, vor dem man katzbuckelte, sondern wegen ihres Charmes, ihres Verstandes und ihrer guten Arbeit. Ihre größte Begabung, die jeder im Rafaeli, vom Küchenchef bis zum letzten Kofferträger, anerkannte, bestand darin, dass es aussah, als rührte sie keinen Finger, während dennoch immer alles perfekt klappte. Obendrein wusste sie Besucher gebührend zu empfangen – in einem für den jeweiligen Anlass neu gekauften Kleid war sie stets die Eleganteste des Abends – und war mit ihrem ansteckenden Lachen, in das Kim sich verliebt hatte, eine ausgezeichnete Gastgeberin. Für jeden, der vom Passeig de Gràcia aus die Drehtür passierte, hatte sie ein freundliches Wort oder eine gescheite Bemerkung. Die Feste des Hotels Rafaeli hatten sich dank Míriams Elan zu einem gesellschaftlichen Ereignis in der Stadt entwickelt.

Auch wenn Paco Ráfales den Festen fernblieb, interessierte ihn sehr wohl, was anderntags die Zeitungen darüber schrieben. Sobald er die Presse durchgesehen hatte, beglückwünschte er seinen Sohn und bedachte seine Schwiegertochter mit einer Schachtel Trüffeln von Sacha, weil er wusste, wie sehr sie diese liebte. Damit sie länger etwas davon hatte, aß sie täglich nur eine Praline – nie mehr als eine –

nach dem Mittagessen zum Kaffee. Als genehmigte sie sich nur eine Sünde pro Tag.

Eines Abends zu Hause sagte Míriam zum Erstaunen ihres Mannes plötzlich: »Kommt dir dein Vater in letzter Zeit nicht seltsam vor?«

Zunächst reagierte Kim nicht auf die Frage. Sie saßen auf dem Sofa in ihrem Wohnzimmer, und er glaubte, sie hätte es nur so dahingesagt. Sie lebten in einem kleinen Haus mit Garten oberhalb des Passeig de la Bonanova. Es war ein denkmalgeschütztes Gebäude im Carrer de les Escoles Pies, das einem bekannten Psychiater gehört hatte, der kinderlos mit über hundert Jahren gestorben war. Das junge Paar fand, das Rafaeli und die unglückliche Geschichte der Ráfales wiege zu schwer, um im Hotel zu wohnen, weshalb es besser sei, in ihren Stunden der Zweisamkeit für Abstand zu sorgen. Andernfalls hätten sie Hotel zum Frühstück, Hotel zum Mittagessen, Hotel zum Abendessen gehabt, und dazu war Míriam nicht bereit. Obwohl ihr Schwiegervater ihnen immer wieder angeboten hatte, dass sie sich im Stockwerk über den Büroräumen einrichten könnten.

»Nein, danke, Vater. Versteh doch. Wir wollen auch mal für uns sein. Du weißt, wie lieb mir das Rafaeli ist, aber …«

Damit war das Thema erledigt. Der Vater hatte ein Einsehen. Kim konnte noch einmal bei null anfangen. Für Paco selbst war es zu spät, die Dämonen zu verscheuchen, die ihn bedrängten, aber sein jüngster Sohn hatte jedes Recht, sich ihnen zu entziehen. Er half dem jungen Paar mit einem Zuschuss zum Kauf des Hauses, und Míriams Eltern, um nicht zurückzustehen, übernahmen die Kosten der ziemlich aufwändigen Renovierung, die Míriam persönlich hatte beaufsichtigen wollen. Mit Begeisterung, Ideen und einem großzügig bemessenen Budget hatte sie ganze Arbeit geleistet. Sie besaß Geschmack, und mit der Unterstützung eines verwandten Architekten war eine gelungene Verbindung moderner Elemente und kühlerer Materialien mit den alten Mauerbögen und den holzgetäfelten Originaldecken des Hauses entstanden. Dazu hatte sie unbedingt die sechseckigen Zementfliesen von Escofet erhalten wollen, mit denen das gesamte Erdgeschoss ausgelegt war. Die Kombination aus alt und neu und einem großen, farbigen Gemälde von Perico Pastor ergab ein komfortables, gemütliches Heim. Wie aus einem Hochglanzmagazin, wie ihre Freunde immer sagten.

Da Kim in die Wirtschaftsseiten vertieft war und sie anscheinend nicht gehört hatte, versuchte Míriam es noch einmal.

»Findest du nicht, dass dein Vater seltsam ist in der letzten Zeit?«

»Nein.«

»Ich weiß nicht. Ich finde …«

Kim hob den Blick aus *La Vanguardia*. Abends hatten sie Muße zum Zeitunglesen, nach dem Essen, wenn sie sich aufs Sofa setzten, jeder in eine Ecke, und gewohnheitsmäßig den Fernseher einschalteten, für den Fall, dass es etwas Interessantes gab. Es war der Moment, in dem sie die Schlagzeilen überflogen und den Tag Revue passieren ließen.

»Gib mal den Gesellschaftsteil rüber.«

»Papa?« Kim schnaubte. »Der lebt nur auf, wenn die Laborde in der Stadt ist.«

»Es ist schon witzig, wie schick er sich macht und wie sehnsüchtig er sie erwartet. Und dabei kann er mit der Oper doch gar nichts anfangen.«

»Nicht, dass er nichts damit anfangen könnte. Aber er hat eben Löffel statt Ohren.«

»Sieh doch mal nach, ob eine Kritik erschienen ist.«

»Was für eine Kritik?«

»Über Diana Laborde im Liceu.«

Kim faltete die Zeitung zusammen und legte sie auf das Sofa.

»Hier. Such selbst.« Er schaltete die Lampe aus, die ihm warm auf den Kopf schien, und stand auf. »Warum sagst du, mein Vater sei seltsam?«

»Weil ich das Gefühl habe, seit sein Bruder hier ist, wirkt er … Ich weiß nicht, wie ich es beschreiben soll. In sich gekehrt.«

»Also, mir kommt er nicht anders vor als sonst.«

Kim ging um das Sofa herum. Ohne dass Míriam seine Absicht erkannt hätte, hob er ihre tiefschwarze Mähne über einem Ohr, bückte sich und küsste sie auf den Hals.

»Wie war es heute im Laden?«

Sie schloss die Augen, um den Moment zu genießen.

»Anstrengend. Aber alles bestens, Liebling.«

Onkel Vicenç besaß eine Stimme wie aus Bronze. Er sprach in einem leicht näselnden Singsang mit Anklängen an den venetischen Dialekt. Er war zwei Zentimeter größer als sein Bruder Paco, aber auch beleibter. In ihrer Kindheit war es umgekehrt gewesen. Da war Vicenç der Dünnere, doch seit er mit Zia Mina verheiratet war und auf einem Anwesen mit Hund außerhalb von Rom lebte, ernährte er sich täglich von Pasta. Nudeln in jeder Form – *Farfalle, Pipe, Linguine, Rigatoni* –, ob mit Knoblauch und Chili, *all'Amatriciana* an Feiertagen oder, was er am liebsten aß, eine Portion schlichte

Spaghetti mit dem *Pomodoro* seiner Schwiegermutter, die stets die richtige Menge an Salz und Zucker traf, was bei der Zubereitung von Tomatensauce ebenso schwierig war, wie nicht den ganzen Herd vollzuspritzen. Als dick hätte man Vicenç Ráfales nicht bezeichnen können, aber je nachdem, wie er aufstand, verdrehte sich sein Gürtel, als ob der sich unter seinem Bauch verstecken wollte, was Zia Mina schier um den Verstand brachte. Sie konnte es nicht ausstehen, wenn die Schnalle zum Boden zeigte, weil sie Wert darauf legte, dass er gut aussah. Immer sorgte sie dafür, dass er wie aus dem Ei gepellt war. Damit man ihn jederzeit auf der Treppe an der Piazza Spagna für einen Werbespot filmen konnte, wie sie zu sagen pflegte. Und er schlenderte durch die Lobby des Rafaeli in Rom mit einem weißen Tüchlein, dessen Spitze aus der Brusttasche seines Jacketts blitzte, schmal geschnittenen Hosen mit Aufschlägen und festen, mit der passenden braunen Schuhcreme blankgeputzten Schnürschuhen.

»Weißt du noch, wie Roger euren Onkel immer nachgeäfft hat?«

»Nein, Papa.«

»Das war sehr lustig. Roger hat jeden imitiert, schon als er klein war.«

Es war ungewöhnlich, dass Paco Ráfales von Roger oder Àlex sprach. Er dachte täglich an seine beiden Söhne, erwähnte sie aber nur sehr gelegentlich. Und schon gar nicht in Gegenwart von Kim oder Elsa.

»Was will Onkel Vicenç? Warum kommt er aus Italien hierher?«

»Wieso sollte er etwas wollen, Kim?« Paco trug die marineblaue Freitagskrawatte. Vor der spiegelnden Scheibe des Fensters zum Passeig de Gràcia rückte er den Knoten zurecht. »Vielleicht will er nur der Zia für ein paar Tage entkommen.«

»Du kannst die Tante nicht allzu gut leiden, stimmt's?«

»Wieso ich? Hauptsache, ihm gefällt sie, er hat sie schließlich geheiratet.«

»Ich weiß nicht … Irgendetwas führt Onkel Vicenç im Schilde.«

Beiden war bewusst, dass sich der Onkel schon die ganze Woche in ihrem Hotel aufhielt. Das war unüblich. Kim wunderte sich, weshalb er ihnen keinen Grund genannt hatte. Normalerweise reiste er alle zwei Monate zur Sitzung des Verwaltungsrates beider Hotels an. Dann traf er abends ein, nahm am nächsten Morgen an der Besprechung teil, und nachdem sich die zwei Brüder das Mittagessen in Pacos Wohnung hatten kredenzen lassen, stieg Vicenç ins letzte Flugzeug nach Roma-Fiumicino. Diesmal jedoch war er bereits fünf Tage in Barcelona und ging mit einem Aktenkoffer im Hotel ein und aus, als hätte er Termine mit Gott weiß wem. Kim hatte die Aufnahmen der Überwachungskameras im Zeitraffer durchgesehen, um sicherzugehen, dass niemand, der nicht zum Hotel gehörte, das Zimmer des Onkels betreten hatte. Nichts Verdächtiges. Reinigungspersonal und Zimmerservice, der Chefbuchhalter der Gruppe Rafaeli, und das war's.

Kim blieb argwöhnisch. Seit der Beisetzung seiner Brüder betrachtete er seine italienischen Verwandten mit anderen Augen. Erst Jahre später hatte er es einmal taktvoll gewagt, seinen Vater darauf anzusprechen, und obgleich dem zurückhaltenden Paco Ráfales nie ein böses Wort über die Lippen gekommen wäre, wenn es um die Familie ging, waren sie einer Meinung gewesen. Beiden war sauer aufgestoßen, dass Vicenç und seine Familie sich aufgeführt hatten, als trügen sie den tiefsten Schmerz. Als wäre der Verlust für sie schlimmer als für alle anderen. Sie, die Àlex und Roger nur sehr sporadisch begegnet waren, hatten sich in der Friedhofshalle von Collserola in die erste Reihe gesetzt, lauter geschluchzt als alle anderen und sich nach der Zeremonie vorgedrängt, um als engste Angehörige die Beileidsbekundungen entgegenzunehmen. Ein bisschen hätten sie es wohl übertrieben, wie selbst Paco einräumte. Ebenso wenig verstand er, wieso Zia Mina meinte, sich die Mutterrolle anmaßen zu müssen, als wäre sie die einzige Frau in der Familie. Auf dem Friedhof von Sant Genís dels Agudells, die Stadt zu Füßen und zwanzig Grabplatten von der letzten Ruhestätte Carrasco i Formigueras entfernt, hätte Kim auf die Grabrede Onkel Vicençs über das Schicksal, das Sich-ins-Unabänderliche-fügen-müssen und all diesen Mist lieber verzichtet. Und danach hatte ihn doppelt gestört, dass der Onkel zu einem Vaterunser anhob, um das ihn niemand gebeten hatte. Zia Mina, von Kopf bis Fuß in Trauer gewandet, mit schwarzen Strümpfen, einem schwarzen Mantel, gefärbten Wimpern und einem Tuch aus einem früheren Jahrhundert über dem kohlschwarzen Haar, führte den armen Paco herum wie einen Behinderten. Die Cousins sagten überhaupt nichts. In den zwei Tagen, die sie in Barcelona waren, hatte man kaum ihre Stimmen gehört. Sie wirkten wie die stummen Leibwächter ihrer Eltern. Wie sich herausstellte, hieß Romulus Aldo und Remus Mauro. Niemand wusste, ob sie zu irgendetwas eine eigene Meinung hatten. Allerdings hätte sich auch niemand dafür interessiert. Die Unterwürfigkeit der Cousins und der Drang von Onkel und Tante, sich in den Vordergrund zu spielen, ärgerten Kim, der, auch das soll an dieser Stelle gesagt werden, wie betäubt war von seinem Schmerz, sodass er alles wie durch einen dichten Nebel wahrnahm, als hätte er jene Tage durch ein umgekehrtes Fernglas erlebt. Oder als hätte er sie gar nicht erlebt.

»Pure Geltungssucht«, konstatierten die Freunde der Ráfales in Barcelona.

Geltungssucht und Egoismus, ergänzte Kim, der den eigennützigen Aktivitäten des römischen Ráfales-Zweiges fortan misstraute. Er wusste nicht, wann und wie, aber er war sicher, dass ihm die Zeit recht geben würde. Und als er am wenigsten darauf gefasst war, trat genau das ein, was er immer vorhergesehen hatte.

Paco saß an seinem aufgeräumten Schreibtisch, auf dem ein Becher voller orangefarbener Filzstifte stand. Er hatte die Angewohnheit, ausschließlich diese Farbe für seine Notizen zu verwenden. Kim saß ihm gegenüber und zeigte ihm das neue Schlüsselmodell, das er für sämtliche Zimmer einführen wollte. Wenn alle funktionierten wie der Prototyp, würde es nicht mehr nötig sein, eine Karte in einen Schlitz einzuführen, sie in einem bestimmten Tempo von oben nach unten durchzuziehen, nicht zu schnell, nicht zu langsam, was einfach lästig war. Jetzt brauchte man die Karte nur noch dem magnetischen Schloss zu nähern, und schon leuchtete das grüne Lämpchen auf, die Blockade der Klinke löste sich und ließ den Gast ins Zimmer. Als Paco sein Einverständnis gab – das Kim nicht brauchte, denn die Bestellung war schon vor Tagen erfolgt –, stand plötzlich Onkel Vicenç im Direktionsbüro im fünften Stock. Er trat ein, ohne anzuklopfen oder sich darum zu scheren, dass er ein Gespräch zwischen Vater und Sohn unterbrach. Kim merkte, wie aufgeregt der

Onkel war, der es offenbar kaum erwarten konnte, die Bombe platzen zu lassen.

»Paco, ich habe grandiose Nachrichten.«

Seinen Neffen behandelte er wie Luft.

»Ach ja? Dann nimm Platz.«

Vicenç setzte sich neben Kim. Er lehnte sich nicht an, so eilig hatte er es, seine Neuigkeiten loszuwerden. Paco, der Präsident der Unternehmensgruppe, wappnete sich innerlich, denn er ahnte wohl, dass er nicht gerade Freudensprünge vollführen würde. Die unmittelbar bevorstehende Eröffnung würde ein Wendepunkt in ihrem Leben sein. Seine auf dem Schreibtisch krampfhaft verschlungenen Finger verrieten, wie wenig er auf die guten Absichten seines Bruder vertraute.

»Ich hab's geschafft, Paco. Wir haben ein Angebot, das wir nicht ausschlagen können. Sitzt ihr gut?« Vicenç wippte auf der Stuhlkante und ließ seinen Bauch hängen wie ein Sumo-Ringer vor dem Kampf. »Eine große internationale Kette will uns beide Hotels abkaufen, das in Barcelona und das in Rom. Also heißt es: jetzt oder nie.«

Mit seiner Bronzestimme hatte er das alles in einem Atemzug hervorgestoßen, ohne auch nur mit der Wimper zu zucken. Kim fuhr auf, noch ehe Paco reagieren konnte.

»Und das nennst du eine gute Nachricht, Onkel?« Vorwurfsvoll sah er seinen Vater an. »Ich wusste gar nicht, dass die Hotels zum Verkauf stehen. Du etwa?«

Paco konnte es nicht abstreiten. Er hob nur die gefalteten Hände von der Tischplatte und legte sie wieder ab, ohne sie zu lösen, womit er seinem Sohn zu verstehen gab, dass er nicht die Nerven verlieren und nichts überstürzen, sondern sich aus Achtung vor denen, die das Rafaeli zu einem der größten Hotels der Stadt gemacht hatten, beherrschen sollte.

An diesem Abend machte Kim früher als sonst Feierabend, er ging nach Hause, warf sein Jackett auf das Sofa, zerrte sich wütend die Krawatte vom Hals und verfluchte seinen Onkel, die Schmeißfliege Zia Mina, Romulus und Remus und die gesamte Bagage. Und wie konnte sein Vater, dieser unbeugsame Mann, der sich aufgerieben hatte für das Hotel, jetzt so urplötzlich klein beigeben? Wie konnte er zulassen, dass sein Rafaeli demnächst zu einem ordinären Radisson würde? Einem von vielen.

Als Míriam heimkam, spürte sie sofort, dass etwas nicht stimmte.

»Was hast du?«

»Nichts.«

»Streit mit jemandem?«

»Ich?«

»Ist was mit deinem Vater?«

»Nein.«

»Mit deinem Onkel?«

»Nein, nein …« Er riss sich zusammen. »Alles in Ordnung.«

Míriam setzte sich an seine Seite, strich ihm mit der Hand durchs Haar und sprach in sanftem Ton.

»Hey, Kim …«, meinte sie leise. »Woran denkst du?«

»Verdammt noch mal.« Ihm entwischte ein missmutiges Lächeln. »Eins, zwei, drei.«

»Eins, zwei, drei, was?«

»Nichts, Míriam.«

Dies war nicht der rechte Moment, ihr von dem Spiel zu erzählen, das Laura und er in ihrer Studienzeit gespielt hatten. Es war auch nicht der Moment, an Laura zu denken, von der er seit Monaten nichts gehört hatte. Er gab Míriam einen Kuss, sagte hallo, Liebling, und sah sie forschend an. Als er in ihrer Miene nichts als liebevolle Zuwendung fand, entspannte er sich.

Es wollte ihm einfach nicht in den Kopf. Für ihn fühlte es sich an wie Hochverrat. Ein Akt der Treulosigkeit unter den Ráfales. Er kochte vor Wut. Dass man ihn außen vor gelassen hatte, traf ihn hart. Ihm war unbegreiflich, warum sie mit einem Mal einen Käufer suchten, wenn doch alles so gut lief. Er fragte sich, ob die ganze Sache nicht allein auf dem Mist seines Onkels gewachsen war, weil dieser es womöglich darauf angelegt hatte, seinen altersschwachen, nicht mehr so durchsetzungsfähigen Bruder zu übervorteilen. Er hätte sie gleich dort im Büro zur Rede stellen und Aufklärung verlangen sollen darüber, weshalb sie ihre Absichten vor ihm geheim gehalten, ihm nie eine Silbe gesagt, ihn nicht nach seiner Meinung gefragt hatten, was für eine Gemeinheit, ich fasse es nicht. Und vor allem, wie konntest du, Papa, mir das alles verschweigen? Doch aus Respekt vor seinem Vater würde er seinen Stolz, seine Einwände und seinen Zorn hinunterschlucken.

Vorerst würde er den Mund halten.

13

Worcestersauce

Es war nicht leicht, davon anzufangen. Im Lauf der folgenden Tage war Míriam klar geworden, dass Kim, dessen Miene sich immer mehr verfinsterte, unbedingt mit seinem Vater reden, um eine Erklärung bitten und auf ihn einwirken musste, um diesen Irrsinn abzuwenden. Sie durften das Rafaeli nicht verkaufen. Die Rafaelis. Wenngleich sich Onkel Vicenç und Romulus und Remus das Hotel in Rom ihretwegen sonst wo hinschieben konnten. Míriam fand den rechten Moment nicht, um ihrem Mann zu gestehen, dass sie selbst sehr wohl mit Paco gesprochen hatte. Sie hatte ihren Schwiegervater beiseitegenommen, sich zum Essen mit ihm verabredet und, stur, wie sie nun einmal war – eine ebenso umgängliche wie hartnäckige Verkäuferin –, kein Nein akzeptiert. Sie waren im Samoa gewesen, einer sauberen, unpersönlichen Pizzeria mit kalten Fliesen oberhalb des Passeig de Gràcia auf halbem Weg zwischen dem Hotel und Míriams Laden.

»Drinnen oder draußen?« Paco sollte wählen. »Bei diesem herrlichen Oktoberwetter könnten wir uns auf die Terrasse setzen. In Barcelona ist immer Frühling.«

»Zu viel Verkehrslärm.«

Der Kellner, zwei Speisekarten in der Hand, geleitete sie zum hintersten Tisch eines Raumes voller Touristen, die gerade ganz begeistert von einer Führung durch das gleich gegenüberliegende Gaudí-Gebäude *La Pedrera* hereingekommen waren. Das Essen wurde schnell serviert, *Spaghetti alle Vongole* für Paco, Caesar Salad für Míriam als einzigen

Gang. Und für jeden ein Glas Weißwein, aus dem schließlich zwei wurden.

»Darf ich dir etwas sagen?«

Paco Ráfales hob eine Braue. Er wusste, was immer er antwortete, Míriam würde sich nicht beirren lassen. Wenn sie ihn nach sieben Jahren in der Familie zum ersten Mal zum Essen einlud, war nicht davon auszugehen, dass sie es tat, um sich über den letzten Film von Clint Eastwood zu unterhalten. Er versuchte abzulenken, indem er auf die gerösteten Brotwürfel, den Parmesan und die Worcestersauce ihres Salats deutete.

»Weißt du, warum der Caesar Salad heißt?«

»Paco …«

»Weißt du es oder nicht?« Er band sich die Serviette um, damit seine grüne Montagskrawatte nichts abbekam, wenn er die Nudeln um die Gabel wickelte.

»Weil er in Rom erfunden wurde, nehme ich an. Wahrscheinlich zu Cäsars Zeiten.«

»Nein. Nach dem Erfinder Caesar Cardini. Ein Koch, den Maria und ich auf unserer ersten Kalifornienreise kennengelernt haben.«

Und dann erzählte ihr Paco in allen Einzelheiten – typisch Gastronom – von jenem 4. Juli 1924, dem Jahrestag der amerikanischen Unabhängigkeit, an dem im Caesar's, einem Restaurant in Tijuana, ein solcher Andrang geherrscht habe, dass die Leute einander die Teller aus den Händen gerissen hätten, und so habe der gewiefte Koch zusammengerührt, was an Zutaten in seiner Küche noch aufzutreiben gewesen sei, und als Notbehelf mit drei Handgriffen diesen Salat kreiert.

»Darf ich dir jetzt etwas sagen, Schwiegerpapa, oder möchtest du nicht darüber sprechen?«

Er nahm ein Stück Brot zwischen zwei Finger und wischte eine Muschelschale aus.

»Ich nehme mal an, ich werde dich nicht daran hindern können.«

Míriam wusste zwar, was sie sagen wollte, aber nicht, wie sie anfangen sollte. Für derartige Gespräche gab es nie einen perfekten Einstieg.

»Mir ist klar, dass ich die Ráfales nicht ändern kann, und das habe ich auch gar nicht vor. Aber als Außenstehende überkommt mich manchmal die Lust, euch zu sagen ... ach was, euch zu packen und allesamt durchzuschütteln.« Sie zweifelte, ob sie auf einem guten Weg war. »Wenn du also gestattest ...«

Was blieb ihm anderes übrig.

»Als deine Frau starb ...«

»Maria.«

»Ja. Als Maria starb, hattest du drei Söhne und Elsa, die noch sehr klein war. Ihr Großen habt euch alle zusammengenommen, Haltung bewahrt und getan, als wäre nichts, vermutlich, um nicht der Kleinen mit eurem Kummer das Herz schwerzumachen. Jeder in seinem Zimmer, abgeschottet, als hättet ihr das Bitte-nicht-stören-Schild an die Klinke gehängt, seid ihr damit fertiggeworden, jeder für sich allein, was weit hinausgeht über ein menschliches, normales Maß. Siehst du das nicht auch so?«

»Das alles hast du doch gar nicht miterlebt, Míriam.«

»Meine Eltern aber, die euch kannten und sehr mochten. Außerdem ist es niemandem entgangen, so viel ich gehört habe. Und später, nach dem Unfall deiner beiden Söhne, war es nicht anders. Höchstens schlimmer ... Verzeih, aber habt ihr es da nicht genauso gemacht? Ihr habt geschluckt und durchgehalten, als gäbe es keine Trauer. Und dabei tut es doch weh, verdammt, und wie weh es tut!«

»Natürlich tut es weh. Und wir alle tragen diesen Schmerz tief in uns.«

»Das weiß ich doch, Paco.« Míriam ließ die Gabel sinken und legte ihre Hand auf die ihres Schwiegervaters. »Ich möchte mich in nichts einmischen, das mich nichts angeht, aber wie oft habt ihr, du, Kim und Elsa, euch in die Arme genommen? Wie oft habt ihr zusammen geweint in all den Jahren. Wie oft habt ihr es gewagt, einander ohne Scham ins Gesicht zu sagen, wie sehr ihr Àlex und Roger vermisst?«

Paco sah Míriam an. Ihre Augen waren noch vor den seinen feucht geworden.

»Wie oft?« Er trank einen Schluck, um nicht antworten zu müssen. »Na ja – wie in diesem New-York-Witz. Einmal oder keinmal.«

Sie verstand die Bemerkung nicht. Sie kannte den New-York-Witz nicht und merkte nur, wie Paco aufs Neue versuchte, das heikle Thema zu umgehen, den harten Mann zu spielen und auszuweichen.

»Das soll kein Vorwurf sein, Paco.« Sie ließ seine Hand los, führte die Serviette zum Mund und senkte die Stimme. »Es ist eben ein Wesenszug der Ráfales, ich kenne euch zur Genüge. Diese zwanghafte Art, nur ja keine Gefühle zu zeigen. Hoteliers müssen immer gut drauf sein, auch das weiß ich, Kim hat es mir tausendmal gesagt, aber mich macht es wütend, dass ihr dermaßen beherrscht seid und diese Zurückhaltung zu einem so absoluten Wert erhoben habt. So bis zur letzten Konsequenz, dass eure Gefühle schon ganz verschüttet sind und bei euch niemals über etwas gesprochen wird, das …«

»Findest du, Kim ist mir ähnlich?«

»Ihr seid aus demselben Holz geschnitzt. Kim und du, ihr seid einer wie der andere. Sag bloß, das weißt du nicht. Kim kann ungeheuer dickköpfig sein, wenn er sich auf etwas eingeschossen hat. Und jetzt, lieber Schwiegerpapa, jetzt werde ich dir mal etwas sagen, weil ich sonst platze. Dieses Angebot von Radisson und Onkel Vicenç treibt deinen Sohn in den Wahnsinn. Allerdings ist er noch stolzer als du und will weder mit dir noch mit irgendjemand anderem reden, weil er sagt, wenn es beschlossen sei, dann sei es beschlossen, und dann gebe es auch nichts zu bereden, denn die Verfügungsgewalt liege bei dir und du hättest alles Recht der Welt. Würdest du mir denn sagen, sofern mir überhaupt gestattet ist, danach zu fragen: Ist die Sache schon unter Dach und Fach?«

»Der Verkauf?«

»Ja.«

»Nein.«

Mehr war nicht aus ihm herauszubekommen. Da war sie wieder, diese Zugeknöpftheit, dieser Schutzschild der Ráfales. Geschäfte waren eine zu wichtige Angelegenheit, um sie in alle Winde hinauszuposaunen. Falls Míriam jedoch über das Hotel und den italienischen Zweig der Familie, Zia Minas Unarten und die dreisten Cousins von Kim und Elsa sprechen wollte, nur zu. Paco Ráfales erklärte ihr, auf lange Sicht werde ihnen alles gehören, aber er und Vicenç hätten sich schließlich ins Zeug gelegt, um die Rafaeli-Hotels zu dem zu machen, was sie waren, und somit seien sie nicht nur imstande, jede Entscheidung zu treffen, die sie für richtig hielten, sondern auch befugt. Míriam erwiderte, aber natürlich, klar doch, nur flehe sie ihn an, in einem wichtigen Punkt keinen Fehler zu begehen, und frage ihn deshalb explizit, ob er den Entschluss, die Hotels zu verkaufen, selbst gefasst habe oder ob sein Bruder dahinterstecke.

Paco sah auf das Tischtuch und schwieg. Die Rettung kam in Form eines schwarzen Kaffees und einem Schweineohr aus Blätterteig. Er nahm einen Schluck Kaffee und betrachtete die Angelegenheit offenbar als erledigt.

»Wie geht es den Kindern?«, fragte er, als ob nichts gewesen wäre.

»Den Kindern?« Míriam starrte ihn fassungslos an. Ihr Schwiegervater hatte wirklich Nerven. »Nun ja … Víctor wird sicher bald anfangen zu laufen. Er hält sich schon allein auf den Beinen.«

»Und Jana?«

»Eine Prinzessin, wie du ja weißt. Sie geht gern in die Schule und kommt fröhlich heim. Sie ist unser Sonnenschein.«

»Meine Prinzessin.«

Paco kannte Míriam seit ihrer Geburt und hätte sich nie träumen lassen, dass sie einmal die Mutter seiner Enkel sein würde. Er hatte genügend Mädchen mit Kim gesehen, um zu wissen, dass sein Junge Geschmack hatte und anscheinend eher zu den Brünetten neigte, doch wäre es ihm niemals in den Sinn gekommen, dass die Tochter der Mundis einmal Teil seiner Familie werden könnte. Von den Kindern im Freundeskreis, die dich mit Brei bespuckt haben, die du aufgehoben hast, wenn sie bei ihren ersten Gehversuchen hingefallen sind, die du auf den Arm genommen hast, wenn sie brüllten, weil sie müde waren und nicht schlafen konnten, die Flecken auf deinem neu bezogenen Sofa hinterlassen haben, erwartest du das nie. Bis du eines schönen Tages, von Kopf bis Fuß festlich gekleidet, zu den Klängen des Lohengrin-Marsches das gotische Kirchenschiff des Klosters von Pedralbes durchschreitest, Arm in Arm mit einem noch feiner herausgeputzten Ferran Mundi, um aufgrund eines schlichten Jawortes plötzlich zu Schwiegervätern zu werden.

Paco hatte nie darüber nachgedacht, wie Kim und Míriam sich wiedergefunden und wann sie angefangen hatten, miteinander auszugehen. Maria hätte es bestimmt wissen wollen. Sie wusste immer, wie Paare sich kennengelernt hatten. Und wenn sie es nicht wusste, dann fragte sie. Je ungewöhnlicher die Geschichte, umso besser. Seine Frau war davon überzeugt, dass es keinen Zufall gab und alles seinen Grund hatte. Wenn sie – Maria Angerri – um einen Fensterplatz ganz hinten gebeten hatte und er – Paco Ráfales – auf dem Gangplatz saß, dann nur, weil es auf diesem Rückflug aus Prag zu einem Gespräch kommen und anschließend eines zum anderen führen musste. Hätte Maria die Geschichte von Kim und Míriam gekannt, wäre sie ihr vielleicht nicht sehr aufregend erschienen, doch da es ja immerhin um das Leben ihres Sohnes ging, hätte sie jedes Detail erfahren wollen.

An einem sonnigen Mittag im April, auf dem Weg nach Hause, die Jacke über dem Arm und die Schultertasche quer umgehängt, knabberte Míriam am Knust eines noch warmen Brotes. Es war eher eine Angewohnheit als eine Hungerattacke, ihr tägliches Laster, das sie schon ein Leben lang pflegte. Sie öffnete den Brotbeutel ein wenig und biss dem Baguette die Spitze ab. Noch kauend, hörte sie hinter sich ein zaghaftes Hupen. Ohne es auf sich zu beziehen, setzte sie ihren Weg fort.

»He! Míriam?«

In fragendem Ton, unsicher, ob er sich womöglich getäuscht hatte.

»Hallo?«

Míriam wandte sich nach dem roten Sportwagen um. Der Fahrer trug eine Sonnenbrille, und sie erkannte ihn nicht sofort.

»Ich bin's, Kim. Kim Ráfales.« Er nahm die Brille ab.

»Ah, jetzt erkenne ich dich. Hallo Kim.«

»Wie geht's?«

»Bin gerade auf dem Heimweg, zum Essen.«

Kim betätigte einen Knopf neben dem Lenkrad, ohne den Blick von ihr zu wenden, und das Dach des Kabriolets bäumte sich auf wie ein Pferd, das sich auf den Hinterbeinen aufrichtet.

»Hui! Geht das automatisch?«

Nach und nach faltete der Mechanismus das Verdeck zusammen und versenkte es im Kofferraum.

»Wenn ich das per Hand machen müsste, würde ich das Verdeck wohl nie aufklappen.« Er grinste.

»So einen Wagen habe ich noch nie gesehen. Was ist das?«

»Ein Lexus.« So stolz Kim auf seine Anschaffung war, in diesem Fall war es ihm peinlich, die Marke zu nennen.

»Nicht schlecht.«

»Weißt du, was mich mein Vater gefragt hat, als ich ihm gesagt habe, dass ich mir dieses Auto kaufen will?«

»Was denn?« Sie stand auf der Fahrerseite, das warme Baguette in der Hand.

»Zum Rasen oder um eine Schau abzuziehen? Ich habe zwei Sekunden darüber nachgedacht, was er wohl von mir hören wollte, dann habe ich geantwortet ›Um eine Schau abzuziehen‹. Pah, das hat gesessen. Magst du ihn mal fahren?«

»Ich?«

»Ja, klar.«

»Traust du es mir denn zu, mich diese Karre fahren zu lassen?«

Sie warf das Brot, die Tasche und den Mantel auf den Rücksitz. Míriam hatte lange Beine, und so war es nicht nötig, den Fahrersitz nach vorn zu schieben. Ein Druck mit dem Finger genügte, um die Rückspiegel zu verstellen.

»Aber bitte nicht über hundertvierzig, wenn's geht.«

»Nein, nicht in der Stadt, keine Sorge.«

Sie fuhr über vier grüne Ampeln auf dem Carrer Consell de Cent und bog dann in den Carrer Pau Clarins ab, die zum Meer führte. Manchmal sind die Tage, an denen man alle Pläne über den Haufen wirft, die besten. Kim ließ sich entführen von dieser jungen Frau, mit der er als kleiner Junge Sandkasten und Schaukel geteilt und sich auf den Feiern der Eltern gelangweilt hatte, vor der er sich geniert hatte, als sie beide Pickel bekamen, und die auf dem olympischen Kostümball im Rafaeli wiedergesehen zu haben, er sich nur vage entsann. Eine verschwommene Erinnerung. Alles, was sich vor dem Unglück ereignet hatte, in den Wochen, Tagen und Stunden vor der Tragödie, war, halb Traum, halb Wirklichkeit, wie in einen Nebelschleier gehüllt. Habe ich das wirklich erlebt oder nur in meiner Fantasie? Aber dieser Augenblick hier war real, und – kaum zu glauben, aber wahr – an seiner Seite saß die erwachsene Míriam, eine gestandene Frau mit selbstsicherem Auftreten, die linke Hand am Steuer, die rechte auf dem Schaltknüppel. Eine rote Ampel gab ihr die Gelegenheit, sich endlich die schwarzen Haare zusammenzubinden, die der Wind ihr ins Gesicht wehte. Im Nu hatte sie sie zu einem straffen Dutt zusammengesteckt, der ihren anmutig geschwungenen Nacken zur Geltung brachte wie bei einer Balletttänzerin. Während sie fuhr, redete sie unentwegt. Sie betreibe einen ungewöhnlichen Laden, zu dem sie durch ein Geschäft in dem New Yorker Stadtteil Tribeca inspiriert worden sei. Kein Blumenladen, kein Möbelgeschäft, keine Buchhandlung, doch fände man dort sowohl ausgefallene Blumensträuße als auch Tische und Stühle im Kolonialstil, antiquarische Spiegel und Bahnhofsuhren, die eine oder andere ausgewählte Skulptur von Marta Moreu, aktuelle Bücher über Architektur, Kinoplakate von Filmklassikern, Kerzen in allen Duftvarianten der elterlichen Fabrik, bedruckte Liberty-Tücher – einfach Sachen, die sie hier und da erstehe, immer in der Annahme, dass es, wenn sie etwas schön fand, auch Kundschaft dafür geben müsse. Das einzige Auswahlkriterium von Gris – so heiße der Laden, passend zur Farbe der hellgrauen Wände – sei es, nichts anzubieten, was ihr selbst nicht gefalle. Nachdem sie mit ihrer heiteren, wohlklingenden Stimme das gesamte Sortiment des Ladens aufgezählt hatte, parkte sie am Olympiahafen.

»Du wirst mich zum Essen einladen, nehme ich an.«

»Warten sie zu Hause nicht auf dich?«

»Wie kommst du denn darauf?« Míriam schaltete den Motor aus.

»Na ja … Ich habe dich mit dem Brot gesehen und …« Er ließ den Lexus wieder an, um das Verdeck zu schließen. »Hier am Hafen sollten wir ihn lieber nicht offen lassen.«

»Ich liebe Brot. Ich würde jeden Tag einen ganzen Laib essen, aber ich lebe allein.«

»So? Ich dachte …« Er wusste nicht, was er gedacht hatte. »Irgendwie dachte ich, du wohnst noch bei deinen Eltern.«

»Na, hör mal, du bist echt nicht auf dem Laufenden. Du solltest öfter mal das Hotel verlassen, mein Lieber.« Sie drehte sich nach hinten, griff nach ihren Sachen und stieg aus. »Kennst du das hier?«

Sie wies auf das Restaurant, vor dem sie geparkt hatte.

»Ist das wahr, dass ich dich einladen muss?«

»Na klar. Soviel ich weiß, brauchen die Spieler von Barça nie zu bezahlen, wenn sie hier essen.«

Alle Restaurants mit Blick auf Bootshäfen erschienen Kim immer zum Verwechseln ähnlich. Die gleichen gerafften Markisen, Tischreihen ohne besonderen Charme und aufdringliche Kellner, die dir eine laminierte Speisekarte mit Fotos hinhielten und sich bemühten, dich hereinzulocken, bevor dich die Konkurrenz nebenan köderte. Dafür konnten sie Fremdsprachen.

»Bei diesem Wetter vielleicht lieber draußen.«

Míriam entschied für beide. Als Kim, die Sonnenbrille auf der Nase, am ersten Freitag im April um Viertel nach zwei an einem blankpolierten Tisch saß, der die Sonne reflektierte, ihm gegenüber eine Frau mit lachenden Augen, die er von klein auf kannte, und sich eine Portion Felsenmuscheln und einen Arroz Caldoso mit ihr teilte, wusste er noch nicht, dass ein Tag mit spontaner Programmänderung manchmal das ganze Leben verändern kann.

Sie verabredeten sich erneut. Der Vorschlag kam von … Mit der Zeit verblasst die Geschichte, die Versionen vermischen sich, und einer wie der andere neigt dazu, sich die Orden an die eigene Brust zu heften. Tatsache war, dass sie beide Lust hatten, sich wiederzusehen. Am folgenden Wochenende gingen sie zusammen ins Theater. Kim hatte die Idee, und Míriam kümmerte sich um die Eintrittskarten. *Fugaç* von Benet i Jornet im Romea. Sechste Reihe, um Jordi Boixaderas aus der Nähe zu sehen. Es gefiel ihnen, obwohl sie, wenn sie ehrlich waren, manche Textpassagen verpassten, weil sie sich aus dem Augenwinkel gegenseitig beobachteten. Acht Tage später machten sie das nächste Treffen aus.

»Ich schulde dir ein Essen. Diesmal lade ich dich ein.«

»Abgemacht.«

»Kennst du das Tram-tram in Sarrià?«

Míriam war schwarzhaarig, unbefangen, schmal und sehr schlank. Die Wangenknochen, die sich vorwölbten, sooft sie lächelte, rundeten ihre Züge. Sie bewegte sich mit geradem Rücken und dem souveränen Gang derer, die beinahe eine Maja Plissezkaja geworden wären und, auch wenn sie es nicht ganz so weit gebracht hatten, doch deren Stil beibehielten. Sie war stolz auf ihre hübschen Schultern, die sie freimütig trug. Die aufrechte Haltung, mit der sie durchs Leben ging, brachte ihre schöne Büste elegant zur Geltung, dessen war sie sich bewusst. Was gleichermaßen auf ihre schwungvollen Hüften in den Bluejeans zutraf, die sie im Schlafzimmerspiegel begutachtete. Bis sie dreißig war, hatte Míriam – warum es verheimlichen? – nichts an sich auszusetzen. Vielleicht war ihr Mund ein bisschen zu groß, na und? Ihr Lächeln war herzlich und ihre Zähne so gesund und regelmäßig, dass sie sie beim Lachen gern zeigte. Während des gemeinsamen Essens in einem lauschigen Lokal in Sarrià gruben sie ein paar alte Familiengeschichten aus und riefen sich Szenen in Erinnerung, die sie als Heranwachsende erlebt hatten. Einmal, sie mochten sechzehn oder siebzehn gewesen sein, waren Familie Mundi und Familie Ráfales zu Silvester bei den penetranten Tejedors eingeladen.

Während sie auf die mitternächtlichen Glockenschläge zum Jahreswechsel warteten, hatte Míriam vorgeführt, wie sie sich zwei Maria-Kekse auf einmal in den Mund stecken konnte. Nachdem ihr das gelungen war, hatte sie sie mit präzisem Griff unversehrt wieder herausgeholt, ohne sich zu verschlucken. Das Spiel hieß Und-was-kannst-du-am-besten?, und Míriam entsann sich, wie Kim beim zweiten Versuch mit einem Tennisball das Licht im Zimmer gelöscht hatte. Zwar erst beim zweiten Mal, aber da hatte er den Schalter genau getroffen.

An Sant Jordi, dem Fest, zu dem man sich Bücher und Rosen schenkt, profitierte Míriams Gris davon, dass viele Leute durch die Straßen von L'Eixample bummelten und ständig jemand den Laden in der ruhigen Mercader-Passage betrat, um einen besonderen Blumenstrauß zu kaufen oder eines der Bücher in die Hand zu nehmen, die Míriam und ihre vier Aushilfen auf den Tischen dekoriert hatten. Kurz vor Geschäftsschluss, als der Betrieb nachließ, ihr vom langen Stehen die Füße brannten und sie sich danach sehnte, die Latzhose – die sie wegen der großen Tasche für die Schere angezogen hatte – und das verschwitzte T-Shirt abzustreifen und unter die Dusche zu springen, kam Kim herein, geschniegelt und gebügelt, in einem frischen Hemd und mit einer Rose in der Hand.

»Dich kann ich gerade am allerwenigsten gebrauchen.«

»Lügst du immer so schlecht oder nur an Sant Jordi?«

»Vielen Dank, Kim.« Sie schnupperte an der Rose, legte sie auf den Tisch, und sie gaben sich zwei Wangenküsse. »Die ist wunderschön.«

Kim krempelte die Ärmel auf und machte sich nützlich. Sie traute ihren Augen kaum, als sie ihn die Bücher in die

Regale zurückstellen, die Bretter und Böcke wegräumen und Blätter und Dornen zusammenkehren sah. Die Verstärkung und die vergnügte Stimmung waren genau im richtigen Moment gekommen, denn das eigens zu diesem Anlass engagierte Personal schwächelte bereits. Um Punkt neun, das Rollgitter war schon heruntergelassen, verabschiedeten sich die Aushilfen eine nach der anderen. Die Chefin bedankte sich für die Unterstützung und holte aus einer Schublade hundert Euro für jede, den vereinbarten Lohn. Sie wollte sie so schnell wie möglich loswerden.

»Lasst nur, den Rest schaffe ich schon.«

Endlich waren sie allein.

Im Hinterzimmer des Ladens fanden Míriam und Kim, was sie suchten.

Ihren ersten Kuss.

Ein Jahr später, auf den Tag genau, stand Kim im Gris, kaum zu sehen hinter fünfzig weißen Rosen, in der Innentasche seines Sakkos einen mit sieben Diamanten besetzten Ring, um Míriam zu eröffnen, was er zuvor eingeübt hatte, aber trotzdem nicht wie geplant hinbekam. Angefangen hatte er mit »Meine wunderschöne, geliebte Míriam, ich würde mich freuen, wenn du dieses Geschenk annähmst, mit dem ich dir sagen will, dass mich nichts glücklicher machen könnte, als von montags bis sonntags mit dir zusammen zu sein, an jedem der sieben Tage einer Woche, symbolisiert durch diese sieben Steine, jede Woche der Welt, jedes Jahr unseres Lebens …«, an dieser Stelle verhaspelte er sich und verlor hoffnungslos den Faden, Míriam aber hatte ihn schon verstanden.

Die Reaktion war nicht ganz die, die Kim sich erhofft hatte.

»Du möchtest also, dass wir heiraten?«, stellte sie fest.

»Ja.«
»Du und ich?«
»Ja.«
»Das hat aber ziemlich lang gedauert, mein Lieber.«

Um die Sache perfekt zu machen, wäre Míriam am liebsten auch an Sant Jordi getraut worden. Kim fand, das sei eine gute Idee, und schlug vor, ihren Gästen statt, wie üblich, Pralinen für die Damen und Zigarren für die Herren zum Andenken an die Feier ein Buch zu schenken – ein für jede einzelne Person speziell ausgesuchtes Buch. Das bedeutete eine Menge Arbeit, wäre aber ein besonderes Detail für einen besonderen Tag gewesen. Doch am 23. April war die Hochzeit nicht möglich, jedenfalls nicht im Kloster von Pedralbes, wo man nicht heiraten kann, wann man will. Vielmehr erhält man von den Nonnen einen Termin, an dem es nichts zu rütteln gibt. Für die Mundis war es wichtig, dass ihre Tochter dort heiratete, wo sie getauft und zur Erstkommunion gegangen war, und so wurde der 30. Mai 1994 als Tag der Hochzeit festgelegt. Kim und die Ráfales erhoben keinerlei Einwände, weder gegen die Kirche noch gegen den Priester, das Datum oder die obligatorische Festgarderobe. Eines aber war für Paco nicht verhandelbar: Das Bankett würde im Rafaeli stattfinden, und zwar auf seine Kosten.

»Und wer ist jetzt diese Laura Altimira?«

»Eine Freundin von der Universität. Warum?«

Einen Monat vor der Hochzeit sprachen Kim und Míriam zum ersten Mal über Laura.

»Weil sie bisher noch nicht zugesagt hat. Meinst du, sie kommt?«

»Keine Ahnung. Sie lebt in London.«

»Würde sie denn extra aus London anreisen?«

»Ich weiß es nicht. Wir waren damals sehr eng befreundet, trotzdem hätte ich keine Lust auf so einen weiten Weg zu einer Hochzeit, auf der ich außer dem Bräutigam keine Menschenseele kenne.«

»Das mag sein. Nur können wir nicht länger warten.«

»Aber Míriam, es ist doch noch einen ganzen Monat bis zur Hochzeit.«

»Bist du sicher, dass sie die Einladung überhaupt bekommen hat?«

»Nein, wie sollte ich da sicher sein?«

»Hast du ihre Telefonnummer? Eine E-Mail-Adresse?«

»Gleich morgen, wenn ich ins Hotel gehe, schicke ich ihr eine Mail.«

Die Antwort kam nicht sofort. Es dauerte zwei Tage, bis sie eintraf. Dafür war sie umso eindeutiger.

Kim, das sind ja tolle Nachrichten, freut mich sehr.

Nein, ich habe die Einladung nicht erhalten. Solltest du noch die Adresse in Swiss Cottage von mir haben, dort bin ich schon vor einer Weile weggezogen. Wenn wir uns sehen, erzähle ich dir alles. Wir müssen uns mal wieder auf den Stand der Dinge bringen, was? Ich wohne jetzt im Zentrum von London und bin mit einem Musikmanager zusammen, der dir sicher gefallen würde, auch wenn ihr wahrscheinlich wenig Gemeinsamkeiten habt.

Wow, da bist du also bald verheiratet und der Ehemann von Míriam Mundi. Schick mir mal ein Foto. Sie muss wunderbar sein. Dich schnappt sich keine einfach so. Vielen Dank, dass ihr an mich gedacht habt und mich dabeihaben wollt, und tatsächlich wäre ich auch gern zu deiner Hochzeit gekommen, aber am 30. Mai, so leid es mir tut, wird es mir auf gar keinen Fall möglich sein. Da sind wir mit einer Band auf Tournee, den Art Institutes (kennst du die?), und an diesem Abend geben sie ein großes Konzert. Sie sind sehr gut. Vielleicht noch nicht weltberühmt, aber bei ihren Live-Auftritten ist das Publikum vor Begeisterung immer ganz aus dem Häuschen.

Nicht zu fassen, Kim Ráfales heiratet! Das wird bestimmt ein rauschendes Fest im Rafaeli. Ich wünsche euch viel Glück. Grüße deinen Vater herzlich von mir, und, vor allem, gib mir gut acht auf Elsa, die auf der großen Feier sicherlich die Schönste sein wird. Möge die Braut, die ich ja nicht kenne, es mir nicht übelnehmen.

Take care, Kim. Pass auf dich auf, und werde sehr, sehr glücklich mit Míriam.

Wir sollten uns mal öfter wieder austauschen, es ist wirklich kein Zustand, dass wir so lange nichts mehr voneinander gehört haben. Offen gestanden, und auch wenn dies vielleicht nicht der geeignete Moment ist, es zu erwähnen, vermisse ich deine Zettelchen, weißt du noch? Oder hast du das alles, jetzt, da du heiratest, ganz vergessen?

Ich jedenfalls nicht.

Küsse. Tausend Küsse. Und verzeih mir, dass ich nicht kommen kann.

Laura

Míriam erwartete, dass Kim ihr einen Gutenachtkuss geben, die Nachttischlampe ausschalten und ihr, wie jeden Abend, die Hand auf den Schenkel legen würde.

»Weißt du, was der New-York-Witz ist?«, fragte sie.

»Der New-York-Witz? Oje, acht Millionen Einwohner, und die haben nur einen Witz?«

»Keine Ahnung. Ich meine jedenfalls den, der mit einmal oder keinmal endet …«

Kim lachte, als es ihm wieder einfiel. Es amüsierte ihn, dass Míriam sich nur an die Pointe erinnerte.

»Der ist sehr alt und sehr blöd.«

»Und?«

»Also, es treffen sich zwei Freunde. Fragt der eine den anderen: ›Sag mal, wie oft bist du in New York gewesen?‹ Und der Freund antwortet: ›Vier- oder fünfmal.‹ Und fragt zurück: ›Und du?‹ Darauf der andere: ›Einmal oder keinmal.‹«

»Pff.«

»Wieso? Wie kommst du darauf?«

Míriam hielt den Augenblick für günstig. Auch wenn es sie Überwindung kostete, drehte sie sich auf die Seite, streichelte mit zwei Fingern den Unterarm ihres zukünftigen Mannes, sagte, ich kann es nicht ertragen, dich so zu sehen, und gestand ihm, mit wem sie zu Mittag gegessen hatte und warum. In allen Einzelheiten, ruhig, mit leiser Stimme, ein frühmorgendliches Plauderstündchen. Bei Nacht, im Dunkeln, vergeht die Zeit sehr schnell.

14

Eine verkappte Yoko Ono

Eric Stuart pochte an die behelfsmäßige Künstlergarderobe des ausverkauften Konzertsaales von Birmingham, wo *Art Institute* vor vierhundert Personen gespielt hatten. Einem hingerissenen, verzückten, tobenden Publikum.

»Beeilt euch, Jungs, ich warte mit Laura im Bus auf euch.«

Bruce, mit freiem Oberkörper, wusch sich die Achseln am Waschbecken, einen Joint zwischen den Lippen, das Kinn vorgereckt, um sich nicht zu verbrennen und zu vermeiden, dass ihm der Rauch in die Augen stieg. Von den fünf Bandmitgliedern war der Schlagzeuger aus Glasgow immer derjenige, der am meisten schwitzte. Auch hatte er das meiste Fett, den größten Busen und überhaupt mehr Masse. Peter und Joe lümmelten auf dem Sofa und waren schon beim zweiten Bier.

»Hast du's gesehen oder nicht?«

»Was denn?« Joe, der Einzige, der bereits über dreißig war, wusste nicht, wovon die Rede war.

»Die Frau in Weiß, die in der ersten Reihe gestanden hat.«

»Auf die habe ich nicht geachtet.«

»Die hat uns ihre Muschi gezeigt, Mann.«

»Ach, komm …« Vom Keyboard aus konnte Joe nie etwas sehen. Er befand sich im hinteren Bereich der Bühne und verpasste fast alles, was die anderen sahen. Schon glaubte er, sie erfänden solche Geschichten nur, um sich über ihn lustig zu machen. »Was soll das heißen, sie hat ihre Muschi gezeigt?«

»Hast du das wirklich nicht mitbekommen?« Ray kam schnuppernd aus der Toilette. »Die in dem kurzen Rock, hab ich recht? Einem weißen Minirock.«

»Ja, genau.«

»Plötzlich schließt sie die Augen, wie in Trance, hebt ihren Rock vorne hoch und zeigt uns den ganzen Busch. Eine dicke schwarze Matte. Stimmt's? Und wie lange stand sie so da? Zwei Stücke bestimmt?«

»Mindestens zwei«, bestätigte Shilton, der linkshändige Bassist, der dem Sänger auf der Bühne am nächsten stand. »Mitten im Song raunt Ray mir zu, guck mal die da …«

»Ohne Unterwäsche?« Joe schaffte täglich hunderttausend Anschläge auf dem Klavier, doch jenseits der weißen und schwarzen Tasten entging ihm einiges. Die Töne des realen Lebens waren entweder zu tief oder zu hoch für ihn.

»Aber das Schärfste ist, dass sie hellblond war. Blond wie Barbie, und dann zieht sie den Rock hoch und sieht unten rum aus wie Maradona auf dem Kopf. Schwarz und kraus.«

»Wer legt die heute flach?«

»Garantiert wartet die draußen auf uns.«

»Übrigens schüttet es wie aus Eimern.« Peter leerte sein Bierglas in einem Zug.

Laura saß rechts auf dem Fahrerplatz. Auf Konzertreisen fuhr sie den Bus der Truppe am liebsten selbst. Eric und den fünf Musikern war das mehr als recht.

Im Jahr zuvor auf ihrer Nordfrankreichtournee – Calais, Dunkerque, Lille, Lens – war sie die Einzige gewesen, die sich getraut hatte, den gemieteten Kleinbus mit Linkssteuerung zu fahren, und auch nach ihrer Rückkehr nach Großbritannien blieb es künftig ihre Aufgabe, die anderen herumzukutschieren.

Auf der Flucht vor dem Regen sprang Eric in den Wagen. Er riss die Tür auf, setzte sich neben Laura und schlug die Tür von innen zu.

»Puh. Die anderen kommen auch gleich. Nehme ich an.«

»Und …?«

Eric lächelte. Er fühlte sich schlapp in letzter Zeit. Schon länger litt er unter nächtlichen Schweißausbrüchen, deren Ursache er nicht kannte, und tagsüber musste er ständig zum Klo rennen und jedes Mal fürchten, es könnte zu spät sein. Nach diesem Samstagskonzert konnte der Manager seine Freude allerdings nicht verhehlen.

»Ungefähr wie gestern in Manchester.« Er hielt ihr seine Handflächen hin, damit Laura ihre dagegenklatschte. »Dieses Dreieck ist immer super.«

Am Freitagabend waren sie in einem großen Pub in Manchester aufgetreten, am Samstag hatten sie den Saal in Birmingham gefüllt, und am folgenden Abend erwartete man sie in Liverpool, das bekanntlich kein schlechter Ort für Musik ist. Art Institute mache Britpop wie Oasis oder Elastica, versicherte Eric unermüdlich, um Gigs in Großbritannien zu ergattern oder die Programmgestalter der Radios zu überzeugen, dass es so viel Blur nun auch wieder nicht sein müsse, man vielmehr auf neue Stimmen setzen solle wie die von Ray Grobbelaar, dem charismatischen Sänger von Art Institute. Als Band hatten sie möglicherweise keinen großen Namen, wie auch der Produzent nicht, der ihnen gern zum definitiven Durchbruch verhelfen würde, aber die Gruppe war so originell wie ihre Musik und fand unter Jugendlichen immer mehr Fans. In nur fünf Jahren, seit Eric das Konzert im Marquee in London für sie organisiert hatte, durch das die Presse auf sie aufmerksam geworden war und ihre Karriere in Gang gebracht hatte, waren zwei Alben entstanden, produziert von derselben unabhängigen Plattenfirma, an der Eric Stuart mit ein paar Prozent beteiligt war. Seit Monaten war er nun schon mit der nächsten Demoaufnahme unterwegs und putzte die Klinken der Major-Labels, in der Hoffnung, dass Sony oder Warner auf sie und ihr neues Album *Time's Voices* setzen würden. Der Titel, der dem des letzten Stücks entsprach, war sein Vorschlag gewesen. Noch weigerte er sich, das Schweigen der internationalen Musikkonzerne als die schlimmste aller Antworten zu verstehen. Noch schlimmer wäre ein Nein, erklärte er den Jungs von Zeit zu Zeit, um sie zu beruhigen.

Unterdessen gab Art Institute pro Jahr zwei große Konzerte mit über zweitausend Besuchern und verdiente sich das tägliche Brot mit Kurztourneen von zwei bis drei Tagen und Auftritten in Lokalen, wo sie ihre Zeche nicht bezahlen mussten, wenn sie anderthalb Stunden lang für die Musik sorgten. Das Eintrittsgeld gehörte zu hundert Prozent der Band, die dem Wirt im Gegenzug die gesamten Getränkeeinnahmen überließ. Ein fairer Deal. Eric Stuart hatte das Pulver nicht erfunden, wohl aber eine Methode, nach der er, Pfund für Pfund, Gig für Gig, anderen mehr oder weniger erfolgreichen Bands, deren Manager er gewesen war, auf die Sprünge geholfen hatte. Daily Song oder die Paloma's Sniples hatten mehr Vergangenheit als Zukunft. Wohingegen Carrot Pie voll eingeschlagen waren. Sie wurden von Universal unter Vertrag genommen, und ihre erste goldene Schallplatte schenkten sie Eric, damit er sie in seinem Büro in Sowieso-Gardens an die Wand hängte. Eine nette Geste.

»Ich glaube, wann immer ich in Birmingham war, hat es geregnet«, sagte Peter, der Gitarrist, als er sich hastig in den Kleinbus schwang.

»Wo es in Dublin ja auch so selten regnet«, konterte Laura.

Hinter Peter stiegen Shilton, Joe und Ray ein, der sich parfümiert und ein sauberes T-Shirt übergezogen hatte, einen Fanartikel der Band mit seinem Konterfei auf der Brust.

»Wir können.«

»Und Bruce?«

»Der kommt nicht mit.«

»Aber …«

»Fahr los, Laura. Fahr einfach, und stell keine Fragen.«

»Er sagt, er hat … ein Date mit Maradona.«

Joe, Stilton und Peter lachten Tränen über Rays Bemerkung. Laura wusste nicht, worum es ging. Eric auch nicht, ahnte es aber. Groupies, die sich einem an den Hals warfen, musste man frisch vernaschen. Ab und zu hatte selbst der Manager gevögelt, im Stehen, auf einer der spontanen Feten nach einem Konzert, irgendein Mädchen, das zu allem bereit war, nur um in der Nähe seiner Idole zu sein. Mehr als einmal, mehr als zweimal, mehr als … Es sei eine der wichtigsten Begleiterscheinungen des Musikgeschäftes, hatten sie einmal in einer einschlägigen Zeitschrift gelesen. Hatte Schubert es etwa nicht getan? Oder Puccini? Bei allem Respekt fühlten sich die Jungs von Art Institute jünger, moderner, mehr im Trend.

»Macht euch um Bruce keine Sorgen.« Shilton las eine Nachricht auf seinem Handy. »Er schreibt, er fährt mit Mark direkt zum Hotel.«

»Dann los, das Curry ruft!«

Die Abendmahlzeiten nach den Auftritten waren die besten Momente in der ganzen Woche. Die Last war von ihren Schultern genommen, der Adrenalinspiegel hoch, und sie konnten sich immer darauf verlassen, dass Laura ein indisches

Restaurant ausfindig machte, das um elf Uhr abends noch geöffnet war, um all das zu verputzen, was sie mittags vor einem Konzert nicht runterbekamen. Das Curry ruft! war das Triumphgeheul von Art Institute, mit dem sie verkündeten, dass sie sich ihr Abendessen redlich verdient hatten und die Nacht begann. Wenn nichts dazwischenkäme, würden sie drei oder vier Stunden später mit schwerer Zunge im Bett liegen.

Am folgenden Tag, noch ehe sie das Bedürfnis nach einer Dusche und einem starken Kaffee gegen den Kater aus dem Bett trieb, befanden sich Mark und Gary bereits auf dem Weg zu ihrem nächsten Ziel. Die beiden waren in Birmingham die Letzten gewesen und, nachdem sie alles zusammengeräumt hatten, mit den Instrumenten und Apparaten als Erste nach Liverpool aufgebrochen. Gary, der durch eine Laune der Natur an jeder Hand nur vier Finger hatte, war schon vor dem denkwürdigen Konzert im Marquee der Roadie von Art Institute gewesen. Er war für das Stimmen der Instrumente, den Austausch gerissener Saiten und den Aufbau von Keyboard und Verstärkern zuständig. Mark war der Tontechniker, das Faktotum der Band, der Fahrer des Lieferwagens für die Instrumente und bei Bedarf auch Bruce McMahons und Ray Grobbelaars Drogendealer. Er verfügte über Kontakte zur Unterwelt und wusste überall auf der Insel, an wen er sich wenden musste, um zu jeder Tages- und Nachtzeit ein Gramm Kokain zu beschaffen. »Ich wüsste nicht, wo ich ein Brot herkriegen sollte, aber so was treibe ich immer auf«, hatte der aufgeweckte Techniker an einem Nachmittag gesagt, als ihm zwei Stunden vor einem Konzert in Charing Cross das Lampenfieber des Sängers auffiel. Eine Linie Koks verlieh Ray die Selbstsicherheit, auf die Bühne zu treten und das Publikum um den Finger zu wickeln.

In dem Zimmer des Jurys Inn, einem Dreisternehotel im Zentrum von Birmingham, warfen Laura und Eric Schuhe und Hosen von sich. Sie hatten ihren Bus nur drei Straßen weiter geparkt, waren aber nass bis auf die Knochen, ehe sie das Hotel erreicht hatten. Die Band, die Arbeit, das Musikerleben brachten es mit sich, dass Laura und Eric im Grunde immer erst für sich sein konnten, wenn es Zeit war schlafen zu gehen. In London verhielt es sich in der Hektik ihres Alltags nicht wesentlich anders. Eric war nie zu Hause. Entweder er war im Büro oder bei einem Casting oder bei Verhandlungen mit Musikproduzenten, oder er bestellte Plakate oder T-Shirts oder Kappen mit den Logos seiner Bands. Oder er ging schlicht mit irgendwem irgendwo ein Bier trinken. Immer gab es einen Vorwand, spät heimzukommen und keinen Appetit mehr zu haben. Laura dagegen war abhängig von ihrer Auftragslage. Abgesehen von ihren Aufgaben bei Stuart Records – Übersetzungen und Tourneen – gab es in jenen Jahren keine Woche, in der sie nicht als Dolmetscherin für Vorträge, Eröffnungsreden oder zu Anlässen in Botschaften engagiert worden wäre, von denen sie häufig ganztägig in Anspruch genommen war. Sie arbeitete viel und gab wenig aus, und schon allein darum hätte ihr Vater nicht stolzer auf sie sein können. Ihrem Freund Eric allerdings traute er nicht über den Weg. Er war ihm lediglich zweimal begegnet, einmal in Banyoles und einmal, als sie sich auf halber Strecke in Paris verabredet hatten. Aber Rothaarigen gegenüber war er argwöhnisch, und er mochte die Welt dieser Musik nicht, die für ihn keine Musik, sondern Lärm sei, wie er sagte, weshalb

Clàudia zu verhindern suchte, dass er diese Meinung auch vor anderen kundtat. Senyor Altimira, Buchhalter der großen Möbelfabrik am Pla de l'Estany, hegte die stille Hoffnung, dass die Liaison seiner Tochter nicht ewig halten möge. Er fand es unbegreiflich, dass der Freund seiner Tochter ständig mit zwei Handys zugange war. Wo gibt es denn so was, Clàudia?

Nachts war Eric so rücksichtsvoll, die Telefone stumm zu schalten, ließ sie aber auf dem Nachttisch liegen, um das Vibrieren mitzubekommen. Nur schnarchte er so laut, dass, sobald ein Anruf kam, immer Laura diejenige war, die aufwachte. Dann schaute sie aufs Display, und je nachdem, wessen Name dort stand, weckte sie Eric, der wie ein Toter schlief, oder beschloss, das Handy ganz auszumachen, sich umzudrehen und weiterzuschlafen.

Nach dem einzigen Bild seiner Eltern zu urteilen, dem Hochzeitsfoto, sah Eric aus wie sein Vater und trug sogar den gleichen kurzen, gepflegten Bart. Beide hatten einen kräftigen Hals, eine breite Stirn, glattes Haar mit einem Rotstich und einen herausfordernden Blick. Eric wollte seinem Vater nicht ähnlich sein. Er mochte weder dessen Züge noch dessen Jähzorn. In all den Jahren, die Laura mit Eric zusammenlebte, hatte er nie von ihm gesprochen. Nur wenn er betrunken war, erzählte er hin und wieder etwas über diesen Idioten. So bezeichnete Eric den alten David Stuart, der als Lastwagenmechaniker einst als äußerst geschickt galt und die Familie verlassen hatte, als die Kinder, Eric und Violet, noch nicht allein in die öffentliche Schule von Bournemouth gehen konnten, die nur zehn Minuten zu Fuß von ihrem Haus entfernt lag. Jahre später kam er in die Stadt zurück und pochte in harschem Ton auf sein Recht, die Kinder zu sehen, doch war er da bereits ein Wrack, wirr im Kopf, mit vom Alkohol zugeschwollenen Augen und fahrigen Bewegungen, unter der Bürde seiner Verzweiflung vorzeitig gealtert, und obwohl er zuerst um Vergebung und dann um ein paar Pfund bat, in genau dieser Reihenfolge, schlug ihm die Mutter die Tür vor der Nase zu und sagte, von ihr habe er nur einen Gefallen zu erwarten. Einen einzigen, aber den größten von allen: Sie werde ihn nicht verdammen. Im Gegenzug wolle sie ihn nie mehr wiedersehen. Sie verlange lediglich, dass er sich davonscherte. Seinen Kindern solle es an nichts fehlen, dafür sorge sie selbst mit ihrer Hände Arbeit und ihren Prinzipien, wie auch dafür – zweiter Teil desselben Gefallens –, dass sie ihren Vater nicht verurteilten und niemals verächtlich von ihm redeten. Eric hatte dieses Gespräch hinter der halboffenen Tür seines Zimmers mit angehört und sich aus dem Fenster gelehnt, um zuzusehen, wie sein Vater mit schwerfälligen Schritten auf das Ende seines Lebens zutrottete. Als er um die nächste Biegung verschwunden war, rannte er zu seiner Mutter und umarmte sie. Und nachdem seine Tränen getrocknet waren, hatte er für immer das Bild seines Vaters vor sich, der rastlos und erbärmlich der ablaufenden Zeit entgegenwankte.

Schon auf der Tournee durch Nordfrankreich hatte die Band für Laura eine Ausnahme gemacht, denn bei Art Institute herrschte eine Regel: Freundinnen der Musiker durften nicht in die Garderobe. Einige Monate lang hatten sie sogar ein Schild an die Tür gehängt, auf dem mit ungelenker Handschrift das Zutrittsverbot ausdrücklich festgehalten war. Später wurde das Schild entbehrlich, weil sich alle brav daran hielten. Peter, der mit Hingabe die Geschichten sämtlicher Rockgruppen las, erklärte, viele Bands seien an den Frauen zerbrochen.

»Das stimmt doch hinten und vorne nicht, Peter«, fuhr Laura auf. »Das ist, wenn ich mal so sagen darf, Machismus aus dem letzten Jahrhundert.«

Eine Diskussion, die Stunden in Anspruch nehmen konnte, die Peter aber in der Zeit zu Ende bringen wollte, die sein Gitarrensolo zum Auftakt der Konzerte dauerte.

»Ob es dir nun passt oder nicht, es ist schlicht die Wahrheit. Was ist? Willst du es genau wissen?«

Laura starrte ihn schweigend an.

»Wenn die Mädels nach dem Konzert in die Garderobe kommen und eine sagt ›Die anderen haben viel mehr Scheinwerferlicht abbekommen als du!‹ oder ›Dich hat man gar nicht gesehen, so hinter dem Schlagzeug versteckt!‹, dann ist sofort der Teufel los.«

»Und außerdem, geben wir es ruhig zu«, unverhohlen hieb Bruce in dieselbe Kerbe, »sind auch wir anders miteinander, wenn die Freundin dabei ist, wir reden anders und benehmen uns anders. Mit ihnen sind wir wie … weichgespült. Weißt du, was ich meine, Laura?«

»Um es ganz klar zu sagen, steckt in jeder Musikerbraut eine verkappte Yoko Ono«, ergänzte Shilton.

»Aber, Jungs …«, so leicht gab Laura sich nicht geschlagen.

»Die Frauen der Fußballspieler von Aston Villa dürfen schließlich auch nicht in die Umkleidekabine, richtig? Also, bei uns ist das nicht anders. Und damit basta.«

Alles andere als überzeugt, kapitulierte sie. Sechs gegen eine. Sie lagen zwar falsch, waren aber in der Überzahl. Ein aussichtsloser Kampf.

Laura hingegen gestatteten sie, jederzeit die Garderobe zu betreten, als wäre sie ein Mitglied der Band. Gegen die Frauen ihrer Manager hatten sie nie Einspruch erhoben, und

Laura hatte die Jungs gleich am ersten Vormittag für sich eingenommen, als Eric sie ihnen – wenige Tage bevor sie ein Paar wurden – als ihre Dolmetscherin vorstellte.

In Liverpool hätte Art Institute einen Saal füllen können, der doppelt so groß war wie der Club, in dem sie auftraten. Ray Grobbelaar hatte kaum die Bühne betreten und ein bisschen die Hüften geschwenkt, schon lag ihm das Publikum zu Füßen. Sie spielten die sechzehn Titel ihres letzten Albums, und als Zugabe kündigte er drei brandneue Songs an, alles Eigenkompositionen. Frontmann Ray warf während des ganzen Konzerts das Mikrofon spielerisch von einer Hand in die andere. Shilton, neben ihm, setzte manchmal ein Knie auf den Boden, schob seinen Bass nach vorne und ließ ihn aufjaulen, als hätte ihm die Hexe von der Geisterbahn einen Besen übergezogen. Einen Schritt weiter hinten war sich Peter, der Virtuose, bewusst, dass er mit der Gitarre im Arm noch mehr Sexappeal besaß als ohnehin schon. Mit einer Gitarre ist jeder sexy. Im Hintergrund, erhöht, saßen Joe und Bruce. Mit seinen zwei Tambourines und drei Keyboards sah Joe aus wie eine One-Man-Band. Bruce, der sich unmittelbar zuvor eine Prise Koks genehmigt hatte, holte alles aus seinem Schlagzeug heraus, er fühlte sich wie Ringo Starr, und der Schweiß perlte von seinen Koteletten. Es war ein gutes Konzert. Sie hatten Spaß, verständigten sich mit den Augen, spielten präzise zusammen, alles auswendig und mit vollem Einsatz bis zum letzten Akkord. Anders als zwei Tage zuvor wollte Laura den Auftritt inmitten der Menge erleben. Tanzen, mitsingen, sich gehenlassen. Eric war in der Garderobe geblieben, weil er sich nicht wohlfühlte. Mit dem Rechner seines Handys hatte er ermittelt, dass sie mehr Geld eingenommen hatten als in Manchester, aber weniger als in Birmingham. Vielleicht – wenn sie geahnt hätten, dass sie so viele Karten verkaufen würden und aus Sicherheitsgründen etliche Fans draußen bleiben müssten – hätten sie ein Lokal mit höherer Kapazität mieten können. Vielleicht auch nicht. Eigentlich gar nicht schlecht, dachte der Manager, es erhöht den Reiz, wenn nicht jeder reinkommt. Das Gesetz von Angebot und Nachfrage. Der Trick mit der Knappheit. Eine Chance, die Preise künftig ein wenig anzuziehen. Nach und nach. Die Beatles sind auch nicht von The Cavern direkt in die Carnegie Hall marschiert.

Nach dem Konzert, während sich die fünf Musiker am Waschbecken in der Garderobe wuschen und mit dem einzigen Handtuch, das man ihnen zurechtgelegt hatte, abtrockneten, bat Eric, sich im Sessel ausstrecken zu dürfen. Mit einem Mal fühlte er sich wie zerschlagen. Ein plötzlicher Schwächeanfall, ein akutes Erlahmen der Lebensgeister.

»Trink einen Schluck Cola.«

Laura, die sofort aufgestanden war, um ihm eine aus dem Automaten zu holen, riss den Ring auf, reichte ihm die Dose und legte ihm die Hand auf die Stirn.

»Du hast Fieber, Eric. Du bist glühend heiß. Du brauchst einen Arzt.«

»Es wird schon nichts sein, Süße. Gleich geht es mir wieder gut …« Die Augen fielen ihm zu. »Ich weiß nicht, was mit mir los ist. Ich bin wie ausgebrannt.«

»Das ist bestimmt nichts, Mann.« Bruce pflichtete ihm bei. »Morgen sind wir wieder in London, und dann schicke ich dich zu einem Freund von mir. Der ist ein guter Tierarzt.«

15

Die Musik der Götter

Unwillig zog Kim sich aus und seufzte vor sich hin. Er rollte die Krawatte auf, damit sie keine Falten bekam, nahm die Uhr, die ihm Míriam zum letzten Hochzeitstag geschenkt hatte, vom Handgelenk, hängte seine Sachen in den Spind, den er im Badebereich des Hotels belegte, und ging barfuß in die Dampfsauna. Von Arseni, der immer über alles informiert war, wusste er, dass Vicenç Ráfales hatte wissen wollen, wie er es anstellen müsse, um sich eine Weile im Türkischen Bad zu entspannen. Türkisches Bad, so hatten sie es ursprünglich genannt, als sie seinerzeit zusammen mit ihrem Vater beschlossen hatten, etliche Millionen Peseten aus dem Erlös eines Jahres ins Rafaeli zu investieren, das Schwimmbad und den Whirlpool sowie zwei Dampfbäder und zwei finnische Saunen einbauen zu lassen – jeweils eine für Männer, die andere für Frauen –, die man direkt von den Umkleiden aus erreichen konnte. Als Kim das dämmrige Dampfbad betrat, saß sein Onkel schon vornübergebeugt auf der steinernen Bank, die Hände auf die Knie gestützt, das Handtuch im Nacken wie ein Boxer zwischen zwei Runden. Als er die Tür hörte, hob er den Blick.

»Ach, du bist's, Kim.« Es überraschte ihn offenbar, seinen Neffen hier zu sehen.

»Stört dich die Musik nicht, Onkel?«

»Nein.«

»Ich finde sie zu laut.«

»Ich nicht. *Musik der Götter.*« Er schloss die Augen und ließ den Kopf wieder sinken. »Was hast du vor in diesem Aufzug?«

»Wie bitte?«

»Willst du die Unterhose hier drin nicht ausziehen?«

»Ich bleibe nicht lange.« Sein Onkel hatte schon immer das Talent gehabt, ihn in Verlegenheit zu bringen. »In meinem Spind habe ich immer eine frische, keine Sorge.«

Kim ließ sich auf die Bank sinken, auf der sein Onkel saß. Er nahm auch dieselbe Pose ein, einfach, weil sie bequem war.

»Ich habe gehört, heute kommt die Zia.«

»Heute Nachmittag. Ich muss sie vom Flughafen abholen. Sie kommen alle, deine Zia Mina und deine Cousins. Es ist eine Weile her, dass ihr euch gesehen habt.«

»Ja. Das stimmt … Ist ihr Verein immer noch der Lazio Rom?«

»Oje, die finden aus dem Jammertal gar nicht mehr raus. Um sie zu ärgern, sage ich immer, wechselt doch zu Juventus, dann hättet ihr auch mal was zu feiern.« Er hob den Kopf und sah Kim an. »Kommst du oft hierher?«

»In die Sauna? Nie. So gut wie nie. Höchstens, um die Muskeln ein bisschen zu lockern.« Er umfasste seine Waden. »Nach dem Tennis.«

»Dann willst du mir also Gesellschaft leisten.«

»Tatsächlich habe ich gewusst, dass ich dich hier finde. Und gedacht, es sei eine gute Gelegenheit, um …«

»Um was?« Natürlich wusste er es.

»Um zu reden vielleicht?«

»Du und ich? Was sollten wir zu bereden haben?«

»Mach es mir doch nicht so schwer, Onkel.«

Sie sahen sich an, ohne den Blick abzuwenden.

»Es ist ein unschlagbares Angebot, Kim, und das weißt du. Wie du es auch drehst und wendest, es ist und bleibt ein fantastisches Angebot.«

»Das mag schon sein, aber was mir Sorge bereitet, ist nicht so sehr die Radisson-Offerte als solche, sondern was das Ganze überhaupt soll. Warum sollten wir die Hotels eigentlich verkaufen?«

Vicenç Ráfales Argemí, der sogar nackt noch großspurig wirkte, wischte sich mit zwei Fingern über die Brauen, wo sich ein paar Schweißtropfen nicht zum Absprung entschließen konnten.

»Es sichert uns die Zukunft, ganz einfach. Es ist die Gelegenheit, und wenn wir die nicht ergreifen, könnten wir es später bereuen. Entweder wir gehen jetzt zwei Schritte nach vorn oder wir müssen womöglich einen zurück.«

»In Rom vielleicht.«

»In Rom und auch hier. Für Barcelona gilt das ebenso. Die Rafaelis brauchen frische Energie, und so, wie sich die Branche momentan weltweit entwickelt, können wir die dafür nötige Finanzspritze nur aus einem Investmentfonds oder von einer großen Hotelkette bekommen. Unsere Mittel sind begrenzt.«

»Aber warum so überstürzt? Ehrlich gesagt, verstehe ich die Eile nicht.«

»Weil das Eisen geschmiedet werden muss, solange es heiß ist. Radisson hat jetzt ein Auge auf uns geworfen, und die Konditionen sind … Wie du ja sicher weißt, werden sowohl dein Vater als auch ich die Leitung der Hotels für weitere fünf Jahre behalten. Eine vertragliche Vereinbarung, die nicht verhandelbar sein wird. Und nach Ablauf dieser fünfjährigen Übergangsfrist setzen wir uns gemütlich zur Ruhe. Was willst du mehr?«

»Zum einen wird das kein Übergang, sondern ein langsames Sterben. Und zum anderen wirst du genauso wenig wissen wie Papa, was ihr mit all der freien Zeit anstellen sollt. Und wenn wir schon von Papa sprechen, lass mich dir sagen, was ich denke.« Er holte tief Luft. »Ich habe das Gefühl, dass du ihn mit der ganzen Sache ein bisschen überfährst. Papa ist …«

»Dein Vater ist im Vollbesitz seiner geistigen Fähigkeiten«, unterbrach ihn Onkel Vicenç barsch.

»Selbstverständlich ist er das.«

»Niemand nötigt ihn zu etwas, das er nicht will.«

»Mein Vater … Moment mal. Sollen wir wirklich über ihn sprechen? Ernsthaft? Willst du wissen – und ich bitte dich, nicht jedes meiner Worte auf die Goldwaage zu legen –, warum ich glaube, dass du deinen Bruder übervorteilst?«

»Ich? *Porco cane*. Aber nein, Kim.«

»Weil du es zu deinem Glück mit einem herzensguten Mann zu tun hast, der keine Probleme will, schon gar nicht innerhalb der Familie. Er hat gekämpft und geackert, sein einziges Ziel ist das Gedeihen dieses Hotels und sein einziges Hobby die Arbeit. Aber sagen wir es ruhig in aller Offenheit: Seit Àlex' und Rogers Tod ist er nicht mehr derselbe, und das weißt du. Er ist wie im Stand-by-Modus. Apathisch, freudlos, als hätte er an nichts mehr echtes Interesse. Er funktioniert wie aufgezogen, machen wir uns nichts vor. Er hält sich natürlich tapfer, er ist schließlich ein Ràfales, niemand wird ihn je schlecht gelaunt erleben, aber er ist ein trauriger Mensch, der seinen früheren Elan und den Spaß an der Sache verloren hat. Und das weißt du. Ich glaube, und es tut mir leid, dir das sagen zu müssen, Onkel, aber ich fürchte, dass …«

»Jetzt sag ja nicht noch einmal, ich wolle deinen Vater übers Ohr hauen, verflucht.« Vicenç zog sich das weiße Handtuch vom Hals und breitete es sich über die Schenkel, als schämte er sich, gewisse Dinge mit entblößtem Gemächt zu sagen. Er musste ein wenig Zeit gewinnen, um sich zu beruhigen, über seine Antwort nachzudenken und seinen Neffen nicht dorthin zu schicken, wo der Pfeffer wächst. »Du bist sein Sohn, Kim, und es freut mich zu sehen, wie sehr du ihn liebst und wie ihr, deine Frau, deine Schwester und du, euch um ihn kümmert. Fein, dass ihr euch so gut versteht, nur darfst du eines nicht vergessen. Du bist zwar sein Sohn, aber ich bin sein Bruder und kenne ihn seit über sechzig Jahren.«

»Wir wollen doch jetzt nicht wetteifern, wer ihn besser kennt, oder?«

»Lass mich ausreden. Seit ich auf der Welt bin, haben wir miteinander gespielt und gestritten, und wir sind zusammen aufgewachsen. Hier in diesem Hotel. Du liebst dieses Hotel? Daran zweifelt niemand, Kim. Aber ich liebe es auch. Sehr. Und schon viel länger. Dich quält die Vorstellung, was Großvater Francisco dazu gesagt hätte? Na, und mich erst! Was ich sagen will, ist, dass hier jeder sein Scherflein beizutragen hat.«

»Aber genau das meine ich doch, Onkel. Warum, zum Teufel, sollen wir dann verkaufen?«

»Weil sich die Gelegenheit jetzt bietet, weil es so nicht weitergehen kann, und weil ihr von dem, was uns Radisson in den nächsten fünf Jahren bezahlen wird, alle werdet leben können, du und Jana und Víctor und die Kinder und Enkel von Jana und Víctor und mit ein wenig Glück auch noch ihre Urenkel.«

»Und?«

Beide starrten sich feindselig an. Nur der Dampf, die Musik und der Respekt verhinderten, dass sie sich im Ton vergriffen.

»Was heißt und?«

»Wenn wir nicht verkaufen, werden wir auch alle davon leben können. Oder werfen die Hotels etwa keinen Gewinn ab?«

»Immer weniger.«

»Verteilen wir denn nicht jedes Jahr die Dividende? Darum, Onkel, begreife ich die Notwendigkeit nicht, diesen Drang, in aller Eile zu verkaufen. Diese verdammte Hektik. Tut mir leid, aber ich verstehe es nicht.«

»Weil so der Name nicht verloren geht, wir setzen nur einen davor. Einen mit Prestige. Und lassen uns schriftlich garantieren, dass die Hotels mindestens für die nächsten dreißig Jahre unter Radisson Rafaeli laufen werden. Klingt doch gut.«

»Ich will den Namen nicht ändern, ich will, dass das Schild bleibt, wie es ist, ich will, dass das Klavier und Santi Santos bleiben, wo sie sind, ich will, dass der Kaffee am Tisch serviert wird und man nicht selbst aufstehen und mit der Kapsel in der Hand vor der Maschine anstehen muss. Das heißt, dass ich das Hotel nicht verändern will, ich will nicht, dass das Rafaeli dem Radisson in Bergen ähnelt und dem Radisson in Stockholm und dem Radisson in Paris. Die sehen alle gleich aus. Und ja, natürlich sind sie gut, keine Frage, aber sie sind eines wie das andere. Ohne eigenes Gesicht. Ich wünsche mir, dass wir unsere Unabhängigkeit bewahren, ich möchte das Rafaeli nicht aus der Hand geben …«

»Das allerdings …«

»Was? Sprich dich nur aus.«

»Das liegt nicht bei dir.«

»Ich will Klartext reden, Onkel. Denn ich werde alles daransetzen, dir Papas Einwilligung für seine fünfzig Prozent vorzuenthalten.«

»Das wird dir nicht gelingen.«

Die Dampfdüse spie eine feuchtheiße Wolke in den Raum, in der ihre beiden Silhouetten verschwammen.

»Ich bin nur hier, um dich wissen zu lassen, dass ich es versuchen werde.«

»Durchaus löblich, Kim. Aber tu mir bitte einen Gefallen …« Onkel Vicenç streckte die Hand aus, legte sie ihm aufs Knie und presste die fünf Finger kräftig zusammen. »Komm mir nicht in die Quere.«

Sie trugen ihren stillen Zweikampf aus, ohne sich ins Gesicht zu sehen. Reflexartig stand Kim auf und öffnete die Saunatür.

»Grüße an meine Tante.«

»Werde ich ausrichten, mein Junge.«

Die *Musik der Götter*, spirituell, instrumental und ruhig, erklang weiter in einem leicht angestaubten New-Age-Sound, schwebend zwischen Pausen und keltischen Inspirationen. Was für eine sonderbare Kreation im Namen der Götter. Und welche Ausmaße das Geschäft mit der Meditation angenommen hatte. Zu laut, dachte Kim erneut, als er in den kleinen Umkleideraum zurückkehrte. Er würde die Musik leiser stellen lassen. Er schlüpfte aus seiner Unterhose und duschte sich mit grimmiger Miene eiskalt ab, ohne auch nur einen Laut von sich zu geben. Du kennst deine Verwandten nicht, solange es keine Schwierigkeiten gibt. Eine große Wahrheit, die Arseni Rubio einmal von sich gegeben hatte, als er bereits der erste Angestellte in leitender Position war, der nicht zur Familie gehörte.

Kim zog sich rasch an. Er hatte keine Lust, seinem Onkel noch einmal zu begegnen. Mit hastigen Fingern verstaute er seine Sachen wieder. Den Hauptschlüssel und das Geld in der rechten Hosentasche, das Feuerzeug in der linken, dann das Handy … Ehe er es einsteckte, warf er einen kurzen Blick darauf. Komisch. In der Viertelstunde, die er sich in der Sauna aufgehalten hatte, waren drei Anrufe von einer sehr langen Nummer eingegangen. Drei verpasste Anrufe mit der Vorwahl von London. Drei nacheinander. Bei aller Hartnäckigkeit war aber keine Nachricht hinterlassen worden. Sobald er oben und allein in seinem Büro wäre, würde er zurückrufen.

16

Ich habe Russisch Roulette gespielt

Als er sich morgens im Bad fertigmachte, dachte er darüber nach. Und beschloss, Míriam die Wahrheit zu sagen. Er hätte auch sagen können, er fahre für zwei Tage nach London, um mal den Kopf freizubekommen. Oder um seinen Ärger über die Verkaufspläne zu vergessen oder um Krach mit seinem Vater zu vermeiden oder zu einem Gesprächstermin, um mit einem weiteren Kaufinteressenten ein eventuell besseres Angebot auszuhandeln. Míriam hätte ihm auch geglaubt, wenn er behauptet hätte, er fliege für ein paar Tage nach London, nur um der Schreckschraube Zia Mina und seinen Cousins zu entgehen, die soeben aus Rom eingetroffen waren und nichts weiter im Sinn hatten, als sich von ihm in die schicksten Restaurants und die angesagtesten Nachtlokale Barcelonas führen zu lassen. Er hätte ihr jeden Unsinn erzählen können, und sie hätte keinen Verdacht geschöpft. Aber er beschloss, ihr die Wahrheit zu sagen. In diesem Fall gab es nichts zu verbergen.

»Was soll das heißen, du fliegst plötzlich nach London? Um wen zu treffen?«

»Laura. Sie hat mich angerufen.« Er hielt ihr die offenen Handflächen hin, wie um zu beteuern, dass er nichts dafür konnte. »Sie hat ein Problem.«

»Ist das die Laura, mit der du studiert hast?«

»Ja.«

»Die mit dem Muttermal?«

»Ja, kann sein.«

»Die nicht zu unserer Hochzeit kommen konnte?«

»Ja, genau die. Du weißt doch, wer Laura ist.«

»Ich kenne sie nur vom Foto«, bemerkte Míriam beiläufig. Sie stand, in Unterwäsche, das Handtuch noch um den Kopf geschlungen, vor dem Kleiderschrank und überlegte, was sie anziehen sollte. Kim saß auf dem Fußende des Bettes und band sich die Schnürsenkel. Sie sprachen, ohne sich anzusehen, jeder mit seinen morgendlichen Verrichtungen beschäftigt.

»Und was ist mit ihr? Warum ist die Sache so dringend?«

»Ich weiß es nicht. Sie klang sehr …« Er suchte nach dem richtigen Wort. »Sehr aufgewühlt.«

»Aber ihr habt euch doch ewig nicht gesehen.«

»Was spielt das für eine Rolle? Wenn eine alte Freundin ein Problem hat …«

»Eine Freundin, die du seit acht oder zehn Jahren nicht gesehen hast? Und du lässt sofort alles stehen und liegen? Ach, hör doch auf!«

»Würdest du das nicht auch für einen Freund tun?«

»Hat sie dich denn gebeten zu kommen?«

»Nein, darum gebeten hat sie nicht.«

»Aber sie weiß, dass du dich gleich auf den Weg machst?«

»Nein, ich habe ihr nichts gesagt.« Kim hob den Blick und sah direkt in Míriams vorwurfsvolle Augen. »Im Ernst, sie hat keine Ahnung, dass ich komme.«

»Ich verstehe nicht, wie du bei dem ganzen Zirkus mit deinem Vater und deinem Onkel und dem Radisson wegfahren kannst. Ausgerechnet jetzt.«

»Es sind ja nur zwei Tage …«

»Aber wenn du schon auf diese abenteuerliche Weise davonrennst, kannst du wenigstens zugeben …«, sie nahm das Handtuch vom Kopf und frottierte sich die Haare, »… dass das für einen sonst so durchorganisierten, alles planenden Kontrollfreak wie dich höchst ungewöhnlich ist.«

»Deshalb müssen wir uns aber jetzt nicht streiten, oder?« Er versuchte ein Lächeln.

»Soll ich dich begleiten? Wenn es nur heute hin und morgen zurück ist, könnte ich mitkommen, wenn du magst.«

»Míriam …« Damit hatte sie ihn verblüfft.

»Was ist? Für den Laden finde ich schon eine Lösung. Wir selbständigen Geschäftsfrauen können uns solche Freiheiten herausnehmen.«

»Míriam …« Kim war mit seinen Schuhen fertig, stand auf und küsste sie auf die Stirn. »Die Rolle der eifersüchtigen Ehefrau steht dir nicht.«

Míriam, die mittlerweile äußerst misstrauisch geworden war, verlor bei diesem väterlich nachsichtigen Kuss endgültig die Beherrschung.

»Dann hau schon ab, und fick sie endlich.«

»Hey, ich muss doch sehr bitten, du glaubst doch nicht etwa …?«

»Und nimm die Zahnbürste mit, für hinterher.«

»Also wirklich, Míriam …«

Sie ging ins Bad und knallte die Tür zu. Kim bemühte sich um Gelassenheit, obwohl ihre Reaktion ihm an die Nieren ging. Er versuchte, sich von ihrer boshaften Bemerkung nicht verletzt zu fühlen. Doch er konnte nicht umhin, durch die geschlossene Badezimmertür zu sagen:

»Wenn das Flugzeug abstürzt, wirst du es bereuen, dass dies deine letzten Worte gewesen sind.«

Míriam riss die Tür wieder auf.

»Du bist ein Arschloch, Kim. Fahr nach London, und bestelle ihr viele Grüße von mir. Und ruf mich unbedingt an, und lass mich wissen, was ihr so Schreckliches passiert ist, weil ich sonst nicht einschlafen kann.«

Es war ein unschöner Abschied. Vom Passeig de la Bonanova zum Flughafen El Prat hielt seine Empörung an. Beschimpfungen brachten ihn auf die Palme. Vor allem, wenn er sie für so ungerechtfertigt erachtete wie in diesem Fall. Ungerecht und unverhältnismäßig. Nie im Leben hätte er erwartet, dass seine sonst so besonnene Frau ihm eine solche Szene machte. Andererseits war es vielleicht tatsächlich untypisch für ihn – mit kühlerem Kopf musste er ihr recht geben –, Unterwäsche und Rasierzeug in einen Rollkoffer zu packen und einen Last-Minute-Flug nach London zu buchen wie bei einer spontanen Flucht ins Ungewisse. Doch kaum, dass die Räder der British-Airways-Maschine vom Boden abhoben, dachte er nicht mehr an Míriam.

London empfing ihn mit herbstlichem Nieselwetter. Es war Mittag, und statt in ein Taxi zu steigen, wie früher, wenn er mit seinen Eltern hier angekommen war, nahm er den Gatwick Express. Er beschloss, nicht zuerst zum Four Seasons zu fahren, nicht einmal, um den Koffer abzustellen. Nach einer gut halbstündigen Zugfahrt hatte er Victoria Station erreicht und sich die ewigen Staus auf der Autobahn in die City erspart. Zu Fuß, indem er durch Unterführungen abkürzte, die er gut kannte, war er kurz darauf in Marble Arch. Für drei Pfund kaufte er einen wenig vertrauenerweckenden Schirm und betrat den Hyde Park, der sich wenige Wochen vor Weihnachten von seiner schönsten Seite zeigte. Ob es am Regen lag oder an der Tageszeit, vielleicht liefen die Geschäfte mit der Scharlatanerie auch nicht mehr so gut, jedenfalls predigte an der Speaker's Corner niemand. Er ging über den

Rasen – die grüne Zierde der Nation – zum Serpentine Lake und in das Self-Service-Lokal, dessen Terrasse auf den See hinausging. Er lehnte den Schirm an einen der grauen Marmortische und behielt den Koffer im Auge, während er zum Tresen ging und ein Bier bestellte. Beim dritten Schluck fand er, dass er sich langsam mal bei ihr melden sollte. Er wählte, aufgeregt wie ein Teenager. Beim vierten Läuten nahm sie ab.

»*Hello?*«

»Laura?«

»Kim?«

»Wie geht's dir?«

»Nett, dass du anrufst.«

»Hör zu ... ich weiß nicht, störe ich dich gerade beim Essen?«

»Ja, ja, aber egal.«

»Ich bin nämlich in London.«

»Was? Ich fasse es nicht. Du bist in *London*?«

»Ja. Im Hyde Park. Ich weiß nicht, ob du Zeit hast ...«

»Nein, ja, *bueno*«, sie lachte nervös. »Wo genau bist du?«

»Kennst du das Restaurant am Serpentine?«

»Da gibt es zwei, glaube ich. The Dell oder The Lido?«

»Das an der Spitze, näher beim ... The Dell, ja, hier steht es.«

»Wenn du auf mich warten willst, ich brauche ungefähr eine Stunde. Hältst du so lange durch?«

»Natürlich. Lass dir Zeit. Ich esse inzwischen etwas.«

»Du? In einem Selbstbedienungsrestaurant?«

»Ich habe mich ziemlich verändert.«

»Das scheint mir auch so. Ich freue mich jedenfalls riesig, dich wiederzusehen. Das ist so schön! Geh ja nicht weg, hörst du?«

»Nein, nein.«

Ein See inmitten einer Stadt wirkt wie eine Oasae. Der Frieden am Serpentine Lake wurde nur unterbrochen vom Klappern der Bestecke und Tabletts, dem höflichen Raunen der Gäste, die für ihren Hauptgang anstanden – wahlweise ein Schmorgericht, ein Stück Fleisch vom Grill oder einen Fisch, den Kim nicht kannte –, und dem verhaltenen Stimmchen der braungebrannten Kassiererin. Kaum regnete es nicht mehr, wischten zwei junge Männer in den grünen Overalls der Putzkolonne die steinernen Bänke und Tische ab. Die Gäste, Touristen und sonnenhungrige Einheimische, zogen mit ihrem Kaffee nach draußen um und setzten sich ans Wasser. Die Enten schnatterten unentwegt, als wären sie überrumpelt von dem plötzlichen Wetterumschwung. Kim warf den klapprigen Schirm, der seinen Dienst getan hatte, in den Mülleimer, und zog mit der anderen Hand den Koffer hinter sich her, um den kleinen Apfelkuchen, den auch sein naschhafter Vater immer so gern aß, im Freien zu verspeisen und die frische Novemberluft zu genießen, während er auf Laura wartete. Worin auch immer ihr Problem bestehen mochte, er hatte unbändige Lust, sie wiederzusehen. Was auch immer mit ihr los war, und er betete, dass es nichts Ernsthaftes sein mochte, konnte doch seine Vorfreude auf die Begegnung mit ihr nicht trüben.

»One, two, three. What are you thinking about?«

Er schluckte den Bissen Apfelkuchen, den er im Mund hatte, rasch herunter und stand auf.

»Laura!«

»Hallo, Kim! Ich werd' verrückt!«

Sie umarmten sich fest. Dann hielten sie einander an den Händen und lehnten sich einen Moment zurück, um dem anderen in die Augen, ins Gesicht zu schauen. Mehr war aus diesem geringen Abstand nicht zu erkennen.

»Du siehst sehr hübsch aus mit den kurzen Haaren. Völlig anders.« Er wuschelte ihr über den Kopf. »Und dünner, nicht wahr?«

»Und du siehst aus wie immer. So schön und smart wie eh und je.«

»Laura, Laura …«

»Ich bin so froh, dass du da bist!«

Und wieder fielen sie sich in die Arme. Zehn innige Sekunden lang. Zwanzig. Dreißig, was für eine Umarmung schon eine Ewigkeit ist, aber verständlich, wenn sie weit weg von zu Hause stattfindet, man sich jahrelang nicht gesehen hat und mit einem Mal feststellt, dass man, den Jahren und der Entfernung zum Trotz, immer noch eine Menge gemein hat.

»Setz dich, Kim, du hast doch noch gar nicht aufgegessen.« Sie zeigte auf seinen Teller.

»Ach … Wenn du wüsstest, warum ich diesen Kuchen bestellt habe … Von mir aus können wir gehen.«

»Bist du geschäftlich in London?«

»Ja, ich hatte heute Morgen einen Termin am Flughafen.« Lügen muss man mit Nachdruck. Und wenn man einmal damit angefangen hat, muss man es bis zum Schluss durchziehen. »Und weil ich nicht wusste, wie lange das dauern würde, wollte ich dir nicht vorher Bescheid sagen. Die Überraschung war doch nicht schlecht, oder?«

»Du hast Glück gehabt. Dass ich nicht arbeiten muss oder wie vergangene Woche auf Tournee bin, dann hättest du mich gar nicht in London angetroffen.«

»Morgen habe ich noch einen Termin. Um die Reise wäre ich ohnehin nicht herumgekommen. Aber ich hätte mich natürlich schwarz geärgert, wenn du nicht da gewesen wärst.«

Laura hielt ihm die Tür auf, damit er mit seinem Koffer nirgendwo anstieß.

»Viel zum Anziehen hast du ja nicht dabei.«

»Nein, ich fliege ja auch morgen schon zurück.«

»Und …«

»Und?«

Laura traute sich nicht, und Kim kam ihr nicht zu Hilfe.

»Dann haben wir ja noch den ganzen Tag«, meinte sie schließlich. »Wollen wir zusammen zu Abend essen? Oder hast du schon was vor?«

»Bis morgen stehe ich zu deiner vollen Verfügung.«

Der Serpentine Lake war ein faltenloses blaues Laken. Sie spazierten am Seeufer entlang, redeten über alles und nichts. Sie erkundigte sich nach Elsa, nach Paco, er erzählte von Jana und Víctor und zeigte ihr auf dem Handy ein Foto seiner Kinder. Ich kann mir dich gar nicht als Vater vorstellen, sagte sie. Dann beglückte sie ihn mit der Feststellung, die Kleine sehe ihm ähnlich. Und da er schon einmal dabei war, zeigte er ihr auch ein Bild von Míriam, die Laura sehr attraktiv fand und das auch sagte. Und sie redeten von Banyoles und Lauras Eltern. Clàudia sei ein Nervenbündel, weil Laura sie nicht oft genug besuche und der Vater, der die Möbelfabrik verlassen habe und nun im Ruhestand sei, hänge ständig zu Hause herum und werde allmählich senil. Ihre Mutter erkläre ihr am Telefon jedes Mal – sie telefonierten mindestens dreimal pro Woche –, wenn einem der Geduldsfaden reiße, müsse man ihn immer wieder zusammenknoten. Und die Freundinnen, wie hießen die doch gleich? Meine Mitbewohnerinnen? Waren das nicht zwei Schwestern, eine studierte Medizin. Sira ist Gynäkologin, schon lange. Sie arbeitet in der Corachán-Klinik. In letzter Zeit habe ich öfter mit ihr telefoniert. Sira fand dich immer umwerfend. Was redest du da? Anna, ihre Schwester, habe ich aus den Augen verloren. Ich weiß noch, dass sie das Studium nach der Hälfte abgebrochen hat. Hispanistik … ja, ich glaube, es war Philologie. Und die, die in Bellaterra Informationswissenschaft studiert hat? Txell. Sag bloß, die kennst du nicht? Txell Romeu ist Meritxell Romeu von den *Telenotícies*. Die Moderatorin der Mittagsnachrichten am Wochenende. Das ist Txell? Sie war ein paar Monate ausgefallen, als sie ihr Kind bekommen hat, das jetzt schon zwei oder drei Jahre alt sein dürfte. Ich schaue mir ihre Sendung manchmal im Internet an. Ich finde, sie macht ihre Sache sehr gut. Und Marc, weißt du von dem was? Ich nicht, und du? Wie sollte ich? Du wirst mir jetzt hoffentlich nicht die Menorca-Geschichte vorhalten. Was hätte ich dir da vorzuhalten? Es wird schon jeder selbst wissen, was er tut, oder? In der lebhaften Unterhaltung fiel noch ein weiterer Name: Wie hieß doch gleich dieser feine Pinkel, mit dem du befreundet warst, Kim? Ich komme nicht drauf. Ich weiß, wen du meinst. Den konntest du nie leiden. Ein guter Anwalt. Zurzeit hilft er mir bei einem Schlamassel, den wir im Rafaeli haben. Probleme? Das erzähle ich dir ein andermal. Wenn du morgen schon abreist … Muss das wirklich schon morgen sein?

Ohne das Rascheln der trockenen Blätter unter ihren Füßen wahrzunehmen, umrundeten sie den See eineinhalbmal. Dann stiegen sie auf einen kleinen Hügel mit Blick auf den Serpentine Lake und setzten sich in zwei weiß-grün gestreifte Liegestühle, nachdem sie sich vergewissert hatten, dass diese trocken waren. Besser gesagt, sie ließen sich hineinfallen, denn in den Londoner Parkanlagen standen überall Sitzgelegenheiten herum, in denen man den Hintern knapp über dem Boden und die Knie auf Augenhöhe hatte. Wenn du einmal drinsitzt, sind sie ja bequem, meinte Kim. Nur das Aufstehen kann zu einer Herausforderung werden, erwiderte Laura. Aber in unserem Alter noch nicht, sagten sie im Chor.

Er warf einen Blick zu ihr hinüber und musterte sie eingehend.

»Du siehst aus, als wärst du gut in Form. Spielst du noch Basketball?«

»Hier? In London? Unsinn. Die wissen ja nicht einmal, was das ist. Denen zeigst du einen Korb, und sie fragen dich, ob man den Ball von oben oder von unten reinwirft.« Sie hob ein Steinchen auf, das sie gefunden hatte, als sie mit den Fingern durchs feuchte Gras strich, und schleuderte es ein Stück weg. »Hier mache ich gar nichts an Sport.«

Jetzt waren sie bereits eine gute Stunde zusammen, dachte Kim, ohne dass Laura ihren großen Kummer und den Weinkrampf am Telefon mit einer einzigen Silbe erwähnt hätte. Sie schien auch nicht die Absicht zu haben.

»Und du? Spielst du noch Tennis?«

»Ja. Na ja, nicht mehr so viel. Ich schwänze öfter, als mir lieb ist. Die Dienstage sind nicht mehr ganz so heilig. Im Hotel gab und gibt es einen Haufen Arbeit, und ständig ist irgendetwas …«

»Einzel, nicht wahr?«

»Nein, Doppel. Wir spielen paarweise. Auf diese Weise ist, wenn wir verlieren, immer mein Partner schuld.«

»Typisch Ráfales.«

»Total.«

Ein Wichtigtuer mit einem Gerät vor der Brust tauchte vor ihnen auf, um ihnen mitzuteilen, die Liegestühle seien gebührenpflichtig. Nachdem sie bezahlt hatten, drehte der

Mann mit der Hautfarbe Gandhis und der Uniform eines Parkkassierers zweimal an einer kleinen Kurbel, worauf der Apparat die Tickets ausspuckte.

»Wenn meine Mutter das Fleisch für die Füllung der Canelones hackte, benutzte sie dafür eine ganz ähnliche Maschine.«

Kim lachte. Der Kassierer war sicher, dass sie sich über ihn lustig machten, verzog jedoch keine Miene. Er reichte ihnen den Beleg und ging weiter, um andere Müßiggänger aufzuspüren, die in den anscheinend wahllos herumstehenden Liegestühlen den Tag vertrödelten.

Nachdem Kim das Wechselgeld eingesteckt hatte, bot er Laura eine Zigarette an und erhob sich aus dem Liegestuhl, um ihr Feuer zu geben.

»Immer wenn ich in London war, habe ich Lust bekommen, Pfeife zu rauchen. Frag mich nicht, warum.«

»Warum?«

»Ich hatte fast vergessen, wie … naseweis du sein kannst.«

»Tja, so viel hab ich mich halt auch nicht verändert. Die Haare kürzer, nicht mehr so blond, ein paar Falten, und das war's auch schon. Aber warum Pfeife?«

»Ich weiß es nicht.« Er überlegte. Dann sagte er das Erstbeste, das ihm in den Sinn kam. »Du setzt dich irgendwo hin, stopfst deine Pfeife und beobachtest die Leute, wie Simenon, stundenlang. Einen Rollschuhläufer, den da mit dem Regenschirm, zwei Jogger, das zankende Paar dort, zwei Bobbys zu Pferd, die hier gelegentlich entlangpatroullieren … So kannst du das Leben einfach an dir vorüberziehen lassen.«

»Eignet sich dafür eine Hotellobby nicht auch?«

»Ja, sicher.« Er fühlte sich ertappt. »Aber da habe ich keine Zeit, darauf zu achten. Siehst du die mit dem Zwillingswagen, wie sie keucht, weil es ein bisschen bergauf geht?«

»Wenn es heute Abend noch aufklart, sehen wir vielleicht einen Regenbogen.«

»So viel Glück werden wir wohl kaum haben. Laura …« Kim hielt das belanglose Gerede nicht mehr aus und legte ihr eine Hand aufs Knie. »Laura Altimira, würdest du mir verraten, was mit dir los ist? Du hast mich angerufen und … Nun sag schon. Was ist passiert?«

Sie holte tief Luft. Sie hatte schon befürchtet, Kim sei tatsächlich nur wegen eines Termins in London und habe, abgesehen von einer Plauderei über das Laub, das im schwankenden Zickzack von den Bäumen fiel, nicht vor, sie auch nur nach ihrem Befinden zu fragen. Eine Träne rollte ihr plötzlich über die Wange. Ehe sich die zweite anschließen konnte, versuchte sie, einen Anfang zu finden. Aber wo?

»Du erinnerst dich, dass ich seit langem mit einem Mann zusammen bin …«, erklärte sie unglücklich.

»Henry.«

»Eric. Eric Stuart, er ist im Musikgeschäft. Ein guter Manager. Und ein guter Mensch. Wir verstehen uns prima, ich habe mich in ihn verliebt, war fasziniert von ihm, und wir sind glücklich miteinander. Also, ich würde sagen, wir sind glücklich … Er betreut mehrere Bands. Ist dir Art Institute ein Begriff?«

»Art Institute? Haben die einen Hit?«

»Ich werde dir nichts vorsingen, Kim. Wir waren auf einer Tournee durch England. Manchester, Liverpool, Birmingham, und plötzlich begann Eric, sich schlapp zu fühlen, erschöpft, er konnte nicht einmal mehr … So ist es ihm noch nie gegangen, und in drei Tagen fiel er so in sich zusammen, dass man ihn kaum wiedererkannte.« Ihre Augen wurden wieder feucht. »Er hat Aids.«

Es war das Letzte, womit Kim gerechnet hatte.

»Meine Güte … Laura …«

»Du bist der Erste, dem ich es sage. Eric hat Aids.«

Sie fassten sich bei den Händen. Lauras Hand war schweißnass. Kims gleich darauf ebenfalls. Bestürzt wartete er, dass sie weitererzählte, so viel sie wollte, so viel sie konnte.

»Mein Freund hat Aids, Kim. Die Krankheit ist jetzt ausgebrochen.«

»Hat er denn nicht gewusst, dass er …«

»Natürlich hat er es gewusst. Deshalb fühle ich mich auch so betrogen. Ich gehe seit langem mit einem Kerl ins Bett, der Antikörper im Blut hat. Er sagt, er wisse nicht, wie er sich angesteckt habe. Und wenn er es weiß, verrät er es mir jedenfalls nicht. Wir haben es auf jede Art getrieben, Kim. Ohne Vorsicht, ohne Verhütungsmaßnahmen. Ein Kondom, wozu?«

Kim wagte, ihr mit leiser Stimme die Frage zu stellen.

»Und was ist mit dir?«

Laura schluchzte auf.

»Ich?« Sie ließ Kims Hand los und trocknete ihre Tränen mit dem T-Shirt. »Ich bin nicht infiziert. Ich habe nicht das Geringste.«

»Hast du dich denn …?«

»Ich habe einen Test gemacht. Sämtliche Werte sind in Ordnung. Ich habe nichts, das reinste Wunder. Ich lebe. Ich habe Russisch Roulette gespielt, so hat es der Arzt wörtlich gesagt, aber ich bin noch mal davongekommen.«

»Was für eine Schweinerei.«

»Eric sagt – klar, was soll er auch sonst sagen? –, er sei ein asymptomatischer Virusträger und er habe geglaubt, nach so vielen Jahren bestehe kein Risiko mehr. Außerdem habe es geheißen, bei ihm werde die Krankheit nicht mehr zum Ausbruch kommen. Doch jetzt hat der Erreger offenbar doch noch zugeschlagen.«

»Es tut mir so leid, Laura. Das muss furchtbar sein.« Er legte ihr die Hand in den Nacken. »Und was hast du jetzt vor?«

»Wie meinst du das, soll ich ihn umbringen?«

»Du wirst doch nicht weiter mit ihm zusammenbleiben wollen?«

»Er ist mein Lebensgefährte, Kim.«

»Verdammt, Laura, du hast sie nicht mehr alle.« Er sprang auf und baute sich vor ihr auf. »Du hast sie wirklich nicht mehr alle. Hat man euch denn nicht gesagt, dass man daran sterben kann?«

»Natürlich kann man daran sterben. Seit zehn Tagen lese ich alles Mögliche. Die Krankheit kann auch chronisch werden. Die Behandlungsmethoden sind andere als früher. Man ist inzwischen viel weiter, meinte der Arzt. Aber egal, jetzt hat Eric jedenfalls Schiss.«

»Wurde ja auch Zeit.«

»Kann man wohl so sagen, ja.«

»Laura, lass uns in Ruhe darüber reden. Aber ich denke, und nimm es mir nicht übel, und wenn ich mich in etwas einmische, das mich nichts angeht, sag einfach, ich soll den Mund halten …«

»Da du nun schon mal hier bist, kannst du alles sagen, was du willst.«

»Also, ich denke, dass du mit Eric nichts mehr zu schaffen haben solltest. Was, zum Teufel, willst du mit einem Typen, der dich verraten hat, der dich gevögelt hat, obwohl er wusste, in welche Gefahr er dich damit brachte, dem es scheißegal war, HIV-positiv zu sein. Dem es nur um sich ging.«

»Eric geht es immer nur um sich.«

»Dann bist jetzt endlich mal du an der Reihe. Verdammt noch mal!«

»So einfach ist das nicht. Das Musikerleben bringt das alles nun einmal mit sich.«

Kim setzte sich wieder neben sie. Er war immer noch sehr aufgebracht.

»Denk an dich und verlass ihn! Bitte, Laura, verflucht noch mal, ich bitte dich. Du hattest einen Traum. Einmal, ich weiß nicht mehr, ob in Banyoles oder anderswo, hast du mir gesagt, du wolltest Journalistin werden und denen eine Stimme geben, die keine haben, für Gerechtigkeit sorgen, interessante Menschen kennenlernen. Und wenn ich dir jetzt zuhöre und dich anschaue, hast du dich von alldem weit entfernt. Im Gegenteil, du bist in eine Welt eingetaucht, die, ich weiß nicht, wie ich es ausdrücken soll … so frivol und zwielichtig ist? Eine schäbige Welt, in die du nicht hineingehörst. Auf der Uni hattest du Ideale. Das war deine größte Tugend, Laura. Gib die nicht auf. Du wusstest genau, was du wolltest … Hey, tolle Sache, das mit Art Institute, du hast dich voll darauf eingelassen, dir ihr Leben von innen angeschaut, jetzt könntest du eine Reportage über sie schreiben, wenn du wolltest. Es war eine Erfahrung. Die du ja nun gemacht hast. Du kennst das alles zur Genüge und *Good bye*. Stimmt's, oder hab ich recht?«

»Vielleicht. Ich weiß es nicht.«

»Und ob. Natürlich weißt du es. Du bist eine intelligente Frau, Laura. Du weißt, dass du nur um Haaresbreite davongekommen bist, also sei dankbar und pack deine Sachen. Überleg nicht länger, Laura, hier hast du nichts mehr verloren. Du passt nicht hierher.«

Die Augen starr auf die hundertjährigen Bäume am gegenüberliegenden Ufer des Serpentine Lakes gerichtet, schien Laura ihm nicht zuzuhören.

»Kürzlich habe ich einen Ausspruch von David Crosby gelesen«, sagte sie dann. »Weißt du, wer das ist?«

»Nein.«

»Der von Crosby, Stills & Nash. Er sagt, zwischen Pille und Aids habe die totale Freiheit geherrscht. Und damit hat er recht. Ab dem Zeitpunkt, ab dem wir Frauen eine Schwangerschaft verhüten konnten, und bis wir begriffen haben, dass auch wir uns anstecken können, haben wir für massenhaft Gelegenheit gesorgt …«

»Darum geht es doch gar nicht.«

»Darum geht es sehr wohl. Alle haben die Sau rausgelassen, Kim, alles war sozusagen gratis. Ich habe erlebt, wie nach den Konzerten die Groupies es nicht erwarten konnten, für den Sänger oder den Schlagzeuger die Beine breit zu machen. Oder auch für den Manager, was dann noch mal eine andere Sache war. Bei so vielen Groupies ging nachts niemand leer aus.«

»Offensichtlich habe ich den falschen Beruf.« Er rollte mit den Augen.

»Blödmann.«

Laura versetzte ihm einen Schlag ins Kreuz. Sie lächelte, wischte sich aber immer wieder mit der Hand die Tränen weg. Sie lachte und weinte zugleich, sodass Kim der Regenbogen in den Sinn kam, den sie so gern hatte sehen wollen. Er verkniff sich eine Bemerkung. Manchmal ist Schweigen Gold. Sie ließen es zu, dass die länger werdenden Schatten der Bäume sich allmählich über sie schoben. Das Licht schwand, die Besucher verzogen sich. Sie redeten und schwiegen, bis es dunkel wurde.

»Man wird uns noch aus dem Park werfen.« Sie sah auf die Uhr. »Oh, hast du gesehen, wie spät es ist?«

»Gehen wir raus, gehen wir etwas essen, auf was hast du Lust?«

Laura fasste sich ein Herz.

»Kann ich heute Nacht bei dir bleiben?«

17

Das alles tue ich nur für euch

»Wie lange willst du diesen alten Brei eigentlich noch aufwärmen, Mina.«

Als Aldo und Mauro, die in einer Tapasbar in El Born gleich neben dem Picasso-Museum zu Abend gegessen hatten – ein paar baskische Fleischspieße am Tresen –, an die Zimmertür ihrer Eltern klopften, waren Vicenç und Mina in ihre unendliche Diskussion verstrickt. Ein Zwist, der schon Jahre währte. Ob sie in der Küche waren oder aus dem Bad kamen. Beim Frühstück oder beim Mittagessen. In der Alhambra von Granada oder an der Marina Bay von Singapur, nie verloren sie den Faden. Sie wiederholte gebetsmühlenartig ihre Argumente, die er parierte, so gut er konnte. Manchmal hielt er dagegen, manchmal ließ er sie einfach reden, und in jedem Fall bedauerte er, dass Mina sich in einen solchen Kaktus verwandelt hatte, der stach, wo immer man ihn anfasste. Wenn sie in Rage geriet, konnte einem vor diesen schwarzen Augen mit dem marineblauen, schwungvoll verlängerten Lidstrich angst und bange werden. Seit sie vor einigen Jahren ihre letzte Periode gehabt hatte, bekam sie häufig Hitzewallungen, und wenn sie sich ereiferte, spürte sie, wie ihr das Blut zu Kopf stieg, und dann packte sie erst recht die Wut. Noch schlimmer war es, wenn andere ihren Schweißausbruch bemerkten, und sie wusste, dass ihr Gesicht und ihr Hals rot angelaufen waren. Mina, die einmal sehr hübsch gewesen war, dunkelhaarig, hochgewachsen, vollbusig, und bewundernde Blicke auf sich gezogen hatte, wenn sie auf hohen Absätzen über die römischen Piazzas schritt, ertrug es nicht, alt zu werden. Und schon gar nicht die körperlichen Torturen, mit denen der Schöpfer – Gott oder wer, zum Teufel, das sein mochte – die Frauen gestraft hatte. Für sie gab es nur entweder die Menstruation oder die Menopause. Und was war mit den Männern? Hätte für die nicht auch ein bisschen Martyrium abfallen können? So eine Ungerechtigkeit. Sie griff nach dem japanischen Fächer, den sie ständig und überall zur Hand hatte und der auf ihrem Nachttisch neben dem noch nicht ausgelesenen Krimi von Camilleri lag. Und schon begann die Litanei wieder von vorne.

»Dir, Vicenç, haben sie das kleinere Hotel gegeben, und du hast dich damit zufriedengegeben. Großvater Francisco hat dir Paco immer vorgezogen, vielleicht weil er der Ältere ist, das verstehe ich ja noch, das ist in Italien auch so üblich, aber wie dem auch sei, bei der Verteilung der Hotels bist du zu kurz gekommen. Paco ist dein Bruder, und du liebst ihn sehr, ich weiß, aber er hat immer gemacht, was er wollte. Nie hat er Rechenschaft ablegen müssen. Und von seinem Lebensstil können wir nur träumen. Mit einem größeren Hotel, mehr Zimmern, mehr Quadratmetern, ist *tutto* viel leichter.«

Seit dreißig Jahren schon fuhr sie ihre Stacheln aus und Vicenç stach sich an seinem Kaktus, sooft sie mit dem anfingen, was er einmal, als ihm der Kragen geplatzt war, ihre ewige Diskussion genannt hatte. Um genau zu sein, hatte er die Beherrschung verloren und gebrüllt, er habe von der ewigen Diskussion die Nase gestrichen voll. Beinahe dreißig Jahre war es her, dass sie in der Marienkirche von Trastevere geheiratet hatten und er Woche für Woche das gleiche Lied zu hören bekam. Mina jedoch stellte sich taub, auch wenn ihr Mann laut wurde, und fuhr fort zu zetern, sie wolle doch nichts weiter, als dass Vicenç sich auf die Hinterbeine stelle und einfordere, was nicht nur ihm vorenthalten worden sei, sondern von Rechts wegen in Zukunft auch seinen Kindern zustehe. Wenn er schon nicht für sich und seine Frau kämpfe, solle er wenigstens dafür sorgen, dass seine Kinder nicht benachteiligt würden. Wenn Paco sie nicht jetzt, im Zuge des Verkaufs der Rafaelis an eine große Hotelkette, für das historische Unrecht entschädige, werde daraus nie mehr etwas. Insbesondere da die Initiative von ihm, Vicenç, ausgegangen sei und er den Kontakt zu der Radisson-Kette hergestellt, alles in die Wege geleitet und die ganze Last damit gehabt habe.

»Das fehlte gerade noch, Vicenç, dass sie uns jetzt wieder ein Bein stellen.«

»Wie lange willst du diesen alten Brei eigentlich noch aufwärmen, Mina. Das scheint dir ja richtig Spaß zu machen«, entgegnete er dem Kaktus in einem Tonfall, mit dem er sich selbst zur Geduld mahnte.

Aldo und Mauro traten ins Zimmer, in der Hand einen Packpapierumschlag. Mina, die vor dem Spiegel stand und ihren schwarzen Rock richtete, der sich ein wenig verdreht hatte, wischte sich über die Wange, bevor sie sie ihren Söhnen zum Kuss hinhielt. So groß sie auch sein mochten, für sie würden sie immer die Kinder bleiben.

Vicenç langte nach der Fernbedienung und stellte die Wettervorhersage der RAI leiser. Ein Mann mit vielen militärischen Auszeichnungen auf der Brust warnte vor Gewittern am nächsten Tag im gesamten Norden von Como bis Venedig. Währenddessen hatten Mina und die Zwillinge eine höchst erstaunliche Bilderserie für ihn vorbereitet.

»Was ist denn das für eine Galerie?«

Mina hatte die Aufnahmen aus dem braunen Kuvert gezogen und nebeneinander aufs Bett gelegt. Sieben quadratische Fotos. Sie sahen aus wie schwarz-weiße Polaroids mit mehr Korn als Auflösung, waren unscharf und aus einer gewissen Höhe entstanden.

In einer oberen Ecke war die Nummer der Kamera eingeblendet, mit der die Szenen gefilmt worden waren, aus denen man später Standfotos eingefroren und ausgeschnitten hatte, um irgendjemandem irgendetwas nachzuweisen. In der unteren Ecke waren, auch in winzigen weißen Ziffern, Datum und Uhrzeit zu erkennen. Vicenç spähte über seine Brille hinweg, weil er aus der Nähe so besser sah, achtete jedoch nicht auf diese Einzelheiten. Er griff wahllos eins der Bilder heraus und betrachtete es eingehend, noch ohne das Rätsel zu verstehen, das ihm Mina, Aldo und Mauro offenbar aufgeben wollten. Alle Fotos zeigten einen Mann und eine Frau von hinten. Ja, und?

»Erkennst du ihn nicht?«

»Ist das Kim?«

»Das ist der Flur im zweiten Stock. Kim ist auf diesem und auch auf den anderen sechs Fotos zu sehen. Insgesamt haben wir sieben.«

»Und Kim, der Dämlack, ist überall drauf«, betonte Aldo noch einmal und nickte seiner Mutter zu.

»Die Frau, die ihn begleitet, scheint jedenfalls jedes Mal eine andere zu sein.« Mina konnte es kaum erwarten, zum springenden Punkt zu kommen.

Vicenç setzte sich aufs Fußende des Bettes.

»Was heißt ›ihn begleitet‹?«, fragte er, wobei er Minas italienischen Akzent nachäffte.

»Die hier, die auf dem zweiten Foto halb im Profil zu sehen ist, könnte dieselbe sein wie die auf dem siebten, siehst du?«

Aldo hatte die Bilder mit Bleistift auf der Rückseite durchnummeriert. Die Reihenfolge war chronologisch. Vom ältesten zum neuesten. Zwischen dem ersten und dem siebten lagen mehr als zwei Jahre. Mit einem Mal fiel es Vicenç Ráfales Argemí wie Schuppen von den Augen.

»Nimmt er sie immer mit in dasselbe Zimmer?«

Ihm war aufgegangen, was die Fotos bedeuteten.

»Nummer 218. *Eccoli qua*. Immer dasselbe.«

»Die geheime Liebeslaube«, spöttelte Mauro.

Sein Bruder nickte grinsend. »Wie praktisch! So eine Bumsbude hätte ich auch gern.«

»Seid ihr denn sicher …«, Vicenç überlegte laut. Finster blickte er Mina und seine Söhne an, die um das Bett herumstanden. »Seid ihr sicher, dass es nicht doch Míriam ist?«

»Hundertprozentig, Papa.«

»Auf keinem der sieben Bilder?«

»Siehst du sie irgendwo?«

»Ich weiß es nicht. Man erkennt doch kaum etwas. Was soll ich dazu sagen?«

»Hältst du die hier etwa für Míriam, Schatz?« Mina hielt ihm ein Bild vor die Nase. »Und die? Und diese hier? Und die mit dem Militärhaarschnitt? So ist sie noch nie herumgelaufen. Die Schwiegertochter deines Bruders würde niemals so herumlaufen.«

Mina hatte jedes einzelne Foto durch eine Lupe betrachtet. Es wäre leichter gewesen, einen Embryo-Penis auf einem Ultraschallbild auszumachen, als auf diesen schlechten Fotos etwas Eindeutiges zu erkennen, trotzdem ließ sich die eine oder andere Schlussfolgerung daraus ziehen. Auf Zimmer 218 war Kim mit einem Mädchen in Jeans und reflektierenden Asics gewesen, mit einem, das auf dem Gang die hochhackigen Pumps ausgezogen und in der Hand getragen hatte, mit einem in der Uniform einer Stewardess oder Hostess und mit einer Frau, die allem Anschein nach wesentlich älter war als er. Letztere war auf den Fotos Nummer zwei und sieben und somit die Einzige, die mehr als einmal auftauchte. Vicenç hätte schwören können, dass es beide Male dieselbe Person war.

»Na, was meinst du? Ist eine davon Míriam?«

Die Frage bedurfte keiner Antwort. Es war offenkundig, dass es sich bei keiner dieser Frauen, die Kim »begleiteten«, um seine eigene handelte. Vicenç hatte es die Sprache verschlagen. Was er sah, erschütterte ihn dermaßen, dass er ganz durcheinander war. In seinem Kopf raste es. Er war fassungslos. Schon wollte er sagen, Kim habe das Zimmer vielleicht für geschäftliche Besprechungen genutzt. Aber um nicht wie ein Kamel vor seiner Familie zu stehen, biss er sich rechtzeitig auf die Zunge. Stattdessen sagte er, diese Exkursionen ins Zimmer 218 lägen wahrscheinlich Jahre zurück. Affären aus einer Zeit, als er noch nicht …

»*Madonna santa*, da steht doch das jeweilige Datum, bist du blind? Hör schon auf, nach Rechtfertigungen für deinen Neffen zu suchen.«

Es gab keine Entschuldigung. Und auch kein Plädoyer für mildernde Umstände. Doch Vicenç, der wusste, dass ein Ráfales ein Ráfales war, hatte durchaus eine Vorstellung von den verheerenden Auswirkungen, die der tragische Tod seiner beiden älteren Brüder auf Kims Gefühlswelt gehabt haben musste, und da er sich zudem in einen Mann hineinversetzen konnte, der ohne Mutter aufgewachsen war und überall nach deren Brust suchte, verstand er das heikle Gleichgewicht von Tod und Sexualität. Nicht umsonst waren massenweise Theorien über die seltsame Beziehung zwischen Eros und Thanatos niedergeschrieben worden. Er hatte keine Ahnung von Kims Sexualleben, und er würde auch mit niemandem darüber reden, pure Spekulation, aber ... Warum nicht? Darin könnte immerhin eine Erklärung für Kims geheimes Doppelleben liegen. Ein Ventil. Eine innere Revolte. Eine Form, sich Erleichterung zu verschaffen. Und letztlich ging es niemanden etwas an, wen Kim flachlegte und wen nicht. Ihm selbst hätte es auch nicht gefallen, bespitzelt zu werden, wenn er zwischen fünf und sieben sein Büro verließ, um sich in einem Appartement in der Via del Tritone ein wenig zu entspannen, bevor er nach Hause ging.

Vicenç raffte die sieben Fotos auf dem Bett zusammen und steckte sie zurück in den Umschlag, dann stand er brüsk auf und klatschte dreimal in die Hände.

»Von wem habt ihr diesen Dreck?«

Niemand antwortete. Mina schaute ihre Söhne an und gab ihnen mit einem Stirnrunzeln zu verstehen, dass sie unbedingt den Schnabel halten sollten. Vicenç, dem nicht zum Spaßen zumute war, erhob seine Bronzestimme:

»Ich will sofort wissen, wer euch diesen Umschlag gegeben hat.«

»Niemand.«

»Was soll das heißen?«

»Wir haben ihn gefunden, Papa.« Aldo bemühte sich, Haltung zu bewahren und seinem Blick standzuhalten. »Jemand hatte ihn unter unserer Zimmertür durchgeschoben.«

»Haltet ihr mich für blöd? Sehe ich aus wie ein Idiot?«

Sie schwiegen betroffen.

»Habt ihr mich gehört? Meint ihr, euer Vater ist ein Idiot?«

»Nein.«

»Nein.« Mauro, noch leiser.

»Ihr wisst doch, dass ich das alles nur für euch tue, oder nicht? Damit ihr eine gesicherte Zukunft habt. Damit es euch an nichts fehlt. Und ihr wollt mir nicht die Wahrheit sagen …? Macht, dass ihr rauskommt.« Und als seine Söhne weiterhin dastanden wie die Ölgötzen, wiederholte er aufgebracht: »Raus mit euch, habe ich gesagt. Aber *subito*!«

Als sie weg waren, öffnete Vicenç die Schiebetür des Schranks im Eingangsbereich des Hotelzimmers und stellte fest, dass der Safe geschlossen war.

»Welchen Code hast du eingegeben?«, fragte er unwirsch.

»Den üblichen.«

»Den kurzen?« Vicenç tippte die sechs Ziffern seines Hochzeitstages, ohne Minas Antwort abzuwarten. Der Tresor ging auf. »Aber du wirst es mir doch sagen, nicht wahr?«

»Warum schließt du die Fotos weg?«

»Weil uns das nichts angeht.«

»Aber ja! Das geht uns etwas an. Diese Fotos sind das As in unserem Ärmel. Das wir mit Bedacht ausspielen müssen. Wir werden uns doch jetzt nicht …«

»Wie kommt ihr an diese Bilder, Mina? Was haben sie euch gekostet?«

»Wie meinst du das?«

»War es mein Bruder?«

»Besser, du weißt es nicht, Vicenç.« Sie prüfte das Thermostat des Zimmers. »Wenn es Stunk gibt, kannst du immer sagen, du hattest von nichts eine Ahnung. Ist dir nicht zu warm?«

»Ich will keine schmutzigen Tricks, Mina. Mein Bruder wird dem Verkauf zustimmen. Kim wird ihn nicht davon abbringen können, und sobald Paco unterschrieben hat, *arrivederci*. Und wir hätten, was wir wollten, oder etwa nicht?«

Mina reagierte nicht auf die rhetorische Frage ihres Mannes, weil sie ihren eigenen Gedanken nachhing.

»Also, ich überlege eigentlich nur noch …« – Sie fühlte den Schweiß zwischen den Brüsten, zum Kotzen, diese fliegende Hitze – »… ob wir Kim die Fotos erst zeigen oder sie seiner Frau direkt in den Laden schicken sollen.«

»Bist du wahnsinnig? Worum geht es dir eigentlich? Willst du die Hotels verkaufen oder eine Ehe zerstören? Ich verstehe dich nicht, Mina. Überlasse die Sache bitte mir. Lass mich endlich einfach tun, was ich für richtig halte, hast du verstanden?« Mit einer resignierten Geste fuhr sich Vicenç durch das ergraute Haar, wieder und wieder. Dabei sah er seine Frau müde an, es war immer das gleiche Lied. »Wir werden diese Fotos niemandem zeigen, kapiert?«

»Nicht alle. Nur eins. Für den Anfang.« Beim Ausspinnen ihrer Idee fand Mina zunehmend Gefallen daran. »Als Appetitanreger. Um zu sehen, wie sie nach Luft schnappen. Damit Kim klar wird, dass wir ihm auf die Schliche gekommen sind und er besser macht, was wir wollen.«

»Du bist eine elende Intrigantin, Mina.«

Sie war nicht gekränkt. Vielmehr legte sie noch einmal nach.

»Lieber eine elende Intrigantin als ein Feigling wie du, Vicenç.« Mina funkelte ihren Mann giftig an, während sie sich den lästigen Büstenhalter unter ihrer Bluse hervorzerrte. »Puh, was für eine Wohltat! Wenn es nach dir ginge …«

»Was? Sprich dich ruhig aus.«

»Wären wir arm wie Kirchenmäuse.«

18

Es gibt nur ein Geheimnis

Es fühlte sich seltsam an, beim Aussteigen die Taxitür aufgehalten zu bekommen, fast als wäre die Zeit stehengeblieben. Ein Page des Rafaeli hob die beiden großen Koffer aus dem Heck des gelb-schwarzen Skodas, der noch nagelneu roch. Der Passeig de Gràcia war weihnachtlich geschmückt. Laura betrachtete die Ketten kleiner Glühbirnen, die sich um die Platanen rankten und die Stämme und Äste nachzeichneten, und versuchte sich die zarte Beleuchtung bei Einbruch der Dunkelheit vorzustellen. Was für ein Unterschied zu der leuchtenden Pracht, die sie in London hinter sich gelassen hatte!

Zwanzig Tage hatte sie gebraucht, um zu einer Entscheidung zu kommen, doch schließlich hatte sie ihre Sachen gepackt, Eric einen eher traurigen als vorwurfsvollen Brief geschrieben und Kims Rat befolgt.

Sie hatte ihn angerufen.

»Ich komme. Ich gebe hier alles auf und kehre zurück nach Barcelona.«

»Ich glaube, dass es so das Beste ist, Laura. Eine gute Entscheidung. Wann landest du?«

»Ich nehme den Flieger um … Warte, ich muss nachsehen. Mit British Airways. Die Maschine startet …« – nicht so einfach, auf einem Ticket die Abflugzeit zu finden – »am Mittwoch, zehn nach elf englischer Zeit.«

»Mittwoch, sagst du?« Er rief sich seine Agenda in Erinnerung. »Da habe ich mittags ein Geschäftsessen, eine lästige

Pflichtveranstaltung. Aber ich sorge dafür, dass du abgeholt wirst. Kein Problem.«

»Nein, nein. Ich nehme ein Taxi.«

»Du hast doch sicher schwer zu schleppen.«

»Halb so wild. Vieles bleibt hier, und das meiste lasse ich von einem Umzugsunternehmen nachliefern.«

»Das ist natürlich praktischer. Wie du willst.«

»Ich glaube, ich darf nur zwei Gepäckstücke aufgeben. Seit Bin Laden nehmen sie es mächtig genau an den Flughäfen.«

»Sag, wo wirst du wohnen?«

»Auf Banyoles habe ich keine Lust. Jetzt mag ich da nicht hin. Vorläufig werde ich meinen Eltern gar nicht sagen, dass ich zurück bin. Erst einmal muss ich selbst ein wenig klarsehen. Mir einen Job und eine Mietwohnung suchen, denke ich.«

»Komm doch ins Rafaeli. Da kannst du bleiben, solange du willst, und dir in Ruhe ein Apartment suchen.«

»Ich weiß nicht …«

»Mein Vater und Elsa wären glücklich, dich bei uns zu haben. Und ich erst.«

Gleich nachdem sie aufgelegt hatten, ging Kim zu seinem Vater ins Büro. Die Verstimmung zwischen ihnen beiden währte schon zu lange, und er dachte, wenn er Paco eine erfreuliche Nachricht überbrachte, könnte dies vielleicht dazu beitragen, das Kriegsbeil zu begraben. Zumindest würde das Thema, das sie bekümmerte und trotz beidseitigen guten Willens auf Distanz hielt, für eine Weile in den Hintergrund treten. Paco Ráfales musste einen Moment nachdenken, bis er Laura wieder vor Augen hatte. Als er sich dann an ihren Tanz auf dem Fest erinnerte, dem letzten schönen Abend in seinem Leben, freute er sich, das hübsche Mädchen mit dem breiten

Lächeln wiederzusehen, das seinen Sohn immer zum Lachen gebracht hatte. Er wollte wissen, was aus ihr geworden war. Staunend vernahm er, dass sie seit Jahren in England lebte, wovon er keine Ahnung gehabt hatte. Er fragte, wann sie eintreffe, und beschloss, in seiner Privatwohnung im sechsten Stock ein Willkommensessen für sie zu geben. Als Kim meinte, er solle sich doch nicht so viel Mühe machen, erwiderte Paco, das würde er aber gern, und wenn Laura so lange von zu Hause weg gewesen sei, würden ihr geröstetes Brot mit Tomate und Olivenöl und eine Tortilla aus Kartoffeln und Zwiebeln sicher besser schmecken als jedes feine Menü.

Die Geräusche eines Hotels verraten immer die Uhrzeit. Elsa erwartete Laura in Kims Auftrag an der Rezeption. Sie erkannte sie auf den ersten Blick, kaum dass sie durch die Drehtür kam. Schlanker, vielleicht, und eleganter. Mit kurzem Haar und freiem Nacken, auf französische Art, wie Kim sie ihr beschrieben hatte. Fraulicher. Elsa trat in ihrem schwarzen Kostüm und den halbhohen Pumps hinter dem Empfangstisch hervor und winkte.

»Elsa!«

»Wie schön, dich zu sehen!«

Zwei Küsse und, ohne Rücksicht auf den Mantel, der über Lauras Arm hing, eine herzliche Umarmung.

»Ist das lange her, Elsa! Lass dich anschauen. Meine Güte, wie erwachsen du geworden bist. Wie geht es dir?«

Wieder lagen sie sich in den Armen und küssten sich rechts und links auf die Wangen.

»Gut. Sehr gut. Und dir?«

»Jetzt wieder gut. Ich spüre, wie meine Energie zurückkommt. Aber heute fühle ich mich etwas seltsam und nervös … es sind viele Veränderungen. Ich komme mir fast vor wie ein Kriegsflüchtling. Ich weiß nicht, ob Kim dir alles erzählt hat …«

»Nur andeutungsweise.« Elsa war nicht sicher, ob sie ja oder nein sagen sollte.

»Darüber sprechen wir mal in Ruhe.«

»Hier liegt der Schlüssel zu deinem Zimmer, es ist alles bereit. Wenn du willst, können wir raufgehen, du möchtest dich bestimmt ein wenig frisch machen.«

Laura näherte ihren Mund Elsas Ohr und flüsterte: »Vor allem muss ich dringend pinkeln.«

»Dann gehen wir am besten rasch nach oben.«

Elsa strahlte vor Freude über das Wiedersehen. Sie zückte die Schlüsselkarte für das Zimmer, und die Fahrstuhltür, die der Rezeption am nächsten war, öffnete sich lautlos. Die Uhr in der Lobby des Rafaeli zeigte Viertel nach zwei, und es war Mittwoch, der 5. Dezember 2001.

»Brauchst du meinen Ausweis gar nicht?«

»Du bist ja süß. Nein, nicht nötig …« Elsa wandte sich an die Gepäckträger. »Bringt die Koffer bitte in die 218.«

Der Flur in der zweiten Etage, still und aufgeräumt, duftete nach Lotusblüten. Paco legte großen Wert darauf, dass jeder Teil des Hotels, von der Bibliothek bis zum Badebereich, vom ersten Gutenmorgen beim Check-in bis zum hintersten Flur, der in die Wäscherei führte, einen angenehmen Geruch hatte. Ein neues, eigens für das Hotel geschaffenes Aroma. Er hatte den Parfümeur, der seit Jahren treuer Stammgast des Hotels war, gebeten, einen besonderen Raumduft für das Rafaeli zu kreieren. Nachdem sie sich durch die vielen Proben geschnuppert hatten, die Mister Paton ihnen präsentierte, hatten sich Paco, Kim und Elsa schließlich auf diese

Lotusessenz geeinigt, die einen sanft umfing, ohne aufdringlich zu sein. Ein Hauch von Wohlgeruch, der zum Verweilen einlud und nicht die Sinne vernebelte. Schon mehrere Hotelgäste hatten sich an der Rezeption erkundigt, wo man diesen Duft kaufen könne, woraufhin die Ráfales – mit kommerziellem Weitblick – Duftstäbchen und Raumsprays herstellen ließen und den Erlös mit dem Parfümeur teilten. Mister Paton war das nur recht, weil es ihm am Monatsende ein Taschengeld einbrachte, das er an seiner Firma vorbei in die eigene Tasche schleuste. Den gleichen Raumduft hatte Vicenç in Rom zunächst auch eingeführt, doch Zia Mina verlangte nach ein paar Wochen, dass er ihn wieder abschaffte. Es stinke wie in einem billigen Klamottenladen, hatte sie behauptet.

Elsa öffnete die Tür zu Nummer 218 und hielt die Karte an einen Sensor, der sämtliche Lampen im Zimmer einschaltete und automatisch die Vorhänge aufzog.

»Wow!«

Laura ließ den Mantel auf das Kingsize-Bett fallen und trat ans Fenster. Noch nie hatte sie den Passeig de Gràcia aus dieser Perspektive gesehen.

»Nachts ist die Aussicht noch schöner.« Elsa schaute nicht aus dem Fenster, sondern musterte Laura. »Dieser schräge Pony steht dir wirklich gut.«

»Wie hell es hier ist.«

»Papa will immer überall viel Licht haben. Das ist wie eine Besessenheit. Er meint ja immer, im Dunkeln würden wir alle noch genug Zeit verbringen.«

»Wie geht es ihm?«

»Papa? Ganz gut so weit.« Elsa nestelte am obersten Knopf ihrer Kostümjacke. »Er wurschtelt sich so durch. Vielleicht ist er ein bisschen in sich gekehrter, aber seine Gesundheit ist unverwüstlich. Du wirst ihn ja sehen. Entschuldige, du wolltest auf die Toilette und ich texte dich hier so zu …«

»Nein, nein, Elsa, alles in Ordnung. Ich bin sehr froh, dass du so munter bist.«

»Danke, gleichfalls.«

»Und mit dieser Geschichte damals …« Laura wusste nicht recht, wie sie danach fragen sollte. »Alles okay?«

»Ja, ja. Alles bestens. Keinerlei Probleme gehabt.«

»Das freut mich.«

»Ich habe nie darunter gelitten. Ich denke nicht mal mehr daran. Es ist alles sehr gut verlaufen, und ich weiß gar nicht, ob ich mich je ausreichend bei dir bedankt habe.«

»Red keinen Unsinn, Elsa, ich bitte dich.«

Die Kleinste der Ráfales hob einen Finger, weil sie noch eine wichtige Botschaft zu überbringen hatte.

»Gib acht, ich soll dir von Kim etwas ausrichten. Er hat mich gebeten, dir zu sagen, dass du um Punkt acht Uhr marschbereit sein sollst, früher kann er sich nicht loseisen, aber um acht holt er dich ab, um mit dir hier in der Nähe an einem ganz besonderen Ort zu Abend zu essen. Er meint, es werde dir dort bestimmt gefallen.«

»Weißt du, wo?«

Elsa zögerte.

»Ja.«

»Und du darfst es mir nicht verraten?«

»Mmh …«, meinte sie schelmisch. »Nein …«

»Einen Tipp?«

»Nicht weit von hier. Übrigens ist dein Mittagessen doch sicher ausgefallen. Soll ich dir etwas aufs Zimmer bringen lassen?«

»Nein, danke. Im Flieger habe ich eine dieser abgepackten Scheußlichkeiten gegessen.«

»Ich sehe mal nach, wo deine Koffer so lange bleiben.«

»Um acht werde ich fertig sein. Darauf könnt ihr euch verlassen. Und danke für alles, Elsa.«

Allein im Zimmer 218 des Hotels Rafaeli, fühlte sich Laura Altimira sofort heimisch. Sie atmete tief durch. Dann stürzte sie ins Bad und beeilte sie sich, die Hygienefolie von der Toilettenbrille zu entfernen.

Paco Ráfales – mit seinem roten Mittwochsschlips – saß am Kopfende der Tafel. Rechts von ihm Kim. Neben diesem Míriam in einem neuen Kleid aus perlweißem Crêpe Georgette, dessen fließender Fall von allen bewundert wurde. Das hochgebundene Haar, mit der verspielten Strähne, die ihr immer wieder übers Auge fiel, brachte die Jugendstilohrringe ihrer Schwiegermutter schön zur Geltung. Als Míriam Paco zum Großvater gemacht hatte, war er nicht davon abzubringen gewesen, ihr diesen Schmuck von Lluis Masriera zu schenken, der seiner Frau Maria gehört hatte. Laura, die in Jeans und weißer Bluse gekommen war, wurde gebeten, sich auf die andere Seite des Tisches zwischen Paco und Elsa zu setzen.

Kim, der zum Essen das Cordsakko mit den drei Knöpfen abgelegt hatte, saß dem frisch aus London eingetroffenen Gast direkt gegenüber. Paco hatte immer einen rechteckigen Tisch mit zwei Präsidien und klarer Hierarchie gewollt. In den glücklichen Jahren, als sie noch alle sechs beisammen waren, hatte er am einen Ende gesessen, Maria am anderen und dazwischen die vier Kinder, an jeder Längsseite zwei. Nachdem seine Frau verstorben war und erst recht nach dem

Unfall seiner beiden Söhne, hatte er überlegt, einen runden Tisch zu kaufen. Doch dann kam es ihm so vor, als hätte schon die kleinste Veränderung so etwas wie einen Schlussstrich bedeutet. Eine Pietätlosigkeit gegenüber denen, die nicht mehr da waren. Paco wusste, dass sich manche Erinnerungen verkriechen, um sich vor dem Vergessenwerden zu schützen. Während sie auf das Essen warteten, versuchte Laura, mit Míriam ins Gespräch zu kommen, die Kim ihr fünf Minuten zuvor in der Diele der elterlichen Wohnung vorgestellt hatte.

»Ich hatte gehofft, auch eure Sprösslinge kennenzulernen.«

»Die sind noch zu klein, um abends außer Haus zu essen. Morgen müssen sie in die Schule, und so sind sie mit dem Kindermädchen zu Hause geblieben.«

»Kim hat mir Fotos gezeigt.« Sie schaute Míriam an. »Sehr süß, euer Víctor und eure Jana, wirklich wahr.«

»Es ist kein übertriebener Opastolz, wenn ich sage, dass ich mir keine besseren Enkel wünschen könnte«, pflichtete Paco bei.

»Bei solchen Eltern, wie könnte es auch anders sein?« Laura fand Míriam hinreißend.

»Und du?« Paco wirkte an diesem Abend wie zu neuem Leben erwacht. »Ob du Kinder hast, meine ich.«

»Nein, bisher nicht. Ich bin single, wie man so schön sagt.« An dem gespannten Schweigen merkte sie, dass alle auf ein wenig Inhalt zu dieser kargen Überschrift warteten. »Und im Augenblick auch völlig ohne Plan.«

»Das ist sowieso am besten, was?« Elsa konnte sich mit ihr identifizieren.

»Und was hast du so getrieben an der Themse?« Pacos Neugierde schien ehrlich. »Ich darf doch fragen, oder?«

Lauras Musikerleben in Swinging London weckte offenbar mehr Interesse als ihre Dolmetschertätigkeit bei Tagungen und Konferenzen. Gebannt hörten sie ihr zu. Míriam kannte Art Institute und einige ihrer Songs, und sie fanden es aufregend, dass Laura für den Manager arbeitete – so hatte Laura es umschrieben – und ständig mit der Band auf Achse war. Sie erkundigten sich nach Details und lauschten begeistert den Anekdoten aus einer wilden Welt, die ihnen ganz fremd war. Für Laura war es wie eine unwillkürliche Auseinandersetzung mit ihrer Vergangenheit. Sie sah sich genötigt, laut über Dinge zu reflektieren, die sie aus unmittelbarer Nähe erlebt hatte und die so alltäglich für sie gewesen waren, dass ihr der Abstand gefehlt hatte, um zu erkennen, wie stark dieses ruhelose Leben an ihr zehrte. Nach und nach fielen ihr all die verrückten Geschichten wieder ein, und sie genoss es, ein so begieriges Publikum zu haben. Bei einer Band aus fünf Musikern werde stets nur der Sänger interviewt. Wen lüden die Radiosender ein? Wer erscheine in den Zeitungen? Wer trete im Fernsehen auf? Ray Grobbelaar, antwortete Míriam. So ist es, bestätigte Laura. Die Fan-Artikel, auch so ein Beispiel. Wenn Art Institute T-Shirts bedrucken lasse, um sie bei Konzerten zu verkaufen, dann mit einer Großaufnahme von Ray, während man die restliche Band hinter ihm nur mit Mühe erkennen könne. Und dabei dürften die anderen noch dankbar sein, dass sie überhaupt mit drauf seien, aber so hätten die Reibereien angefangen. Die Eifersucht, als sich gezeigt habe, dass eben nicht alle gleich viel zählten. Zumal der Sänger auch noch der Komponist aller Stücke sei. Die Tischrunde nickte verständnisinnig. Von Eric und vielen anderen, die bei Stuart Records ein und aus gingen, habe sie gehört, von den Mitgliedern einer Band seien die Bassisten häufig die Stillsten und Introvertiertesten. Peter Shilton, der Bass von Art Institute, sei ein Paradebeispiel dafür. Wogegen Bruce, der schottische Schlagzeuger, der pausenlos Joints rauche, nicht in das Schema passe, das für viele Perkussionisten von Rockbands gelte. Zum einen, so sage man, sei das Schlagzeug immer hinten links, wie die Toiletten, und nicht so wichtig. Zum anderen spielten die Drummer ja ständig das Gleiche, könnten sich selten hervortun und ließen deshalb mit der Zeit oft nach. Bis sie irgendwann nur noch mechanisch vor sich hintrommelten, sodass viele Gruppen es vorzögen, sich nach einem anderen Schlagzeuger umzuschauen. Wenn der dann erlahme, tausche man ihn einfach gegen den nächsten aus und fertig. Das passiere millionenfach, erklärte Laura. Elsa bohrte weiter. Und was ist mit Sex and Drugs and Rock 'n' Roll? Fakt oder Legende? Abrupt fühlte sich Laura ins Vorgestern versetzt. Sie erzählte vom Bühnen- und Privatleben der Gruppen und davon, wie die Musik beim Mädchenaufreißen helfe. Mit einer Gitarre im Arm sei jeder sexy, wie Eric immer gesagt hatte. Vor allem, wenn man im Rampenlicht stehe. Und wenn man auch noch Teil einer erfolgreichen Band sei, mit dreißig Jahren das Teenageralter hinter sich habe und die Frauen einem in Scharen nachliefen, was solle man da tun? Mit den Drogen sei das etwas anderes. Allerdings hatte Laura Hemmungen, in Pacos Gegenwart darüber zu sprechen, denn die Augen des alten Herrn waren im Lauf ihres Berichts ohnehin immer größer geworden. Sie versuchte das Thema möglichst kurz abzuhandeln, indem sie lediglich sagte, gekifft wird, was das Zeug hält, wie ihr euch denken könnt. Und was das Kokain angeht … Sie illustrierte es ihnen mit einem Beispiel: Wenn die Stimme dein Instrument ist und du eines Tages das Gefühl hast, nicht astrein zu klingen, und dir eine Line reinziehst, bevor du auf die Bühne gehst, und dann feststellst, es funktioniert, es gibt dir Selbstsicherheit, du singst besser als je zuvor, was machst du dann beim nächsten Konzert? Und um dich zu vergewissern, beim dritten wahrscheinlich wieder, und so wird es unversehens zur Gewohnheit. Du bist süchtig. Irgendwann ist es dann so weit, dass dich ein Kumpel zwischen den Kisten hinter der Bühne aufhält und versucht, dir gut zuzureden, so kannst du nicht auftreten, du wirst auf die Schnauze fallen, Mann, mit dir wird es ein böses Ende nehmen, aber du stellst die Ohren auf Durchzug, weil du das nicht hören willst. Ray jedenfalls kokst, geht raus und singt.

»Bei uns im Rafaeli passieren solche Dinge nicht, was, Paco?«

Míriam hatte das Bedürfnis, ihre Ordnung und ihr Territorium abzugrenzen. Hier bin ich, das ist mein Schwiegervater, und die rauschhafte Welt der Musik und der Drogen können wir uns auch alleine ausmalen. Als hätte Laura die Knoblauchsuppe erfunden und wäre extra angereist, um ihnen das Rezept zu erläutern. Je länger sie ihr zuhörte, desto irritierender fand sie, dass von dem ach so schwerwiegenden Problem – das Kim dazu bewogen hatte, wie eine Rakete nach London zu düsen, um sie zu retten oder zu trösten oder schlicht, um ihr zur Seite zu stehen, wie er sich nach seiner Rückkehr wörtlich ausgedrückt hatte – nicht das Geringste zu spüren war.

Paco Ráfales griff ihre Bemerkung auf.

»Nun ja, in seinem Zimmer kann jeder machen, was er will, aber für die Direktion gelten andere Regeln. Das ist wie mit dem Text und der Musik.«

»Worin besteht das Geheimnis eines Hotels wie eurem, Paco?«

»In einem Familienbetrieb gibt es nur ein Geheimnis. Keinen Feierabend.«

So nachdrücklich, wie er es sagte, war er davon fest überzeugt. Kim, der es unter diesem Aspekt noch nie betrachtet hatte, teilte seine Ansicht. Laura dachte an das Möbelhaus Constans und ihren Vater. Míriam, die unentwegt lächelte, konnte sich einen Einwand nicht verkneifen.

»Aber in einem Hotel ist schon alles ziemlich speziell, nicht wahr?«

»Wieso? Ein Hotel ist das Leben im Miniaturformat. Einige Leute bleiben lange, andere reisen schnell wieder ab, so wie manche Menschen uralt werden und andere sterben, bevor sie …« Paco merkte, dass alle am Tisch sofort an Àlex und Roger dachten, und wollte die Sache nicht vertiefen. Den Sümpfen der Erinnerung entkommst du nur schwer verwundet, wie sein Lieblingsdichter sagte, und dessen war auch er sich bewusst. Er versuchte, den Satz zu Ende bringen, ohne den Abend zu verderben. »Ein Hotel ist wie das Leben. Kim und Elsa haben mich das oft sagen hören. Die einen können sich eine Suite leisten, bei anderen reicht es nur für ein Zimmer, und manche schlafen zu zweit in einem Einzelzimmer und versuchen obendrein, sich davonzuschleichen, ohne zu bezahlen. Einige streiten sich wegen jeder Kleinigkeit, andere sind glücklich. Und wenn sie es nicht sind, geben sie vor, es zu sein, weil sie glauben müssen, dass es ihnen gut geht, um zu überleben. In einem Hotel wie im Leben gibt es Menschen, die eine Menge Wasser verbrauchen, und Menschen, die selten duschen. Manche machen viel Lärm und nehmen keine Rücksicht auf ihre Nachbarn, und manche kommen an, schlafen und gehen wieder, ohne dass jemand sie bemerkt hätte. Die einen haben eine Geliebte, die anderen hätten gern eine. Manche Gäste lassen etwas liegen, vorwiegend Pyjamas, andere lassen etwas mitgehen. Sie klauen alles, sogar die Batterien aus der Fernbedienung.«

»Und Duschgel und Shampoo«, ergänzte Elsa.

»Nein, Duschgel und Shampoo stellen wir ihnen hin, damit sie es mitnehmen. Wenn sie die Seife einpacken dürfen, verzichten sie auf den Bademantel.«

»Auch nicht immer.« Das wusste Kim nur zu gut, denn er hatte gerade erst fünfzig neue Bademäntel mit dem eingestickten Hotellogo bestellt.

»Ich hatte solche Lust auf eine gute Tortilla.« Laura fasste nach Pacos Hand, die auf dem Tisch ruhte. »Hast du die etwa selbst gemacht?«

»Wenn ich jetzt ja sage, schmeckt sie dir dann noch besser?«

Nach einer Auswahl von unterschiedlichen Tees und Kaffee erhob sich Míriam als Erste, dankte für das Essen und erklärte, sie würde jetzt gern nach Hause gehen, wenn Kim sich aber noch mit Laura unterhalten wolle, fahre sie schon einmal vor nach Bonanova. Elsa, die sich schon seit einer Weile die Augen rieb, schloss sich ihr auf dem Weg nach unten an. Im Aufzug stellte Míriam ihrer Schwägerin die Frage, die ihr schon den ganzen Abend durch den Kopf ging.

»Würdest du dir diesen Leberfleck nicht auch entfernen lassen, Elsa?«

»Welchen Leberfleck?«

Paco zählte noch etwa zwanzig Minuten lang in chronologischer Reihenfolge die Hotels und Restaurants auf, die er in London besucht hatte, um, wie er es nannte, Industriespionage zu betreiben, was nichts weiter bedeutete, als sich überall die besten Ideen abzugucken, dann rollte er seine Serviette zusammen, schob sie in den Ring, stand vom Kopfende des Tisches auf und sagte:

»Kinder, ich lege mich schlafen«.

»Ich denke, ich auch.« Laura musste schon länger ihr Gähnen unterdrücken.

»Hast du deinen Mantel?« Kims Frage überraschte sie.

»Im Zimmer. Warum?«

»Holen wir ihn.«

»Willst du noch einen Spaziergang machen? Jetzt?«

»Am liebsten, ja.«

Laura verschwand für einen Augenblick auf ihrem Zimmer, während Kim die Fahrstuhltür offen hielt, dann kehrte sie mit dem Kamelhaarmantel über dem Arm zurück. Sie gefiel ihm in ihrer weißen Seidenbluse mit den spitzen Kragenecken, über die sie einen kurzen beigen Kaschmirpullover trug, der bis zu den Taschen ihrer Jeans reichte. Es sah elegant und lässig zugleich aus und auch die hohen Schuhe, die sie trug, waren ungewohnt und fielen ihm auf. Statt nach unten zu fahren, benutzte er einen lila Schlüssel, mit dem er den Aufzug weiter nach oben schickte, noch über das elterliche Stockwerk hinaus.

»Wir fahren wieder hoch?« Sie war in den Mantel geschlüpft.

»Ich zeige dir jetzt mal einen Winkel des Rafaeli, den nur sehr wenige Leute kennen.«

Oben angelangt, öffnete sich die Tür, und sie befanden sich auf einer etwa zwölf Meter langen Terrasse, auf der zu beiden Seiten Kübel und Blumenständer mit sorgsam gepflegten Pflanzen standen. An einem Ende erhob sich über vier hellen Säulen ein kleiner Pavillon mit Blick auf den Passeig de Gràcia.

Laura trat an die Brüstung aus demselben weißen Stein und beugte sich darüber. Die Autos klangen weit weg. In Winternächten sind die Geräusche der Stadt gedämpft.

»Das sieht wirklich hübsch aus, wenn die Lichter an sind. Wir haben eine herrliche Stadt, Kim.« Sie versuchte, einzelne Gebäude und Türme auszumachen, und sah wieder zu ihm. »Ist dir nicht zu kalt, nur mit dem Schal?«

Er schüttelte den Kopf. »Diese kleine Terrasse mag ich am allerliebsten«, sagte er dann.

Laura wandte der Stadt den Rücken zu und ließ eines der Geheimnisse des Rafaeli auf sich wirken. Einen Ort, den kein Tourist jemals gesehen hatte.

»Das war der Dachgarten meiner Mutter.«

Kims Ton war frei von Wehmut. Die konnte er sich nicht leisten. Es war eine rein sachliche Mitteilung.

»Sie kam jeden Tag hier rauf, setzte sich zum Lesen auf diese Bank oder kümmerte sich um die Blumen und Pflanzen. Sie konnte hier Stunden verbringen, mit den Setzlingen, mit der Erde … Diese großen Stiefmütterchen liebte sie besonders. Und die Alpenveilchen. Die roten mehr als die weißen. Wir haben alles so gelassen, wie es war, einschließlich der Kletterrose an der Wand.«

»Kümmerst du dich darum?«

Kim lachte, während er die drei Knöpfe seines Jacketts zumachte.

»Traust du mir das zu?«

»Wer dann, dein Vater?«

»Papa? Nein, nein, der auch nicht.«

»Wie schön, diese bunten Primeln.«

»Wir haben einen Gärtner, der mehrmals in der Woche kommt. Meinst du, hier sähe es so aus, wenn wir dafür zuständig wären?«

»Natürlich. Ich hatte vergessen, dass feine Leute wie ihr für alles jemanden haben.«

Wieder lachten sie. Er fasste Laura im Nacken, schüttelte sie scherzhaft und führte sie zu dem Pavillon. Dort ließ er sich auf der Holzbank nieder, die wie ein Aussichtsposten auf das ganze Leben war.

»Das also ist das Heiligtum der Ráfales.«

»Als Kinder waren wir gern hier, ja. Deshalb haben wir die Dachterrasse erhalten, nehme ich an. Und deshalb kämpfe ich jetzt darum. Damit das alles nicht verloren geht.«

»Darf ich mir eine anstecken?« Sie zog die Zigaretten hervor, und Kim nahm sich auch eine. »Was willst du damit sagen?«

»Ich stecke mitten in einer Schlacht um die Rettung des Hotels. Wie an dem Abend in London schon angedeutet, sind mein Vater und mein Onkel offenbar der Meinung, dies sei der richtige Zeitpunkt, ihre Hotels an eine große Kette zu verkaufen. Die beiden werden langsam alt, das Angebot ist gut … Und ich habe den Verdacht, dass mein Onkel von irgendwem geschmiert wird, und frage mich, warum wir uns alle damit so einfach abfinden.«

»Und was unternimmst du dagegen?«

»Offen gestanden, was immer ich kann, und ich fürchte, das ist nicht viel. Ich versuche, Papa davon abzuhalten, den letzten Schritt zu tun. Denn der Paco Ráfales, den du gekannt hast, ist heute in einer anderen Welt. Es ist, als hätte er längst das Handtuch geworfen. Aber ich werde das nicht zulassen.«

»Soll ich dir mal was sagen, Kim? Es freut mich, dich so zu sehen.«

»Ach ja?«

»Ja. Du warst auf dem besten Weg, ein Langweiler zu werden.«

»Wie bitte?«

Wieder einmal war sich Kim unsicher, ob sie es ehrlich meinte oder sich über ihn lustig machte. Laura, den Mantelkragen hochgeklappt, nahm einen langen Zug von ihrer Zigarette.

»Ein Langweiler. Ganz genau. Ich dachte schon, mit dir sei nichts mehr anzufangen. Ich glaubte dich den ganzen Tag hier eingesperrt und fixiert auf die Arbeit, das Hotel, die Preise, und jetzt stellt sich heraus, dass du im Grunde deines Herzens ein Idealist bist. Das hätte ich nie von dir gedacht.«

»Na ja …«

Ihre Hände streiften sich. Die Berührung, sanft, zart, nahm den Worten die Schärfe.

»Ich halte dir nichts vor. Es ist gut so. Hey, Kim, sieh mich an, es ist gut. Du gefällst mir, wie du bist. Und jetzt willst du sogar der Held sein, der den Namen der Familie rettet und um das Hotel der Eltern kämpft, oder wie hast du dich ausgedrückt? Und ich?« Sie entzog ihm ihre Hand. »Was ist aus mir geworden? Eine Dolmetscherin, die nur in den Sätzen anderer spricht und sich selbst verloren hat.«

»Jetzt übertreibe mal nicht.«

»Übersetzer haben keine eigene Stimme. Darüber habe ich viel nachgedacht. Ich spreche täglich stundenlang mit der Stimme anderer. Warum? Vielleicht weil ich selber nichts zu sagen habe.«

»Laura, nun halt mal die Luft an. Was redest du dir da ein? Du hast doch eine Menge sehr interessanter Dinge gemacht.«

»Oh ja, und was für welche! Erinnerst du dich noch an Professor Clemence?«

Sie blies den Rauch in die Luft.

»Richard Clemence, Staub und Bücher. Ich verliebe mich in einen alten Mann, renne meinem Philosophielehrer hinterher, wir spielen ein bisschen *My fair Lady*, er bringt mir ein paar Sachen bei, lässt sich mit Schwimmflossen für die Zeitung ablichten, um die Langsamkeit zu feiern – und was kommt dann? Eric Stuart, der Verführer. Coole Musik und das ganze Drumherum. Ständig unter Strom. Alben, Konzerte, Sänger, Aufnahmen und Bier. Immer am Limit und ein bisschen darüber. Wir hatten viel Spaß. Wir haben gelebt und gelacht. Viel gelacht, und noch mehr gearbeitet, uns alles abverlangt, und dann urplötzlich der Abgrund. Der Verrat. Der Zweifel, was, zum Teufel, ich noch will in diesem Land, wo ich meine besten Jahre vergeudet habe, erst an einen Greis, dessen Körper schon nach Alter zu riechen begann, und dann an einen verantwortungslosen Kerl, der nicht mal imstande war, mir zu gestehen, dass er … Willst du wissen, was ich Eric in meinem Abschiedsbrief geschrieben habe?« Sie ließ den Rauch langsam durch die Nase entweichen.

Mit einem Stirnrunzeln gab Kim ihr zu verstehen, dass das nicht sein musste, er ihr aber zuhören würde, wenn sie es sich von der Seele reden wollte. Allerdings fand er, man sollte nicht immer wieder alles aufrühren, wenn man über eine Sache hinwegkommen wollte. Und so wickelte er sich den Schal enger um den Hals, stand auf und lehnte sich ans Geländer. Er wollte nicht neben ihr sitzen, wenn er ihr sagte, was er dachte. Er musste ihr dabei in die Augen sehen.

»Laura, das Leben deiner Partner ist nicht *dein* Leben.«

Er zwang sie, den Blick nicht abzuwenden. Sie bemühte sich, diese Erkenntnis zu verdauen, und wusste nicht, wie sie reagieren sollte. Dein Leben ist dein Leben. Kim schwang sich auf die Brüstung, schlang die Füße um die Pfosten und suchte weiter nach den richtigen Worten. Worten, die helfen würden. Worten, die einer Freundin helfen würden. Worten, die einer Freundin helfen würden, eine harte Zeit durchzustehen.

»Noch ist Zeit für alles. Wir sind jung. Wir haben eine Menge gemacht, und es ist uns eine Menge widerfahren, aber wir sind noch sehr jung. Ich fühle mich jung, ich spiele Tennis, laufe, habe Freunde, gehe aus, amüsiere mich. Und ich bin kein Langweiler, damit du's nur weißt.«

»Das hat gesessen, was?« Laura wurde wieder munter. »Gib zu, dass du daran zu schlucken hast.«

»Immerhin hast du geglaubt, ich sei einer. Woher wolltest du das auch wissen? Du warst in London und hattest mich völlig vergessen, bis … Und ich habe mich hier derweil mit meinen Freunden vergnügt.«

»Welchen Freunden?«

»Was weiß ich. Freunden halt. Es gibt Freunde für alles. Tennisspielen, Spaßhaben …«

»Und fürs tägliche Leben.«

»Was sind Freunde fürs tägliche Leben?«

Es dauerte fünf Sekunden, ehe sie antwortete.

»Die, denen du erzählst, was dich bedrückt, würde ich sagen. Míriam, zum Beispiel. Erzählst du ihr alles?«

»Sie ist schlau.« Es klang stolz. »Sie sieht mir immer an, was mit mir los ist. Sie merkt alles.«

»Und wie ist es mit denen zum Tennisspielen und zum Spaßhaben, wisst ihr voneinander, was euch bedrückt?«

»Laura, wir sind Männer. Aber du und ich, zu welcher Sorte von Freunden gehören wir eigentlich?«

»Erzählen wir uns nicht immer alles?« Sie schwieg nachdenklich, und ihre Worte bekamen plötzlich ein ganz anderes Gewicht. »Übrigens habe ich mich heute nach so vielen Jahren zum ersten Mal wieder mit Elsa unterhalten und mich sehr gefreut, sie so wohlauf zu sehen.«

»Sie hilft mir viel im Hotel. Sie ist tüchtig. Eine Ráfales eben, wenn ich das in aller Bescheidenheit anmerken darf.«

»Sie weiß, was sie will, und sie hat es nicht leicht gehabt. Die kleine Elsa, was für ein ...« Laura bekam gerade noch die Kurve. »Was für ein Glück, einen Bruder wie dich zu haben. Einzelkinder wie ich wissen das zu schätzen.«

Das Ablenkungsmanöver gelang. Sie hatte Elsa damals versprochen, es niemals irgendjemandem zu verraten. Nicht einmal ihrem Bruder. Elsa war noch zur Schule gegangen, als sie an einem Freitag in der Bar einen Jungen kennengelernt hatte und dummerweise gleich schwanger geworden war. Der Junge tat, als hätte er nichts damit zu schaffen, und Elsa wusste nicht, mit wem sie darüber sprechen sollte. Mit ihrem Vater auf gar keinen Fall. Nachdem sie zwei schlaflose Nächte lang darüber nachgegrübelt hatte, wandte sie sich an Laura. Die beste Freundin ihres Bruders. Sie mochte sie gut leiden, und vielleicht konnte sie ihr helfen. Laura würde es niemals ausplaudern. Niemals. Sie hatte nicht viel Erspartes, aber was sie hatte, gab sie ihr, sie fand eine Klinik und sorgte für ein Alibi von zwei Tagen, damit man in ihrem Schülerwohnheim keinen Verdacht schöpfte. Elsa hatte Laura zugesagt, ihr alles zurückzuzahlen, sobald sie über das Girokonto verfügen durfte, das zwar auf ihren Namen lief, auf das sie aber erst mit achtzehn Jahren Zugriff haben würde. Eines

Tages, als Laura schon längst nicht mehr daran dachte, stand Elsa vor ihrer Haustür. Sie brachte ihr das Geld und ein Trikot der Lakers.

»Weißt du eigentlich noch, wie wir uns kennengelernt haben?«, fragte Kim und riss Laura aus ihren Gedanken.

»Natürlich, Kim, was für eine Frage.«

»An der Uni, ja, klar. Aber bei was genau?«

»Bei einer Gruppenarbeit für Englische Literatur.«

»Für diesen irren Professor, Francis Barata, korrekt.«

»Eine Arbeit über *Frankenstein*, von mir verfasst und von dir unterschrieben. Wie üblich.«

»Frechdachs.« Kim packte sie spielerisch am Mantelkragen. »Du hast eine ziemlich große Klappe.«

»Willst du wissen, was ich von dir gehalten habe an jenem ersten Tag?«

»Nein. Jetzt bin ich erst einmal dran, ich habe dir nämlich noch etwas Wichtiges mitzuteilen.«

»Du?«

»Ja, auch Langweiler haben wichtige Dinge zu sagen und manchmal sogar Gefühle.«

»Na, das wäre ja mal eine Neuigkeit.«

»Erinnerst du dich noch an die Kernaussage von *Frankenstein*?«

»So aus dem Stegreif …?« Sie konnte vor Müdigkeit kaum denken. »Weil ich die Arbeit geschrieben habe, müsste ich das noch wissen, meinst du?«

»›Du hast mir Emotionen gegeben, mir aber nicht erklärt, wie man damit umgeht.‹«

»Der Satz ist gut, ja.«

»Er ist gut, weil er wahr ist. Es ist der Vorwurf des Monsters an den Doktor und etwas, das uns nicht passieren darf.

Verstehst du, Laura? Es gibt Dinge, die uns zu Herzen gehen oder uns verstören, doch wissen wir diese Empfindungen im Ernstfall nie zu handhaben.«

»Wäre ein Leben nach Gebrauchsanweisung leichter? Mag schon sein, aber nicht so unterhaltsam.«

»Genau. Wir haben Zeit zum Lernen.«

Behutsam strich Kim ihr eine Haarsträhne aus der Stirn. Laura hing weiter der Vergangenheit nach.

»Du willst also nicht wissen, was ich nach unserer ersten Begegnung über dich gedacht habe?«

Kims Handy summte.

»Um ein Uhr morgens?« Er nahm es aus der Tasche und schaute darauf, ohne dass Laura das Display sehen konnte.

»Ein Problem?«

»Nein, nein. Nichts«, gab er zurück, während er die Nachricht überflog. »Nur Werbung für …«

›Die Kinder schlafen wie die Murmeltiere. Hier zu Hause ist alles in Ordnung. Du kommst doch auch bald, oder?‹ Kim las Míriams SMS, antwortete aber nicht. Er drückte lediglich fünf Sekunden lang auf das Display und steckte das ausgeschaltete Telefon in die Jacke. In die Innentasche.

19

Mit verhaltenem Zorn

Auf einen Schlag, ohne ersichtlichen Grund, ohne Vorankündigung, ohne dass du irgendetwas Außergewöhnliches getan hättest, gerät alles aus den Fugen. Einfach so, ganz plötzlich, obwohl es ein Tag wie jeder andere hätte werden sollen. Kim brachte den Wecker zur üblichen Zeit zum Schweigen, stieg schwerfällig aus dem Bett, duschte, schaltete im Bad Musik an, weil er von Katastrophen, Politik und anderen Schreckensnachrichten die Nase voll hatte, zog sich an, bereitete das Frühstück, brachte Jana zur Schule und Víctor in den Kindergarten und ging zur Arbeit. Im Rafaeli schien auf den ersten Blick alles in Ordnung zu sein. Ein Gepäckträger rief ein Taxi für einen Kanadier, der es eilig hatte, zum Flughafen zu kommen. Der Boden in der Halle glänzte wie jeden Morgen von dem duftenden Reinigungsmittel. Auf dem Tisch neben dem Eingang zur Cafeteria ruhte in rechtwinklig ausgerichteten Stapeln die gesamte nationale Dienstagspresse, und daneben lagen fünf große internationale Tageszeitungen vom Vortag. Sobald die aktuellen Ausgaben eintrafen, würde man sie nach und nach austauschen, diskret, wie es sich für ein gutes Hotel gehörte. Die Gäste bedienten sich am Frühstücksbüffet. Kaffee und Tee jedoch wurden aus Kannen im nordischen Design am Tisch ausgeschenkt. Auf dem Fernsehbildschirm in der leeren Pianobar liefen die CNN-Nachrichten. In der Bibliothek warteten die Bücher auf jemanden, der hereinkäme und sie aufschlug, wussten allerdings aus der Erfahrung vieler Vormittage, dass es dafür noch zu früh war. Am Rezeptionstisch überprüfte Kim die Aktualität der Tagestarife. Paco hatte mehr als einmal geklagt, er könne sich nicht daran gewöhnen, dass sich die Zimmerpreise wie Flugtickets viermal täglich änderten. Früher, vor den Neunzigerjahren, legte die Hoteldirektion die Preisgestaltung für das gesamte Jahr fest, für die Hochsaison, die Nebensaison, Wochenenden, Messen und den Monat August. Jetzt musste jeden Tag neu kalkuliert werden, und in dem Spiel, den jeweils richtigen Preis zu bestimmen, bestand das Geschäft.

Bevor er in den Aufzug stieg, steckte Kim den Kopf in die Cafeteria und erkundigte sich, ob die 218 schon zum Frühstück unten gewesen sei. Die Empfangsdame am Computerbildschirm verneinte. Er war versucht, ein Tablett mit Toast, Butter und Feigenkonfitüre zu bestücken und Laura den Cappuccino aufs Zimmer zu bringen. Er stellte sich vor, wie er an die Tür von der 218 klopfte, Laura, die sich mit verschlafenem Gesicht den Bademantel zuband, öffnete und ihn dienstbeflissen dastehen sah, das Tablett in den Händen, die Zeitung unter dem Arm und auf den Lippen ein herzerfrischendes Guten Morgen.

Aber er unterließ es und fuhr geradewegs in den fünften Stock hinauf. Dort empfing er auf seinem Handy eine Nachricht von Laura. Sie war schon frühmorgens nach Banyoles aufgebrochen. Ein Glück, dass er sich nicht vor ihrer Tür postiert hatte. Die Konfitüre wäre eingetrocknet.

Elsa war noch nicht da, und er machte Licht im Büro. Er liebte es, als Erster Lampen und Klimaanlage einzuschalten und die Maus zu bewegen, um seinen Hewlett-Packard zu wecken. Bis zu diesem Moment um Viertel nach neun Uhr morgens hatte er noch alles unter Kontrolle. Doch kaum saß er in seinem Schreibtischsessel, bemerkte er eine Veränderung. Neben dem Rechner, aufrecht an den Bildschirm gelehnt, befand sich ein brauner Umschlag, der ihm nicht bekannt vorkam. Er war zugeklebt. Mit blauem Kugelschreiber stand in großen Druckbuchstaben sein Name. Kein Nachname. Bloß KIM. Er drehte das Kuvert um. Kein Absender. Kein Stempel. Kein Hinweis. Er fasste das Kuvert mit einer Hand und hielt es mit ausgestrecktem Arm gegen das Licht, wobei er versuchte, die Umrisse des Inhalts zu erkennen, um beim Aufmachen nichts zu zerreißen. Der Brieföffner fuhr in eine Ecke des Umschlags, und in genau diesem Augenblick, Schlag Viertel nach neun, geriet sein Leben aus dem Lot.

Das war er.

Er mit einer barfüßigen Frau, die ein Paar Stöckelschuhe in der Hand trug.

Er, in Schwarzweiß, mit der stellvertretenden Direktorin einer Privatbank im Gang der zweiten Etage.

Er mit Sandra López – jetzt fiel ihm auch der Name wieder ein – unmittelbar, bevor sie Zimmer 218 betraten. Ein Standfoto aus den Aufnahmen der Überwachungskamera des Rafaeli. Ein einziges Bild. Unscharf, aber nicht zu verkennen. Nichts weiter. Keine Nachricht, gar nichts …

Wer hatte Zugriff auf diese Filme?

Wer wollte ihm eins auswischen?

Wer hatte ihm den Umschlag hingelegt?

In welcher Absicht?

Wer könnte ihn erpressen wollen?

Er brauchte keinen Begleitbrief, um eines zu verstehen. Wer auch immer über sein Geheimnis Bescheid wusste, bot an, Stillschweigen zu bewahren. Die Frage war nur, was man im Gegenzug von ihm erwartete.

Auf jeden Fall war es eine Riesenschweinerei.

Elsa kam ins Büro, mit frisch gewaschenem Gesicht und ihrem Morgenlächeln, und gab ihrem Bruder die üblichen zwei Küsschen.

»Was hast du?«

»Nichts.«

»Du guckst, als hättest du einen Geist gesehen«, sagte sie, während sie ihre Jacke in den Garderobenschrank hängte.

Kim zog die oberste Schreibtischschublade auf und legte den Umschlag hinein.

»Hattest du noch kein Frühstück, oder was fehlt dir?«

»Doch. Nein.« Er hob den Kopf. »Wie bitte?«

»Ob du gefrühstückt hast, oder ob du einen Kaffee brauchst. Bist du unterzuckert? Sag nachher nicht, ich würde mich nicht um dich kümmern. Wo hast du Laura gelassen?«

»Laura? Die ist nach Banyoles gefahren. Morgen kommt sie wieder. Sie hat sich endlich aufgerafft, ihre Eltern zu besuchen.«

»Laura ist eine tolle Frau. Ich mag sie sehr.«

»Klar. Hör mal … Weißt du, wer alles Einsicht in die Aufzeichnungen unserer Überwachungskameras hat?«

»Ist etwas passiert?«

»Nein, nein.«

»Ist ein Gast bestohlen worden?«

»Nein, Elsa, verdammt noch mal!«

»Mannomann, am frühen Morgen schon so miese Laune.«

Kim holte tief Luft. Brüsk erhob er sich, näherte sich mit schweren Schritten der Tür zu Pacos Büro, trat ein und ging bis zum Fenster, bevor er bedächtig wieder umkehrte.

»Verzeih, Elsa. Ja, es ist etwas passiert. Mir ist etwas passiert. Aber schwöre mir, dass du es niemandem sagst, schon gar nicht Papa.«

Elsa ahnte, dass es mit der Leichtigkeit dieses Morgens vorbei war.

»Ich schwöre es dir, Kim. Siehst du, ich habe doch gleich gemerkt …« Sie erkannte, dass dies kein guter Zeitpunkt für Vorhaltungen war. »Was ist los?«

Kim öffnete die Schublade und holte den Umschlag wieder hervor. Er drückte die Längskanten leicht zusammen, damit sich die Öffnung spreizte und das Foto herausglitt, ohne dass er es berühren musste. Als wäre es verseucht. Elsa dagegen griff ohne Bedenken zu.

»Wer ist das?«

»Sandra López.«

»Wer?«

»Die von der Bank, die uns bei den Investitionsfonds berät.«

»Ach du meine Güte …« Sie sah nach, ob auf der Rückseite etwas stand. »Wo stammt das her?«

»Das frage ich mich auch. Wer, glaubst du, könnte sich diese Aufnahmen verschafft haben?«

Sie überlegte einen Moment.

»Außer Papa, dir und mir kommen da nur Senyor Rubio und die Wachleute dran. Ob auch die Polizei, weiß ich nicht. Und dann gibt es noch den Monitor an der Rezeption.«

»Aber der speichert nichts, man hat nur alle Kameras zugleich im Blick. Und dieses Bild wurde ausgeschnitten …«

»Kann es noch mehr davon geben?«

»Was?«

»Ob es das einzige Foto ist, das es von dir und Sandra López gibt.«

»Ja, natürlich.« Kim klang fast beleidigt.

»Dann liegt es doch auf der Hand, worum es geht. Man will dir sagen, wir wissen, was du getan hast, also benimm dich gefälligst. Das ist alles.« Elsa konnte sich eine Grimasse nicht verkneifen. »Solange Míriam es nicht zu Gesicht bekommt.«

»Aber was glaubst du denn, was man mir damit sagt? Heute zeigen wir es nur dir, aber wir wissen, wo es größeren Schaden anrichten würde.«

»Hast du einen Verdacht?«

»Uff …« Kim streckte die Arme aus und fasste seine Schwester bei den Schultern. »Bring mich nicht dazu, es auszusprechen.«

Was er in Wahrheit zu gern getan hätte, aber nicht wagte. Elsa half ihm.

»An wen denkst du? Sag schon.«

»Es ist zu ungeheuerlich.«

»An unsere italienischen Cousins, stimmt's?«

»Und Onkel Vicenç und Zia Mina … Ich weiß nicht. Vielleicht nicht. Aber seit sie mit dem Radisson-Angebot hier aufgekreuzt sind … Sie ärgern sich, dass ich ihnen Kontra gebe.«

»Meinst du, sie wären zu so etwas fähig?«

»Ob ich das meine? Elsa, sei nicht so blauäugig. Sie wollen ums Verrecken verkaufen. Sie würden alles tun, damit Papa ihnen keinen Strich durch die Rechnung macht. Das ist doch offensichtlich.«

»Ja …« Elsa hatte das Gefühl, ihrem Bruder nichts verschweigen zu dürfen. »Papa will die Sache schnell unter Dach und Fach bringen, weil er nur noch die Venedigreise im Kopf hat.«

»Wovon redest du? Welche Reise?«

»Diana Laborde hat ihn ins Teatro La Fenice eingeladen. Dort hatte sie vor fünfzig Jahren ihr Debüt, man gibt ein

Fest für sie, und sie singt irgendeine Oper. Sie hat ihm zwei Karten fürs Parkett geschickt mit einem sehr lieben Brief, und er ist regelrecht aufgeblüht.«

»Ich kann es mir vorstellen.«

»Und er hat mich gefragt, ob ich mitkomme.«

»Und? Wirst du?«

»Keine Frage. Ich war noch nie in Venedig, und ich habe Lust, mit Papa hinzufahren. Das verstehst du doch, oder nicht?«

»Na klar, voll und ganz.« Kim strich Elsa mit einem Finger über die Wange. »Es wird dir sehr gefallen. Ich dachte, du wärst schon einmal dort gewesen.«

»Ich freue mich darauf. Jeder behauptet, Venedig sei die Stadt, in der die Zeit stehengeblieben ist.« Sie verzog das Gesicht. »Und dass die Kanäle stinken.«

»Wann fahrt ihr?«

»Am Samstag. Voraussichtlich. Bis dahin soll der Vertrag mit Radisson über die Bühne sein.«

Elsa schlang ihm die Arme um den Hals. Sie hatte das Gefühl, er könnte eine herzliche Umarmung gebrauchen. Und drei Worte.

»Gib nicht auf.« Und noch drei. »Wir halten zusammen.«

Den ganzen Vormittag über spürte Elsa Kims Unruhe. Seit Jahren hatte sie ihn nicht so reizbar erlebt. Er war unleidlich am Telefon, und als sein Vater ins Büro kam, fertigte er sogar diesen mit einem ungebührlichen Grunzen ab. Er war nicht wiederzuerkennen. Als sie hörte, dass er seinen Tennispartner Joan anrief, um ihre Dienstagspartie abzusagen, weil ihm in letzter Minute etwas dazwischengeraten sei, begann sie, auf ihn einzureden.

»Es würde dir guttun, hier rauszukommen, Kim. Du prügelst eine Weile auf den Ball ein und reagierst dich ein bisschen ab. Geh schon. Hör auf mich.«

Er griff sich seinen Schläger, den Beutel mit den Tennissachen und seine moralischen Konflikte und packte alles in den Kofferraum seines Wagens. Es tat immer gut, sich mit der Dienstagsclique auf dem Platz zu verausgaben. Der Pompeia war nicht der beste Club von Barcelona, auch nicht der schickste, aber Kim fühlte sich wohl dort. Es war ein familiärer Verein mit wenigen Plätzen, am Montjuïc, auf halbem Weg zwischen der Stadt und der Festung. Die Tennisplätze waren 1929 ursprünglich als Pavillon für die Weltausstellung in Barcelona angelegt, danach aber zwanzig Jahre lang nicht mehr benutzt worden. Bis der Pompeia auf der Flucht vor den hohen Mieten der Innenstadt in eine Sportanlage am Berghang gezogen war, die so versteckt lag, dass nicht einmal die Bewohner der Stadt von ihrer Existenz wussten. Trotz seiner klangvollen offiziellen Bezeichnung Reial Societat de Tenis Pompeia besaß der Club weder Glamour noch einen Namen, aber seinen Mitgliedern war das gerade recht. Sie parkten auf dem Gelände, hatten in der Umkleide jeder einen geräumigen Schrank für sich, und der Beitrag war seit einer Ewigkeit nicht gestiegen. Vereinsvorstand Minguella – Josep Maria hier, Josep Maria da, so ging es den lieben langen Tag – war ein charmanter, gesprächiger Typ mit dem dezenten Äußeren und Auftreten eines Mannes, der in seinem Beruf zu den Größten gehört hatte und keinem mehr etwas beweisen musste. Minguella, der die besten Fußballspieler der Welt gemanagt hatte, übertrug seinen Schwung auf den Tennisclub, die Unterhaltungen im Restaurant und die Dominopartien. Die Mitglieder, die im Zuge vieler Stopps und beidhändiger Rückhände von Senioren zu Veteranen gereift waren, hatten nach und nach den Tennisschläger an den Nagel gehängt, zu den Dominosteinen gegriffen und sich in endlose Partien vertieft.

Für gewöhnlich erreichte Kim den Pompeia um Viertel nach zwei, zog in seiner Ecke des Umkleideraums die Sportsachen an, knotete sich das Stirnband um den Kopf, spielte eine Stunde Doppel – immer mit Saura, Via und Joan –, duschte, nahm mit seinen Freunden noch ein Bier und eine Tapa zu sich und kehrte wie neugeboren ins Rafaeli zurück. Seit vielen Jahren war ihm seine Tennispartie am Dienstagnachmittag heilig. Dieselben zwei Spielerpaare, dieselbe Uhrzeit, derselbe Sandplatz. Und womöglich ein Sieg, und wenn er noch so knapp war. Notfalls mit letzter Kraft durch einen Tie-Break im dritten Satz. Er verlor nicht gern, bei nichts. Und wenn ein Ball im Spiel war, erst recht nicht. Es war die einzige Zeit in der Woche, in der er alles vergaß und seine Welt sich auf den einen entscheidenden Volley am Netz reduzierte. Dann existierte nichts sonst. An diesem Dienstag jedoch fiel Joan, einem Spieler mit mehr gutem Willen als Geschick, der seit jeher sein Tennispartner war, auf, dass er nicht bei der Sache war.

»Kim, entweder vorne oder hinten.«

»Was sagst du?« Er hatte nicht zugehört.

»Wenn du mitten auf dem Platz bleibst, sind wir erledigt.«

»Ach ja, entschuldige …«

Beim fünften Spiel, mit zwei zu drei im Rückstand, war Kim mit dem Aufschlag an der Reihe. Um Viertel nach drei schien ihm die Sonne ins Gesicht, und als er den Ball mit der linken Hand hochwarf, war er geblendet. Sosehr er die Lider zusammenkniff und obwohl er den Bewegungsablauf perfekt beherrschte, fiel es ihm schwer, den Ball zu treffen.

Im entscheidenden Moment des Spiels, als Saura und Via in Führung lagen, unterlief ihm ein Doppelfehler. Sie kassierten ein Break – vier zu zwei –, und Kim, erbost über die Niederlage, über seinen Fehler und über das Foto von Sandra López, das ihm nicht aus dem Sinn gehen wollte, knallte seinen Schläger gegen die Wand.

»Das macht doch nichts, Kim«, versuchte Joan, ihn zu trösten. Als Lateinlehrer am Gymnasium war er gut darin, auf verlorenem Posten zu kämpfen.

Der Schläger war noch heil, Kim hatte Glück gehabt. Der zentrale Platz, wo man 1929 die Partien der Weltausstellung ausgetragen hatte, war eine eigentümliche Konstruktion. Auf einer Seite befanden sich eine zweistufige Tribüne aus Stein und eine Plattform, von der aus man die Spiele verfolgen konnte. Auf der anderen die gigantische Mauer, gegen die er seinen Wilson geschmettert hatte und die dem ersten Platz in der Stadt, auf dem ein Davis Cup stattgefunden hatte, etwas Bunkerhaftes verlieh. Er hob den Schläger auf, um die Partie fortzusetzen, behielt ihn jedoch nicht lange in der Hand.

»Out!«

Der Ball, den Saura für aus erklärte, war Kims Ansicht nach drin gewesen. Diesen Topspin konnte er nicht verschlagen haben.

»Markier die Stelle.«

Saura näherte sich der Linie, um nach dem Abdruck zu suchen.

»Ich hatte auch nicht den Eindruck, dass er aus war«, bemerkte Joan. Überzeugt war er davon nicht, aber sein Gefühl sagte ihm, dass Kim Zuwendung brauchte.

»Hier. Er war aus.« Saura zeichnete einen Kreis um die Spur vom Aufprall eines Balles.

»Nie im Leben«, blaffte Kim. »Du hast mir vorhin schon einen annulliert. Damit sind es zwei.«

»Lass gut sein, Mann, spielen wir weiter, ist doch egal …« Via, Verwaltungsangestellter, wollte keinen Ärger. »Wir ziehen zwei ab und wiederholen den Punkt, kein Problem.«

Wutentbrannt war Kim ans Netz gestürmt. Er wollte sichergehen, dass Saura keine Stelle einkringelte, die nicht von seinem Ball stammte.

»Nein, verdammt noch mal, nein. Wenn du so blind bist, kannst du nicht spielen. Jede Woche dasselbe.«

»Was soll das heißen, Blödmann, jede Woche dasselbe?« Wenn Saura sich angegriffen fühlte, warf er sich in die Brust und kehrte den autoritären Schuldirektor heraus, der sich gegen die unterschiedlichsten Leute durchsetzen konnte.

»Ich komme zu meinem Vergnügen her, nicht damit du mir meinen Punkt annullierst, wenn der Ball noch drin war, ich muss doch sehr bitten!«

»Und ich sage dir, es ist der hier.« Mit dem Griff seines Schlägers tippte Saura auf den Fleck und sein Blick fegte über den Boden, als suchte er einen Strand nach Muscheln ab. »Da ist sonst keiner.«

»Scher dich zur Hölle, Mann. Wenn du unbedingt gewinnen willst, hast du jetzt gewonnen.« Kim schleuderte den Schläger auf den Boden und ging.

Via und Joan versuchten, ihn zum Bleiben zu bewegen, doch Kim hatte nicht die Absicht, Frieden zu schließen.

»Also dann, bis nächsten Dienstag …«, rief Saura ihm spöttisch nach, als er sah, dass Kim sich das Band vom Kopf riss und den Platz verließ.

»Ich komme dienstags nicht mehr. Sucht euch einen anderen. Ihr könnt mir alle drei gestohlen bleiben.«

Er duschte länger als sonst. Mit hängendem Kopf ließ er sich das heiße Wasser in den Nacken prasseln. Allmählich beruhigte er sich. Wenig später jedoch fing er wieder an, auf Gott und die Welt zu fluchen. Mit leiser Stimme. Ohne konkret zu werden. Auf alles und jeden. Tennis war mit einem Mal vollkommen unwichtig. Sich wegen eines Scheißballs mit seinen Freunden zu verkrachen … Er wusste, dass er im Unrecht war. Er hatte aus einer Mücke einen Elefanten gemacht. Nachdem sein Zorn verraucht war, sah er wieder klarer. Die Nerven waren mit ihm durchgegangen, und er hatte die dafür bezahlen lassen, die am wenigsten dafür konnten. Sollte er sie beim Hinausgehen noch auf dem Platz antreffen, vielleicht bei einem amerikanischen Doppel, zwei gegen einen, würde er sich bei ihnen entschuldigen. Und wenn es nur auf die typisch männliche, herablassende Art wäre, bei der man sich nichts vergibt. Bevor er sich einseifte, den Wasserstrahl auf den Schultern und die Augen geschlossen, begann Kim, Entschlüsse zu fassen. Über die Erpressung würde er vorläufig nicht mit seinem Vater sprechen. Zuerst musste er herausfinden, wer ihm da aus heiterem Himmel eine reinzuwürgen versuchte. Um die Sache zu entschärfen, würde er die Sache allerdings seiner Frau beichten. Wollte er das Heft in der Hand behalten, sollte er nicht riskieren, dass Míriam durch andere von seinem Abenteuer in der 218 erfuhr. Dem Abenteuer oder besser gesagt – den Abenteuern. Kim befürchtete, dass dieses Foto nur als Köder diente, um ihn wissen zu lassen, dass wer eines hatte, noch mehr haben könnte. Kim mochte lieber nicht darüber nachdenken, wie viele. Fürs Erste würde er sich auf Sandra López beschränken. Das einzige Foto. Den Beweis für etwas, dessen überführt zu werden, er niemals erwartet hätte.

Als er den richtigen Moment für gekommen hielt, war es jedoch schwieriger als gedacht. Er hatte das Gespräch mit Míriam bis nach dem Abendessen hinausgeschoben, bis Jana und Víctor im Bett lagen und sie ihre allabendliche Weile familiären Friedens für sich hatten. Nachdem Kim in keinem Fernsehsender etwas Interessantes gefunden hatte, nahm er all seinen Mut zusammen. Auch wenn er innerlich flatterte, war ihm äußerlich nichts davon anzumerken.

»Míriam …« Er strich sich mit zwei Fingern über die Brauen. »Ich muss etwas mit dir besprechen.«

Wird auch Zeit, dachte Míriam. Sie griff nach der Fernbedienung und zielte damit auf den Apparat. Es genügte ihr nicht, ihn stummzuschalten, wie sonst, wenn sie über etwas Wichtiges reden wollten, über die Kinder oder geschäftliche Sorgen. Mit wütendem Nachdruck schaltete sie ihn ganz aus. Dann kam sie ihrem Mann zuvor.

»Wie soll das jetzt eigentlich mit Laura weitergehen?«, platzte sie heraus.

»Mit Laura?« Kim fühlte sich überrumpelt. Es war das Letzte, womit er in diesem Augenblick gerechnet hatte. Doch dann entschied er sich, die unerwartete Wende zu nutzen und darauf einzugehen. »Was ist denn mit ihr?«

»Ach, nichts.« Sie sah Kim ins Gesicht. »Vergiss es einfach …«

Míriam wusste nicht, wo sie anfangen sollte. Sie hatte lange überlegt, wie sie das Thema zur Sprache bringen sollte, doch als es jetzt so weit war, griff ihr Plan nicht mehr. Sie wusste nicht, wie sie ihrem Mann gegenüber damit herausrücken sollte, ohne die Nerven zu verlieren.

»Was meinst du damit, wie es mit Laura weitergehen soll?«, hakte Kim noch einmal nach.

»Nun ja … Neulich hast du gesagt, du hättest vielleicht vor, Laura eine Stelle anzubieten. Ich habe mir das durch den Kopf gehen lassen und … möchte dich um etwas bitten.« Sie sah ihm direkt in die Augen. »Lass sie nicht im Hotel arbeiten.«

»Aber …« Er schaute zu Boden.

Míriam fuhr fort, langsamer jetzt.

»Sieh mich an, Kim, bitte.« Und als sie einander aus zwei Spannen Abstand in die Augen sahen, klang sie so eindringlich wie noch nie in ihrer siebenjährigen Ehe. »Ich will sie nicht bei uns im Team haben, einverstanden?«

»Aber sie wäre bestimmt eine erstklassige PR-Frau. Die Idee ist gut. Das Hotel ist gewachsen und …«

»Ach, Kim. Das Hotel ist gewachsen, sicher, und wahrscheinlich wäre sie die beste PR-Frau der Welt und würde einen fabelhaften Job machen, weil sie einfach alles fabelhaft macht, wie wir ja wissen. Dennoch bitte ich dich um diesen einen Gefallen, und ich habe dich bisher um sehr wenig gebeten und über vieles hinweggesehen, aber darum bitte ich dich wirklich.« Die folgenden Silben spuckte sie einzeln aus: »Ich will Laura nicht im Rafaeli.«

»Wäre sie ein Mann …« Noch hatte er nicht vor, klein beizugeben. Was Laura anging, war sein Gewissen rein, und er brachte ein weiteres Argument. »Wäre sie ein Freund, der in Schwierigkeiten steckt, hättest du nichts dagegen, wenn ich ihm unter die Arme greife.«

»Laura ist aber kein Mann.«

»Míriam …« Enttäuscht ließ er die Schultern hängen.

»Kim, ich bitte dich inständig.«

»Aber …«

»Uns zuliebe.«

»Ich verstehe deine Aversion gegen sie nicht.«

»Ehrlich gesagt«, Míriam stand vom Sofa auf, zu erregt, um stillzusitzen, »hätte ich einem kleinen Leberfleck niemals eine solche Anziehungskraft zugetraut.«

»Beruhigen wir uns mal für einen Moment, ja? Was, glaubst du, ist zwischen Laura und mir gelaufen? Wir sind befreundet. Es ist eine reine Freundschaft.«

»Ja, das habe ich schon gemerkt. Sie hat ein Problem, und du lässt alles fallen und düst nach London. Dann kommt sie hierher, und du quartierst sie im Hotel ein. Und dann, ach je, geben wir ihr doch einen Job, falls sie sich nicht über Wasser halten kann. Soll sie nicht so eine geniale Dolmetscherin sein?«

»Was gibt es daran auszusetzen, Míriam? Sag es mir. Können ein Mann und eine Frau denn nicht befreundet sein?«

»Ich möchte, dass sie möglichst weit weg vom Rafaeli ist, Kim. Hilf ihr meinetwegen, das kann ich dir nicht verbieten, aber weit weg vom Rafaeli. Das ist das Einzige, was ich von dir verlange. Nichts weiter.«

Kims Blick wurde durch ein Rascheln abgelenkt.

»Was willst du denn hier?«

Weder Míriam noch Kim hatten ihn kommen hören. Da stand Víctor, in der Tür zum Esszimmer, im Arm seinen Stoffbären mit der Kappe der New York Yankees.

»Ich kann nicht schlafen«, jammerte er mit weinerlichem Gesicht.

»Leg dich wieder hin, ich komme gleich.«

Víctor hörte nicht auf seine Mutter und stand wie angewurzelt da. Die Haare feucht, von oben bis unten schweißgebadet, rührte er sich nicht von der Türschwelle und umklammerte das Plüschmaskottchen der Baseballmannschaft, als hinge sein Leben davon ab. Míriam entschied sich, sofort zu handeln. Sie ging hinüber und streckte dem Kleinen ihre Hand hin, die er reflexartig ergriff.

»Na komm, gehen wir.« Ohne Licht zu machen, verschwanden die beiden im Flur. »Ich hab dir doch gleich gesagt, dass dieser Schlafanzug zu warm ist. Hat Mama es dir gesagt oder nicht? Und Mama hat immer recht, stimmt's?«

Kim schaltete den Fernseher wieder ein. Er hatte keine Lust mehr zu reden. Er fand es ungerecht, für etwas beschuldigt zu werden, das er gar nicht getan hatte. Nicht mit Laura jedenfalls. Die Sache mit der Erpressung beunruhigte ihn weiterhin. Er nahm sich vor, herauszufinden, wer ihn verraten hatte, Míriam jedoch vorläufig nichts zu sagen. Seufzend starrte er auf den flimmernden Fernseher. Und das alles an ein und demselben Tag. Was für ein beschissener Dienstag. Er hätte im Bett bleiben sollen.

20

Wie eine Primadonna

Lieber Paco Ráfales,

ich schreibe Ihnen aus Paris, an einem verregneten Morgen, an dem ich das Hotel nicht verlassen werde. Dieser Tage singe ich die Norma im Palais Garnier. Zwei Aufführungen sind schon geschafft, vier haben wir noch vor uns. Wir können uns wahrhaftig nicht beklagen. Wir haben gut zu tun, die Kritiken für die Casta Diva sind überwältigend, das Publikum des Garnier, ein sehr sachkundiges Publikum, ist außer sich vor Begeisterung, und die Inszenierung, eine Produktion der Pariser Oper, wird gewiss die ganze Welt erobern.

Ich wohne im Ritz an der Place Vendôme. Ich erinnere mich, dass Sie mir einmal gesagt haben, dieser Platz sei Ihnen der liebste. Sie haben von seiner Symmetrie gesprochen, der klassischen französischen Städteplanung, und mich aufgefordert, mir den Platz ohne die Säule vorzustellen. Das habe ich heute Morgen versucht, als ich aus dem Fenster schaute, und – Sie werden mir verzeihen – unweigerlich an Sie gedacht. Und da habe ich beschlossen, Ihnen zu schreiben.

Dieser Brief hat einen doppelten Anlass. Zum einen möchte ich Sie wissen lassen, dass ich in jedem Hotel der Welt, auch in einem mit fünf Sternen und großem Luxus wie diesem, an das Rafaeli denken muss. Dank der Fürsorglichkeit, die mir durch Ihren Vater und nun schon seit so vielen Jahren durch Sie selbst zuteilwurde und immer noch wird, fühle ich mich in Barcelona jedes Mal wie zu Hause. Ich liebe es, im Liceu zu singen, ich liebe es, das Theater von der Rambla aus zu betreten, wenn es draußen noch hell ist (das Licht und die Farben dieser Straße sind einfach unvergleichlich), und ich liebe es, nach der Vorstellung an der Tür des Hotels von Ihnen mit einem Blumenstrauß und einem liebenswürdigen Guten Abend empfangen zu werden. Ihr Lächeln, Ihre elegante Zurückhaltung und der wohltuende Gruß, den Sie stets auf den Lippen haben, finde ich nirgendwo sonst. Ich würde das größte Opernhaus nicht gegen einen Auftritt in Barcelona eintauschen, und kein Grand Hotel der Welt gegen einen Aufenthalt in dem Ihren.

Auch werde ich nie vergessen, dass man mich, als mein Name noch winzig klein ganz unten auf den Plakaten stand, im Rafaeli bereits wie eine Primadonna behandelt hat. Und genau so habe ich mich in Ihrem Haus vom ersten Tag an gefühlt. Ich kann Ihnen versichern, Paco Paquito, dass man mich in Japan oder den Vereinigten Staaten zwar mit Aufmerksamkeiten überschütten mag, aber entweder zu überschwänglich oder zu oberflächlich ist und nie die exakte Dosis trifft wie meine Rafaeli-Familie. So bezeichne ich Sie gern, nachdem wir uns ja nun schon einige Jahrzehnte kennen (ich will gar nicht nachrechnen, wie viele es inzwischen sind).

In all diesen Jahren habe ich erlebt, wie sich das Hotel entwickelt und das Leben den Ráfales gewaltige Höhen und Tiefen beschert hat. Sie ahnen nicht, lieber Paco, wie oft ich an die Tragödie ihrer Söhne gedacht und mir vorgestellt habe, wie es mir wohl erginge, würde mir ein derartiges Unheil widerfahren. Bei jedem Überseeflug schaue ich aus dem Fenster und sinne über die Grausamkeit eines Ozeans nach, der zwei starke, gesunde Jungen wie die Ihren verschlingt. Ich hoffe, ich trete Ihnen nicht zu nahe, wenn ich eingestehe, dass ich eines der eindrucksvollsten Gespräche meines Lebens mit Ihnen geführt habe. Ich kam vom Liceu, wo ich ein Werk von Gounod gesungen hatte (ich weiß nicht mehr, ob Roméo et

Juliette *oder* Faust*). Jedenfalls luden Sie mich in Ihr Büro ein, wo Sie fertig geschältes und geschnittenes Obst für mich hatten anrichten lassen. Es dürfte so an die zwei Jahre nach dem Tod Ihrer Söhne gewesen sein, und ich fragte Sie, wie Sie sich fühlten. Da ich die Antwort durchaus fürchtete, bemühte ich mich, das heikle Thema behutsam und taktvoll anzugehen. Und Sie, vielleicht erinnern Sie sich gar nicht mehr daran, sagten nur einen Satz. Einen einzigen, aber aus tiefstem Herzen:*

Ich vermisse sie schmerzlich.

Das war alles. Sie vergossen keine Träne. Ich dagegen musste mich zusammennehmen, und dieses schmerzlich, lieber Paco, hallt seither in mir wider. Es quält mich unablässig. Nie habe ich ein mit solcher Inbrunst ausgesprochenes Wort gehört. Nie habe ich eine Note gesungen, die so wahrhaftig geklungen hätte wie dieses eine Wort von Ihnen.

Später habe ich darüber viel nachgedacht. Beim Theater tragen wir alle Masken und verwandeln uns in eine Figur, wir lesen eine Partitur und schlüpfen in eine Rolle, aber wie schwer es doch ist, Madonna santa*, sich im realen Leben in einen anderen Menschen hineinzuversetzen.*

Sie müssen mir verzeihen, dass ich Ihnen das alles schreibe. Es tut mir leid, wenn ich damit an Wunden rühre, das habe ich nicht gewollt. Aber für mich gehört es zu den Dingen, die man lieber aussprechen sollte, als sie für sich zu behalten. Kennen Sie dieses Gefühl? Ich habe es Ihnen nur in der allerbesten Absicht erzählt, um Sie wissen zu lassen, wie sehr ich mich immer darauf freue, Sie in die Arme zu schließen, wenn ich ein- oder zweimal im Jahr das Glück habe, im Rafaeli zu sein.

Und da die Zeit nun einmal wie im Flug vergeht, das Leben ein Windstoß ist, im Nu zwanzig Jahre um und wir beim dritten Akt angelangt sind – dem letzten, bevor der Vorhang fällt –, komme ich zum zweiten Grund für diesen Brief, den ich Ihnen mit eigener Hand schreiben wollte. Wie Ihnen vielleicht bekannt ist, begehe ich demnächst mein fünfzigjähriges Bühnenjubiläum und singe zu diesem Anlass die Lucia di Lammermoor *im Gran Teatro La Fenice di Venezia. Es ist meine Lieblingsrolle, auch wenn ich zugegebenermaßen mittlerweile ein bisschen zu alt dafür bin, doch die Leitung des Opernhauses hatte mir freie Hand gelassen, und ich durfte das Stück, die Besetzung und den Dirigenten selbst auswählen. Somit werde ich also das immense Glück haben, auf der Bühne von lauter Akteuren umgeben zu sein, die ich bewundere, und es wäre mir eine Riesenfreude, auch im Publikum die Menschen zu wissen, die mir in all diesen Jahren auf die eine oder andere Weise mit ihrer Treue, Professionalität und Hilfsbereitschaft zur Seite gestanden haben.*

Darum, lieber Paco, fände ich es sehr schön, Sie dabeizuhaben, und lege Ihnen zwei Karten für Parkettplätze bei – die Ihnen hoffentlich zusagen werden –, damit Sie teilnehmen können, mit wem Sie möchten. Im Anschluss an die Vorstellung findet im Theater ein kleines Fest für ein paar hundert geladene Gäste statt. Meine Tochter Alma und mein Mann werden aus Kanada kommen, aus Bulgarien die ganze Familie Davidova.

Habe ich Ihnen je erzählt, dass ich dort noch fünf Schwestern habe? Die würde ich mit dem größten Vergnügen meinem Lieblingshotelier vorstellen.

Nur allzu gern würde ich Sie, lieber Paco, an diesem ganz besonderen Tag in meinem Leben willkommen heißen und mit Ihnen auf einen wolkenlosen Horizont anstoßen.

In unendlicher Dankbarkeit und voller Vorfreude, Sie in Venedig wiederzusehen, grüßt Sie herzlich

Diana Laborde

PS: Vermutlich wird es für Sie kein Problem sein, in Venedig ein ordentliches Hotelzimmer zu finden, sollte es sich bei diesem Dezemberwochenende jedoch um einen dieser verrückten Termine handeln, an denen ganz Venedig overbooked ist, sprechen Sie meine Sekretärin an. Es gibt nichts, was Virginia nicht regeln könnte.

21

Vierundzwanzig Stunden den Helden zu spielen, ist sehr ermüdend

Nach einigen Sekunden fuhr sich Paco mit beiden Händen durch das weiße Haar und schnaubte. Hinter seinem Schreibtisch sitzend hatte er Kims Bericht schweigend angehört. Distanziert zuerst, dann ungläubig und schließlich mit wachsender Entrüstung. Kim hatte sich bemüht, alles so klar und sachlich wiederzugeben, wie er nur konnte. Alles, was er preisgeben wollte. Unterlagen hatte er keine dabei. Auch wollte er seinem Vater kein Foto zeigen. Um mit ihm auf Augenhöhe übers Geschäft zu reden, war das nicht nötig. Es handelte sich darum, ihm seine Argumente darzulegen, ohne sich zu ereifern. Nur die Fakten. Hätte er der Versuchung nachgegeben, seinen Onkel Vicenç anzuschwärzen, wäre sein Vater in die Defensive gegangen. Anfangs hatte Paco – der die Dinge sehr wohl zu trennen wusste – in dem, was sein Sohn da vorbrachte, eine letzte verzweifelte Anstrengung gesehen, den Countdown aufzuhalten und die Unterzeichnung des Kaufvertrages zu verhindern. Bereits an diesem Nachmittag um Viertel nach sechs würden die Schweden von Radisson mit zwei Anwälten im Rafaeli eintreffen und ihre Zimmer beziehen. Und morgen würden sie sich mit Paco und Vicenç zusammensetzen, um letzte offene Fragen bezüglich der Übernahme der beiden Rafaelis in Barcelona und Rom durch die internationale Hotelkette zu erörtern. Die Bilanzen, die Eckpunkte der Zusammenführung und die Eingliederung des Personals waren geklärt, dafür hatte

Vicenç in weiser Voraussicht bereits gesorgt. Zu Themen wie Beschilderung, Lieferantenstamm, Sicherheit und was sich darüber hinaus in letzter Minute ergeben mochte, stand eine Einigung hingegen noch aus. Nach dem letzten E-Mail-Austausch war den Schweden zudem bewusst geworden, dass auch abgestimmt werden musste, in welcher Form man den Verkauf nach innen und nach außen kommunizieren, also die Angestellten und Gäste informieren wollte. Und das alles war noch auszuhandeln, schriftlich niederzulegen und zu unterzeichnen. Übermorgen war ihr Termin bei Notar Masoliver, der sämtliche Verträge und Testamente der Ráfales beglaubigt hatte, und das schon zu Großvater Franciscos Zeiten. Noch immer stumm, erhob sich Paco schwerfällig aus dem Sessel, in dem er Kims eindringlichem Bericht gebannt gelauscht hatte. Er zog seine Hosen hoch, ging an eines der Balkonfenster, das er immer einen Spalt offenließ, damit der Rauch abzog, und starrte blicklos hinaus auf den Passeig de Gràcia. Dann rückte er seine Krawatte zurecht – die rote für mittwochs – und fing an zu fluchen. Erbittert schimpfte er auf alles und jeden. Auf Vicenç mit seinem Ehrgeiz und seiner Habgier, der schon von klein auf seinem Bruder immer alles geneidet habe. Ob es ein Spielzeug gewesen sei oder ein Kuss der Mutter oder ein Päckchen Zigaretten oder die Freundin oder ein Hotel in Barcelona … Auf Mina, diese Schlange, Anstifterin zu allem Bösen, die den Hals nie voll kriegen könne. Die halte sich wohl für die Cardinale, so eitel, eingebildet und aufreizend, wie sie sich gebärde. Auf Romulus und Remus, diese Aasgeier, die ihrer Mutter nachschlügen und für ein paar Münzen einen Mord begehen würden. Auf das Verräterschwein in seinem Hotel, das diesen Mist zu verantworten habe und das er finden werde, wer auch immer es sei. Auf Kims Schwanz, der einfach nicht stillhalten könne. Auf sich selbst, Dummkopf, Idiot, Trottel, weil er sich über den Tisch ziehen lasse und nicht kapieren wolle, worauf sein Bruder es in Wahrheit abgesehen habe und für wen, verdammt noch mal, er in seinem Alter in einen Krieg geschickt werden solle, der nie der seine gewesen sei, und weil er sich habe blenden lassen von einem Batzen schwedischem Geld, was für ein Schwachsinn, gütiger Gott. Und auf die Leute von Radisson, weil sie Vicenç mit einer Prämie, einer Gratifikation oder einem Bonus bestochen hätten. Mochten sie es nennen, wie sie wollten, Kim jedenfalls habe schlüssig bewiesen, was ihm auf seiner Londonreise bei einem Geheimtreffen mit einem Manager der Hotelkette enthüllt worden war. Dass nämlich sein Onkel, zusätzlich zum Kaufpreis, eine Provision kassieren wollte. Er allein. Ein rundes Geschäft. Direkt in die eigene Tasche, ohne dass irgendjemand Wind davon bekäme. Und Paco spie Feuer.

»Wie viel weiß Míriam?«

»Nichts.«

»Nichts wovon?«

»Du meinst, ob sie von dem Foto weiß?«

»Ja, verdammt, von der Erpressung.«

»Nichts.« Kim gab sich einen Ruck. »Meinst du nicht, um das Hotel zu retten, sollte ich …«

»Du gibst keinen Mucks von dir. Wehe, du bringst dich jetzt zum Opfer dar. Das würde gerade noch fehlen.«

Paco setzte sich wieder in den Sessel, seinem Sohn gegenüber. Sie sahen sich an, ernst, bedrückt. Der Vater wütend, gekränkt, grüblerisch. Erwartungsvoll der Sohn. Der Tisch war leer bis auf Marias Porträt, den Rahmen mit dem Bild von Àlex und Roger und einen perlgrauen Umschlag aus geripptem Papier. Nicht einmal der Pariser Poststempel ließ Kim aufmerken, so beschäftigt war er mit seiner Geschichte. Es handelte sich um Diana Labordes Brief, den Paco mindestens dreimal gelesen hatte. Als sein Vater begann, mit den Fingerknöcheln auf die Holzplatte einzuschlagen, immer wieder, mit steigendem Zorn, entfuhr Kim die Frage:

»Was hast du vor?«

Doch für seinen Vater war die Unterredung beendet.

»Das wirst du schon sehen.«

So war Paco. Von Tiefschlägen erholt sich ein Ráfales immer allein. Kim hätte gern gesagt, ich weiß, dass du am Samstag mit Elsa nach Venedig fliegst. Sie hat mir von dem Brief erzählt, den dir die Laborde geschrieben hat, mit Apfelduft und zwei Eintrittskarten für La Fenice. Aber er konnte sich nicht entschließen, diese Angelegenheit auch noch anzusprechen. Hinter ihm lagen einige höchst intensive Tage, und er spürte, dass es unmöglich war, ständig die Zähne zusammenbeißen. Vierundzwanzig Stunden den Helden zu spielen, ist sehr ermüdend.

Bevor er das Büro verließ, drehte er sich noch einmal um.

»Sag mal, Papa, wie heißt dieser Freund von dir in Australien?«

»Ramos?«

»Ist das der, mit dem du beim Militär warst? Ist der noch Rektor der Universität von Canberra?«

»Ja, vermutlich. Toiu Ramos. Warum?«

»Nur so.« Eins nach dem anderen. »Danke, Papa.«

Als Kim schon fast draußen war, rief ihn sein Vater zurück.

»Und Kim. Eine Sache noch.« Paco wartete, bis er sich umgewandt hatte, um ihm in die Augen zu sehen. »Lass deinen Hosenstall hin und wieder mal zu, mein Sohn.«

Die Reifen des Fahrrades waren platt, nachdem es so lange gestanden hatte. Im Abstellraum fand Laura eine Luftpumpe. Schon immer hatte es ihr gefallen, dass ihre ansonsten so ordentliche, saubere Familie in dem eisigen Keller über eine Höhle voller Überraschungen verfügte. Wenn man genau hinschaute – im Licht der nackten Vierzigwattbirnen war nicht viel zu erkennen –, konnte man drei bauchige Weinflaschen ausmachen, einen Haufen Kartoffeln, die in Jutesäcken auf ihren Verzehr warteten, eine Hacke für das kleine Gemüsebeet, das Clàudia im Garten angelegt hatte, die Werkzeugkiste eines Elektrikers, die der dort vergessen und nie wieder abgeholt hatte, das zusammengelegte Netz einer alten Hängematte. Und die Fahrradpumpe eben. Die Altimiras gehörten zu denen, die nichts wegwarfen, da man es ja noch einmal brauchen könnte. Als das Fahrrad einsatzbereit war, zog Laura den bordeauxroten Pullover über, den sie früher sehr geliebt, an den sie sich aber seit Jahren nicht mehr erinnert hatte. Er roch nach Schrank. Alle ihre Sachen in Banyoles hatten einen leicht muffigen Geruch angenommen. Ihr war es gleich. Sie würden schon auslüften, während sie zwei Runden um den Weiher radelte, um den Hals ihren alten blauen Glücksschal aus einer Zeit, in der sie noch abergläubisch war. Clàudia, glücklich, ihre Tochter zu Hause zu haben, wäre am liebsten andauernd mit ihr zusammen gewesen und fragte, ob sie sie begleiten könne. Laura streichelte ihr nur über die Wange, und Cláudia verstand, dass sie lieber eine Weile in die Pedale treten wollte, ohne reden zu müssen. Sie musste allein sein. Nach dem Gespräch mit Míriam am Vortag fühlte sie die Notwendigkeit, den Kopf klarzubekommen. Wäre Dickens noch da gewesen, hätte sie ihn mitgenommen, damit er hechelnd vor ihr hergerannt wäre, doch hatten sie ihn drei Jahre zuvor einschläfern müssen, und Clàudia wollte keinen Hund mehr, nachdem sie lange um ihn getrauert und deshalb bittere Auseinandersetzungen mit ihrem Mann gehabt hatte. Denn als der die ständige Heulerei leid war, hatte er sie angefahren, ihn werde sie wohl kaum so beweinen wie den blöden Hund, und da Clàudia erwidert hatte, darauf könne er Gift nehmen, waren für die Eheleute Altimira ein paar harte Wochen angebrochen.

An den Ufern eines Sees vergeht die Zeit nie. Das stille Wasser, verborgen hinter Schilf, ein Postkartenidyll mit seinen unveränderlich am Ufer stehenden Häuschen und den Enten, die ab und zu den Schnabel untertauchten, der Tümpel von Vilar, wo sie zahllose Stunden mit ihren Freundinnen verplaudert hatte, die Kirche von Porqueres, die sie so oft auf den Hochzeitsfotos ihrer Eltern gesehen hatte. Die Tage verharrten im Schwebezustand. Alles war unverändert. Die Jahrhunderte gehen vorüber, doch der Weiher ist immer dort und trotzt unerschütterlich dem Wetter und dem Lauf der Geschichte. Es war ein Gefühl, das Laura immer besser gefiel, je älter sie wurde. Auf jeder Runde, die sie um den See fuhr, kam sie an allen Stationen ihres Lebens vorbei.

Vorbei an den Jahren mit dem Philosophieprofessor, der irren Zeit in London mit den Bands und dem Fischerhäuschen La Carpa d'Or, wo sie mal mit Kim gewesen war. Sie glaubte, zwischen den Bäumen am Ufer denselben Kahn zu erkennen, der auch damals dort gelegen hatte, als sie und Kim aus Banyoles heraufgekommen waren, um sich mit der gemeinsamen Hausarbeit in Englischer Literatur zu befassen. Über den Roman *Frankenstein*, das wusste sie noch genau.

Francis Barata – was aus dem wohl geworden war? – hatte ihnen eine sehr gute Note gegeben. An jenem Nachmittag hatte sie entdeckt, dass der nach Kölnischwasser duftende Junge nicht bloß ein reicher Snob war. Er hatte ihr die Narbe von seinem Motorradunfall gezeigt, und von da an hatten sie über Gott und die Welt geredet, nur um die Narbe war es nie wieder gegangen. Es war der Tag, an dem sie ihre gegenseitige Gesellschaft zum ersten Mal genossen hatten. Dennoch war es ihr ein Rätsel, wie Míriam ihr so unmissverständlich unterstellen konnte, sie sei in Kim verliebt. Wie kam sie auf so eine alberne Idee. Was für ein Unsinn. Ein Satz, den Kims Frau in eher giftigem als gekränktem Ton gesagt hatte, ging ihr nicht aus dem Sinn:

»Er lacht mehr mit dir als mit mir.«

Es schien Míriam nur nebenbei herausgerutscht zu sein, die Absicht war jedoch unverkennbar gewesen, und Laura hatte nicht gewusst, wie sie reagieren sollte.

»Er erzählt dir mehr als mir.«

»Aber nein, was redest du da?«

Laura entwischte ein scheues Lächeln über diesen unerwarteten kleinen Triumph. Aber vor allem fürchtete sie, Míriam könnte sich weiter in diese ungute Richtung bewegen.

»Solange du im Hotel bist, kann ich kein Auge zutun.«

Sich rechtfertigen zu müssen, widerstrebte Laura. Wenn Kim und Míriam ein Problem hatten, sollten sie es miteinander regeln. Doch als sie ihr plötzlich wenige Meter vom Hoteleingang entfernt auf dem Passeig de Gràcia gegenüberstand, musste sie sich einiges sagen lassen. Zunächst hatte sie es für eine zufällige Begegnung gehalten, dann war ihr klar geworden, dass Míriam, sehr hübsch, sehr elegant, sie dort abgepasst hatte. Míriam sprach mit Würde, schoss aber scharf. Kims Gattin, das hatte Laura auf den ersten Blick erkannt, ließ sich nicht die Butter vom Brot nehmen. Sie gehörte nicht zu denen, die über ihr Schicksal lamentierten, ganz im Gegenteil. Laura bekam am eigenen Leib zu spüren, dass Míriam eine Frau war, die handelte. Sie wollte den Krieg gewinnen, ohne sich in die Schlacht zu stürzen, als rechnete sie damit, dass der Feind sich kampflos ergab. Am Ende hatte sie vorwurfsvoll gesagt:

»Den lieben langen Tag höre ich nur Laura hier, Laura da, Laura dies, Laura jenes. Andauernd spricht er von dir«, sagte Míriam, ohne die Stimme zu erheben, so vornehm, wie sie alles tat.

Beim Basketball hätte Laura ein Time-out verlangt. Im täglichen Leben aber half es nicht, die flache Hand über die ausgestreckten Finger zu halten und zum Schiedsrichter zu schauen, damit er die Uhr anhielt und einem eine Minute gewährte, um in einer schwierigen Situation den Überblick zu gewinnen.

Laura stellte das Rad unter das Vordach einer Bar und setzte sich auf die Terrasse der Plaça Major, um ein Bier zu trinken. Sie schnorrte eine Zigarette bei ein paar ausgelassenen Gambiern am Nebentisch, atmete den Rauch durch die Nase aus und versuchte, sich über einige Dinge schlüssig zu werden. Anfangs purzelten ihre Gedanken noch wild durcheinander, doch je mehr sie zur Ruhe kam, desto eher war sie in der Lage, ihr weiteres Leben ins Auge zu fassen, und so fällte sie drei Entscheidungen. Erstens: Sie würde Kim nichts von ihrer Unterhaltung mit Míriam sagen. Zweitens: Obwohl Míriam sie aufgefordert hatte, das Rafaeli zu verlassen und sich woanders Arbeit zu suchen, würde sie genau das tun, nicht etwa, weil Míriam es so wollte, sondern weil es womöglich wirklich für alle das Beste war. Drittens: Sie hatte nicht vor, auf Kims Freundschaft zu verzichten, hielt es jedoch für ratsam, im Moment ein wenig Abstand zu halten. In einem Punkt musste sie Míriam allerdings recht geben. Es ließ sich nicht leugnen, dass Paco leuchtende Augen bekam, wenn er mit Laura sprach, dass Elsa eine besondere Vorliebe für sie hegte und dass sich alle Ráfales überschlugen, wenn sie in der Nähe war. So hatte Míriam es formuliert, stockend, aber mit diesen Worten. Von alldem habe sie nichts beabsichtigt, verteidigte sich Laura. Das Leben, die Jahre, die Umstände … Aus welchem Grund auch immer es sich so entwickelt hatte, Tatsache war, dass auch sie sich in dieser Familie so aufgehoben fühlte, als gehörte sie dazu. Und natürlich hatte sie nie darüber nachgedacht, wie das auf Míriam wirken könnte. Nicht nur, weil Kims Frau sie in diesem heiklen Fünfminutengespräch darum gebeten hatte, gelang es ihr jetzt, sich in sie hineinzuversetzen und zu begreifen, dass die Eifersucht – abgesehen davon, dass man sich lächerlich machte – ein scheußlicher Zustand war. Ob mit oder ohne Anlass, die Befürchtung, dein Partner betrügt dich, hat dich betrogen oder könnte dich betrügen, frisst dich auf. Und während sie unter dem Bogengang um den Dorfplatz ihres Heimatortes saß und sich an jeden einzelnen Satz erinnerte, der auf dem Passeig de Gràcia zwischen ihnen beiden gefallen war, während etliche Leute vorbeischlenderten, die sie von früher zu kennen meinte, fasste sie einen vierten Entschluss, der eigentlich der erste hätte sein sollen und von allen der wichtigste war. Sie würde sich nicht klammheimlich verdrücken, zwar würde sie auch keinen Aufstand machen, aber

Kim doch wissen lassen, dass sie am nächsten Tag das Rafaeli verlassen und zu ihrer Freundin Sira ziehen werde, die ihr ein Zimmer angeboten hatte. Und sollte sie einen Job im Ausland finden, wäre sie sofort wieder weg. So weit weg von Barcelona wie irgend möglich.

Als sie zum Abendessen zu ihren Eltern ging, verlor sie über all das kein einziges Wort. Sie parkte das Fahrrad vor dem Haus, umarmte Clàudia und gab ihr einen liebevollen Kuss.

»Es geht doch nichts über die Düfte aus Mamas Küche.«

Paco schlüpfte in sein Jackett, verließ das Büro und strebte auf den Fahrstuhl zu.

»Wohin so eilig, Papa?«, sprach ihn Elsa an, als sie ihn energischen Schrittes vorbeigehen sah.

»Ich?« Ertappt. »Hast du nichts zu tun?«

In der Lobby hielt er Ausschau nach Arseni Rubio. An der Rezeption, wo soeben eine ganze Busladung Österreicher eincheckte, wussten sie schon seit einer Weile nicht, wo sich Arseni aufhielt. Weder die Portiers noch die abgehetzten Pagen konnten Paco Auskunft geben. Er fand ihn auf einem der hohen Hocker an der Theke der Pianobar. Um diese Zeit, kurz vor dem Mittagessen, spielte niemand Klavier, und Senyor Rubio trank seinen Kaffee mit dem Rücken zum Fernseher, in dem wie stets CNN lief.

»Einen starken Kaffee, Rubio?«

Paco überraschte ihn mit ihrem Geheimcode, doch ausnahmsweise war er es, der die Losung ausgab. Arseni Rubio verstand sofort, dass sein Chef ihn unter vier Augen zu sprechen wünschte.

»Was liegt an, Senyor Ráfales?«

»Nicht hier.« Paco reckte das Kinn, um Arseni auf die Dame hinzuweisen, die an einem Tisch *El País* durchblätterte. »Gehen wir in die Bibliothek.«

Arseni – rosige, gesunde Gesichtsfarbe, obwohl schon hoch in den Sechzigern – trank seinen Kaffee in einem Zug aus und verbrühte sich fast die Gurgel. Dann stellte er die Tasse ab und heftete sich Paco Ráfales an die Fersen. Es sah aus, als wollte er ihn beschatten.

»Kommen Sie.« Paco öffnete die Schiebetür aus Schmiedeeisen und Glas, die zur Bibliothek der reisenden Bücher führte. »Hier haben wir unsere Ruhe.«

»Anfangs haben wir geschummelt und ein paar von unseren eigenen Bücher hier verteilt, damit es nicht so leer war, und jetzt, sehen Sie nur!« Mit ausgebreiteten Armen wies Arseni auf die von oben bis unten gefüllten Regale. Bücher über Bücher in einem Raum, den Elsa nach ihrem Geschmack eingerichtet hatte und in dem ein paar Duftkerzen darauf warteten, angezündet zu werden. »Die Leute wissen es inzwischen und bringen Romane extra für das Hotel mit. Entweder lassen sie sie gleich hier, oder sie tun so, als hätten sie sie im Zimmer vergessen, oder sie tragen sie persönlich zur Rezeption. Es war eine prima Idee von Senyora Maria, eine Bibliothek mit den Büchern zu bestücken, die die Gäste bei ihrer Abreise auf dem Nachttisch liegen lassen.«

»Jetzt reicht's mir mit dem Schmus. Und lassen Sie meine Frau aus dem Spiel. Setzen Sie sich.«

»Und Sie?« Arseni merkte, dass sein Chef nicht gut aufgelegt war.

»Setzen Sie sich, Rubio. Ich stehe lieber.«

Arseni Rubio ließ seine massige Gestalt in einen Chester-Sessel fallen. Senyor Ráfales' Schroffheit machte ihn stutzig.

»Arseni, Ihnen entgeht doch nichts in diesem Hotel, Sie müssen mir helfen.«

»Selbstverständlich.«

Paco schob die Tür zu. Sie war schwer, ließ sich aber leicht bewegen. Sollte jemand die Bibliothek betreten wollen, würde derjenige durch die Scheibe sehen, dass sie besetzt war, und draußen bleiben.

»Damit wir ungestört sind.«

»Perfekt.« So viel Heimlichtuerei gab Arseni zu denken.

»Hier können wir auch nicht überwacht werden. In diesem Raum gibt es keine Kameras.«

»Was kann ich für Sie tun?«

»Sie müssen für mich herausfinden, und zwar besser heute als morgen, wer meinen Sohn erpresst.«

»Kim?«

»Ja, Kim. Oder habe ich noch andere Söhne?«

»Was heißt erpresst?«

»Nun ja, man hat ihm ein Foto zugespielt, auf dem er mit einer Frau in die 218 geht. Jetzt gucken Sie nicht so, Rubio. Es ist, wie ich es sage.«

»Aber …«

»Ja, schon klar, aber dies ist nicht der Moment, über Kim zu richten. Sie werden sich erinnern, dass Sie mir vor Jahren einmal bei einem starken Kaffee berichtet haben, mein Sohn habe ein Mädchen mit in das Zimmer genommen. Also, wie es aussieht, war das nicht das einzige Mal, sondern ist noch öfter vorgekommen, und vielleicht hat er es seither ja ständig getan. Ich kann das auch nicht gutheißen, einverstanden. Aber wen sonst geht es etwas an? Es ist sein Leben, er ist erwachsen und sollte selbst wissen, was er tut. Die Frage ist, wer ihm den anonymen Umschlag mit dem kompromittierenden Foto untergeschoben hat, das ihn mit einer Frau beim Betreten des Zimmers zeigt. Wissen Sie etwas davon?«

»Nein.«

»Sie haben auch keinen Verdacht, wer dahinterstecken könnte?«

»Nein, nein …« Seine Stimme war kaum zu hören.

»Nun, mein Sohn hat einen Verdacht.« Paco Ráfales verfiel in ein längeres Schweigen, ehe er noch einmal weiter vorne ansetzte. Er hatte ein wichtiges Detail vergessen. »Ich glaube, ich habe Ihnen nicht gesagt, dass es sich bei diesem Foto meines Sohnes um eine Filmaufnahme handelt. Ein Standfoto, das von einer der Überwachungskameras stammt. Und zwar der im zweiten Stock.«

»Stimmt, das hatten Sie mir nicht gesagt.«

»Sie als leitender Angestellter des Hotels, als der Mann, der seine Augen und Ohren überall hat, der als Laufbursche hier angefangen und es so weit gebracht hat … Wer, denken Sie, könnte Zugang zu diesen Aufnahmen gehabt haben? Warten Sie, nicht so schnell. Sagen Sie noch nichts, zuerst will ich Ihnen die Theorie meines Sohnes verraten. Möglich, dass er damit nicht ganz falschliegt. Mal sehen, was Sie davon halten, Arseni.«

Paco Ráfales setzte sich in einen identischen Sessel neben Senyor Rubio, nicht ihm gegenüber. Beide hatten das Gefühl, bei einer Unterhaltung wie dieser dem Blick eine Ausweichmöglichkeit geben zu müssen. Sie waren zwei betagte Herren, Geschäftsleute mit zahllosen unangenehmen Gesprächen auf dem Buckel, die aus Erfahrung wussten, dass die Gedanken einen Fluchtpunkt brauchten. Paco begann, sein Anliegen ausführlich darzulegen.

»Wie Sie wissen – schließlich waren wir immer offen zu Ihnen –, stehen mein Bruder und ich wegen des Verkaufs unserer Hotels mit einer internationalen Hotelkette in Verhandlungen, die praktisch abgeschlossen sind. Dass es sich dabei um Radisson handelt, ist für Sie auch kein Geheimnis mehr. Wie Ihnen ebenfalls bekannt ist, hat Kim von Anfang an für den Erhalt unserer Unabhängigkeit gekämpft, weil er will, dass alles bleibt, wie es ist, wir weiterhin gemeinsam wirtschaften und das Hotel seinen Namen und Besitzer behält. Er bringt alle möglichen Argumente vor, um diesen Verkauf, der ja schon fast über die Bühne ist, noch zu unterbinden. Nun gut …« Er räusperte sich. »Kim jedenfalls glaubt – und ich hoffe sehr, er täuscht sich –, dass es ausgerechnet mein Bruder Vicenç oder seine Frau Mina gewesen sind, in der Absicht, ihm einen Schrecken einzujagen: Sieh mal, was wir alles über dich wissen. Hör auf dazwischenzufunken, oder wir zerstören deine Ehe. Das wäre ein starkes Stück, nicht wahr? Ich sage ihm zwar, das sei nichts als ein ungutes Gefühl, weil ich es einfach nicht glauben kann, aber er ist überzeugt davon, und deshalb sind Sie jetzt hier. Rubio, mein Freund, ich möchte Ihnen zwei Fragen stellen. Drei, besser gesagt. Erste Frage: Halten Sie es für möglich, dass mein Bruder oder mein Bruder und meine Schwägerin etwas mit diesem Umschlag zu tun haben, den mein Sohn erhalten hat? Sie werden sagen, fragen Sie Vicenç doch direkt, immerhin ist er Ihr Bruder. Ja, da haben Sie recht, aber zuvor will ich Ihre Meinung hören. Zweite Frage: Haben Sie eine Ahnung, wer ihnen das verfängliche Foto beschafft haben mag? Außer meinen Kindern und Ihnen, der Sie ja quasi zur Familie gehören, sehen diese Aufnahmen nur die Leute an der Rezeption, der Sicherheitsdienst, natürlich, und die Wachleute. Sonst niemand. Und die dritte Frage. Finden Sie nicht, das man Kim damit unrecht tut? Finden Sie, dass Kim, der ein guter Junge ist und eine Menge durchmachen musste, der sich für das Hotel eingesetzt hat wie kein anderer, die Ärmel hochgekrempelt und die Arbeit seiner beiden Brüder mit übernommen hat, als es ihm niemand zutraute, wahrscheinlich nicht einmal ich selbst, so etwas verdient hat, Arseni?«

»Nein.«

»Wie bitte?«

»Nein.«

»Ich höre Sie kaum. Sprechen Sie lauter. Hat Kim das verdient? Sagen Sie es mir, ich verstehe nicht, was Sie sagen, Arseni.«

Arseni stammelte etwas Unverständliches.

»Reden Sie deutlich. Und sehen Sie mich an, verdammt noch mal.«

Arseni Rubio schlug beide Hände vors Gesicht und begann zu schluchzen.

»Ich wollte doch nicht …«

Paco erhob sich instinktiv. Um auf ihn herabsehen zu können.

»Warum haben Sie das getan, Arseni? Warum?«

Rubio schniefte wie ein kleines Kind, die Hände vor den Augen, den Kopf fast zwischen den Knien. Tränen strömten ihm über die Wangen und tropften auf seine Hosenbeine.

»Ich woll-te nicht … Ver-zei-hen Sie …« Ein fünfundsechzigjähriger Mann, der schluchzend zwischen Regalen mit reisenden Büchern saß. »Mina … Mina ist zu mir gekommen …«

»Dieses Miststück«, presste Paco zwischen den Zähnen hervor.

»Sie hat gesagt ...« Er weinte und redete zugleich, vollkommen zerknirscht. »Ich habe mich einwickeln lassen, vergeben Sie mir.«

»Beruhigen Sie sich, Arseni, du lieber Himmel, ich verstehe kein Wort. Was hat meine Schwägerin Ihnen gesagt?«

»Nichts ...«

»Nichts kann nicht sein. Was, zum Teufel, hat Sie Ihnen gesagt? Und beruhigen Sie sich, Mann!«

Paco setzte sich wieder, legte beschwichtigend eine Hand auf Arsenis Sessellehne und wartete ab. Geduldig.

»Sie kam zu mir, und ...« Er schnäuzte sich und wischte sich mit demselben Taschentuch über die Augen. »Na ja, Sie wissen, wie reizend sie sein kann. Erst habe ich gar nicht kapiert, worum es ging. Sie meinte, ich wäre ja nun bald Rentner, und da sollte ich doch ein schönes Leben haben. Ich sollte auch so leben dürfen, wie Sie immer gelebt hätten. Immerhin hätten Sie mich hier eingesperrt und mich und meine Frau rund um die Uhr für das Familienunternehmen schuften lassen, und deshalb hätten wir es uns jetzt verdient, zu reisen und in guten Restaurants zu essen und uns mal was zu leisten, wie es uns die Ráfales seit jeher vormachten. Eine Kreuzfahrt, die besten Zigarren, ein schickes Auto, ich weiß nicht, was sie noch alles aufgezählt hat, ich habe nur gegrinst und gedacht, was schwafelt die Frau da, als sie auf einmal sagte, ich bekäme eine hübsche Summe von ihr, wenn ich ihr einen kleinen Gefallen täte. Zwanzigtausend Euro, sagte sie, und es sei ganz simpel. Überhaupt kein Problem für mich. Und dann hat sie mich gefragt, inwieweit ich über Kims Privatleben Bescheid wisse, und ...«

»Und schon waren Sie bereit, meinen Sohn ans Messer zu liefern. Und nach Ihnen die Sintflut, oder was?«

»Es tut mir leid, Senyor Ráfales, es tut mir so leid …«

»Sie hätten damit zu mir kommen müssen, Rubio, ist Ihnen das nicht klar? Zu mir. Wie sonst auch. Stattdessen haben Sie uns verraten und verkauft, im wahrsten Sinn des Wortes.«

»Ich …«

»Schon gut.« Paco war ernst wie noch nie. »Und was haben Sie denen über Kims Privatleben erzählt?«

»Nichts, gar nichts. Ich habe ihnen das Foto ausgehändigt und … Ich habe nicht damit gerechnet, dass sie es für so etwas verwenden. Das habe ich nicht gewusst, ich schwöre es Ihnen.«

»Ein einziges Foto?«

Er schwieg.

»Antworten Sie. Haben Sie ihnen nur dieses eine gegeben?«

»Ja,« sagte er und legte alle Überzeugung hinein, die er aufbringen konnte.

Paco stand erneut auf, zog sich die Hosen hoch und nutzte die Gelegenheit, um zwei umgekippte Bücher im Regal aufzurichten. Das hatte ihn schon die ganze Zeit gestört. Ohne sich dessen bewusst zu sein, lief er vor Nervosität mehrmals auf und ab und ließ sich dann mit einem so heftigen Schnauben wieder in den Chester-Sessel fallen, dass Arseni aufschrak.

»Meine Enttäuschung ist enorm, Rubio. Ich fühle mich betrogen. Ich kann Ihnen gar nicht beschreiben, wie ich mich fühle. Fünfzig Jahre Treue, fünfzig Jahre der Zusammenarbeit, um so zu enden … Für wie viel, sagen Sie? Zwanzigtausend Euro?«

»Vierundzwanzig insgesamt. Wenn Sie wollen …«

Paco Ráfales wusste, was jetzt käme.

»Nein, nein, geben Sie es aus. Gönnen Sie sich etwas mit Amparo, oder gehen Sie in den Puff, machen Sie damit, was Sie wollen.«

»Es ist …« Wieder brach Arseni Rubio in Tränen aus. »Es tut mir unendlich leid.«

»Ich bin so enttäuscht, Rubio. Wir haben Ihnen blind vertraut, ein ganzes Leben im Rafaeli, damit Sie uns zum Abschluss dermaßen in die Scheiße reiten. Für vierundzwanzigtausend lächerliche Euro. Wenn Sie Geld brauchten, hätten Sie mich doch bloß darum bitten müssen. Haben Sie von uns nicht immer alles bekommen, was Sie …? Haben wir Sie nicht behandelt wie ein Mitglied der Familie, Rubio?«

»Ja, doch, ja.« Am Boden zerstört. »Ich konnte mich nie beklagen.«

»Also?« Paco bemühte sich, seine Stimme im Zaum zu halten. »›Mina hat gesagt …‹, ›Ich habe nicht damit gerechnet …‹. Mir wäre lieber, Sie hätten in die Kasse gegriffen. Besser stehlen als das, was Sie getan haben, Rubio. Sie haben uns einen mörderischen Schlag verpasst. Denn dass es ein mörderischer Schlag ist, das sehen Sie schon auch so, oder?«

»Wenn Sie wollen, packe ich mein Zeug und verschwinde noch heute.«

Paco sagte weder ja noch nein zu dieser letzten Spur von Würde in diesem Häuflein Elend, das von Senyor Rubio noch übrig war. Er überlegte. Eine halbe Minute, die eine Ewigkeit zu dauern schien.

»Ich weiß etwas Besseres, Arseni. Sie sind gefeuert, keine Frage. Sofern Kim nicht darauf besteht, werden wir keine Anzeige erstatten. Sie lassen sich in den Ruhestand versetzen und verschwinden mit Amparo. Erzählen Sie ihr nie, was Sie angerichtet haben, sie würde vor Kummer sterben, aber wir wollen Sie hier nie wieder sehen. Nie mehr. Haben wir uns verstanden?«

»Ja.«

»Vorher allerdings werden Sie dem Rafaeli einen letzten Dienst erweisen.«

»Was immer Sie wünschen, Senyor Ráfales.«

Dieses Was-immer-Sie-wünschen wiederholte Arseni Rubio noch dreimal, während er vor Scham am liebsten im Erdboden versunken wäre.

22

Verlange von mir, was du willst

Karg. Sehr karg. Ein Diplom. Zwei abstrakte Lithografien. Ein langer Tisch. Dieselben acht Armstühle, mit denen sie angefangen hatten, nachdem sie das Examen bestanden und die Zulassung für ihre Kanzlei in Barcelona erhalten hatten. Und auf dem Tisch, genau in der Mitte, ein Gefäß mit fünf Bic-Kugelschreibern, blau, ohne Kappe, bereit, auf jede Vertragsseite eine Unterschrift zu setzen. Das Beurkundungszimmer eines Notars. So asketisch, so trist. Zu unpersönlich, um Entscheidungen zu treffen, die das ganze Leben prägen.

Pünktlich zu der für den Abschluss des Kaufvertrages im Büro von Masoliver vereinbarten Zeit holte Niklas Sorensen, mit umfassenden Vollmachten ausgestatteter Vertreter von Radisson International, einen dicken Stapel Papiere aus seiner ausgebeulten Aktentasche und legte sie auf den Tisch. Sein Anwalt, ein im Zuge von über dreißig Marathonläufen ausgemergelter Blondschopf, ließ die Gebrüder Ráfales nicht aus den Augen und lächelte ihnen beschwörend zu, angespannt, wie Anwälte eben sind, wenn es zum Notar geht und sie wissen, dass sie sich niemals zu früh freuen dürfen. Victòria, seit achtundzwanzig Jahren Sekretärin des Notariats, kam in letzter Minute herein, sehr in Eile, wie man es an solchen Orten nicht anders kennt, und bat die vier Herren in holprigem Englisch um ihre Personalausweise oder Pässe. Eilig zückten Sorensen, der dürre Anwalt und Vicenç die Brieftaschen, um ihr die Dokumente auszuhändigen.

Paco schob die Hand zwar in die Innentasche seines Sakkos, zog sie aber leer wieder heraus.

»Einen Augenblick, Herr Sorensen. Würde es Ihnen beiden etwas ausmachen, noch einmal zwei Minuten hinauszugehen?«

»Meinen Sie uns?« Der Anwalt war zu verblüfft über dieses Ansinnen, als dass er es hätte verbergen können.

»Was soll das?« Vicenç durchbohrte seinen Bruder mit Blicken.

»Nur ein Momentchen. Entschuldigen Sie.«

Der Konzernvertreter stand auf und raffte seine Unterlagen zusammen.

»Keine Sorge, wir werden nichts anrühren. Sie können die Sachen ruhig liegen lassen.«

»Im Wartezimmer finden Sie meine Frau und meine Kinder, wenn Sie sich kurz zu ihnen gesellen mögen«, sagte Vicenç beunruhigt, voller Sorge, die Schweden zu verstimmen.

Sorensen und der Anwalt verließen den Raum ohne jede Unmutsäußerung. Mina, Aldo und Mauro, alle mit Zeitschriften in den Händen, warteten nebenan nur noch darauf, den Abschluss zu feiern. Sie hatten in der Barceloneta schon einen Tisch für die Paella reserviert.

Kaum waren die beiden Brüder unter sich, kam Paco zur Sache.

»Vicenç, ich unterschreibe heute nichts.«

»Wie meinst du das?«

»Weder heute noch sonst wann.«

»Aber …« Als Vicenç begriff, dass es seinem Bruder ernst war, entgleisten ihm die Gesichtszüge. »Was sagst du da?«

»Du hast mich schon verstanden. Das Rafaeli wird nicht verkauft, es wird weiterhin so heißen und niemand anderem gehören.«

»Sie sind extra hergeflogen. Ist dir klar, mit wem du es zu tun hast? Ist dir klar, wie viel Geld sie zu zahlen bereit sind? Wir haben die Eigentumsurkunden fix und fertig.«

»Vicenç, das interessiert mich einen Dreck.«

»Es ist unser goldenes Ruhekissen fürs Alter, die Rettung für unser Unternehmen.«

»Da scheiß ich drauf, verstehst du?«

»Würdest du mir gefälligst verraten, was dir auf einmal über die Leber gelaufen ist?«

»Ihr seid zu weit gegangen.«

»Wovon redest du?«

»Von Arseni Rubio. Das war zu viel.«

»Rubio? Ich weiß nicht, was der dir erzählt hat, aber es ist bestimmt ein Missverständnis. Ganz bestimmt.«

»Ich unterschreibe nicht und basta. Für mich hat sich das Ganze erledigt.«

»Um Gottes willen, Paco!«

Entsetzt der eine, ungerührt der andere. Unerschütterlich.

»Letztlich, Vicenç, hat mich euer schäbiges Verhalten zu der Einsicht gebracht, dass ich das Hotel nicht verkaufen will, weil das hieße, unser Leben zu verkaufen und das unseres Vaters, der es gegründet hat, den Garten meiner geliebten Maria, die Zukunft meiner Kinder. Das Rafaeli gehört nicht mehr mir allein. Es hat sich zu einem Wahrzeichen des Passeig de Gràcia entwickelt, es ist das Haus unserer Gäste, von denen einige im Lauf der vielen Jahre zu guten Freunden geworden sind. Ich möchte nicht, dass sie, wenn sie das nächste Mal kommen, einen Franchise-Laden vorfinden, der in Bergen genauso aussieht wie in Tel Aviv, Chicago oder Berlin. Ich möchte, dass diese Menschen, wenn sie durch unsere Tür treten, empfangen werden von der alten Patina, von Pianoklängen und dem Duft nach Leinenwäsche und Magnolienseife. Und ich möchte, dass Kim und Elsa sich ins Zeug legen, um das Rafaeli in das schönste Hotel von ganz Barcelona zu verwandeln.«

»Aber das alles bleibt doch erhalten, Paco. Wir brauchen diese Dinge nur vertraglich festzulegen.«

»Es gibt Verträge, die sind Totenscheine, und das weißt du.«

»Aber was hast du denn auf einmal?«

»Eigentlich hatte ich dir sagen wollen, ich erkenne dich nicht wieder, Vicenç. Ich hatte dir sagen wollen, ich weiß nicht, wie du so werden konntest. Aber das stimmt nicht. Du bist derselbe Egoist, der du schon immer warst.«

»Paco, das wird dir noch leidtun.«

»Immer auf deinen Vorteil bedacht. Neidisch wie früher, als wir noch …«

»Lass den Blödsinn jetzt, Paco, verflucht. Schnappen wir uns die Kohle, verkaufen wir die Hotels, und hinterher können wir all diese Dinge bereden. Unterschreib. Du und ich, wir werden uns schon einigen, aber jetzt, bei allem, was dir lieb ist, unterschreib erst mal.«

»Ich werde meine Meinung nicht ändern. Mein Entschluss steht fest. Kim hatte recht. Bei allem, was mir lieb ist, sagst du? Was mir lieb ist, das ist meine Familie, meine eigene, was mir davon geblieben ist, Kim und Elsa, und deshalb, nur deshalb und weil mir das Rafaeli genau so gefällt, wie es ist, werde ich nicht unterschreiben.«

»Paco, du kannst jetzt keinen Rückzieher machen.«

Paco langte wieder in seine Jacke und legte mit bedeutungsvoller Geste einen länglichen Umschlag vor seinen Bruder auf den Tisch. Vicenç griff danach und riss ihn hastig auf.

»Was ist das?« Es war nicht, was er erwartet hatte.

»Vier Tickets. Auf deinen, Minas, Aldos und Mauros Namen. Euer Abflug ist in zwei Stunden. Um eure Kleider müsst ihr euch nicht sorgen, ich habe Senyor Rubio gebeten«, er korrigierte sich, »nein, ihm befohlen, eure Koffer zu packen. Er wartet bereits unten im Wagen, um euch zum Flughafen zu bringen.«

»Du bist verrückt geworden, Paco.« Wenn Vicenç wütend wurde, bekam er rote Flecken am Hals.

»Weißt du, was mir Arseni Rubio für das Rafaeli bedeutet hat?« Er sprach wie zu sich selbst, als sei Vicenç schon nicht mehr da. »Ich hätte nie gedacht, dass er sich so billig verkauft.«

»Das lässt sich doch noch alles regeln.«

»Jeder hat seinen Preis, vermute ich, aber nie hätte ich geglaubt, dass ausgerechnet er …« Dann wandte er sich wieder an seinen Bruder. »Abgesehen davon, dass auch du, um deine Ziele zu erreichen, tatsächlich zu allem fähig bist.«

»Ich?«

»Sogar das Leben meines Sohnes zu ruinieren.«

»Ich weiß nicht, wovon du redest.«

»Du bist zu alt für die Komödie, Vicenç. Kein Theater wird dich mehr engagieren. Trotz deiner sonoren Stimme.« Paco stand auf und zog sich die Hosen hoch. »Und jetzt werden wir Folgendes tun. Ich gehe. Ich verlasse diesen Raum und gehe. Du wirst die Schweden wieder hereinrufen und ihnen klipp und klar sagen, dass wir die Hotels nicht verkaufen. Du sagst Masoliver, das Geschäft sei geplatzt, und dann nimmst du deine Frau und deine Söhne, steigst zu Arseni ins Auto und verschwindest auf Nimmerwiedersehen. Ich will keinem von euch jemals wieder begegnen, weder hier noch in Rom. Kapiert?«

»Paco, das wirst du dein Leben lang bereuen.«

»Für mich bist du gestorben.«

»Was ist das für ein Irrsinn …?«

»Verpisst euch, bevor wir es uns noch mal überlegen und euch anzeigen, alle vier.«

»Uns anzeigen – weswegen denn?«

»Wegen Erpressung.«

»Du hast sie wirklich nicht mehr alle.«

»Leb wohl, Vicenç.«

»Was soll ich tun, Paco?« Auch Vicenç erhob sich. »Verlange von mir, was du willst.«

Der ältere Bruder trat einen Schritt zurück.

»Ich werde die Anwälte prüfen lassen, wie wir die Erbengemeinschaft auflösen können. Dann mag jeder frei über seinen Teil verfügen, du über deinen, wir über unseren. Du hast es nicht anders gewollt. Und nun lass die Leute von Radisson nicht länger warten.« Und als er ihm bereits den Rücken gedreht hatte: »Im Norden ist man Pünktlichkeit gewohnt.«

Kim bekam nicht mit, dass sich die Fahrstuhltür öffnete und jemand heraustrat.

»Darf ich?«

Er saß hinter seinem Schreibtisch im fünften Stock und blickte auf.

»Ja, ja, klar.« Erstaunt stellte er fest, dass es Laura war. »Bist du wieder im Rafaeli?«

»Nur zu Besuch. Ich wollte dich sehen.«

»Lieb von dir.« Kim widmete sich weiter den Bilanzen, die er ausgedruckt hatte, um sich einen besseren Überblick zu verschaffen.

Laura setzte sich ihm schweigend gegenüber, als wartete sie, bis der Arzt mit der Prüfung ihrer Blutwerte fertig war. Kim wäre ein guter Internist geworden, dachte Laura. Vielleicht ein bisschen langsam mit der Interpretation der Laborergebnisse.

»Schlechte Laune?« Sie begann, sich ignoriert zu fühlen.

»Ich? Nein.«

»Mensch, Kim …«

»Was denn? Ist das verboten?«

»Man sieht es dir meilenweit an.« Sie konnte ihre Genugtuung, richtiggelegen zu haben, nicht verhehlen.

»Du kennst mich eben zu gut.«

Sein Ton war unfreundlich. Als er dies selbst merkte, legte er den gelben Markierstift auf den Tisch und hob den Kopf. Sie schauten sich an. Laura sah seinen sorgenvollen Blick und versuchte es mit Humor.

»Eins, zwei, drei, woran …«

»Ich bin nicht zu Spielchen aufgelegt, Laura, tut mir leid.«

»Da siehst du's, du bist ungenießbar …«

Er schüttelte den Kopf.

»Mein Vater und mein Onkel sind mit den Leuten von Radisson beim Notar. Was meinst du also, wie mir zumute ist?«

»Ach, das ist es.«

»Was soll das heißen? Reicht das etwa nicht?«

»Werden sie denn wirklich verkaufen?«

»Ich weiß es nicht. Mittlerweile weiß ich überhaupt nichts mehr.« Er atmete tief durch. »Papa zerbricht sich noch über irgendwas den Kopf, aber hingegangen ist er jedenfalls. Und wenn du nicht vorhast zu unterschreiben, was willst du dann beim Notar?«

Laura sah ein, dass Kim nicht aufzuheitern war, und wollte ihn nicht zusätzlich belasten.

»Dann will ich nicht weiter stören. Eigentlich bin ich … Also ich bin hier, um mich zu verabschieden.«

»Wie verabschieden?«

»Man hat mir eine Stelle angeboten. Und ich habe zugesagt.«

»Laura, das ist ja großartig. Eine Stelle? Wenigstens du hast gute Nachrichten.«

»Es ist aber ziemlich weit weg.«

»Ach ja?«

»Du wirst es nicht glauben.«

»In London? Sag nicht, du gehst zurück nach London.«

»Nein.« Sie riss die grünen Augen weit auf. »Warst du schon mal in Australien?«

»Nein …«

»Die Hauptstadt von Australien?«

»Sydney.«

»Falsch. Canberra. Ich habe eine Mail von der Universität erhalten, sie brauchen eine Spanischdozentin für den Fachbereich Übersetzen und Dolmetschen. Keine Ahnung, wie die auf mich gekommen sind, aber mir kommt es wie gerufen.«

»Australien?«

»Vorerst bis zum Jahresende.« Sie klang beglückt. »Ich weiß nicht, wie das an den Antipoden mit Semestern und Jahreszeiten läuft. Im Moment ist es für sechs Monate. Wenn es mir gefällt, hieß es, würden wir danach weitersehen … Jeder sagt, es sei traumhaft dort.«

»Bist du dir denn sicher, Laura?«

»Ja. Nein. Ich weiß nicht. Ich denke schon. Mein Alter, die Erfahrung, es ist der richtige Zeitpunkt dafür, findest du nicht? Jedenfalls werden wir, mein Leberfleck und ich, uns ganz allein auf die Reise ans andere Ende der Welt machen.«

»Na, wenn dich dein Leberfleck begleitet, bin ich ja beruhigt.«

Und dann entschloss sich Laura auszusprechen, zu welchem Ergebnis sie nach reiflicher Überlegung gelangt war.

»Jetzt oder nie, Kim. Ich habe keine Kinder, keinen Partner, und ich möchte nie wieder von jemand anderem abhängig sein.«

Kim nickte. Er sah Laura an, und sie blickten sich tief in die Augen. Beide fühlten sich verstanden und einander verbunden.

»Ich denke, das ist eine gute Entscheidung …«

»Aber?« Laura hatte den Eindruck, dass das nicht Doktor Ráfales' abschließende Diagnose war.

»Kein Aber. Nie wieder klingt nur so endgültig. Man kann nicht wissen, was geschehen wird. Du kannst niemals mit Gewissheit sagen, dieser Priester ist nicht mein Vater.«

Sie lachten zum ersten Mal an diesem Morgen.

»In meinem Fall kann ich das mit absoluter Gewissheit sagen«, widersprach Laura.

Kim gelang es, sein Problem für einen Augenblick beiseitezuschieben und sich in Laura einzufühlen. Er fragte, wie ihre Eltern es wohl aufnehmen würden. Nach Australien war es ein weiter Weg. Es war ihnen doch schon schwergefallen, ihre Tochter in London zu besuchen.

»Wie sollen sie es aufnehmen? Mama wird traurig sein, und mein Vater ist ja sowieso immer nur mit sich selbst beschäftigt.«

»Und?«

»Meine Entscheidung steht fest. Mir ist klar geworden, dass ich Abstand brauche. Von allen und allem.« Laura fasste nach Kims Hand. »Das kannst du doch nachvollziehen, oder?«

»Ja, ja, sicher.«

»Puh … also, das klingt wie na los, nun mach schon, dass du wegkommst, ich habe im Moment ganz andere Sorgen.«

»Aber nein, ich meine es ehrlich.« Kim beugte sich vor und drückte ihr einen Kuss auf den Handrücken. »Wann fliegst du?«

»Man sucht mir gerade die Verbindungen heraus. Wenn alles planmäßig läuft, am nächsten Dienstag.«

»Dienstag schon?«

»Da kannst du mich nicht zum Flughafen bringen. Schade.«

»Warum nicht?«

»Dienstags spielst du doch immer Tennis. Und das ist dir heilig, stimmt's?«

Laura ließ seine Hand los und streichelte ihm über die Hand anstelle der Umarmung, die sie zwar vorgezogen hätte, aber bleiben ließ.

»Dann essen wir am Montag zum Abschied bei uns zu Hause. Du warst noch nie bei uns.«

»Kim, im Ernst … lieber nicht.«

»Warum denn nicht?«

»Darum nicht.« Sie mochte sich die Szene gar nicht vorstellen. »Das ist wirklich nicht nötig, alles gut.«

Vicenç streckte den Kopf ins Wartezimmer des Notars, das ein übermannshoher Drachenbaum zierte, und ohne Mina und seine Söhne anzusehen, bellte er:

»Gehen wir!«

Keiner verstand den überstürzten Aufbruch. Sorensen und der hagere Anwalt waren sprachlos im Konferenzzimmer zurückgeblieben, die Verträge in der Hand, in der Brieftasche die Schecks mit den vielen Nullen. Im Wartezimmer nahmen Aldo und Mauro ihre Jacken von den Stuhllehnen und folgten ihrem wutschnaubenden Vater nach draußen. Mina, verwirrt von der unvorhergesehenen Entwicklung, verließ die Kanzlei als Letzte. Als sie schon auf der Treppe waren und Vicenç vor sich hin fluchen hörten, rannte Victòria ihnen auf hohen Pfennigabsätzen nach, auf denen man es lieber nicht eilig haben sollte.

»Senyor Ráfales, Senyor Ráfales, Ihr Ausweis!«

Er bedankte sich nicht einmal. Er drehte sich zu ihr um, nahm unwirsch seinen Personalausweis entgegen, steckte ihn ein und ging weiter die glänzenden Treppenstufen hinunter. Mit zwei langen Sätzen gelangte er aus der ersten Etage ins Erdgeschoss. Mina und die Söhne liefen ihm nach, ohne zu begreifen, was geschehen war. Arseni saß vor dem Gebäude im Wagen des Hotels und wartete schon. Kaum sah er sie, stieg er aus und hielt ihnen mit ängstlicher Miene die Tür auf.

»Würdest du uns bitte erklären, was wir hier gerade machen, Papa?« Mauro war der Erste, der fragte.

»Wir fliegen nach Rom zurück.«

»Und das Radisson?« Mina wusste nicht, was sie von dem Stimmungswandel und der plötzlichen Änderung aller Pläne halten sollte.

»Zur Hölle mit dem Radisson. Zur Hölle mit Paco und Kim und deinen vermaledeiten Fotos.«

»Aber warum nach Hause?«, fragte Aldo und fuchtelte mit beiden Armen wie ein empörter Römer.

»Und unser Gepäck?«, fragte Mina.

Arseni wagte zum ersten Mal, den Mund aufzumachen.

»Das habe ich. Ist alles im Kofferraum.«

Vicenç starrte ihn an, außer sich vor Zorn.

»Du, Großmaul, kannst die fünfzigtausend Euro gleich wieder hergeben.«

»Was hat das zu bedeuten?«, fragte Mina ihren Mann scharf. Sie fing an, zwei und zwei zusammenzuzählen.

»Steig ein.« Vicenç riss die Beifahrertür auf und winkte ungeduldig. Mina setzte sich ins Auto, die Handtasche auf dem Schoß.

Kaum waren sie losgefahren, begann Mina, *porca miseria*, auf ihre giftige Art nach allen Seiten auszuteilen. Vicenç sei ein Weichei, Arseni ein Scheißverräter, Paco ein Wendehals, Kim ein Schlappschwanz und Míriam ein dummes Eheweib, das sich betrügen ließ, und dann noch einmal Vicenç, der die Chance seines Lebens vertan und nicht gewusst habe, seine Karten auszuspielen, weil er eben ein Hornochse sei und seine Komplexe seinem Bruder gegenüber nie loswürde, wenn er nicht Manns genug wäre, das einzufordern, was ihm zustehe, und endlich mit der Faust auf den Tisch zu schlagen, als ob sie ihm das nicht schon hundertmal gesagt hätte …

»Halt den Mund!«

Nachdem alle ihr Fett weghatten und Vicenç sich vorkam wie ein Vollidiot, platzte ihm der Kragen. »Halt endlich den Mund, du gehst mir auf die Nerven.«

Er hatte keine Lust mehr zu streiten, geschweige denn der Giftspritze noch länger zuzuhören, die sie alle aufgehetzt hatte zu einer unnötigen Intrige, die sich nun gegen sie selbst richtete. Weil sie nicht genug hatten kriegen können, verloren sie jetzt alles. Vicenç saß hinter Arseni Rubio, Schenkel an Schenkel mit Mauro – den Kleinsten hatten sie in die Mitte genommen – und starrte aus dem Fenster, ohne etwas wahrzunehmen. So betroffen war er von der unglücklichen Wendung, die die Geschichte genommen hatte.

Arseni Rubio lenkte das Auto schweigend. Er traute sich nicht einmal, in den Rückspiegel zu schauen, aus Angst, den Blicken der drei Ráfales zu begegnen, die wie geprügelte Hunde auf dem Rücksitz saßen. Er hatte sich wegen ein paar Euro zu einem Verrat hinreißen lassen und seine Arbeit verloren, und nun wollten sie wohl auch noch, dass er sich schuldig fühlte. Kam überhaupt nicht in Frage. Und so rang jeder in dem Wagen mit seiner eigenen Pein. Angespannt, stumm, Gott und die Welt verfluchend.

An einer Straßenecke in L'Eixample richtete sich Mina plötzlich auf.

»Halten Sie mal kurz.«

»Aber …«

»Sie sollen einen Moment anhalten, habe ich gesagt.« Sie öffnete die Tür. »Ich bin sofort wieder da.«

Entschlossen stieg sie aus dem Auto. Vicenç und die Jungen fragten sich verblüfft, welcher plötzlichen Eingebung sie wohl folgen mochte. Arseni konnte nicht umhin, den Gang dieser Frau zu bewundern, die ihn dazu verleitet hatte, Kim zu verraten, mit seiner treuen Verbundenheit zu den Ráfales zu brechen und eine untadelige Laufbahn im Rafaeli aufzugeben.

Die Tasche unter dem Arm, schlängelte sich Mina eilig zwischen drei auf dem Bürgersteig geparkten Motorrädern hindurch und betrat den Laden eines Kurierdienstes. MRW. Als sie fünf Minuten später wieder auftauchte, fragte Vicenç:

»Würdest du mir gefälligst erklären, was das jetzt war?«

»Hast du nicht gesagt, ich soll den Mund halten?« Sie hätte ebenso gut antworten können, *che cazzo te ne frega*, du dämlicher Scheißkerl, was geht es dich an?

Auf der restlichen Fahrt zum Terminal für internationale Flüge sagte niemand mehr ein Wort.

Drei Stunden später, als Vicenç und seine Familie das Mittelmeer überflogen, stieg in der Passatge de Mercader ein Fahrer in der Uniform des Kurierdienstes von seinem Motorrad. Er nahm den Helm ab und betrat den Laden, in der Hand einen in Plastik eingeschweißten Umschlag. Gris war ein feiner Laden, in dem man viel Geld ausgeben konnte, falls man welches besaß. Der Bote hatte dafür allerdings keinen Blick. Er arbeitete für einen Pauschalbetrag.

»Míriam Mundi?«

»Das bin ich.«

»Unterschreiben Sie bitte hier.«

Als der Bote wieder draußen war, nahm Míriam die lange Schere, die für Geschenkverpackungen stets griffbereit auf dem Tisch lag. Sie erwartete keine Sendung. Neugierig schnitt sie den dicken Umschlag von MRW auf. Ein weiteres Kuvert kam zum Vorschein. Braunes Packpapier, ohne Absender.

Sie öffnete es.

Es war kein Brief dabei.

Nur ein paar Fotografien. Eins, zwei, drei, vier, fünf, sechs, sieben.

2016

DAS FEST

23

Can I help you?

Sie kannte keinen Menschen. Kein einziges Gesicht. Weder den Portier, der ihr die Hand reichte, um ihr aus dem Taxi zu helfen, mit dem sie zum Passeig de Gràcia gelangt war, noch die beiden Gepäckjungen, die mit einem teppichbelegten Wagen neben dem verglasten Eingangsbereich auf die Koffer warteten. Als Laura – in einem tief ausgeschnittenen Smoking – durch die Drehtür kam, meinte sie, ein neues Hotel zu betreten. Zugleich jedoch hatte sie, was höchst merkwürdig war, das Gefühl, niemals fort gewesen zu sein. Der Geruch war vertraut, die Geborgenheit dieselbe.

An der Rezeption schauten ihr zwei junge Frauen entgegen, die dem Alter nach ihre Töchter hätten sein können, und begrüßten sie lächelnd mit *How are you? Can I help you?* und einer sympathischen Lockerheit. Das Rafaeli war das Rafaeli geblieben, doch wirkte es verjüngt, das Personal zeitgemäßer und der Schnitt der Uniformen modischer. Der Empfangstisch war anders positioniert, und sogar die gesamte Beleuchtung der Lobby, die mit einem Mal viel geräumiger und heller aussah, war neu. Von der Decke hingen kleine Designlampen an einem langen Stahlkabel, das irgendwo unsichtbar befestigt war, sodass die Lichtpunkte wie bunte Tropfen frei zu schweben schienen.

»Hallo. Wenn Sie mich so fragen …« Laura wandte sich lächelnd an eines der Mädchen im perlgrauen Kostüm mit Stehkragen. »Ja, ich denke schon, dass Sie mir helfen können.«

»Kommen Sie zu Senyor Joaquim Ráfales' Fest?«, erkundigte sich die Blondere der beiden.

»Ja.«

»Darf ich um Ihren Namen bitten?«, fragte das Mädchen und breitete eine Liste auf dem Tisch aus.

»Meine Name ist Laura.« Dann noch einmal förmlicher: »Laura Altimira.«

»Sind Sie allein?«

Laura antwortete nicht. Sie schaute nur ostentativ über ihre Schulter, um anzudeuten, dass sie nicht einmal in Begleitung ihres Schattens war.

»Folgen Sie mir bitte«, sagte die Rezeptionistin, nachdem sie auf der Liste, die schon voller blauer Kreuzchen war, den Namen markiert hatte.

»Es ist eine Überraschungsparty, nicht wahr?«, fragte Laura, die sich einen Schritt hinter der blonden Rezeptionistin mit dem geglätteten Haar hielt.

Die Rezeptionistin sah nach der Uhrzeit auf ihrem iPhone, das sie an einer originellen Kette um den Hals trug.

»Ursprünglich ja.« Sie hielt ihr die Tür auf. »Hier ist es.«

Als Laura eintrat – leicht befangen, weil sie nicht wusste, was sie erwartete – und den Blick durch den Saal schweifen ließ, erspähte sie Kim sofort. Er stand allein auf einer Bühne, die er sich mit einem Flügel ohne Pianist teilte, hinter einem Rednerpult. Die Gäste, ein Glas oder ein Kanapee in der Hand, lauschten seiner Rede. Auch die Musiker des Jazzquartetts hatten aufgehört zu spielen und konzentrierten sich auf die Ansprache des Mannes, der in wenigen Minuten fünfzig Kerzen auf seinem Geburtstagskuchen ausblasen würde. Es war sein großer Tag. Im dunklen Anzug mit Krawatte stand er da, makellos. Eine Hand in der

Hosentasche, die andere am Gürtel, das Jackett offen, weltgewandt wie ein Sprecher des Weißen Hauses. Nur sein Haar, gepflegt, kräftig und widerspenstig wie in seiner Jugend, war von feinen grauen Strähnen durchzogen, sodass es von Weitem wirkte wie mit Mehl überstäubt. Als Kim sie eintreten sah, hob er leicht die Brauen. Er sah so gesund aus wie eh und je, sonnengebräunt, vermutlich vom Tennisplatz, und sprach unbefangen, mit fröhlich glänzenden Augen und der Selbstsicherheit, die ein Heimspiel verleiht. Und auch nach so vielen Jahren waren Àlex und Roger nach wie vor präsent.

»Ich denke, ich spreche auch in Elsas Namen, wenn ich sage, dass wir uns nur bemühen können, unseren Brüdern halbwegs das Wasser zu reichen. Zurzeit verfügen wir über siebenundneunzig Zimmer, fünfzehn Suiten und drei Apartments mit eigenem Pool. Unten gibt es jetzt einen Wellnessbereich mit einem Hallenbad, das dem von Mies van der Rohe im The Langham in Chicago nachempfunden ist. Dennoch haben wir niemals die Tradition und unsere Herkunft außer Acht gelassen, und unsere Bibliothek ist nach wie vor ein von allen im Haus sehr geschätzter Rückzugsort. Trotz der Krise war die Auslastung unseres Hotels in den vergangenen zwei Jahren die beste seiner Geschichte, und damit gehören wir zu den … Sei's drum, ich höre jetzt besser auf, vom Hotel zu reden, Míriam sieht mich schon an, als wollte sie sagen, das ist heute nicht das Thema. Und sie hat vermutlich recht damit, wie immer. Also will ich jetzt nicht länger damit langweilen, sondern möchte euch einfach einen ganz tollen Abend wünschen. Auch wenn ich das Fest nicht selbst organisiert habe, gehe ich doch davon aus, dass es für alle genug zu essen und zu trinken gibt. Die

Schallisolierung dieses Saales sollte perfekt sein, und falls nicht, werden wir das ja heute Abend sehen, dann beschweren wir uns morgen beim Architekten und sparen die Kosten für die Handwerker. Also, euch allen noch einmal ganz herzlichen Dank fürs Kommen, vor allem denen, die von weiter anreisen mussten und die, wie ich hoffe, untergebracht sind, wie es sich gehört. Und ein noch größeres Dankeschön geht an eine Person, die ich gerade hereinkommen sehe und die meine Rede wohl glücklicherweise verpasst hat, über deren Erscheinen ich mich aber unglaublich freue, weil sie für mich wie keine andere etwas verkörpert, das ich jedem Menschen wünsche, etwas, das dem Leben Sinn verleiht: Freundschaft. Denn so sollte Freundschaft sein: ein unsichtbares Band mit jemandem, den du fünfzehn Jahre lang nicht gesehen hast und bei dem du doch sofort das Gefühl hast, es sei erst gestern gewesen. Trinkt, esst, lacht, tanzt, zieht her, über wen ihr wollt, und lasst mich jetzt hier runter, damit ich sie so fest umarmen und küssen kann, dass ihr die Luft wegbleibt.«

Kim machte zwei Schritte über die Bühne, um nach unten zu gehen und Laura in die Arme zu schließen, doch bevor er dazu kam, erloschen mit einem Mal alle Lichter im Saal, und er blieb überrascht stehen. Jana schwang sich auf den Klavierschemel, gleichzeitig flog die Tür zur Küche auf, und eine gigantische, mit Wunderkerzen gespickte Torte in Form einer roten Fünfzig erschien. Ein Scheinwerfer war auf den Kuchen gerichtet, ein zweiter auf das Gesicht des Gastgebers, der in das Licht blinzelte. Jana schlug die ersten Noten an, als der Wagen mit dem Kuchen hereinrollte, von Paco und Víctor rechts und links an zwei Griffen gezogen. Aus der Tiefe des Saales erhob sich eine großartige Stimme.

Kim wusste gar nicht, wohin er zuerst schauen sollte. Diana Laborde, eine der weltgrößten Operndiven, stimmte *Happy Birthday* für ihn an, untermalt vom Oh und Ah der Anwesenden. Das ist doch die Laborde, wisperten sie einander zu. Unglaublich, wie sie noch singt. Wie alt wird sie jetzt wohl sein? Hast du ihr Kleid gesehen? Das muss ein Vermögen gekostet haben …

Damit hatten sie es nun doch noch geschafft, ihn zu überwältigen. Gerührt umarmte Kim seinen Sohn, zwinkerte der Pianistin zu, die zurückblinzelte, und küsste seinen Vater auf die Wangen. Paco hatte feuchte Augen. Die Überraschung war gelungen. Die Laborde, die nur noch hin und wieder ein Benefizkonzert gab und seit einigen Jahren keine Opern mehr sang, hatte ihre Teilnahme an dem Geburtstagsfest für Kim Ráfales aus einem einzigen Grund möglich gemacht: weil ihr alter Freund Paco sie darum gebeten hatte. Er und sie waren mittlerweile in einem Alter, in dem die Freude zum Hauptantrieb wird. Und häufiger die deiner Lieben als die eigene. Und sowohl Paco Ráfales als auch Diana Laborde – die beide ihre Erfolge und ihre Toten so würdevoll trugen, wie sie nur konnten – betrachteten bereits die Krückstöcke in den Schaufenstern der Sanitärgeschäfte.

Jana und Víctor gingen zu ihrem Vater, um ihm beim Kerzenausblasen zu helfen. Kim legte ihnen rechts und links die Arme um die Schultern.

»Streich die Fransen zurück, sonst versengst du sie dir noch.«

»Mann, Papa …« Víctor hatte es satt, dass sein Vater sich bei jeder Gelegenheit über seine Mähne mokierte.

»Augen zu, Papa. Wünsch dir was.« Jana streckte das Handy aus, um den Moment auf einem Selfie festzuhalten.

Nachdem er die Kerzen ausgeblasen hatte, bat Kim seinen Vater und Diana Laborde um ein gemeinsames Foto. Ohne Hemmungen streckte Jana noch einmal den Arm aus, um die Gruppe ins Visier zu nehmen.

»Míriam, wo bleibst du? Komm auch rauf.« Kim hielt Ausschau nach ihr. »Und einen Applaus für sie, denn ich nehme an, dass sie und meine Schwester Elsa dieses wunderbare Fest auf die Beine gestellt haben.«

Míriam ließ sich nicht lange bitten. Mit der Eleganz, für die sie stets von allen bewundert worden war, stieg sie auf die Bühne und stellte sich vor das Klavier zwischen ihre Kinder Jana und Víctor.

Daneben postierte sich der Held des Tages Kim Ráfales. Und am anderen Ende Paco Ráfales. Diana Laborde hatte sich diskret zurückgezogen. Hier ging es um ein Familienfoto.

Zwei Kellner nahmen den Kuchen mit. Während er aufgeschnitten und serviert wurde, bahnte sich Kim seinen Weg zu Laura, die sich angeregt mit Elsa unterhielt. Ihr halblanges, leicht gewelltes Haar, dessen blonde Strähnen ihr Gesicht zum Leuchten brachten, bildete einen aparten Kontrast zu dem dunklen Hosenanzug.

»Laura! Meine Güte, wie sehr ich mich freue, dass du gekommen bist!«

»Das war doch Ehrensache.«

Sie gaben sich zwei Küsschen, als hätten sie sich vorgestern zuletzt gesehen.

»Na?« Sie sah ihn an und legte den Kopf schief.

»Na?«, gab Kim verlegen zurück.

»Was na?«

»Und du?«

»An was denkst du?«

Sie lachten und fielen sich endlich um den Hals. Lange Zeit standen sie so da und drückten sich fest und ließen sich auch danach nicht ganz los.

»Mensch, Kim, ist das lange her.«

»Diese Umarmung war wirklich überfällig.«

»Du bist also jetzt Senyor Joaquim Ráfales?«

»Weil ich fünfzig geworden bin, meinst du?«

»Nein. Hier im Hotel. Ich komme rein und höre nur Senyor Joaquim hier, Senyor Joaquim da ... Wo ist mein Kim geblieben?«

»Der bin ich immer noch.«

»Da geht man für fünf Minuten nach Australien, und schon verwandelst du dich in einen Senyor.« Sie sah ihn lächelnd an.

»Halb so wild.« Er grinste und ließ seinen Blick an ihr heruntergleiten. »Du jedenfalls hast dich überhaupt nicht verändert. Dieselben Augen, derselbe Leberfleck. Nur die Haare, die hattest du früher anders, oder?«

»Na, schon auf Fehlersuche?«

Wieder lachten sie. Und dabei genossen sie ein Privileg, das nur in der Welt der Lebenden existiert: Sie schauten sich in die Augen. Im nächsten Moment jedoch zupfte jemand Kim am Ärmel. Gastgeber sind auf ihren Partys eben sehr begehrt.

»Dass du mir ja nicht wieder verschwindest, hörst du?«, sagte Kim, ehe sie ihn von ihr wegzogen.

»Tja. Bis in fünfzehn Jahren dann«, rief Laura ihm nach.

Ein Kellner hielt ihr ein Tablett mit Gläsern hin, in denen der Champagner perlte. Sie wollte gerade danach greifen, als ihr jemand auf die Schulter tippte.

»Laura?«

Sie wandte sich um. Es war Míriam Mundi.

»Schön, dass du kommen konntest.«

»Míriam, wie geht's?« Sie küssten sich auf die Wangen. »Ich habe mich riesig über die Einladung gefreut. Und besonders, weil sie von dir kam.«

»Ich wusste doch, dass Kim sich freuen würde. Er hätte sich sicher nicht getraut, dich einzuladen. Wenn jemand einen so weiten Weg hat und extra aus Australien anreisen muss ... Aber nun ist er sicher ganz glücklich, dass du hier bist ...«

»Ja, ja, wir haben uns gerade begrüßt.« Laura fühlte sich ein wenig unbehaglich, obwohl sie sich während der Turbulenzen auf dem Flug über Singapur für diesen Moment gewappnet hatte. »Ich finde es auch wunderbar, heute hier zu sein. Danke, Míriam.«

»Keine Ursache. Für Kim warst du immer eine ganz besondere Freundin.«

Laura war Míriam, die in ihrem eleganten weinroten Seidenkleid vor ihr stand, dankbar, dass in diesem Satz keine Spur von Ironie mitschwang. Es war eine schlichte Feststellung. Eine Tatsache.

»Jana und Víctor haben sich prächtig entwickelt. Als ich sie vorhin mit der Torte gesehen habe, konnte ich gar nicht glauben, dass sie es sind. Aus Kindern werden Leute ...«

»Sie sind uns gut gelungen, ja. Erziehung ist keine leichte Sache. Und was ist mit dir? Hast du auch ...?« Sie sprach nicht zu Ende.

»Kinder? Ich?«

Bevor Laura antworten konnte, trat ein großer, kräftiger Mann mit dem Selbstbewusstsein, das ihm offenbar sein Konto und seine edle Krawatte verliehen, kauend zu ihnen und küsste Míriam mit vollen Backen auf den Mund.

»Entschuldige, Laura. Darf ich dir meinen Mann vorstellen?«

»Ah, sehr angenehm.«

Laura reichte ihm die Hand. Er würgte hastig seine Mini-Quiche hinunter und gab ihr rechts und links ein Küsschen.

»Laura … Cristian. Cristian … Laura.«

Laura bemerkte sein komplizenhaftes Schmunzeln, das sie nicht recht zu interpretieren wusste, maß dem aber keine weitere Bedeutung bei, denn ebenso unvermittelt, wie der dunkelhaarige Hüne aufgetaucht war, verschwand er auch wieder.

»Du hast doch früher Basketball gespielt, nicht wahr, Laura?«

»Oje, das ist eine Ewigkeit her.«

»Dann kennst du ihn ja vielleicht noch.« Sie deutete mit der Papierserviette ihrem Gatten hinterher. »Cristian Iglesias. Er hat als Center gespielt.«

»Bei welchem Verein?«

»Beim Joventut de Badalona, wo sonst? Crisi Iglesias, *der* Crisi. Er behauptet, aus fünf Metern habe in der gesamten Liga keiner den Ball so versenkt wie er.«

»Das ist Crisi? Du hast Crisi geheiratet? Na, so was!« Sie versuchte ihre Verlegenheit zu überspielen.

»Du erinnerst dich an ihn?«

»Ja, ja, natürlich!«

Laura hatte nicht die geringste Ahnung, wer er war. Sie hatte den Namen noch nie gehört, aber sie wollte nicht unhöflich sein.

Míriam, die in einem Buch niemals eine Seite überspringen würde, meinte, die Chronologie ihrer Lebensgeschichte erfordere eine Klarstellung.

»Dass Kim und ich geschieden sind, war dir vermutlich bekannt, oder nicht?«

»Ja, sicher. Er hatte mir damals eine Mail geschrieben. Allerdings nicht gleich, sondern erst etwa ein Jahr danach. Als er schon umgezogen war.«

»In den Carrer Immaculada, da wohnt er jetzt.«

»Er hatte mir geschrieben, um mir seine neue Adresse zu geben ...«

»Das Haus liegt direkt an der Plaça de la Bonanova. Du weißt doch sicher, wo die Pia-de-Sarrià-Schule ist?«

»Keine Ahnung, Míriam. Ich bin so lange nicht hier gewesen.«

»Keine Sorge. Sag Kim einfach, er soll es dir zeigen, er wird dich nur allzu gern mitnehmen.«

Mit einem Mal nahm Laura wahr, dass Míriams Höflichkeit schwand, und ehe sich die Herzlichkeit in Bitterkeit verwandelte, ehe Sätze fielen, die besser ungesagt blieben, ehe Míriam inmitten der fröhlichen Party eine bissige Bemerkung herausrutschte und ihr etwas zum Vorwurf machte, woran sie keine Schuld hatte, und ehe sie das Gefühl haben müsste, diese Reise nach fünfzehn Jahren, die zwanzig Stunden gedauert hatte, habe sich nicht gelohnt, fand sie die ideale Ausrede.

»Ich gehe jetzt mal Paco hallo sagen. Unglaublich, wie gut sich dein Ex-Schwiegervater hält, was?«

»Und er ist wirklich eine Seele von Mensch.«

Míriams Züge entspannten sich.

»Meine Güte ...« Laura berührte die gefältelte Seide an Míriams Taille. »Dieses Kleid ist wirklich wunderschön.«

»Ach ja? Vielen Dank.«

Míriam wusste das natürlich. Sie hatte dieses Kleid extra zum fünfzigsten Geburtstag ihres Ex-Mannes gekauft. Nachdem sie zweitausend Kleider anprobiert und sich darin von allen Seiten begutachtet hatte, war ihre Wahl auf dieses hautenge, ärmellose, geraffte Modell gefallen, weil es ihr so gut stand, dass sie beim Anblick ihres Spiegelbildes unwillkürlich zu der Verkäuferin gesagt hatte: Wenn ich in diesem Kleid komme, kapiert er endgültig, was er sich verscherzt hat.

24

Jedes Wort hat seinen besonderen Duft

Auf der Gartenterrasse des Rafaeli hatte man eine Bühne errichtet, und bald schon packten die vier Jazzmusiker gemächlich ihre Instrumente aus. Ein Banjo, ein Saxofon, eine Klarinette und einen riesigen Kontrabass, den man mit zwei Händen spielte, aber vier brauchte, um ihn zu verstauen. Das Quartett wurde von Dora Parker begleitet, einer Sängerin mit Raubtieraugen und Samtstimme, die es gewohnt war, überall Beifall und begehrliche Blicke zu ernten.

Als sich das Fest dem Ende zuneigte, senkte sich auch der Geräuschpegel. Unter der gedimmten Beleuchtung im Garten und dem Gemurmel letzter Gespräche verabschiedete sich der Gastgeber von den Letzten, die noch in Feierlaune waren oder sich an der Bar einen Absacker genehmigten. Laura, die sich vorgenommen hatte, zu bleiben, bis alle gegangen waren, hielt sich in diskreter Entfernung auf und bemerkte den Respekt, mit dem Kim seinem Vater gute Nacht wünschte. Ein einziger Kuss kann viel verraten.

Sie wartete ab, bis sie an der Reihe war, um Paco Ráfales auf Wiedersehen zu sagen und noch einmal zu bekräftigen, wie gut er in Form sei und wie sehr es sie freue, ihn gesehen und diese nette Unterhaltung mit ihm geführt zu haben. Während der Party hatten sie längere Zeit auf zwei Stühlen abseits der Musik gesessen und geredet. Lauras Blick wanderte immer wieder zu Senyor Ráfales' weißen gestutzten Augenbrauen, die der alte Herr, im Bestreben, sich sein würdevolles Aussehen zu bewahren, jeden Morgen im Vergrößerungsspiegel kontrollierte und die Härchen auszupfte, die aus der Reihe tanzten. Paco legte immer noch Wert auf eine tadellose Erscheinung, und er besaß eine weitere Angewohnheit, die sich im Laufe der Jahre zu einem Charakterzug verfestigt hatte: Er sprach nie von sich. Er hörte zu. Wie es sich für einen guten Hotelier ziemte, sperrte er die Ohren auf, hielt den Mund, und obwohl er schon die ungeheuerlichsten Dinge vernommen hatte, verurteilte er niemanden. Er sei ein guter Zuhörer, hatte ihm Diana Laborde einmal gesagt, und darauf war Paco so stolz gewesen, als hätte sie ihm eine rote Rose geschenkt. Es fiel ihm grundsätzlich schwer, über sich selbst zu sprechen, aber besonders, wenn die Sopranistin in der Nähe war.

Und während die Operndiva an diesem Abend den frenetischen Beifall der Gäste entgegennahm – manch einer küsste ihr sogar die Hand wie in alten Zeiten –, sah Laura ihre Chance auf einen Schwatz mit Kims Vater. Paco Ráfales, ein wenig geschrumpft, mit seiner eleganten Krawatte, die er in Santa Eulàlia extra für das Fest gekauft hatte, und einem Blick, der noch immer Respekt einflößte, sprach mit dunklerer Stimme und längeren Pausen, doch ebenso entschieden, wie sie ihn in Erinnerung hatte. Und er gab sich sehr freimütig. Er zeigte Laura unverhohlen seine große Freude über ihr Kommen und gestand ihr, dass er sie damals immer gern an Kims Seite gesehen habe, weil sein Sohn in ihrer Gegenwart immer so fröhlich gewesen sei, selbst in den Jahren, in denen im Rafaeli nicht viel gelacht wurde. Und dann kam Paco Ráfales doch auf sein Thema zu sprechen. Sein einziges. Das Hotel. Stolz fragte er Laura, ob sie die Veränderungen bemerkt habe. Die strahlende Fassade mit der weniger bombastischen, dafür vornehmeren Beleuchtung.

Die Modernisierung des Erdgeschosses, der Lobby und der Rezeption, die neuen Aufzüge. Nur zwei Dinge habe Elsa, die für den Entwurf und die Leitung des Umbaus zuständig gewesen sei, um jeden Preis erhalten wollen: die Bibliothek der reisenden Bücher und die Terrasse mit dem Dachgarten ihrer Mutter.

»Ich weiß nicht, ob du schon mal …«

»Ja, ja. Ganz oben, nicht wahr? Kim hat mir den Garten einmal gezeigt. Ich erinnere mich noch genau an diesen Duft … Kann das Jasmin gewesen sein? Im Winter?«

Und dann, ohne jede Überleitung, so unvermittelt wie manches im Leben über einen hereinbricht, brachte der alte Paco sie mit einer einzigen Frage aus dem Konzept.

»Bist du glücklich, Laura?«

Laura fühlte sich überrumpelt. Natürlich, entgegnete sie automatisch, aber sicher, sie sei sehr zufrieden damit, wie alles laufe. Doch im selben Augenblick wurde ihr bewusst, dass sie ihr Leben noch nie unter diesem Gesichtspunkt betrachtet hatte. Sie hatte auf beiden Hälften der Erdkugel gelebt, die halbe Welt bereist, besaß fast fünfzig Jahre Lebenserfahrung, war nach ihrer Kindheit in Banyoles und Stationen in Barcelona und London nun schon so viele Jahre lang in Canberra zu Hause, dass es ihr vorkam, als hätte sie dort den größten Teil ihres Lebens verbracht, sie hatte viele interessante Menschen kennengelernt, mit einigen Männern zusammengelebt, mehr gelacht als geweint, noch empfand sie den Lauf der Zeit nicht als belastend, einen Operationssaal hatte sie lediglich einmal wegen einer Achillessehne von innen gesehen, sie hatte zwar gehofft, einmal Kinder zu bekommen, es jedoch nie bereut, darauf verzichtet zu haben, sie war für ihre Arbeit geschätzt worden, hatte streng vertrauliche Gespräche gedolmetscht, die auf den Titelseiten der ganzen Welt Schlagzeilen gemacht hätten, sie arbeitete mit der Unregelmäßigkeit der Selbstständigen, mal gab es längere Durststrecken, dann wieder kam alles auf einen Schlag, sodass sie sich vor Aufträgen nicht retten konnte, an der Universität war sie viele Jahre Dozentin gewesen – die Professur würde nicht mehr lange auf sich warten lassen – und hatte sich sowohl auf der einen als auch auf der anderen Seite des Hörsaals in ihrem Element gefühlt. Ah, und sie hatte immer alles gegessen, ohne sich je etwas zu verbieten, und war stolz auf ihre stets schlanke Figur. Was willst du mehr, Laura? Diese Frage mochte sie sich in schwachen Stunden schon mal stellen. Aber ob sie glücklich war? Das Glück war so ein heiliger Begriff. Sie hatte ihren Weg gemacht, war stetig vorangekommen, ohne Beschwerden oder allzu große Sorgen, mit sich selbst im Reinen, wie sie es auszudrücken pflegte, wenn sie mit einer Freundin bei einer Tasse Tee saß, einem der Genüsse im Leben, die man ihrer Ansicht nach gar nicht genug würdigen konnte. Laura hielt sich viel darauf zugute, niemandem etwas schuldig geblieben zu sein, niemals etwas nicht ausgesprochen zu haben, rechtzeitig zu Hause gewesen zu sein, um Abschied von ihrem Vater zu nehmen und ihrer Mutter zur Seite zu stehen, während der Beerdigung und beim Schränkeausräumen in den dunklen Tagen danach. Immer Augen zu und durch. Nein, so war es auch nicht. Diese Floskel griff zu kurz. Andererseits – wenn Pacos Frage sie schon nötigte, Bilanz zu ziehen – waren ihre Ideale womöglich erlahmt, als hätten sie unter dem Gewicht der Jahre unweigerlich nachgegeben. Das Glück zu benoten, mit einer Drei plus, oder eventuell einer Zwei minus – das wollte sie lieber auf die Zeitschriftentests im Friseursalon von Banyoles beschränken. Und so hatte sie Paco am Ende geantwortet, aber ja, und wie, sie sei sehr zufrieden damit, wie alles laufe.

Nun umarmte Laura Senyor Ráfales, als wäre er ihr Vater, gab ihm rechts und links einen Kuss auf die Wange, und gerührt ging der Eigentümer des Hotel Rafaeli zum Fahrstuhl. Elsa, ihr Mann Miquel Angulo und ihre Zwillinge schlossen sich ihm an. Die beiden vollkommen übermüdeten kleinen Jungen sorgten für viel Gelächter, weil sie sich jeder von ihnen an ein Hosenbein des Vater klammerten. Angulo – der einen lukrativen Glückstreffer mit einer Handy-App gelandet hatte, die einem dabei half, Pasta al dente zu kochen – schleppte bei jedem Schritt eins seiner Kinder weiter, abwechselnd Joel und Àxel. Elsa, die in ihrem schulterfreien roten Dior-Kleid hinreißend aussah, hatte Laura während der Party gestanden, die Kinder seien das Beste, was ihr habe passieren können, egal wie alt sie würde. Und sie wolle sehr alt werden.

Darin waren sie sich einig.

Auch Míriam, die niemals aus der Rolle fiel, wusste, wann es Zeit war aufzubrechen. Víctor und Jana waren über die Scherben eines zerbrochenen Glases hinweggestiegen und warteten an der Tür zur Hotelhalle auf ihre Mutter.

»Es war schön, oder?«

»Das Fest?« Laura, die ihren eigenen Gedanken nachhing, bemühte sich zu verstehen, worauf sich Míriam bezog. »Es war perfekt, Míriam. Du hast alles bedacht, wie immer.«

»Nun ja …« Damit hatte sie der anderen die Antwort gleichsam in den Mund gelegt. »Bis auf eine Ausnahme. Aber das ist schon lange her und längst verjährt.«

Laura wurde rot. Sie wusste nicht, was sie sagen sollte.

»Kim … hat sich jedenfalls sehr gefreut.«

»Ich denke schon, aber bei ihm weiß man nie. Er ist unfähig, seine Gefühle zu zeigen, wie alle Ráfales. Und ich fürchte, Víctor ist auch nicht besser. Ganz der Vater.«

»Ja, und diese tolle Karikatur, die er von Kim gezeichnet hat …«

»Erst wollte er sie ihm gar nicht geben, er hat sich geschämt vor all den Leuten.«

Eine verlegene Pause entstand, in der Laura zu Boden blickte. Dann fasste sie sich ein Herz.

»Danke für die Einladung, Míriam, und auch dafür, dass du darauf bestanden hast, dass ich komme.«

»Das war doch selbstverständlich. Du musstest heute einfach dabei sein.«

»Mag sein. Aber mich einzuladen und noch mal nachzuhaken und mir zu sagen, was du mir über Kim gesagt hast … Deine E-Mail hat mich zum Nachdenken gebracht.«

»Heißt das, du gehst nicht zurück nach Australien?«

Laura schloss die Augen und wiegte den Kopf. Dann kam etwas ganz anderes aus ihrem Mund, als sie ursprünglich hatte sagen wollen:

»Ich weiß es nicht. Ich glaube, ich war lange genug in der Weltgeschichte unterwegs. Aber ich könnte auch nicht sagen, dass ich vorhätte hierzubleiben. Ich habe ein Haus in Canberra, einen interessanten Job und gute Aussichten, es nach jahrelangem Ackern bald ruhiger angehen zu lassen.«

»Weißt du, was?«

»Was?« Laura sah sie irritiert an.

»Ich wünsche dir Glück. Viel Glück.« Míriam hielt ihr die Wange hin. Zwei kühle, höfliche Küsse. »Ich muss los, die Kinder warten.«

»Ja … natürlich.« Laura stand noch eine Weile da, während der spöttische Unterton dieser Glückwünsche in ihr nachhallte.

Die Musiker, einen Umschlag mit einem großzügigen Trinkgeld in der Tasche, packten ihre Instrumente zusammen und gingen ebenfalls. Auf dem Gabentisch stapelten sich Hunderte von CDs. Alle Gäste waren aufgefordert gewesen, eine CD mit der Musik ihres Lebens mitzubringen. Dadurch sollte verhindert werden, dass die Gratulanten einen Haufen Geld für ein Geschenk zum Fünfzigsten eines Mannes ausgaben, der alles hatte und sich das, was er nicht besaß, jederzeit kaufen konnte. Dennoch hatten einige Elsas und Míriams strikte Anweisung ignoriert, oder es war ihnen vielleicht geizig vorgekommen, in Abendrobe im Rafaeli zu erscheinen mit nichts als einer simplen CD in den Händen.

»Selbst wenn ich noch mal fünfzig Jahre lebe, werde ich es wohl nicht schaffen, mir all diese Musik anzuhören«, seufzte Kim, als er jetzt die CDs durchsah und Laura, die als Einzige noch da war, ihm dabei zuschaute, ohne etwas wahrzunehmen. Kim schichtete die CDs von einem Stoß auf den anderen. Ein paar Motetten von Palestrina, die Cello-Suiten von Bach, zwei Alben von Leonard Cohen, das Konzert von Lluís Llach im Camp Nou, Pink Floyd, *Orpheus und Eurydike*, Nick Cave, ein paar Hits von Julio Iglesias, Céline Dion, *A child is born* von Bernat Vivancos, Paolo Conte, *Brothers in Arms* von den Dire Straits, Supertramp und Nina Simone, Pep Sala und das *Siegfried-Idyll*, Frank Sinatra und Charles Aznavour, das *Requiem* von Brahms und bulgarische Liebeslieder, Elton John und Jordi Savall, *La Bohème* und zwei CDs mit gregorianischen Chorgesängen und eine von Sílvia Pérez Cruz und …

»Eine gute Idee von Míriam, alle Gäste ihre Lieblingsmusik mitbringen zu lassen. Echt originell, findest du nicht?«

»Ein Zeichen, dass sie dich immer noch liebt.«

»Die Laborde schenkt mir eine Raubkopie ihrer *Tosca* an der Mailänder Scala. Diese Frau hat wirklich Humor. Aber Gedanken haben sie sich alle gemacht. Und die Mischung ist wahrlich kurios. Tja, jeder fühlt sich eben von einer anderen Musik berührt.«

»Es verrät eine Menge über eine Person, ja.« Laura nahm ihm die CD von Édith Piaf aus der Hand, die er eben auf einen anderen Stoß legen wollte. »Warte mal, die ist fantastisch. *Allez venez, Milord. Vous asseoir à ma table. Il fait si froid, dehors …*«

»Und dass Míriam dich hergeholt hat, ist das größte Geschenk überhaupt.«

Laura hörte auf zu singen.

»Bemerkenswert, ja.«

»Dass du aus Sidney angereist bist?«

»Nein, ja, auch. Ich lebe in Canberra, aber egal.«

»Es bedeutet mir sehr viel.« Früh am Morgen ist die Zeit für Geständnisse. »Das merkst du doch wohl, oder?«

»Bemerkenswert finde ich … eigentlich meinte ich …« Sie verhaspelte sich. »Ich meine, dass ausgerechnet sie es war, die mich eingeladen hat, das ist ihr hoch anzurechnen. Aber so oder so muss ich dich leider korrigieren, nicht ich bin das größte Geschenk.«

Sie nahm die gerahmte Zeichnung, die neben dem CD-Stapel am Fuß des Rednerpults lehnte. Sie hob sie hoch und betrachtete sie eingehend.

»Das ist eine großartige Karikatur von dir. Sehr witzig.«

»Die stammt von Víctor, meinem …«

»Ich weiß. Das habe ich mitbekommen. Als er dir das Geschenk überreicht hat, war ich schon da. Und ich habe gesehen, wie seine Augen geleuchtet haben, als du es ausgewickelt hast, und auch gehört, was er zu dir gesagt hat …«

»Das hast du gehört?«, fragte er ungläubig.

»Du bist der beste Papa der Welt. Hab ich recht?«

»Du hast es *gehört.*«

»Ja. Oder doch so gut wie. Dolmetscher können hervorragend von den Lippen lesen. Du bist der beste Papa der Welt, ich hab dich lieb, hat er gesagt.«

»Und mich damit sehr glücklich gemacht, ja.« Das Bild in den Händen stiegen Kim die Tränen in die Augen. »Hast du es dir einmal richtig angeschaut? Es ist ziemlich schmeichelhaft, aber so einen Zinken habe ich doch wohl nicht, oder? Und das Hotel im Hintergrund, das gefällt mir sehr. Ich finde die Zeichnung wirklich toll.«

»Weißt du, woran ich gerade denken muss? Dass dieses Zeichentalent sicher etwas Genetisches ist. An der Universität hast du ungeheuer gut gezeichnet. Pausenlos. Den lieben langen Tag, ein Cartoon nach dem anderen, weißt du noch? Diese ganzen despektierlichen Zeichnungen mit den nackten Professoren, du meine Güte!« Sie lachte. »Ich glaube, ich habe sogar noch einige davon. Nach den ganzen Umzügen weiß ich nur nicht mehr, wo. Doch wenn ich danach suchen würde, könnte es durchaus sein, dass ich sie wiederfinde.«

»Erinnerst du dich, als man mich mal erwischt hat und ich das Bild aufgegessen habe?«

»Das hätte übel ausgehen können. Wie hieß noch mal die Dozentin mit dem großen Busen und den Halsketten?«

Laura zupfte am Ausschnitt ihres Smokings, damit das Spitzentop, das sie darunter trug, wieder hervorblitzte. Kim stellte das Bild vorsichtig wieder auf den Boden.

»Víctor ist ein tolles Kind …«

»Und deine Tochter erst. Jana ist wirklich bildhübsch. In ein paar Jahren wird sie den Jungs reihenweise das Herz brechen.«

»Was heißt in ein paar Jahren? Für den Ersten, der ihr zu nahe kommt, habe ich das Gewehr längst im Anschlag.«

Ein Gepäckjunge unterbrach sie mit einem diskreten Hüsteln.

»Verzeihen Sie, Senyor Joaquim. Man schickt mich zu Ihnen.«

»Zu mir?«

»Wegen der Geschenke, hat man mir gesagt.«

»Ja, danke. Nimm bitte einen Gepäckwagen, und bring die Sachen hoch ins Büro.«

»Das alles?« Der Junge wies auf die vielen Päckchen, die sich auf der Bühne häuften.

»Ja, ja. Und pass auf, dass wir nicht versehentlich etwas mit dem Papier wegwerfen …«

»Die CDs auch?«

»Ja, alles. Danke.«

»Werden Sie es denn schaffen, sich das alles anzuhören?«

»Wenn ich die Geduld aufbringe, vielleicht.« Er musste über die kecke Rotznase lachen.

»Die Musik, Senyor Joaquim, ist die Sprache, in der wir uns mit dem Jenseits verständigen können.«

»Und woher willst du das wissen?«, mischte sich Laura amüsiert ein.

»Nicht ich, Schumann. Mein Vater spielt Geige im Symphonieorchester und sammelt Sprüche über Musik. Er sagt, auch wenn wir einmal gar nichts mehr haben, bleibt uns doch immer die Musik.«

»Danke. Dann bring die Sachen mal nach oben. Hast du den Schlüssel zum Büro?«

Der Junge zeigte ihm den Generalschlüssel, der an seinem Gürtel hing, und ging den Wagen holen. Laura sah Kim mit großen Augen an.

»Was die heute so draufhaben …«

»Weißt du …« Kim senkte die Stimme, um sicherzugehen, dass die Kellner, die die Tische abräumten, ihn nicht hörten. »So ein Fest zum Fünfzigsten ist wie lebendig zu Grabe getragen werden.«

»Sag nicht so was. Ist doch eine tolle Sache, so eine Party.« Laura legte Kim die Hände auf die Schultern. »Wenigstens bekommst du die Blumen zu Lebzeiten.«

Ergeben ließ er seinen Kopf gegen den ihren sinken. So standen sie, Stirn an Stirn, ein paar Sekunden, die ihnen vorkamen wie eine Ewigkeit. Es war seltsam, so da zu stehen, doch mit einem Mal fühlten sie sich im Moment geborgen. Es war schön, sehr schön, Stirn an Stirn, ruhig, entspannt, und so nah, dass Kim plötzlich erschrak. Er tat, als wäre nichts gewesen, löste sich beiläufig von Laura und kam wieder auf sein Thema zurück. Vielleicht war es dem Alkohol geschuldet, dass er so hartnäckig daran festhielt.

»Weißt du, worin sich eine Geburtstagsparty und dein eigenes Begräbnis am meisten ähneln?«

»Mann, jetzt reicht's aber langsam, Kim.« Auch Laura richtete sich wieder auf.

»Einige Leute kommen aus ehrlicher Zuneigung, sagen dir Nettigkeiten, und jedes Wort hat seinen besonderen Duft. Aber dann gibt es auch solche, die aus purer Verpflichtung erscheinen oder um des guten Eindrucks willen. Das sieht man denen schon von Weitem an.«

»Na und? Sie waren da und haben sich amüsiert. Immerhin sind sie ja deinetwegen gekommen. Lass es also gut sein.«

»Aber …«

»Kim. Du wirst die Gästeliste bei deiner Beerdigung sicher nicht abhaken.« Es sollte eine Zurechtweisung werden, doch sie musste selbst lachen. »Ebenso wenig wie ich bei meiner. Uns wird dann wohl kaum noch nach Feiern zumute sein.«

»Eher nicht.« Er lächelte.

»Der Tod erinnert uns daran, dass wir leben sollen.« Sie kniff ihn scherzhaft ins Kinn.

Kim lockerte seine Krawatte und öffnete mit zwei Fingern den obersten Kragenknopf. Am liebsten hätte er das Jackett ausgezogen, wollte aber nicht, dass Laura ihn in seinem durchgeschwitzten Hemd sah.

»Es tut mir leid, dass ich heute so wenig für dich da sein konnte.«

»Aber Kim, ich bitte dich!«

»Es waren so viele Leute da … Einige habe ich seit Ewigkeiten nicht mehr gesehen …«

»Wir haben noch genug Zeit, um zu reden, keine Sorge.«

»Morgen?« Er wirkte plötzlich entschlossen und begeistert, als wäre er gerade zwanzig geworden.

»Was morgen?«

»Treffen wir uns morgen. Wir müssen uns doch gegenseitig aufs Laufende bringen. Ich hole dich ab, wir gehen spazieren und essen dann zu Abend, wo immer du magst.«

»Weißt du, worauf ich Lust hätte? Auf einen Bummel durchs Gotische Viertel. Es ist so lange her …«

»Abgemacht.«

Laura streichelte ihm über eine Wange. Auf die andere drückte sie ihm einen schmatzenden Gutenachtkuss.

»Auf geht's, fünfzigjährige Herren neigen zu Einschlafschwierigkeiten nach so viel Aufregung.«

»Und du?«

»Was ist mit mir?«

»Schläfst du im Rafaeli?«

»Nein.« Plötzlich verspürte Laura das Bedürfnis, Kim zu necken, und hob geheimnisvoll eine Braue. »Nein, diesmal nicht.«

»Wo denn dann?«

»He, was ist los mit dir? Du brauchst doch nicht alles zu wissen, alter Kontrolletti.«

25

Wie eine stille Huldigung

Ein Nervenbündel.

Laura bestritt alles. Sie sollte nervös sein, weil sie einen Samstag mit ihrem alten Freund verbringen würde?

»Red nicht so einen Unsinn, Sira. Kim und ich kennen uns schon ein Leben lang.«

Sira jedoch behauptete, ihr klinisches Auge täusche sie selten, und ihre Freundin, die ja nie viel von sich preisgebe, sei so kribbelig wie mit neunzehn vor einem Rendezvous. Schon beim Aufstehen habe sich an der Art, den Tee zuzubereiten, ihre Unruhe gezeigt, und vor allem daran, dass sie alle ihre Sachen aus dem Koffer hervorzog, um dann ein Kleidungsstück nach dem anderen zu verwerfen. Nichts erschien ihr passend zu sein. Zu brav, zu freizügig, zu kurz, zu lang, zu schick, zu dunkel, zu … Auf den Knien im Gästezimmer ihrer Freundin Sira – Frau Doktor Vilanova, Leiterin der Abteilung für Frauenheilkunde und Geburtshilfe an der Clínica Corachán – traf sie schließlich ihre Wahl. Sie griff nach den Jeans, die sie erst kürzlich in Australien erstanden hatte, und probierte sie vor dem Spiegel an. Nachdem sie sich hineingezwängt hatte, wofür sie ein paar Hüpfer mit geschlossenen Beinen gebraucht hatte, holte sie eine zweite Meinung ein.

»Die macht einen schönen Po.« Außerhalb ihrer Sprechzeiten wusste Frau Doktor Vilanova durchaus Diagnosen zu stellen, die ihre Patientinnen hören wollten.

»Findest du?«

»Wir beide sollten einander immer die Wahrheit sagen – sofern sie zu ertragen ist.«

Vom knappen Sitz ihrer Jeans vollends in Anspruch genommen, wand sich Laura hin und her, um ihre Kehrseite zu begutachten, und bekam von dem Pakt, den ihre Freundin vorschlug, gar nichts mit.

»Kannst du mir ein Shirt leihen? Hast du etwas Weißes?«

Sie durchforsteten Siras Schrank, als wären sie noch in ihrer Studentenbude. Man konnte bequem darin wühlen, es gab reichlich Platz. Seit Sira die Klamotten ihres Mannes in zwei Koffer gestopft und ihn mit dem Hinweis, er könne ja zu der kleinen Nutte aus dem Büro ziehen, von der er die geilen Fotos in seinem Handy habe, vor die Tür gesetzt hatte, hingen viele leere Kleiderbügel im Spiegelschrank des ehelichen Schlafzimmers.

Im Handumdrehen fand Laura, was sie suchte. Ein elegantes naturweißes Oberteil mit Reverskragen, aber ohne Ärmel. Vorne ließ es sich beliebig zuknöpfen, es bedeckte den oberen Teil des Rückens, weiter unten dagegen hatte es einen symmetrischen dreieckigen Ausschnitt. Es war der Clou dieses hüftlangen, leicht ausgestellten Tops, das locker fiel und nirgends einengte.

»Beneidenswert. Du hast noch genauso tolle Arme wie damals, als du Basketball trainiert hast.«

»Das will ich meinen …« Laura musterte sich eingehend. Ihre Nervosität war schlagartig verflogen. Die Kombination gefiel ihr sehr. Das Alter der Frau im Spiegel weniger. »Meine Güte, wie lange die Männer wohl noch scharf auf uns sein werden, Frau Doktor?«

Sira Vilanova lachte ein wenig halbherzig und bemühte sich, die Moral aufrechtzuerhalten.

»So lange du willst. Das liegt ganz bei uns. Vergiss nicht, Männer sind allzeit bereit.«

Als Kim an der Tür von Siras Penthouse in Les Corts klingelte, war Laura noch barfuß. Rasch schlüpfte sie in ihre silberfarbenen Turnschuhe mit den fantasievollen Steppungen, in die sie sich auf den ersten Blick verliebt hatte, als sie sie in einem Schaufenster im Zentrum von Canberra entdeckte.

»Hallo, Kim. Hier ist Sira«, hörte sie ihre Freundin in die Gegensprechanlage sagen. »Laura kommt gleich runter. Zwei Minuten.«

Es wurden zehn. Kim, der sein Spiegelbild auch kritischer beäugt hatte als an anderen Samstagen, trug ein Leinensakko über einem blauen, kleingemusterten Hemd. Als er Laura aus dem Haus treten sah, trat er auf sie zu und küsste sie auf beide Wangen.

»Du siehst super aus.«

Für Laura klang es nicht nach reiner Höflichkeit. Der Satz, den sie am Vorabend auf dem Fest so gern gehört hätte, kam leicht verzögert am Tag danach. Sie setzte sich zu ihm ins Auto, ohne auf Marke oder Modell zu achten. Und nicht einmal mit einer Pistole auf der Brust hätte sie sagen können, welche Farbe es hatte. Eines allerdings entging ihr nicht.

»Seltsam, ein Auto mit dem Lenkrad auf der linken Seite.«

»In Australien fahren sie auf der anderen Seite?«

»Ja, wie in England. Mich reizen anscheinend mehr die falsch gepolten Länder.« Im selben Augenblick schämte sie sich für diese absurde Bemerkung und wechselte rasch das Thema. »Ich weiß es zu würdigen, dass du mich in Les Corts abholst. Ich hätte nicht gedacht, dass du dich in die Stadtviertel des niederen Volkes überhaupt hineinwagst.«

»Nun ja, wenn man bedenkt, dass du meinetwegen extra aus Australien gekommen bist, steht es damit jetzt eins zu eins.«

»Das ist nicht dein Ernst, oder? Meinst du etwa, damit wären wir quitt?«

Kim drückte auf einen Knopf am Lenker, und die Musik wurde lauter. »Hör mal zu … gefällt dir das?«

»Ja.« Sie hatte kaum Zeit gehabt, auf die ersten Takte zu achten. Aber sie war sehr angetan, dass Kim eine bestimmte Musik für den Moment vorbereitet hatte, in dem sie ins Auto steigen würde.

»Das ist Giorgio Conte«, meinte er.

»*Paolo*. Er heißt Paolo Conte.«

»Nein, nein.« Alle unterlagen demselben Irrtum. »Das ist sein Bruder, und der heißt Giorgio. *Di vaniglia e di fior.*«

»Ich wusste gar nicht, dass er einen Bruder hat. Und der singt auch?«

Er gab keine Antwort, sondern drehte die Musik noch lauter. Unwillkürlich übersetzte Laura Strophe für Strophe. Und so erreichten sie alle drei – Giorgio, Laura und Kim – ganz beschwingt von der munteren Musik das Parkhaus an der Kathedrale.

An der Plaça Nova vor dem Hotel Colón fand ein kleiner Straßenmarkt statt, wo es alles Mögliche zu kaufen gab – Trödel, alte Bücher, Waschtischarmaturen, Marmeladen und Heilkräuter. Sie streiften an den Ständen vorüber, ohne dass ihnen irgendetwas ins Auge gesprungen wäre. Laura blieb vor einem alten Blechauto stehen und musterte es nachdenklich. Dann gingen sie weiter.

»Soll ich dir verraten, was ich über dich gedacht habe, als wir Studenten waren?« Sie grinste.

»Oje, lieber nicht.«

»Du warst der Kerl mit dem Auto unterm Hintern. Überallhin musstest du mit dem Auto fahren.«

»Wie bitte?« Darauf war er nicht gefasst.

»Ja. Einmal hast du mich sogar die paar Meter vom Hotel zu meiner Wohnung in Gràcia gefahren.«

»Da war es sicher spät, und ich hätte mir sonst Sorgen gemacht. Ich habe mir immer Sorgen um dich gemacht.«

»Los, komm.« Sie nahm ihn bei der Hand. »Ich finde es herrlich, endlich mal ein Stück mit dir zu Fuß zu gehen.«

»Na ja …« Kim weigerte sich, klein beizugeben. »Aber nur, weil die Altstadt Fußgängerzone ist, warum sonst sollten wir …«

»Darf ich dir etwas gestehen?« Laura wartete seine Antwort nicht ab. »Dein Ford Escort war schon ein bisschen prollig. Mit diesem Heckspoiler und so.«

»Was? Mein XR3 mit Einspritzung?«

»Der passte gar nicht zu dir, bedaure.«

Kim ließ ihre Hand los und spielte den Beleidigten. Sie genossen es, nebeneinander im Gleichschritt über das alte Straßenpflaster zu gehen. Sie schlenderten durch die langen Schatten des Carrer dels Banys Nous, bogen in den Carrer de la Palla ein, gingen an den Antiquariaten vorbei und passten auf, nicht in die Hinterlassenschaften eines Hundes zu treten. Die Plaça Nova blieb hinter ihnen zurück, sie nahmen den Carrer del Bisbe, umrundeten entlang eines alten Eisengeländers den Kreuzgang der Kathedrale, wo sich die dreizehn weißen Gänse der heiligen Eulalia tummelten, und spazierten dann durch den Carrer de Sant Sever, wo ein Gitarrenspieler hingebungsvoll das *Concierto de Aranjuez* zupfte. Kim warf ihm zwei Euro in den Hut.

Auf der Plaça de Sant Felip Neri, dem Platz ohne Ausgang, stupste Laura den Finger in die Einschusslöcher der Kirchenfassade. Wo ihr Zeigefinger hineinpasste, wischte sie damit einmal im Kreis, als wollte sie Sahne naschen. So ging sie die Kuhlen eine nach der anderen durch, wie in stiller Huldigung der Toten dieses Krieges, aller Kriege. Ehrfürchtig strich sie über die Steine, die die Erinnerung bewahrten. Kim spazierte inzwischen auf die andere Seite des Platzes zum Eingang des Hotels Neri. Die Kombination aus Schmiedeeisen und Glas passte wunderbar an diesem Ort. Für das Rafaeli wäre ein solches Tor allerdings zu auffällig gewesen. Laura, die ihren eigenen Gedanken nachhing, wartete, bis Kim wieder neben ihr stand.

»Einmal haben wir einen Schulausflug nach Barcelona gemacht und sind auf diesem Platz herumgetollt. Und als wir so richtig ausgelassen waren, rief uns die Lehrerin zusammen, wir mussten uns auf den Boden setzen, und sie erzählte uns, dass an dieser Stelle bei einem Bombenangriff über vierzig Kinder ums Leben gekommen sind. Um neun Uhr morgens. Sie haben unbekümmert gespielt, und die italienische Luftwaffe …«

»Hier, auf diesem Platz?«

»Soll das etwa heißen, du warst noch nie auf der Plaça de Sant Felip Neri?«

»Doch, natürlich. Aber diese Geschichte kannte ich nicht«, sagte er mit einer entschuldigenden Geste. »Bin ja froh, dass man mir mit fünfzig noch etwas beibringen kann.«

»Lernen ist eine Frage des Willens, Kim. Nicht des Alters.«

Laura blickte zum Himmel, als müssten dort gleich die Flugzeuge von 1938 auftauchen. Doch war da nur ein Dunststreifen, der dem strahlenden Blau eines wolkenlosen

Tages in Barcelona nichts anhaben konnte. Sie warteten, bis sich eine Gruppe von Kindern in Schuluniform von dem Brunnen entfernt hatte, um ein paar Fotos zu machen.

»Ich komme mir vor wie eine Touristin beim Rundgang durchs Gotische Viertel«, sagte Laura, während sie sich auf den Brunnenrand schwang, um für Kim zu posieren. »Die schickst du mir aber, ja?«

Er drückte acht- oder neunmal ab. Für den Fall, dass sie die Augen geschlossen hatte oder eine Grimasse zog oder redete oder ein Schatten über ihr Gesicht fiel. Auf der Suche nach dem richtigen Moment. Dem perfekten Foto. Er wollte Lauras grüne Augen, die nichts vom Glanz ihrer jungen Jahre eingebüßt hatten, von dem großen Bildschirm seines Samsung-Computers leuchten sehen.

Der Tag verging wie im Flug. Laura war versessen darauf, die kleinen Gassen ihrer Studentenzeit wiederzufinden und zu sehen, wie El Born mittlerweile aussah. Man hatte ihr viel von dem gelungenen Gegensatz zwischen den Ruinen der mittelalterlichen Stadt und der eisernen Dachkonstruktion über der ehemaligen Markthalle erzählt. Dort war sie noch nicht gewesen, und so nahmen sie die Abkürzung durch den Carrer de l'Argenteria – die Straße der Silberschmiede, ein hübscher Name für eine hübsche Gasse, wie Laura fand –, vorbei an der Kathedrale des Meeres, Santa Maria del Mar, deren Türen verschlossen waren, blickten auf zur ewigen Flamme des Mahnmals Fossar de les Moreres und hatten bald den Passeig del Born erreicht. Die Platanen filterten das nachmittägliche Licht, es wehte eine belebende Brise, und die Straße lag im sanften Schatten der Laubkronen. Nur hin und wieder gelang es einem Sonnenstrahl, sich hindurchzumogeln. Es war die Tageszeit, in der sich Barcelona selbst am besten gefiel. Die noble Stunde, in der sich die Sonnenglut über den dicken gotischen Mauern und dem üppigen Grün der Blätter erhob.

Das Licht, die Stimmung, die Kathedrale des Meeres im Hintergrund. Das ideale Motiv für Fotografen. Oder die Maler, die diesen Moment abpassen wollten, bevor die Aquarellfarbe trocknete. Kim und Laura setzten sich an den einzigen freien Tisch einer Terrasse in der Mitte der Allee. Sie bestellten Kaffee-Sorbets. Das hatten sie seit Jahren nicht getrunken, und sie verspürten eine kindliche Lust darauf. Sie stießen mit den bereiften zylindrischen Gläsern an, aus denen Trinkhalme mit einem Ziehharmonikagelenk ragten. Beim ersten Schluck erschien ihnen das Getränk übermäßig süß. Zu stark gezuckert. Zu wässrig. Kein Vergleich mit dem aus ihrer Erinnerung. Und darüber hinaus zu teuer. Laura störte es, dass der Kellner darauf bestand, sofort abzukassieren. Regeln des Hauses, erklärte er achselzuckend. Vielleicht wollte er auch bloß einer Diskussion vorbeugen, denn ihm war es im Grunde wohl egal, ob zwei Touristen aufstanden und sich verdrückten, ohne zu bezahlen. Er mochte nur niemandem mehr nachrennen müssen. Er war es leid loszuspurten, festzustellen, dass er die Zechpreller nicht einholen konnte, und wie ein Depp mitten auf der Straße zu stehen. Der Laden gehörte nicht ihm, was sollte es also. Solange er am Monatsende seinen Lohn erhielt, konnten ihn alle mal. Verächtlich legte Laura die zehn Euro auf das Tellerchen, damit ihnen der Kerl endlich aus der Sonne ging.

»Ich habe mich übrigens gefreut, auf deinem Fest euren Klavierspieler wiederzusehen. Santi …«

»Santi Santos«, half ihr Kim auf die Sprünge.

»Spielt er immer noch in der Bar?«

»Die immergleichen Stücke. Nicht ein einziges neues im Repertoire. Aber seine Finger sind inzwischen ziemlich steif. Pianistenarthrose nennen sie es.«

»Der Arme.« Laura erkundigte sich nach anderen Mitarbeitern aus dem Hotel. »Wen ich allerdings nicht gesehen habe … wie hieß noch mal dieser Mann, der sich um alles gekümmert hat, der dauernd hinter jeder Kleinigkeit her war?«

»Arseni Rubio ist schon lange in Rente. Der war gestern nicht dabei, nein«, erwiderte Kim mit der gleichen Selbstverständlichkeit, mit der er zweimal in der Woche Sushi mit Stäbchen aß.

Begierig fragte ihn Laura nach seinem Alltag im Rafaeli aus. Sie wollte alles wissen. Kim fühlte sich an die Tennismaschine erinnert, die beim Training der Kinder Bälle ausspuckte wie Laura jetzt ihre Fragen. Eine nach der anderen, ohne Pause. Mal in diese, mal in jene Richtung zielend, sodass er zu schnellen Reaktionen genötigt war. Sie löcherte ihn damit, was er beispielsweise an ebendiesem Morgen getrieben habe. Und was sein schlimmstes Erlebnis im Hotel gewesen sei. Über Letzteres brauchte Kim nicht lange nachzudenken. Das Drama der Motoko.

Eine alleinreisende Japanerin hatte sich an ihrem Geburtstag – sie war Anfang dreißig, soweit er sich entsinnen konnte – in der Badewanne die Pulsadern aufgeschnitten. Die Zimmermädchen hatten sie mittags gefunden, als sie das Bett machen wollten. Das Wasser in der Wanne war blutrot, sie hatte ein Dutzend heruntergebrannte Kerzen über den Boden verteilt und im Radio einen Sender mit klassischer Musik eingestellt, die im Zimmer 323 noch immer leise spielte. Niemand rührte etwas an, ehe die Polizei erschien. Die Frau hatte offenbar alles geplant und ordentlich vorbereitet. Der Koffer war gepackt – wie aufmerksam –, auf dem Nachttisch lagen vier zugeklebte Umschläge und daneben die entsprechenden Anweisungen auf Englisch. Ein Brief richtete sich an ihre Eltern, einer an ihren Sohn, der dritte an ihren früheren Ehemann und der vierte an das Hotel. Kim hatte ihn vor den Augen der Polizei öffnen müssen und zur allgemeinen Überraschung nichts weiter darin gefunden als die exakte Summe in Scheinen, die die Motoko für die drei Nächte schuldete, die sie im Rafaeli verbracht hatte.

Kim rührte schweigend in seinem Glas herum, damit sich das Eis auflöste. Die traurige Geschichte mit der Japanerin behielt er für sich und erzählte Laura lieber die amüsante Anekdote von der Fliege, die ihn an diesem Morgen beschäftigt hatte. Eine Frau aus Schweden, Rentnerin, Witwe oder beides, hatte sich an der Rezeption beschwert, in ihrem Zimmer sei ein riesiges Insekt, und jemand müsse unbedingt hinaufgehen und es entfernen, denn in einem Hotel dieser Kategorie dürfe so etwas nicht passieren, und sie verlange das Reklamationsbuch … Schließlich hatten die Rezeptionistin, die die Standpauke abbekommen hatte, und ein Page die aufgeregte Frau auf ihr Zimmer begleitet, um das Ungeheuer zu töten. Es war eine große schwarze Schmeißfliege, die völlig arglos über das weiße Kopfkissen krabbelte. Sie war in der Tat so fett, dass man eine Suppe daraus hätte kochen können. Der Page, ein schlagfertiges Kerlchen, sagte, was Sie für ein Glück haben, Senyora, das ist keine gewöhnliche Schmeißfliege, das ist eine geschützte Spezies, von der es nur noch wenige Exemplare auf der Welt gibt, und man darf sie weder berühren noch ihnen sonst etwas anhaben. Wenn Sie gestatten, machen wir Fotos davon und schicken sie an ein paar Wissenschaftler, die diese seltene Art erforschen.«

»Und das hat sie geglaubt?«

»Ich weiß es nicht. Aber sie hat aufgehört, zu zetern und nach dem Reklamationsbuch zu fragen, und wir haben uns kaputtgelacht.« Er suchte in seinem Handy nach einem Bild des Ungeheuers, fand aber keines. »Und du? Erzähl mal was von dir. Hier rede immer nur ich …«

»Ich? Ich habe dir etwas mitgebracht.« Laura reckte sich, um in ihre Handtasche zu greifen, die über dem Stuhl hing. »Das ist für dich.«

Mit der Behutsamkeit einer Zauberkünstlerin legte sie ein Päckchen auf den Tisch.

»Für mich?«

Kim betastete das Geschenk, das in einer Fnac-Tüte steckte. Ohne Bänder und Schleifchen.

»Eine CD?« Das war zu erraten, ohne dass er das Papier abstreifen musste. »Als hätte ich gestern nicht schon genug CDs bekommen …«

»Meine fehlte noch. Ist dir denn gar nicht aufgefallen, dass ich dir keine mitgebracht hatte?«

»Offen gestanden«, er lächelte, »war ich gestern etwas überfordert.«

»In der Eile hatte ich sie im Koffer vergessen. Tut mir leid.«

Laura hatte nicht vor, ihm die Wahrheit zu sagen. Míriam hatte ihr nicht gesagt, dass jeder Gast seine Lieblingsmusik mitbringen sollte. Dass Kims Ex-Frau dieses Detail vergessen hatte, war wohl keine böse Absicht gewesen – jedenfalls zog Laura es vor, das zu glauben. Und so wichtig war es nun auch wieder nicht. Es war Míriam bereits hoch anzurechnen, dass sie sie überhaupt eingeladen und sogar darauf gedrungen hatte, sie vom anderen Ende des Erdballs herzulocken.

»*Das* ist die Musik deines Lebens? *Moonlight Serenade?*«

»Ja, das ist eines meiner Lieblingsstücke.«

»Das hast du mir nie gebeichtet.«

»Wie vieles andere auch nicht.«

»Glenn Miller also.« Er zog die Augenbrauen hoch.

»Rein instrumental.« Sie saugte an ihrem Strohhalm. »Da ist dieses Saxophon-Solo drin, bei dem du abhebst …«

»Ja, ja …« Kim versuchte, sich zu erinnern, ob er und Laura das Stück je zusammen gehört hatten. »Haben wir nicht einmal dazu getanzt?«

»Du und ich? Nicht ganz.« Laura tat ab und zu gern geheimnisvoll. »Getanzt habe ich zu dieser Musik, wenn du dich erinnerst, mit Ráfales dem Ersten.«

»Mit meinem Vater?«, fragte er verwundert.

»An einem sehr besonderen Abend.«

»Du und mein Vater?«, spottete er.

»Auf eurem großen Ball. Am Tag vor dem Unglück. Vorher – wie ihr immer gesagt habt.«

Sie schwiegen beide.

»Ja, ich erinnere mich.« Kim nickte. Dann nahm er rasch sein Handy und die CD vom Tisch. »Na, dann … vielen Dank für das Geschenk. Gehen wir?«

Er hatte den Satz noch nicht zu Ende gesprochen, da war er schon aufgestanden. Dieser Hang der Männer, Knall auf Fall die Flucht zu ergreifen. Laura fischte nach ihrer Handtasche und erhob sich ebenfalls, ohne jedoch den Gesprächsfaden zu verlieren.

»Tatsächlich, und das weißt du besser als jeder andere, gibt es ein Vorher und ein Nachher im Leben der Ráfales. Für dich, für Elsa und für deinen Vater. Und ich habe in seiner möglicherweise letzten glücklichen Nacht mit ihm getanzt.« Sie lächelte traurig, was Kim, der neben ihr herging, nicht mitbekam. »Ich habe nicht einen Vollmond gesehen, in London, Australien oder wo auch immer ich war, bei dem ich nicht an diesen Tanz hätte denken müssen. Ich habe unzählige Male daran gedacht.«

Kim versuchte abzulenken. Er hatte keine Lust, über diese Dinge zu sprechen, die immer noch heftige Gefühle in ihm auslösten. Nicht in diesem Moment. Die Vergangenheit war immer da. Sie lauerte in einer Archivschachtel, die er aufklappen konnte, um einen flüchtigen Blick hineinzuwerfen, sie dann aber wieder zu schließen und wegzuräumen. Er wollte nicht zulassen, dass sie sein Leben beherrschte. Deswegen sprach er lieber rasch von etwas anderem.

»Ich hatte erwartet, dass du mir eine Platte von … Wie heißen deine langhaarigen Typen aus London noch mal?«

»Art Institute. Ein bisschen Respekt, mein Lieber, und nicht so schnöde.«

»Ich gestehe, ich habe ihre Stücke nicht auf Spotify.«

»Weißt du, was? Ich auch nicht.«

Laura hielt sich an die weisen Worte ihrer Mutter Clàudia, die ihr diesen Rat gegeben hatte, ob sie ihn befolge oder in den Wind schlage, das sei ihr überlassen: Wenn du ein gutes Andenken an einen Ort, eine Reise oder eine Person hast, bewahre es, und kehre nicht zurück. Und darin pflegte Laura auf sie zu hören.

»Weich mir nicht aus, Kim, wir sprachen von deinem Vater. Übrigens, weißt du, was er mir gestern gesagt hat, als wir auf der Party Gelegenheit zu einem kurzen Gespräch hatten?«

»Noch nicht, aber du wirst es mir sicher gleich sagen.«

»Moment, ich versuche mich an seine genauen Worte zu erinnern.« Sie hob beide Zeigefinger, schloss kurz die Augen und öffnete sie wieder. »›Kim ist mein Held. Wäre er nicht gewesen, hätten wir das Rafaeli nicht mehr.‹«

»Ach, das ist ja nett.«

»Wortwörtlich. Sonst noch Wünsche?«

Kim hatte sich nicht weiter dazu äußern wollen, konnte dann aber doch nicht an sich halten.

»Es wäre schön gewesen, wenn er mir das auch mal persönlich mitgeteilt hätte.«

»Warte. Er hat noch hinzugefügt, ich könne stolz sein auf meinen Freund.«

»Damit hat er recht.«

»Und weißt du, was ich ihm geantwortet habe?«

»Na, was denn?« Mit Engelsgeduld.

»Dass es einen Freund wie dich nur einmal gibt. Nur einmal im ganzen Leben.«

Mitten auf dem Passeig del Born, auf der Allee, wo sich einst mittelalterliche Ritter duellierten und mit ihren Lanzen verwundeten, spürten Kim und Laura, dass die Zeit gekommen war. Ganz selbstverständlich schlossen sie einander in die Arme. Weil es so sein musste. Weil es nicht mehr anders ging. Sie hielten sich fest, ohne jede Eile. Diese Umarmung waren sie sich schon seit einer Ewigkeit schuldig. Reglos standen sie da, und man hätte nicht sagen können, wer von beiden den anderen mit mehr Hingabe an sich drückte. Sie bemerkten nicht die Ameisen, die Salvat-Papasseit so auf eine Hausfassade gemalt hatte, dass es aussah, als flüchteten sie die Mauer hinauf. Sie bemerkten nicht das Klingeln der Radfahrer, die gefährlich nah an ihnen vorbeifuhren, und auch nicht den Lärm der Lieferwagen, die vor den Bars an der Allee Kästen voller Bierflaschen ausluden. Sie waren in ihrem eigenen Universum. Als hätten sie alle Zeit der Welt, als hätten sie mit dem Leben einen ewigen Frieden vereinbart. Bis sich schließlich einer von Lauras Ohrringen in Kims Kragenknopf verhakte und sie sich konzentrieren mussten, um beides unbeschadet wieder voneinander zu trennen.

»Du hattest recht.« Als sie sich befreit hatten, trat Kim einen halben Schritt zurück. »Wir haben noch viel zu bereden, zu tun und zu lernen. Eines hätte ich gestern gern noch in meiner Rede gesagt, aber dann habe ich dich hereinkommen sehen und nicht mehr daran gedacht.«

»Wenn ich dich verwirrt habe, hast du das aber gut überspielt.«

»Mit Verlaub, ich war nicht verwirrt, sondern hatte nur eigentlich noch etwas sagen wollen, das plötzlich weg war und mir jetzt schlagartig wieder einfällt, nämlich, dass wir uns mit fünfzig einer Sache sicher sein können: Wir haben mehr hinter uns als vor uns.«

»Oje, Kim, das sehe ich aber nicht so. Tut mir leid, wenn du …«

»Du kannst es sehen, wie du willst, es ist trotzdem eine unbestreitbare Wahrheit.«

Das Ribera-Viertel hatte Gassen und Winkel, in denen man sich verlaufen und vieles entdecken konnte. Wohin man sich jedoch auch wenden mochte, irgendwann landete man immer an derselben Stelle. Das Kulturzentrum El Born in der ehemaligen Markthalle war eine Attraktion für Touristen und viele Einheimische, die hier nach jahrelangen Baustellen und archäologischen Arbeiten das Barcelona von 1700 bestaunen konnten. Von den Stegen aus, die wie eine Galerie über die uralten Mauerreste führten, sahen sich Laura und Kim die Ausgrabungen an und waren sich einig, dass sie demnächst mit mehr Zeit an einer Führung teilnehmen wollten. Auf der Höhe des Bierlokals mit den teuren Tapas sah sich Kim aus heiterem Himmel mit einem Vorwurf von Laura konfrontiert. Als hätte die Umarmung dem Vertrauen eine Bresche geöffnet.

»Verstehe ich nicht. Was soll das heißen, ich hätte aufgehört, dir zu schreiben?«

»Jedes Jahr zu meinem Geburtstag bekam ich eine Mail von dir, einen witzigen, lieben Gruß. So erfuhr ich auf der anderen Seite der Welt wenigstens einmal pro Jahr, dass du an mich denkst. Und ich wusste, dass es dir gut ging und alles lief, wie es sollte, und habe dir geantwortet.«

»Na also.« Kim fühlte sich angegriffen, ohne zu begreifen, worauf sie hinauswollte.

»Aber das Wichtigste für mich war, dass du mir damit gesagt hast, hallo, ich bin immer noch hier.«

»Ja, darum ging es, Laura. Und du hast zurückgeschrieben. Und dann wusste ich, dass auch bei dir alles in Ordnung war. Wo ist das Problem?«

»Irgendwann, vor drei oder vier Jahren, hast du dann aufgehört, mir zu gratulieren. Auch im folgenden Jahr kam nichts. Und ich dachte, es wäre etwas passiert, das nicht bis zu mir vorgedrungen ist. Das ist alles. Ich wüsste einfach gern, was da los war.«

»Nichts. Ich weiß nicht … vermutlich habe ich es einfach verschwitzt. Und als es mir dann wieder eingefallen ist …«

»Du hast schlicht und ergreifend nicht mehr an mich gedacht. Ich nehme es dir nicht übel.«

»Ich schwöre dir, ich weiß nicht, warum.« Sein schlechtes Gewissen ärgerte ihn. »Wann, sagst du, habe ich dir nicht mehr geschrieben?«

»Ist schon gut, ich nehme es dir nicht übel, mach dir keine Gedanken.«

»Was soll ich sagen? Wahrscheinlich war ich einfach überarbeitet.«

»Ach, Kim, das ist keine gute Ausrede, du vergisst doch nie etwas. Du hast noch nie etwas vergessen.«

»Du darfst nicht glauben, ich verheimliche dir etwas. Es ist alles viel simpler. Tut mir leid, Laura, wenn du das Gefühl gehabt hast … Ich dachte immer, wir seien einander auch so verbunden. Wir müssten uns dessen nicht ständig vergewissern. So war es für mich, ja. Du ahnst nicht, wie viel ich an dich gedacht habe. Wie oft ich dir in Gedanken geschrieben, dann aber nicht gewagt habe, die Mail abzuschicken.«

»Kim.«

»Was?«

»Du bist ein schlimmer Heuchler.«

»Ich bin Hotelier.«

»Ein Pleonasmus also.«

Schweigend schritten sie einen der Stege entlang. Einerseits wunderte sich Kim, dass Laura mit einem Mal so etwas hervorkramte. Andererseits versuchte er, sich zu erinnern, wieso er mehrere Jahre hintereinander ihren Geburtstag nicht beachtet hatte. Mit wem war er vor drei oder vier Jahren zusammen gewesen, dass er den hatte vergessen können. Laura schlenderte durch den Südflügel der Halle, pikiert über dieses typisch männliche Gehabe, das sie ihrem Freund nie zugetraut hätte und mit dem er ihr jetzt bewies, dass auch er keineswegs perfekt war. Dieses grässliche Jetzt-mach-abermal-halblang der Männer, als ob sie das Maß aller Dinge wären, der Nabel der Welt. Und als die Feministin in ihr gerade aufbegehren wollte, unterbrach Kim ihre Gedanken.

»Hör zu. Sei nicht ungerecht, Laura. Warum hast du dich dann nicht gemeldet? Ich meine, wenn du gemerkt hast, dass ich es versäumt habe, hättest du mir doch auch mal schreiben können. Darauf habe ich immer gewartet. Konntest du mir aus Australien nicht zum Geburtstag gratulieren? War das verboten? Meine Mutter hat immer gesagt, von hier nach da ist es genauso weit wie von da nach hier.«

Sie zählte langsam bis zehn.

»Na schön, Kim. Unentschieden.« Sie streckte die Hand aus. »Wir tragen es uns nicht nach, einverstanden?«

Sie verließen die Markthalle durch den hinteren Ausgang, gegenüber der Seite, von der sie hereingekommen waren. An der Ecke Carrer Comercial sahen sie Gruppen von drei und vier Personen im Big Fish verschwinden, um eine halbe Minute später mit enttäuschten Gesichtern wieder auf der Straße zu stehen. Ausgeschlossen, hier ohne Reservierung einen Tisch zu ergattern. Gleich nebenan, an der Mercantil-Passage unter einem der feudalen Bögen des katalanischen Baumeisters Fontseré, entdeckten sie einen kuriosen Laden mit schwedischen Objekten aus zweiter und dritter Hand, importiert und geschmackvoll restauriert von Sofie Gidlööf, die soeben das Rollgitter herabließ. Laura bat, noch einen Blick hineinwerfen zu dürfen, und kaufte eine Tasse für ihren Frühstückstee. Alle ihre Sachen waren in Canberra, und auch wenn es ihr bei Sira an nichts fehlte, brauchte sie eine eigene Tasse, um sich heimisch zu fühlen.

Sie spazierten weiter über Pfade, die Laura im Geist um dreißig Jahre zurückversetzten. Sie stellte fest, dass sich ein

Stadtteil umso weniger veränderte, je älter er war. Dieselben Geschäfte mit neuen Inhabern, dieselben Gemäuer, dieselben Probleme. Den Triumphbogen kannten sie zur Genüge und sparten ihn aus. Selbst wenn sie gewollt hätten, wäre es unmöglich gewesen, den Park der Zitadelle zu durchqueren. Der Passeig de Picasso war gesperrt und in einige provisorische Basketballplätze unterteilt. Die Stadt und ein paar Sponsoren hatten ein mehrtägiges Turnier organisiert und die entsprechenden Markierungen auf den Asphalt gemalt. Alle fünf Plätze waren besetzt, es fanden zehn Partien gleichzeitig statt, jede auf einem halbem Spielfeld. Obwohl die Sonne bereits sank, war es noch zu heiß, um stehenzubleiben und den Jungs zuzusehen, die rannten und sprangen, als ginge es um ihr Leben. Doch Laura war wie magisch angezogen. Das Geräusch des Balles gegen das Korbbrett war ihr Suchtmittel.

»Streetball, drei gegen drei, ein Korb, kein Schiedsrichter. Das hat durchaus seine Tücken.«

Kim, der neben ihr stand, verfolgte die Partie, bei der es am heißesten herzugehen schien. Drei Jungen in Trikots der NBA – je einem von den Bulls, den Pacers und den Celtics – und drei mit freiem Oberkörper. Alle um die zwanzig. Laura erkannte auf den ersten Blick, dass der beste Spieler der Pacers-Fan war, doch die ohne Shirts lagen in Führung. Rasch hatte sie die Regeln durchschaut. Nach jedem Treffer rief der erfolgreiche Schütze den neuen Spielstand aus, die gegnerische Mannschaft kam hinter der Drei-Punkte-Linie hervor, und der Angriff begann von Neuem. Nie wurde das Spiel unterbrochen. In diesem Moment dribbelte der Kleinste der Oben-ohne-Mannschaft, der Gato gerufen wurde, den Ball herausfordernd vorbei an dem Bulls-Fan, der den Kleinen zu decken versuchte. Gato nutzte den Moment, in dem der Größte von allen blockiert wurde, knickte jedoch beim Ansatz zu einem Sprungwurf um. Er stürzte, der Ball ging ins Aus, und die anderen eilten alle fünf hinzu, um nach seinem Bein zu sehen. Gato lag mit schmerzverzerrter Miene da und konnte nicht weiterspielen, und seine zwei Mitstreiter hoben ihn auf ihre verschränkten Unterarme, um ihn vom Platz zu tragen.

Laura hielt den Ball in den Händen. Kurz entschlossen drückte sie Kim ihre Tasche in die Hand und überraschte alle mit der Frage:

»Kann ich für ihn spielen?«

Die beiden, deren Kamerad sich das Bein mit beiden Händen am Strumpf festhielt, damit es nicht herabsank, sahen sich ratlos an.

»Weißt du denn, wie das geht?«

Laura gab keine Antwort. Sie ließ nur den Ball zwischen ihren Beinen hindurchspringen, indem sie ihn abwechselnd mit der einen Hand vor sich und mit der anderen hinter sich auf den Boden prellte und dabei immer schneller wurde. Gato hob den Kopf, um sich das Schauspiel nicht entgehen zu lassen.

»Hey, darf sie mitspielen?«, fragten sie die NBA-Fans, die mit den Schultern zuckten, als wollten sie sagen, wieso fragt ihr uns?

Laura, den Ball in den Händen, flüsterte Kim etwas ins Ohr. Eine Wette. Vor lauter Verblüffung war er außerstande, seine Freundin in ihrem Elan zu bremsen. Und schon hatte sich Laura mit ihren bald fünfzig Jahren, in weißer Bluse, Jeans und silbernen Turnschuhen eher zum Ausgehen als zum Sport gekleidet, unter die Straßenjugend gemischt. Unbefangen stellte sie sich vor und fragte die Jungen nach ihren Namen. Ihre Teamkollegen hießen Richi und Ezequiel. Kim deponierte Lauras mit Schmucksteinchen besetzte Handtasche zwischen seinen Füßen und zückte sein Handy, um das Spiel zu filmen.

Beim ersten Angriff, Richi in der Mann-Mann-Verteidigung, prallte der Ball vom Ring ab, und der von den Celtics fing ihn hoch aus der Luft. Laura gefiel es, für die Deckung des Jungen von den Pacers zuständig zu sein, dem Star der Rivalen. Doch trickste der sie zunächst einmal aus. Er blickte nach rechts, warf den Ball aber hinter seinem Rücken dem links Stehenden zu, und die NBA punktete. Nun war die Reihe an ihr. Sie kannte weder Richi noch Ezequiel und wusste nicht, was man von ihr erwartete, also spielte sie einfach drauflos. Den Ball prellend, lief sie in ihren silbernen Turnschuhen drei Schritte zur Mitte, und als die anderen sie in die Zange nahmen, gab sie an Richi ab, während sie zur Ecke des Spielfeldes rannte, damit er ihr den Ball wieder zurückspielen konnte. Die Füße in den Boden gestemmt, fing sie ihn, stieß sich mit aller Kraft ab und warf von jenseits der Dreierlinie auf den Korb. Der Ball berührte den Ring, sprang zwei Spannen hoch, schlug gegen das Brett und landete im Korb.

»Wow!«, brüllten ihre Mannschaftskameraden.

»Yesss«, erwiderte Laura und ließ übermütig das S zischen.

Kim applaudierte, die Arme hoch über dem Kopf, das Mobiltelefon in der Hand, und verdarb auf diese Weise das Finale des Videos. Auch Gato klatschte Beifall, bereit, ins Spiel zurückzukehren, nachdem sich der befürchtete Bänderriss lediglich als leichte Zerrung erwiesen hatte. Laura war stolz, ihre Gelegenheit genutzt zu haben, und verließ keuchend das Spielfeld. Kim, dem die Gepflogenheiten unter Basketballern fremd waren, hielt ihr die offene Hand hin. Laura klatschte ihn grinsend ab.

»Die Wette habe ich ja wohl gewonnen«, rief sie.

»Dieser Dreier, ich bin ja total von den Socken!«

»War es dir etwa peinlich?«

»Nein, nein …«

»Ein bisschen unangenehm?« Sie pikte ihm einen Finger in den Bauch.

»Nein, nein.«

Sie zögerte. »Haben wir noch so viel Zeit, dass ich mir vor dem Essen etwas anderes anziehen kann?«

»Ich habe reserviert.« Er sah auf die Uhr. »In einer halben Stunde. Könnte knapp werden.«

»Na ja …« Ihr Atem ging immer noch schnell. »Fällt es sehr auf?«

»Was denn?«

»Na, dass ich klatschnass geschwitzt bin.«

26

Eine Handbreit über das Verlangen hinaus

Laura blieb, wie sie war. Als sie im Auto saßen, sagte ihr Kim, sie sehe großartig aus, sie könne ganz unbesorgt sein.

»Wohin bringst du mich?«

»Wohin gehen wir, meinst du wohl?« Kim achtete darauf, dass niemand in der Nähe war, bevor er das Verdeck seines nagelneuen Audis öffnete. Er tat das nicht gern vor Publikum, weil er die Vorstellung nicht mochte, jemand könnte bei ihm zu Hause auftauchen und erzählen, er ziehe in der Öffentlichkeit eine Schau ab. »Wir gehen in ein Lokal, das vor deiner Abreise höchstwahrscheinlich noch nicht existiert hat.«

»Au fein, eine Überraschung!« Sie blickte in den Spiegel der Sonnenblende und tupfte sich etwas farbloses Gloss auf die Lippen. »Gib mir einen Tipp.«

»Einen Tipp?«

Er überlegte, während er im Rückspiegel zusah, wie sich das Dach selbsttätig zusammenfaltete und versenkte, ohne irgendwo hängenzubleiben. Das Auto war sein Geschenk zum Fünfzigsten an sich selbst und einen Monat vor dem 21. Juli direkt aus Deutschland angeliefert worden. Was für ein Unterschied zu seinem ersten Kabrio, bei dem man noch aussteigen und sich die Hände schmutzig machen musste. Bei diesem Modell in einem eleganten Blau brauchte man nur noch einen Knopf neben dem Lenkrad zu drücken, und schon verschwand das Verdeck automatisch. In nicht einmal zwanzig Sekunden.

»Pass auf, ich mache es dir leicht. Es ist ein Restaurant in einem Hotel.«

»Das nicht das Rafaeli ist.«

»Nein. Es ist ein Hotel – der zweite Tipp, damit du siehst, wie großzügig ich bin –, das das Aussehen der Stadt verändert hat. Man sieht es von überall. Vom Tibidabo, vom Montjuïc, vom Meer aus … Ein Wahrzeichen.«

»Ich glaube, ich hab's. Ist das Gebäude …«, sie zog die Wörter in die Länge wie beim Rätselraten, »die Kopie eines Hotels in Dubai?«

Kim rümpfte die Nase.

»Das einzige Siebensternehotel der Welt steht in Dubai, und sie ähneln sich sehr, ja. Aber soweit ich weiß, kopiert ein Architekt niemals einen anderen.«

»Ich habe also richtig geraten?«

Als sie das W Barcelona – landläufig als Hotel Vela bekannt, weil seine Form an ein Segel erinnert – erreichten, ging die Sonne gerade unter. Im Handumdrehen war das letzte Blau vom Himmel verschwunden.

»Wärst du nicht gern der Besitzer dieses Hotels«, fragte Laura, als sie den Fuß in die riesige Drehtür setzte.

»Woher weißt du, was mein Gewerbe ist?«

Laura lachte und ging auf das Spiel ein.

»Ich habe deinen Namen gegoogelt. Zu einem ersten Date sollte man nicht unvorbereitet gehen.« Sie musterte ihn. »Hast du das etwa nicht getan?«

»Ich mache meine Entdeckungen lieber selbst. Aber warte es nur ab, beim Essen finde ich schon heraus, womit du so deine Zeit verbringst.«

Sie gingen auf die offene Terrasse des Restaurants Bravo im ersten Stock des W. Ein Tisch für zwei mit Aussicht auf den Strand, die Barceloneta, die Zwillingstürme des Olympischen Dorfes, die drei Schornsteine des früheren Wärmekraftwerks, hinter denen sich der Blick bis nach Montgat verlor. Die Nacht kam, der Horizont rückte näher, die mediterrane Stadt wurde zum Schattenriss, hier und da erschienen die ersten Lichtpunkte und ließen exakt das Panorama entstehen, das Kim sich erträumt hatte, als er den Tisch auf dieser Terrasse reserviert hatte. Die Speisekarte, zusammengestellt von Carles Abellán, einem Koch mit Michelin-Stern, hatte eine Besonderheit. Neben jedem Gericht war zu lesen, seit wann es in Barcelona zubereitet wurde. Die *Esqueixada al pil pil*, eine kalte Vorspeise aus geräuchertem rohem Kabeljau in einer Marinade aus Öl, Knoblauch und Peperoni, stammte aus dem siebzehnten Jahrhundert, als die Katalanen sie von der Afrika-Kuba-Neufundland-Route mitgebracht hatten. Der Reis mit Seegurken aus dem neunzehnten Jahrhundert, traditionell ein Fischeressen, galt inzwischen als kostbare Delikatesse. Das älteste Rezept auf der Karte war ein süßes Schmorhähnchen mit Pflaumen, Rosinen und Äpfeln, eine Kombination aus Fleisch und Früchten, die man bereits im ersten Jahrhundert nach Christus geschätzt hatte. Sie beschlossen, die Geschichte zunächst zu vernachlässigen, und bestellten das Degustationsmenü, ohne dass sie im Voraus wissen wollten, was sie im Einzelnen erwartete. Fünf kleine Portionen und zwei Desserts. Was auch immer man ihnen servierte, sie würden es genießen.

Die Pergola schirmte ihren Tisch, auf dem eine Kerze brannte, für vertrauliche Gespräche diskret ab.

»Mich haben Sprachen immer interessiert, und ich wusste schon als Kind, dass ich einmal übersetzen und dolmetschen wollte. Ich habe das Studium hier an der Universitat Autònoma in den vorgesehenen fünf Jahren absolviert und sofort angefangen zu arbeiten. Vorwiegend als Kabinendolmetscherin.«

»Hast du noch Kontakt zu Leuten aus der Unizeit?«

»Nein. Fast keinen. Den einen oder anderen sehe ich noch manchmal. Aber ich war lange weg, weißt du?«

»Ach ja? Im Ausland?«

»Ja. Im Ausland, genau.«

»Wegen der Arbeit oder wegen der Liebe?«

»Nein, ich bin allein. Ich meine, ohne Partner. Und ich habe keine Kinder und keinen Anhang, falls es das ist, was du wissen wolltest.«

»Ich? Wie kommst du denn darauf?« Verschmitzt, unschuldig. »Hattest du etwa den Eindruck?«

»Nein, nicht im Geringsten.« Wenn Laura sich das Lachen verbiss, erschien in ihrer Wange ein niedliches Grübchen, das Kim ganz vergessen hatte. »Du fragst, ob ich wegen der Arbeit oder wegen der Liebe weggegangen bin. Aus beiden Gründen vermutlich. Ich hatte mich in einen englischen Philosophie-Professor verknallt, eine Koryphäe, von dem sogar einmal ein Artikel in der *Philosophical Transactions* erschienen ist, dem ältesten Wissenschaftsmagazin der Welt.«

»Sag bloß …« Spöttisch. »Ist ja toll.«

»Newton hat dort seine Theorien veröffentlicht.«

»Aber?« Kim interessierte die Kehrseite, der Anfang vom Ende.

»Richtig. Irgendein Aber gibt es in allen Beziehungen. Zu alt. Und er hatte seine Studien. Aus heutiger Sicht konnte es auf Dauer nicht funktionieren. Ihn beschäftigten die großen Fragen, und ich war in einem Alter für schnelle Antworten.«

»Und für ein bisschen Musik.«

»Woher weißt du das? Du hast wohl doch in meinem Leben herumgeschnüffelt.« Sie schenkte sich von dem Weißwein ein, vorsichtig, damit die Flasche nicht tropfte.

»Mmh, so herrlich kühl. Es gab da einen Musiker, ja. In London. Nun ja, eigentlich war er Manager einer Band, aber – siehst du, auch hier gibt es wieder ein Aber –, diese Jahre liegen wie unter einem Nebel … Weißt du, worüber ich mir in England klar geworden bin? Dort steht man morgens auf und schaut aus dem Fenster, ob die Sonne scheint. Hier steht man auf und zieht die Jalousie hoch, um zu sehen, ob es regnet. Das Klima prägt uns unterschiedlich. Darum ist es logisch, dass wir in den Ländern, wo ständig gutes Wetter herrscht, mehr Künstler haben. Hier ist immer August. Uns inspirieren die Farben, das Leben im Freien. In den kalten Gegenden haben sie dafür mehr Philosophen und Denker. Wo die Sonne scheint, kann man nicht denken, man muss nach draußen, um sie zu genießen.«

»Und das alles hast du ganz allein herausgefunden? Wirklich erstaunlich.«

»Sei nicht blöd, Kim. Und komm mir jetzt nicht mit den Ausnahmen. Natürlich gibt es immer Ausnahmen, die die Regel bestätigen.«

»Und Australien?«

»Was ist mit Australien?«

Sie begutachteten das dritte Gericht, das von der rechten Seite aufgetragen wurde. *Ceviche* mit Blüten.

»Ob es dort irgendeinen Mann gegeben hat, einen besonderen.« Jetzt war Kim da angelangt, wo er hinwollte.

»Es ist ein großartiges Land, die Leute sind phantastisch, ich lebe seit zig Jahren da, und ich bin keine Nonne. Klar habe ich … also, ist doch normal, dass ich … Aber hör mal, wieso soll ich dir das überhaupt alles erzählen? Quetsche ich dich etwa aus, mit wem du es getrieben hast und mit wem nicht? Glaubst du, ich führe Listen, oder was?«

»Das schmeckt ausgezeichnet, nicht wahr?«

»Ja, ja, lenk du nur ab, Senyor Ráfales!«

Kim legte sein Besteck über Kreuz auf den Teller und tupfte sich mit der Serviette die Lippen ab.

»Einmal, als wir uns noch Mails schickten, hast du mir geschrieben, du würdest dir überlegen, vielleicht ein Kind zu bekommen.«

»Eine Weile habe ich darüber nachgedacht. Kurz vor meinem Vierzigsten wurde mir bewusst, dass mir die Zeit davonlief, und plötzlich hatte ich es eilig.«

»Die Sache mit der biologischen Uhr?«

»Mag sein. Ich weiß es nicht. Ich verfiel in eine innere Unruhe, wie ich sie nie gekannt hatte. Ich überlegte, wie mein Leben als ledige Mutter wäre. Ein Freiwilliger hätte sich leicht finden lassen, kein Problem. Vermutlich hätte ich sogar Auswahl gehabt. Aber als sich die Stunde der Wahrheit näherte, kamen mir wieder Bedenken. Vielleicht ist das nicht das richtige Wort. Aber Angst war es auch nicht. Vielmehr ein Gefühl, als würde ich mir etwas auferlegen, das ich nicht wirklich wollte.«

»Und?«

»Gut. Es geht mir gut damit. Es tut mir nicht leid. Ich werfe mir nichts vor. *Je ne regrette rien.*«

Das sagte sie, ja. Und sie wiederholte es mit eingeübtem Nachdruck. Doch kaum hatte sie es ausgesprochen, spürte sie, dass ihr Bedauern stärker war, als sie zugeben mochte. Kim hatte es ebenfalls bemerkt.

»Ich möchte mich in nichts reinhängen, das mich nichts angeht … «, begann Kim zögernd, aber er musste ihr die Frage doch stellen. »Habe ich das geträumt, oder hast du mir nicht damals in derselben Mail oder einer späteren geschrieben, ich solle mir einen Mädchennamen aussuchen? Ich hielt es für einen Scherz und antwortete: Maria. Doch dann hast du die Sache nie mehr erwähnt, und ich habe nicht gewagt …«

»Entschuldige, Kim. Ich werde auch jetzt nichts dazu sagen. Du hast recht. Eine Zeit lang war ich fest entschlossen und überglücklich und verspürte den Drang, dir mitzuteilen, hey, kann sein, dass ich bald Mama werde … Aber so weit kam es nicht, und ich habe es mir aus dem Kopf geschlagen. Ohne Kinder geht es auch. Wie gesagt, ich bereue es nicht. Ich spiele bei diesem Was-wäre-wenn-Spiel nicht gerne mit. Was wäre, wenn ich jetzt ein Kind hätte? Was wäre, wenn ich nicht nach Australien gegangen wäre? Was wäre, wenn ich Medizin statt Übersetzen studiert hätte? Darüber kann man sich das Hirn zermartern, so viel man will. Es hat sich erledigt. Sinnlos, darüber nachzudenken. Es ist Vergangenheit. Es ist gelaufen, und ich versuche, in der Gegenwart zu leben, jeden Tag. Das Leben ist zu kurz, um schlechte Bücher zu lesen.«

»Guter Spruch.«

»Nicht von mir. Der ist von James Joyce, glaube ich.« Sie legte ihre Rechte über Kims Linke. »Du hast zwei wunderbare Kinder.«

»Das ist wahr. Sie sind das Beste, was ich in meinem Leben gemacht habe. Ohne Zweifel. Und obwohl ich nicht zum Bilanzziehen neige, gebe ich zu, dass wir uns anfangs nicht im Klaren waren, ob wir überhaupt welche haben sollten. Jetzt allerdings … Nicht erst jetzt, immer. Seitdem Jana und Víctor auf der Welt sind. Selbst wenn dich tausend Sorgen plagen, sobald du deine Tochter um dich hast, egal ob sie drei Monate, vier oder sechzehn Jahre alt ist, vergisst du alle deine Wehwehchen. Du kannst die ganze Welt bereisen, Geschäfte abschließen, einen erstklassigen Küchenchef unter Vertrag nehmen – und diese Leute sind wirklich kompliziert –, das Hotel in eine der ersten Adressen der Stadt verwandeln, aber dann unternimmst du einen Fahrradausflug mit deinen Kindern von Taüll nach Durro und stellst fest, dass es nichts Schöneres gibt, als mit ihnen zusammen zu sein. Neulich hat Víctor Jana irgendeinen Unsinn erzählt, und sie zog eine Grimasse, mit der sie aussah wie meine Mutter. Jana hat ihre Oma nicht mehr erlebt, aber manche Dinge sind nicht mit allem Gold der Welt aufzuwiegen. Sie wollen, dass du ihnen den Rücken kraulst, lernen sprechen, ahmen Gesten nach, sie sind wie Schwämme, saugen alles in Nullkommanichts auf, verpassen nie etwas, sie sind gescheit …« Zum ersten Mal in seinem Leben sprach er eine der ganz großen Lebensweisheiten laut aus und erschrak regelrecht vor dem, was Laura in ihm auslöste. Es genügte, ihr gegenüberzusitzen, in ihre aufmerksamen Augen zu blicken, den kleinen Leberfleck über ihrer Lippe wahrzunehmen, damit die Begeisterung mit ihm durchging. Er lächelte und bremste sich in seinem Überschwang. »Und weißt du, was das Beste ist? Dass du dich eine halbe Stunde abmühst, um dir eine neue App herunterzuladen, und sie lösen dir dein Problem mit geschlossenen Augen.«

»Ja, Kim, exakt, das ist das Allerbeste an Kindern.« Sie zog ihre Hand weg, damit der Kellner die Teller abräumen konnte. »Dass sie dir mit dem Handy helfen. Ich sehe schon. Ein Jammer, dass ich das entbehren muss. Und was hatte ich für Schwierigkeiten herauszufinden, wie man das Ding zum Schweigen bringt.«

Nach dem ersten Dessert – Windbeutel von Tio Nelo, gefüllt mit Schokolade – erschien der Maître mit einem Tablett an ihrem Tisch. An seiner Seite die Sommelière, eine schlanke Frau in grüner Schürze, mit einer Flasche Champagner in der Hand.

»Senyora Laura Altimira?«, fragte der Maître ehrerbietig.

Sie schaute auf und sah Kim an, verwundert, dass man ihren Namen kannte.

»Das ist gerade für Sie abgegeben worden.« Der Kellner senkte das Tablett, sodass Laura ein in Goldpapier gewickeltes Päckchen herunternehmen konnte.

»Ist das von dir?«

Kim sagte weder ja noch nein. Auf rhetorische Fragen pflegte er nicht zu antworten. Die Sommelière stellte zwei Gläser auf den Tisch und harrte auf ein Zeichen von Kim, um den Dom Perignon zu öffnen.

Er brauchte nur kurz die Lider zu senken, damit sie verstand, die Flasche mit gedämpftem Knall entkorkte und einzuschenken begann.

»Eine CD ist es jedenfalls nicht«, sagte Kim.

Laura betastete das quaderförmige Päckchen.

»Mann, ich bin völlig perplex.«

»Ein Wecker vielleicht, in so einer Schachtel …?«

»Ein Parfüm? Du hast mir ein Parfüm gekauft?«

»Ich? Nein.«

»Wie nein? *Nous Deux*, nie gehört.«

»Kein Wunder. Du hast doch nie Parfüm getragen.«

Beim Anblick von Lauras Lippenbewegungen, als sie Nous Deux sagte, musste er daran denken, wie sie sich auf der Universität amüsiert hatten, wenn sie das Wort Chuchotage aussprechen mussten. Sie wetteiferten darum, wer es schaffte, die Lippen so vorzustülpen, dass sie über die Nasenspitze hinausragten.

»Hast du es mir nun gekauft oder nicht?«

»Das ist die falsche Frage …«

»Ist es ein Geschenk von dir?«

»Gut möglich.«

»Aber du hast es nicht gekauft.« Laura riss Mund und Augen auf. »Ist es etwa geklaut?«

»Nein, nein, überleg doch mal … Das sollte eine so romantische Szene werden, und jetzt …«

»Hast du es selbst hergestellt?«

Er sagte weder ja noch nein. Er schluckte und antwortete mit einer Gegenfrage:

»Habe ich dir je von Mister Paton erzählt?«

»Mister wer?« Sie lachte. »Ich glaube nicht, an so einen Namen würde ich mich erinnern.«

Laura zog den Verschluss von dem quadratischen Flakon, drückte über ihrem Handgelenk zweimal auf den Sprühknopf und streckte ihm den Arm hin. »Gefällt es dir?«

Kim schnupperte. »Es soll ja dir gefallen.«

Laura hielt sich den Unterarm vor die Nase, schloss die Augen und atmete die Aromen ein. Sie roch weiße Blüten, Zitrusduft und irgendwie den See von Banyoles.

»Ich mag es. Sehr. Ich mag es, und weißt du, warum?«

Er schaute sie fragend an.

»Weil es kein bisschen schwül ist.« Ohne aufzustehen, beugte sie sich zu ihm hinüber und gab ihm einen Kuss auf die Wange. »Vielen Dank, Kim. Das ist viel mehr als eine Kleinigkeit.«

»Ich weiß wohl, dass du mir vor vielen, vielen Jahren gesagt hast, du würdest nie Parfüm benutzen. Aber ich dachte, dieses müsste zu dir passen. Und …« – er nahm sich zusammen, damit seine Stimme nicht zitterte – »es ist meine Art, dir zu sagen, dass man im Leben nie nie sagen sollte.«

»Manchmal hast du tatsächlich ganz gute Ideen, finde ich.« Sie zwinkerte ihm zu. »Und wer ist nun Mister Paton?«

»Welche Version willst du hören, die kurze oder die lange?«

»Um diese Zeit lieber die kurze.« Laura hob ihr Glas. »Auf uns beide. Auf Nous Deux.«

Kaum hatte sie es ausgesprochen, erfasste sie die Botschaft. Auch Kim nahm sein Glas und prostete ihr zu. Sie stießen an, sahen sich in die Augen, und es kam ihnen vor, als sähen sie sich zum ersten Mal.

»Köstlich«, sagte Laura, als sie an dem Champagner nippte.

»Mister Paton ist ein Gast des Hotels. Seit eh und je. Schon zu Zeiten meines Vaters kam er drei- oder viermal jedes Jahr. Er ist … Ich weiß nicht, wie es heißt oder worin das, was er beruflich tut, genau besteht, aber er ist mit einem besonderen Geruchssinn begabt und testet Parfüms auf allen fünf Kontinenten. Hierher kommt er, um an den neuen Produkten von Puig zu schnuppern und zu sagen, da muss noch mehr von diesem oder jenem rein … Ihn hatten wir damals beauftragt, einen Duft für das Rafaeli zu kreieren, und er hat ein sehr charakteristisches Eau de Cologne für uns entworfen, das du mit Sicherheit tausendmal wahrgenommen hast, weil wir es in der Lobby, in den Aufzügen und den Fluren versprühen. Uns gefällt, dass es überall angenehm riecht und man den Duft wiedererkennt.« Diese ganze Vorrede brauchte Kim, um sich ein Herz zu fassen und endlich mit etwas herauszurücken, das er ihr nie zu gestehen gewagt hatte. »Vor Jahren habe ich Mister Paton einen Auftrag erteilt. Du warst Hals über Kopf aus Barcelona abgereist, weil du diesen Job in Australien angenommen hattest, der ein paar Monate in Anspruch nehmen sollte, und mir, jetzt kann ich es ja zugeben, kam es nicht ungelegen, dass du von der Bildfläche verschwunden warst, denn abgesehen von der Aufregung, weil mein Vater und mein Onkel aus Rom das Hotel verkaufen wollten, hatte ich gewaltige Probleme mit Míriam. Ich wusste kaum noch, wo mir der Kopf stand. Míriam dachte … Sie glaubte, auch wenn sie es nie offen gesagt hat, dass du und ich …«

»Du und ich?« Laura tat überrascht.

»Alles in allem ein Heidendurcheinander. Ein Tag schlimmer als der andere. Und inmitten dieses Aufruhrs hast du einfach deine Sachen gepackt, und ich wusste, ich hätte mich mehr um dich kümmern müssen, du hattest gerade das Drama mit diesem Musiker hinter dir … Als sich nach einiger Zeit die Wogen wieder geglättet hatten und die Trennung hinter mir lag, plagten mich Gewissensbisse. Das Thema Verkauf war aus der Welt geschafft, ich fand die innere Ruhe, um mich ein wenig zu besinnen, und mir wurde klar, dass ich nicht genug für dich da gewesen war.«

»Dafür musst du dich nicht kasteien.«

»Aber es ist doch so. Ich war nicht für dich da. Und mir war nicht bewusst, was es bedeutete, wenn du fortgehen würdest.«

»Schon gut.«

»Lass mich ausreden. Jedenfalls habe ich eines Tages, es mag sechs oder sieben Jahre her sein, Mister Paton zur Seite genommen, ihn zu einem Whisky in die Bibliothek eingeladen und eine besondere Bestellung aufgegeben. Ich habe ihn gebeten, ein Parfüm ausschließlich für dich zu mischen.«

»Mann, Kim …«

»Er freute sich über den Auftrag. Er fand ihn originell. Damals gab es diese Läden noch nicht, wo du dir deinen Duft selbst zusammenmischen kannst, bin sowieso gespannt, wie lange dieser Boom anhalten wird. Mister Paton fand immer mehr Gefallen an der Idee, und beim zweiten Whisky fragte er schon nach Anhaltspunkten, wollte ein Foto von dir sehen und wissen, wie du so bist und woher du stammst.«

»Und da hast du ihm von Banyoles erzählt.«

»Nein. Kein Wort. Null. Ich wollte ihm überhaupt nur einen Hinweis geben.« Er korrigierte sich. »Zwei. Es ist für meine beste Freundin, und es soll vor allem ein Parfüm für eine Frau sein, die mich noch nie im Stich gelassen hat.«

Laura nahm ihr Glas und trank einen langen, gemächlichen Schluck, um nicht erklären zu müssen, was ihr durch den Kopf ging. Um ihn die Tränen nicht sehen zu lassen, die ihr in die Augen schossen. Damit außer ihr niemand merkte, wie ihr das Blut in den Schläfen pochte. Um nicht sagen zu müssen, was bin ich froh, dass dieser Senyor Joaquim Ráfales, Besitzer eines supervornehmen Hotels, erfolgreicher Unternehmer aus Barcelona, ein gestandener, weltgewandter Mann, ein Prominenter, den die Boulevardpresse zum Interview bittet, der Freund, auf den ich mich jederzeit habe verlassen können, noch immer mein guter alter Kim und obendrein ein so sensibler Mensch geblieben ist. Und Kim war mittlerweile so in Fahrt, dass sie die Geschichte jetzt auch zu Ende hören wollte.

»Eines Tages kam Mister Paton mit drei Fläschchen und forderte mich auf, daran zu riechen. Ich mochte die Düfte alle drei. Er bat mich, sie am Hals einer Frau auszuprobieren, weil keine Essenz auf jeder Haut gleich reagiert. Also rief ich Elsa ins Büro. Ohne ihr zu verraten, für wen oder was dieser Versuch gedacht war, testeten wir alle drei Parfüms, sortierten eines aus, und auch zwischen den beiden Finalisten fiel mir die Entscheidung leicht. Dieses, habe ich gesagt, weil es kein bisschen schwül ist, und jetzt freue ich mich, dass du es auf Anhieb genauso empfindest. Bei seiner Rückkehr drei Monate später brachte mir Mister Paton diesen Flakon aus dickem grünem Glas mit dem Parfüm darin. Wir vereinbarten, dass derselbe Duft nie für jemand anderen erhältlich sein darf und er mir Exklusivität garantiert. Ich schlug den Namen vor, und er war begeistert. Das Fläschchen in der Schachtel mit der Aufschrift Nous Deux habe ich in meinem Büroschrank aufbewahrt, um es dir bei unserem Wiedersehen zu überreichen. Wenn du dich irgendwann bequemen solltest, vom Ende der Welt zurückzukommen, wäre es das geeignete Willkommensgeschenk. Eine Art Hallo-wie-schön-dich-wiederzusehen.«

»Und genau das ist es, Kim. Dass du ein Parfüm für mich erfunden hast, ist einfach … Mir fehlen die Worte.«

»Ich habe nichts erfunden, Laura. Das war Mister Paton …« Und schon hatte er die Rüstung wieder angelegt. Er war es nicht gewohnt, allzu lange ohne seinen Panzer zu sein. Von einem waschechten Ráfales gab es auch Gefühle nur aus dem Zerstäuber.

Laura kostete den Moment aus und strich mit dem Finger an den gerundeten Kanten der eleganten Flasche auf und ab, während sie Kims erstaunliche Geschichte in sich nachklingen ließ.

»Weißt du, was ich an dir mag?« Im Gegensatz zu ihm hatte sie sehr wohl das Bedürfnis, sich mitzuteilen. »Dass du es immer hinbekommst, mich zu überraschen. Und mich zum Lachen zu bringen.«

Beinahe hätte er gesagt, ich liebe dich auch, Laura, entschied sich aber dann für ein Ausweichmanöver:

»Willst du jetzt die Langfassung?«

»Ich will, dass du jetzt deine Wettschulden begleichst.«

»Im Ernst? Du willst sehen, wo ich wohne?«

»Habe ich einen Drei-Punkte-Wurf erzielt oder nicht?«

Kim hatte sich ein zweistöckiges Haus gekauft, mit Garten, einer Magnolie und einer Garage für fünf Autos, im Carrer de la Immaculada, Ecke Quatre Camins, zwei Minuten zu Fuß von der Pia-de-Sarrià-Schule entfernt. Fünfzehn Jahre lang war es Firmensitz einer Werbeagentur gewesen, die, wie etliche andere in der Oberstadt, von der Krise kalt erwischt worden war. Nach einer Millioneninvestition in Restauration und Modernisierung der Immobilie blieben Aufträge und Kunden aus, bis man schließlich auch das Gebäude hatte aufgeben müssen. Kim hatte es dank nützlicher Kontakte Ende 2011 bei einer Versteigerung zum halben Preis erstehen können. Zum Marktwert hätte er es niemals gekauft, sosehr ihm Elsa auch in den Ohren gelegen haben mochte, wie gut es zu ihm passe, seit sie es gemeinsam besichtigt hatten. Nicht im Traum hätte Kim so viel Geld ausgegeben. Inzwischen wohnte er schon über vier Jahre dort, hatte es nach seinem Geschmack eingerichtet – wenige erlesene Möbelstücke, viel Glas und moderne Kunst an den Wänden –, und für Víctor und Jana gab es jeweils ein eigenes Zimmer für die Tage, die sie bei ihrem Vater verbrachten. An diesem Freitag jedoch waren sie mit Míriam an die Costa Brava gefahren.

»Wir sind da.«

Kim öffnete per Fernbedienung die Garagentür. Mit einem weiteren Fingerdruck schaltete er den Alarm aus.

Da sie bei Nacht und in der Tiefgarage ankamen, sah Laura nicht viel. Die Straßenbeleuchtung war nur schwach. Das Haus kam ihr unscheinbar vor, verborgen hinter üppigen Efeuranken, die die hohen Grundstücksmauern vollständig überwucherten. In der Diele empfing sie, nachdem Kim das Licht eingeschaltet hatte, ein querformatiges, ganz blaues Gemälde, das die gesamte Wand einnahm.

»Ist das etwa ein Klein?« Laura war hingerissen. »Sicher auch gestohlen. Wie das Parfüm …«

»Wusstest du, dass nach diesem Maler eine Farbe benannt ist? Ich liebe das International Klein Blue.«

Kim öffnete eine erste Schiebetür und zeigte ihr sein kleines Museum.

»Ich hatte dir noch gar nicht von meiner Sammlung erzählt, stimmt's?«

»Was ist das, Kim?«

»Wonach sieht es denn aus?« Kim zog sein Jackett aus und rollte mechanisch die Hemdsärmel auf. »Na, komm, Laura, so schwierig ist es nun auch wieder nicht. Du solltest es eigentlich erkennen …«

Der Raum war voller Regale für Hotelrezeptionen mit Fächern für die Zimmerschlüssel. Fast alle aus Holz. An einigen war die Farbe verblasst, an anderen abgeschabt, es gab rustikale aus Landgasthäusern und nordische aus hellem Holz. Auch hochherrschaftliche, die noch die Noblesse des amerikanischen Kirschbaumholzes wahrten. Alles rechtwinklige, maßgeschreinerte Wandregale. Ob aus Hotels mit vielen oder wenigen Zimmern, Motels oder Fünfsternehäusern von anderen Teilen des Planeten, bei den meisten konnte man noch die Nummer des Zimmers lesen, dessen Schlüssel dort seinen Platz gehabt hatte. Kim fand es herrlich, dass in zwei der Fächerkästen sämtliche Schlüssel hingen, als würden die Gäste noch zurückerwartet. Wie viele Geschichten in jedem dieser eisernen Anhänger mit der aufgeklebten Nummer und dem schützenden schwarzen Gummiwulst steckten.

»Früher bekamst du im Hotel deinen Zimmerschlüssel ausgehändigt.« Kim griff sich einen beliebigen heraus. »Und damit du den nicht verloren hast, hat man ihn sperrig und schwer gemacht, denn es sollte dir lästig sein, ihn mitzuschleppen. Beim Rausgehen hast du ihn also an der Rezeption abgeliefert, sie haben ihn in ein Regal wie dieses gehängt und wussten so immer auf einen Blick, ob das Zimmer belegt war oder nicht, ohne auf dem Belegungsplan nachsehen zu müssen.«

»Tatsächlich?« Sie ging sie auf seine Komödie ein. »Ist ja interessant.«

»Weil du doch aus Australien kommst und ich nicht weiß, wie das dort funktioniert. Nicht dass du denkst, man hätte hier schon immer bloß das Handy vor die Tür gehalten, um den Code einzulesen, wie jetzt, da man ja nicht einmal mehr eine Magnetkarte braucht.«

»Witzbold.« Laura fasste von hinten nach seinen Armen, als wollte sie ihn in den Polizeigriff nehmen. »Und vom Rafaeli ist keines dabei?«

Kim schüttelte den Kopf.

»Das habe ich lieber im Hotel gelassen, oben in Papas Wohnung. Ich habe es nicht übers Herz gebracht, es mitzunehmen. Weißt du, welches von allen mich das meiste Geld gekostet hat?«

Laura gab ihn frei und wanderte mit kleinen Schritten durch den ganzen Raum. Sie schwankte zwischen zwei Ausstellungsstücken und wies schließlich auf das größte von allen, das eine Unmenge Fächer hatte. Ungefähr vierzig mal zwanzig.

»Genau. Das ist aus dem Plaza in New York.« Er liebkoste das edle, glatte, makellose Holz. »Ich glaube, so habe ich noch bei keiner Versteigerung gelitten. Es war jemand für mich vor Ort, während ich die Sache per Telefon verfolgte, und es gab da einen Mistkerl, der auch immer höher und höher ging, sodass ich am Ende das Gefühl hatte, anstelle des Schlüsselregals das ganze Hotel gekauft zu haben.«

»Sie sehen ein bisschen aus wie Puppenhäuser.«

»Das ist wahr. Jana hat auch ab und zu damit gespielt.« Ohne sich bewusst zu sein, dass er Laura mit jeder Tür eine neue Welt eröffnete, ging er ihr voran ins Wohnzimmer und dort direkt zum Barschrank. »Ich habe einen Grappa Nonino, den du probieren solltest. Ein Schlückchen?«

Der klare Tag. Das Gotische Viertel. Der Drei-Punkte-Treffer und die Wette. Das Hotel Vela. Das Degustationsmenü. Die Gespräche. Das Haus. Die Sammlung von Schlüsselkästen und jetzt sein Refugium. Die von ihm geschaffene Kulisse aus zwei Sofas, über denen eine Helene von Manolo Valdés und eine enorme Badeszene von Juan Genovés hingen. Und vor allem Kim, der ganz und gar für sie da war. Laura sagte nicht nein. Und der Grappa löste ihr die Zunge.

»Wenn du allein bist, bist du sehr allein. Aber irgendwann siehst du dennoch ein, dass es besser ist, keinen Mann zu haben als den falschen. In London hatte ich zwei falsche Männer, und als ich nach Australien kam … Nun ja, natürlich hat es von allem etwas gegeben, es war eine lange Zeit. Aber keinen einzigen, in den ich gemeint hätte, mich verlieben zu müssen. Außerdem wird man mit den Jahren wählerischer. Aber weißt du, was ich dort zu schätzen gelernt habe?« Kim setzte sich neben sie, nachdem er von seinem randvollen Glas rasch etwas abgetrunken hatte, um nichts zu verschütten. »Den Wert von Freundinnen. Frauenfreundschaften. Wir verabredeten uns jede Woche bei der einen oder anderen zu Hause, alles Frauen.

Nachbarinnen, andere Professorinnen von der Universität und eine Argentinierin, Mirta, die ich in einem Sportstudio kennengelernt habe. Wir trafen uns zum Tee, und das reichte uns völlig. Wir waren einfach gern zusammen, an Gesprächsstoff fehlte es uns nie, es sind Freundschaften, wie soll ich es ausdrücken?, mehr von Angesicht zu Angesicht, wenn du weißt, was ich damit sagen will? Man muss sich nicht alles erzählen, um sich innerlich nah zu sein. Wir waren einander genug und brauchten keinen Mann. Wir haben Männer nicht vermisst. Ein paar von uns waren verheiratet, andere nicht, aber wenn wir unter uns waren, konnten wir einfach wir selbst sein. Du wirst es vielleicht nicht glauben, aber wir haben manchmal geweint. Ich habe mit Freundinnen geweint, und zwar nicht, weil wir traurig gewesen wären, sondern … Gemeinsam Tränen zu vergießen, gab uns Kraft. Vielleicht waren es Freudentränen über diese Nähe, von der ich eben gesprochen habe. Keine kritisierte die andere für ihre Eigenheiten. Wir tauschten uns aus, ohne einander etwas beweisen zu müssen. Ihr rivalisiert mehr, sogar in Bezug auf Freundschaften. Ihr zählt eure Bekanntschaften, bewertet sie, erstellt Rankings … Und das alles nur, und verzeih mir den Vortrag, weil sich eure wahren Gefühle so besser verbergen lassen. Ihr seid wie eingekapselt. Sieh mich nicht so an, Kim, das ist die Wahrheit. Man hat euch dazu erzogen, dass Weinen etwas für Mädchen ist. Oder für Schwuchteln. Wenn ihr euch etwas Unangenehmes zu sagen habt, seht ihr euch dabei nicht in die Augen, ihr schaut geradeaus oder geht manchmal auch nebeneinander her, um den Blick des anderen nicht aushalten zu müssen.«

»Laura …«, begann Kim zögernd, weil er ihren Monolog noch verdauen musste, aber auch weil er wusste, dass er jetzt an der Reihe war. Nach einem weiteren Schluck ergriff er das Wort, mit Bedacht, tastend, um auf keine Mine zu treten: »Natürlich kann ich nicht in die Haut einer Frau schlüpfen. Keine Ahnung, ob ich zu sehr Mann bin, um solche Dinge zu sagen, oder ob ich eine schwule Ader habe, von der ich nichts weiß, aber ich sage es dir ins Gesicht und schaue dir dabei in diese grünen Augen, in denen sich das Meer und der Himmel spiegeln, dass unsere Freundschaft mich sehr froh macht, froh und stolz.«

Ohne darauf einzugehen, hielt ihm Laura plötzlich mit frostigem Lächeln, aber liebenswürdigem Ton vor:

»Du hast mich immer gemocht, Kim Ráfales, oh ja, das hast du, aber du hattest niemals Augen für mich.«

»Wie bitte?« Er war gekränkt. »Wie kannst du das sagen? Soll ich dir verraten, was ich dachte, während wir in deiner Wohnung diesen Pornofilm für die Hausarbeit übersetzt haben? Oder was du an dem Abend auf Menorca in Les Coves d'en Xoroi anhattest?«

»Uff … das ist dreißig Jahre her. Das weiß ich nicht mehr.«

»Du trugst das Haar offen und warst hinreißend in diesem …« Er schloss die Augen wie in Trance. »Diesem weißen rückenfreien Trägerkleid.«

»Ja, jetzt erinnere ich mich auch.« Sie leerte ihren Grappa bis zum letzten Tropfen, um zu überspielen, wie beeindruckt sie war.

»Wie heute. Du weißt, was dir steht. Weißes Hemd, nackte Schultern … für Laura Altimira vergeht die Zeit nicht.«

»Wie heute, ja, ja. Aber klar doch …«

»Ich bin bestimmt nicht der Einzige, dem das auffällt.«

Wenn du wüsstest, dachte Laura. Aber dies war nicht der Zeitpunkt abzuschweifen, darum versuchte sie es noch einmal anders.

»Weißt du, woher das Verb *sich entsinnen* stammt?«

»Ich habe das Studium ja nicht zu Ende gebracht«, redete er sich heraus. »Lass mich überlegen …«

»Es bedeutet, dass dir etwas erneut in den Sinn kommt. Wir entsinnen uns, indem wir uns einen bestimmten Moment noch einmal durch den Sinn gehen lassen. Durch Kopf und Herz.«

Und er entsann sich so vielem. Angestachelt von derselben Laura, die ihm seit der Universität weder aus dem Kopf noch aus dem Herzen gegangen war, kamen ihm wie selbstverständlich jede Menge gemeinsame Erlebnisse in den Sinn. Situationen, über die sie zusammen gelacht hatten. Und Gespräche und Ausflüge und Anekdoten. Und die Zeit der Tragödie mit dem nötigen Dunstschleier, um nicht an die niemals vernarbte Wunde zu rühren. Und die Geburtstagstorte, die er ihr aus dem Tiefkühlregal des Supermarktes mitgebracht hatte und die so steinhart gewesen war, dass sie sie auch mit dem größten Messer und aller Kraft nicht zerteilen konnten. Sie hatten sich totgelacht. Mit Mühe und Not war es ihnen gelungen, zwei Kerzen hineinzubohren, damit Laura wenigstens etwas zum Auspusten hatte. Er dachte an den Regentag, an dem er sie zum Copyshop gefahren hatte und sie hinterher ins falsche Auto gestiegen war. Und er erinnerte sich, dass die Gegensprechanlage ihrer Studentenwohnung immer kaputt war und man deshalb Steinchen gegen das Fenster werfen musste, fest genug, um sich Gehör zu verschaffen, doch nicht so fest, dass die Scheibe zerbrach. Und er wusste noch haargenau, wie Laura irgendwann mitten im Gespräch erklärt hatte: Du wirst später mal ein interessanter alter Knabe sein. Mit exakt diesen Worten. In dieser Reihenfolge. Unter Verwendung einer derart herablassenden Redewendung. Möglicherweise sollte es ja ein Kompliment sein, in dieser nächtlichen Unterhaltung mit einem Cuba Libre in der Hand, ihm jedoch hatte es nach einem kategorischen »Ich will nichts von dir, nur damit das klar ist« geklungen. Hinterher waren zwar die Differenzierungen und spitzfindigen Auslegungsvarianten gefolgt, mit denen wir uns über das hinwegzutrösten versuchen, was wir nicht hören wollen. Doch der erste Eindruck blieb haften. Sooft sich sein Herz auch an einer Neuübersetzung abmühte, die Interpretation lief stets auf dasselbe hinaus.

»Das habe ich gesagt?«, fragte Laura verwundert. »Offenbar hätte ich mir meinen Lebensunterhalt ebenso gut als Wahrsagerin verdienen können.«

»Jetzt verschlimmbesserst du es auch noch. Vielen Dank.«

»Es stimmt aber. Aus dir ist ein interessanter … reifer *Herr* geworden.« Sie strich ihm mit zwei Fingern übers Kinn, als wollte sie ihn rasieren. »Wir könnten noch andere Adjektive finden, aber dieses passt perfekt.«

Nebeneinander auf dem Sofa sitzend verplauderten sie Stunde um Stunde. Keiner von beiden musste auch nur ein einziges Gähnen unterdrücken. Den ganzen Tag hatten sie in Anspannung verbracht, den ganzen Abend balancierten sie schon mit äußerster Vorsicht auf dem schmalen Grad zwischen Aufrichtigkeit und Verführung, riskant die eine, verlockend die andere. Und so kam es, dass sie in der Nacht von Freitag, dem 22., auf Samstag, den 23. Juli 2016, noch bevor Laura bis nach oben in Kims Schlafzimmer gelangt war, eine Handbreit über das Verlangen hinausgingen.

27

Nie steigen wir zweimal in denselben Fluss

Sie erwachte vor Kim. Vielleicht hatten die ersten Sonnenstrahlen sie geweckt. Vielleicht störte das eifrige Zwitschern einer Amsel die sommerliche Samstagsruhe in der Oberstadt. Vielleicht war es das Bedürfnis, die Augen aufzuschlagen und ihn anzusehen. Oder es war schlicht der verflixte Jetlag. Bei ihrem letzten Besuch aus Australien war ihr Wach- und Schlafrhythmus tagelang in Aufruhr gewesen. Sie hatte mitgezählt. Zwölf qualvolle Tage, an denen die Uhr in permanentem Widerstreit mit ihrem Organismus gelegen hatte.

An diesem Morgen, in einem Zimmer, das ihr vom Bett aus vorkam wie ein Ballsaal, enthüllte ihr das Tageslicht nach und nach eine Welt in Grautönen und blassen Farben. Alles harmonierte miteinander. Die nackten Wände, die verstellbaren Holzlamellen der Fensterläden, die doppelte Mona Lisa von Warhol und ein Ledersessel, um sich sitzend die Schuhe anzuziehen, wie Laura vermutete, oder die internationalen Wirtschaftszeitungen zu lesen, die sich auf einem Beistelltisch stapelten. An der hinteren Wand sah sie einen Kleiderschrank, maßgefertigt für die Jacketts, die kopfüber hängenden Hosen und farblich sortierten Hemden. Von vielen weißen bis zu wenigen dunklen. Alles an seinem Platz, alles akkurat. Und plötzlich verdüsterte ihr ein Zweifel den behaglichen Morgen: Inwieweit würde Kim es wohl zulassen, dass sie sein Leben in Unordnung brachte?

Er schlief an ihrer Seite, bäuchlings, die Arme unter dem Kopf verschränkt, ein Bein und eine Schulter unbedeckt von dem perlgrauen Laken. Sie betrachtete ihn eine ganze Weile. Lauschte seinen Atemzügen, sah den Bartschatten um sein Kinn und seine dunklen Brauen, die so dicht waren wie eh und je. Sie mochte den Anblick seiner vollen Lippen, die sie als unendlich sanft und zärtlich empfunden hatte, bevor sie schließlich eng umschlungen eingeschlafen waren. Und schon hatte sie wieder Lust, ihn zu küssen, diese Lippen einzusaugen und freizugeben, wieder und wieder. Spielerisch hineinzubeißen, so wie es unten auf der Couch angefangen hatte, ehe Kim ganz ruhig ihre Hand genommen und gesagt hatte: Komm.

Vorsichtig, damit er nicht aufschreckte, sondern nur eine sanfte Liebkosung spürte, strich sie ihm über den Arm. So sachte sie konnte, so behutsam, wie Kim sie in der Nacht behandelt hatte. Als spielten ihre Fingerspitzen eine spezielle Mikado-Variante, bewegte sie zart die Härchen, ohne die Haut zu berühren. Sie fand die spinnenförmige Narbe von seinem Motorradunfall wieder, kaum noch sichtbar. Die Spuren der Fäden jedoch verschwinden nie vollends, um uns an unsere Zerbrechlichkeit zu erinnern.

»Guten Morgen, meine Schöne.« Er hatte die Augen aufgeschlagen und sah sie schläfrig an, während er sich räkelte.

»Guten Morgen, Kim.«

»Wie hast du geschlafen?«

»Na, was meinst du wohl?«

»Gut?«

»Besser als zu Hause.« Sie wuschelte ihm durch sein zerzaustes Haar. »Guten Morgen, Senyor Joaquim Ráfales.«

Und endlich durfte Laura das tun, worauf sie schon ziemlich lange – Tage, Monate, vielleicht sogar Jahre – große Lust hatte: ihn küssen. Ihn mit heiteren kleinen Küssen wecken.

Gutenmorgenküssen. Wie oft sie sich das vorgestellt hatte. Und mit einem Mal war es möglich. Seit der vergangenen Nacht war das, wovon beide jahrelang befürchtet hatten, es würde ihre Freundschaft in Gefahr bringen, keine verbotene Frucht mehr. Im Gegenteil, sie hatten von ihr gekostet und gewusst, dass alles genau richtig war. Sie wollten sich Zeit lassen bei ihrer Entdeckungsreise, die sie all die Jahre hinausgezögert hatten, doch Lippen und Finger hatten es eilig gehabt, überall hinzugelangen. Der frische Grappageschmack auf der Zunge. Dieses wilde Verlangen. Während eines langen Kusses öffneten sie sich gegenseitig sämtliche Knöpfe von Hemd und Bluse und ließen ihre Oberteile zu Boden sinken. Ohne Scham sahen sie einander an. Sie waren zu Hause. Wie Kinder, die vom Spielen kommen, sicher und geborgen. Mit einer Hand löste Laura den Verschluss ihres Büstenhalters und streifte ihn ab. Bevor Kim es wagte, nach diesen festen Brüsten zu greifen, die heller waren als der Rest ihres gebräunten Körpers, beugte er sich hinab und küsste sie. Erst vorsichtig. Dann mit Heißhunger, als hätte er sich zeitlebens danach gesehnt. Und schließlich mit Hingabe, in einem Meer von Empfindungen treibend. Laura biss sich auf die Unterlippe, um nicht aufzustöhnen, sie bog den Hals zurück, damit er an ihrer Kehle hinauf- und wieder hinabfahren konnte.

Noch neben der Couch stehend, öffneten sie ihre Jeans und gestatteten sich gegenseitig, mit tastender Hand die warmen Zonen des anderen zu erkunden. Sie schlüpften aus ihren Hosen, schmiegten sich zum ersten Mal nackt aneinander und verwandelten sich unversehens in ein leidenschaftliches Liebespaar. Sie legten sich auf die Polster. Wortlos gab Laura jede Bewegung vor, jede Geste, jeden Takt dieses erträumten

Tanzes. Sie war es, die feucht wurde, als sie seinen Oberkörper leckte. Und an seinem Hals schnupperte. Und Worte raunte, die sie noch nie gesagt hatte. Und seine Schenkel umklammerte, damit er ihr nicht entkam. Und als sie bereit waren, glitten ihre Körper ineinander. Behutsam. Heftig. Um es auf jede Weise auszukosten. Von diesem Moment an war Laura dankbar, dass Kim ebenso zupackend wie poetisch sein konnte. Genau das hatte sie sich von ihm erhofft: magische, unendliche Lust. Den Orgasmus ihres Lebens.

Anschließend gingen sie hinauf ins Schlafzimmer, um das Spiel wieder von Zärtlichkeit und Begierde von Neuem zu beginnen. Es dauerte lange, bis sie in Kims großem Bett schließlich ermattet einschliefen.

Wie damals in London hatten sie in einem Bett geschlafen, doch diesmal war alles passiert. Sie hatten nichts ausgelassen. Während Kim sich im Kissen zurücklehnte, die Arme hinter dem Kopf verschränkt, stand Laura auf und ging mit bloßen Füßen über den dicken Teppich.

»Ich finde dein Haus fantastisch.« Sie blickte um sich und breitete die Arme aus. »Und dieses Schlafzimmer …«

»Von hier aus kannst du den Garten sehen.« Kim deutete auf das Fenster.

Sie hob die Lamellen ein wenig an, um hinunterzuschauen.

»Eine Magnolie. Du hast eine Magnolie? Weißt du, dass das mein Lieblingsbaum ist?«

»Um ehrlich zu sein, habe ich den Baum mit dem Haus übernommen.«

»Ich mag diese glänzenden, harten Blätter. Blüht er?«

»Vor allem duftet er.«

»Und diese weißen Blüten, die …«

»Frag den Gärtner vom Rafaeli. Er kümmert sich um den Baum.«

»Kim …« In diesem so weiblichen Moment enttäuschte sie diese so männliche Antwort. »Weißt du, warum mir Magnolien so gut gefallen? Weil sie das ganze Jahr über ihre Blätter behalten. Ich mag Bäume nicht, die im Winter kahl werden. Sie sehen dann so hinfällig und trist aus. Magnolien hingegen …«

Kim lag weiter reglos da. Er sah Lauras auf die Fensterbank gestützte Silhouette, die im Gegenlicht wie ein perfekter Scherenschnitt wirkte. Sie kam zurück und legte sich wieder neben ihn.

»Eins, zwei, drei, woran denkst du?«

»An wen ich denke? An dich natürlich.«

»Nein, komm schon. Woran denkst du, Kim?«

»Das gilt jetzt nicht.«

»Was heißt, das gilt nicht?«

»Ich habe gedacht, wie spät es wohl sein mag.«

»Na klar. Es ist übermorgen und Zeit fürs Mittagessen. Woran hast du gedacht? Los, sag's mir …« Laura kuschelte sich an ihn und schob ein Bein über seines.

»Willst du es wirklich wissen?« Kim mochte ihre Wärme.

»Ich *muss* es wissen.« Sie nutzte die Gelegenheit, ihm einen Kuss auf den Hals zu drücken.

»Ich habe mich gefragt …«, sagte er, weil er meinte, dass Laura genau das hören wollte, »was wohl geschehen wäre, wenn der Ball nicht in diesem Korb gelandet wäre.«

»Im Ernst?« Sie brachte ihren Mund dicht an sein Ohr. »Es hätte vielleicht ein bisschen länger gedauert, aber letztlich wären wir genau hier gelandet. Oder willst du etwa behaupten, es sei alles purer Zufall und nur von einem Basketballtreffer abhängig gewesen.«

»Das habe ich nicht gesagt.« Er drehte sich zu ihr und zog sie an sich. »Laura … Laura … Laura …«

Nach einer heftigen Umarmung warf Laura das Laken zurück, sodass es vom Fußende des Bettes flog, und hieß Kim, sich lang auszustrecken, mit dem Gesicht nach unten wie auf einer Massageliege. Sie übersäte seinen Körper mit Küssen. Ohne Eile, sehr zart. Sie stellte fest, dass er Gänsehaut bekam, wenn sie seinen Nacken berührte, und an den Füßen kitzlig war.

»Halt still.«

Als er sich wieder entspannte, bat Laura ihn, sich auf den Rücken zu legen, dann schob sie sich über ihn und nahm ihn in sich auf. Einen Moment saß sie ganz still, dann begann sie die Hüften vor- und zurückzuschieben, langsam und beherrscht, auf dass sie beide jede noch so kleine Bewegung wahrnahmen. Mit Hingabe. Voller Liebe. Als sie merkte, dass Kim dem Himmel nahe war, verlangsamte sie ihre Bewegungen, um die Lust noch zu steigern. Sie beugte sich über ihn und streifte ihn mit den Brüsten, ganz leicht, immer wieder. Er stöhnte leise, aber mit der Erfahrung seiner fünfzig Jahre wusste er, auf sie zu warten.

Später lagen sie nebeneinander, schauten zur Decke, als ob diese das Firmament wäre, seine Hand lag auf Lauras Schenkel, ihre Hand ruhte auf seiner Hüfte. Sie konnten einander einfach nicht loslassen. Kim konnte sich nicht erinnern, in diesem Haus je einen Tag in so gelöster Stimmung begonnen zu haben. Er war glücklich bis in die Zehenspitzen. Für ihn bedeutete dieser Morgen mit der Frau seines Herzens so viel mehr als eine weitere Trophäe an der Wand über dem Kopfende.

Denn endlich lag diejenige in seinen Armen, die er, vielleicht unbewusst, im Zimmer 218 gesucht hatte. Endlich erlebte er die sexuelle Erfüllung, der er entsagt hatte, um ihre Freundschaft nicht zu gefährden. Mit der Frau, nach der er sich immer gesehnt hatte. Es war die Chance seines Lebens.

»Liest du das gerade?« Laura nahm das Buch vom Nachttisch. *»Straße der Wunder?«*

»Ja.« Er nickte.

»Sieh an. Du hast es von den Motorradzeitschriften deiner Studentenzeit immerhin bis zu John Irving gebracht.«

»Was soll das heißen?« Beleidigt drehte er sich um.

»Weißt du, was ich an Irving gut finde? Dass er sich Zeit nimmt, um seine Geschichten zu erzählen. Er erschafft eine Welt und lässt sie sich entwickeln. Alles geschieht, wenn die Zeit reif dafür ist.«

Sie blätterte die Seiten mit dem Daumen durch wie ein Croupier ein Bündel Geldscheine. »Und – wie ist es so?«

»Mir hat *Witwe für ein Jahr* besser gefallen«, er wies auf das Lesezeichen, »du siehst ja, ich bin noch nicht weit gekommen.«

Laura legte den Irving zurück auf den Nachttisch neben einen japanischen Digitalwecker, der eine unfassbare Uhrzeit anzeigte.

»Im Arabischen gibt es ein Sprichwort, das mir sehr gefällt«, sagte sie, während sie ihm mit einem Finger seine Brauen nachzeichnete. »Ein Buch ist ein Garten, den man in die Tasche stecken kann.«

Kim packte sie beim Handgelenk. »Laura, so große Taschen habe ich noch nie gehabt. Das sind siebenhundert Seiten!«

Sie lachten herzhaft, streckten sich dann wieder aus und schauten zur Decke.

»Willst du wissen, wie das Motto der Familie Ráfales lautet?«

»Na klar.«

»Beim Verlassen des Rafaeli soll man sich immer besser fühlen als bei der Ankunft.«

Erneutes Gelächter.

»Ist das von deinem Vater? Der trifft wirklich immer den Nagel auf den Kopf. Ich mag Paco so gern …«

Nach einem kurzen Schweigen überkam Laura das Bedürfnis, ein abgebrochenes Gespräch weiterzuführen.

»Erinnerst du dich, dass du mir gestern gesagt hast, ich wäre noch genau so wie vor dreißig Jahren?«

»Ja. Aber das ist nicht wahr. Ich muss mich korrigieren. Du wirst mit jedem Tag besser.« Er wandte den Kopf, um sie anzusehen. »Was Sex angeht, haben wir beide inzwischen sicher mehr drauf als damals.«

»Wie willst du das denn beurteilen, wenn du keinen Vergleich hast?«

»Stimmt. Aber besser als heute könnte es keinesfalls gewesen sein.«

»Ich rede nicht von Sex, Kim. Das weißt du.«

»Du warst immer eine schöne Frau. Schon an der Uni.«

»Da will ich dir gar nicht widersprechen. Meine Mutter hat immer gesagt, ich würde *was hermachen*. Egal …« Mit einer Handbewegung gab sie Kim zu verstehen, er solle sie nicht aus dem Konzept bringen. »Altwerden ist scheußlich für eine Frau. Altwerden fühlt sich beschissen an. Nur der Leberfleck ist noch an seinem Platz. Unverrückt. Alles andere richtet man täglich her, so gut man kann. Vorgestern bei Sira haben wir uns auch darüber unterhalten. Sie hat wirklich auf sich geachtet, sie ist immerhin Ärztin, und trotzdem sagt sie, ab fünfundvierzig ist es für uns gelaufen. Wir sind auf dem absteigenden Ast. Es ist aus. Falten stehen nicht für Erfahrung, das ist gelogen. Die Wechseljahre werden fürchterlich. Der Verfall setzt plötzlich ein, und er ist verheerend.«

»Ihr übertreibt.«

»Versuch nicht, es herunterzuspielen, du hast keine Ahnung, wovon ich spreche. Eine attraktive Frau unserer Altersstufe wird begafft wie früher der weiße Gorilla im Zoo. Wie eine seltene Naturerscheinung. Sira ist der Ansicht, dass Frauen, die einmal hübsch waren, noch mehr darunter leiden.«

»Aber nein, Laura. Du bist weiterhin eine sehr schöne Frau. So attraktiv mit fünfzig, wie du mit sechzig sein wirst und mit siebzig …«

»Hör auf.«

»Und ja, wir werden alle älter, aber das weiß man ja. Das ist nicht schlimm. Auch wir Männer sind irgendwann auf dem absteigenden Ast, wie du es nennst.«

»Das ist nicht dasselbe. Und du weißt, dass es nicht dasselbe ist.«

»Schau mich an. Meine Augen sind traurig geworden, glanzlos, ausgerechnet jetzt, da ich das Beste sehe, was ich je gesehen habe. Ich sehe dich, ich sehe meine Kinder, was will ich mehr? Eigentlich sollten sie heller strahlen denn je, doch wenn ich mich auf Fotos betrachte oder auch einfach nur im Spiegel, dann denke ich manchmal …«

»Moment, Moment, tut mir leid, Kim, aber das kann ich nicht durchgehen lassen«, schnitt sie ihm das Wort ab. »Wir alle werden älter, das ist klar. Aber deine Augen sind so lebendig, wach und intelligent wie immer. Wir könnten zwanzig Leute fragen, und niemand, kein Mensch, auch wenn er dich nicht von früher kennt, würde sagen, du hättest traurige Augen. Weißt du, was ich in deinen Augen sehe? Einen tapferen Mann.«

Sie duschten zusammen, seiften sich gegenseitig Haar und Rücken ein. Kim scherzte über einen anderen Leberfleck, den er bis zu diesem Moment noch nie gesehen hatte.

»All die Jahre habe ich geglaubt, der Leberfleck, der dir so viel Persönlichkeit verleiht, wäre der in deinem Gesicht, und dabei musste ich fünfzig werden, um herauszufinden, dass du noch einen viel markanteren hast.«

»Sei still.«

»Ist das die Prämie? Der Hauptgewinn für den, der das Spiel bis zum Ende spielt?«

»Was bist du doch für ein …«

Sie entwand ihm die Handbrause und richtete sie auf sein Gesicht wie eine Wasserpistole.

Anschließend ging sie hinunter in den Garten.

Laura liebte das Gefühl des frisch gesprengten Rasens unter ihren Füßen. Der Schatten der Bäume, die heitere Kühle des Innenhofs und der Geruch nach Feuchtigkeit entführten sie nach Banyoles. Vertraute Düfte.

»Eine Magnolie ist kein beliebiger Baum. Sie hat außergewöhnliche Blätter, findest du nicht?«

»Ja, das sagtest du bereits«, rief Kim aus der Küche.

»Was soll das heißen? Fängst du jetzt schon an zu nörgeln?« Auch sie erhob die Stimme, damit er sie verstand.

Laura wischte ein paar Piniennadeln, die aus dem Nachbargarten herübergeweht waren, vom einzigen Stuhl mit Kissen und setzte sich.

Sie vermutete, dass es Kims Platz war und Jana und Víctor die beiden anderen Stühle benutzten. Ihr gefiel die Vorstellung, wie sie alle drei in familiärer Eintracht dort saßen und auf ihren Handys herumtippten. Kurz darauf trat Kim aus dem Haus. Er trug in beiden Händen ein Tablett und pfiff Rachmaninow vor sich hin, ohne es zu merken. Zwei grüne Säfte, zwei Scheiben Toast und etwas geräucherte Pute, fein geschnitten auf der Profimaschine, mit der er seine Küche ausgestattet hatte.

»Um diese Zeit weiß ich nicht, ob wir frühstücken, zu Mittag essen oder schon fast beim Aperitif fürs Abendessen sind.«

»Bekommst du auch immer Hunger nach dem Sex?«

Er stellte das Tablett auf dem Tisch ab und überraschte sie von hinten mit einem Kuss in den Nacken.

»Eine so zarte Haut wie deine habe ich noch nie berührt.«

»Kim … lass die dummen Witze.«

»Und ich liebe deinen Duft.« Sachte knabberte er an ihrem Ohrläppchen.

»Ach ja?«

»Ist das ein neues Parfüm?«

»Keine Ahnung. Ich weiß nicht mal mehr den Namen. Ein Geschenk von einem Verehrer, einem ausgesprochen gutaussehenden Herrn, den ich gestern erst kennengelernt habe.«

»Gestern erst? Na, so ein Glück. Und?« Kim setzte sich neben sie.

»Ich weiß es noch nicht. Wir werden sehen.« Sie trank einen Schluck von dem Saft aus Spinat, Sellerie, Apfel und Zitrone. »Ich mache mir keine Illusionen. Ihm wird nachgesagt, immer jede Frau rumgekriegt zu haben, die er wollte. Auch ganz junge, weißt du? Und damit meine ich solche mit wirklich straffer Haut.«

»Im Ernst?«, er bemühte sich, möglichst wollüstig dreinzuschauen. »Wenn das wahr ist, ist der Kerl echt zu beneiden.«

»Im Moment ist es noch zu frisch. Ich lerne ihn ja gerade erst kennen. Aber dich als meinen besten Freund werde ich natürlich auf dem Laufenden halten. Damit wir uns richtig verstehen, Erwartungen habe ich durchaus. Im Moment …«, sie überlegte kurz und fuhr dann mit einem koketten Augenaufschlag fort, »… ist er wie eine reife Melone.«

»Mensch, Laura, da habe ich schon nettere Vergleiche gehört.« Er näherte sich, und sein Kuss schmeckte nach Spinat, Sellerie und Zitrone. »Aber du bist sehr hübsch. Auch wenn du mir solche Sachen sagst, steht dir dieses Blau sehr gut.«

Kim hatte ihr angeboten, sich im Kleiderschrank seiner Tochter etwas zum Anziehen auszusuchen. Da findest du sicherlich etwas Passendes, hatte er gesagt. Laura jedoch war unbehaglich bei dem Gedanken, die Kleider eines jungen Mädchens zu tragen. Wie alt Kims Tochter auch sein mochte, sie war sein Kind. Lieber hatte sie seinen Schrank geöffnet, das längste Hemd gewählt, ein blaues aus Leinen, das ihr bis zu den Knien reichte, und war barfuß, ein Band im Haar, in den Garten gekommen.

»Gestern hast du etwas gesagt, das mir nicht gefallen hat.«

»Oje.« Er runzelte die Stirn.

»Keine Angst.« Sie legte ihm die Hand aufs Hosenbein. »Dass wir mit fünfzig Jahren mehr Vergangenheit als Zukunft vor uns hätten.«

»Das ist nun mal so.«

»Ja, natürlich. Aber die Gegenwart kann doch noch großartig sein. Die Liebe mit fünfzig ist kein Trostpreis. Wir sind doch keine Tattergreise auf der Suche nach ein bisschen Gesellschaft.«

Kim fegte mit der flachen Hand die Nadeln vom Sitz des dritten Stuhles, als erwarteten sie noch jemanden. Doch an diesem Sonntag wollten sie in dem Haus im Carrer Immaculada unter sich bleiben. Dieser Tag gehörte ihnen.

Nur ihnen.

»Die Liebe mit fünfzig«, spann Laura ihren Gedanken weiter, »hat viele Vorzüge. Du weißt, was du willst und was nicht. Du weißt, was du im Leben magst, und was du dir nicht noch einmal antun wirst. Du schleppst eine Menge mit dir herum, hast gelernt, dich zu wehren und zu sagen, bis hier hin und nicht weiter.«

»Sind das die Weisheiten deiner Freundin Sira?«

»Nein, da bin ich ganz allein draufgekommen, Schätzchen. Was haben wir denn, du und ich? Wir wissen doch alles voneinander. Wir verstehen uns und wissen genau, was dem anderen gefällt und was ihn zur Weißglut bringt.« Sie nahm ein Stück Pute und steckte es sich in den Mund. Hinter der vorgehaltenen Hand kauend sprach sie weiter. »Ich weiß, zum Beispiel, dass du mit mindestens siebzig Frauen im Bett warst und Eroberungen regelrecht gesammelt hast …«

»Das war einmal.« Er winkte ab. Siebzig schien ihm eher zu niedrig gegriffen, doch er wollte nicht über Zahlen streiten. »Mit dir ist es etwas anderes.«

»Ich werfe dir doch gar nichts vor.«

»Dich liebe ich. Und ich bin gern mit dir zusammen.«

Laura tat gedankenverloren, doch sie hatte seine Worte nicht nur deutlich gehört, sondern auch das Gewicht jedes einzelnen gespürt. Silbe für Silbe.

»Was ich sagen will, ist nur, dass du mir nichts zu erklären brauchst, Kim. Ich kenne dich.«

»So gut dann doch nicht. Es ist durchaus möglich, dass du nicht alles weißt. Manche Dinge erzählt man nicht einmal seiner besten Freundin. Und du ahnst nicht, wie viel du mir immer bedeutet hast. Würde ich etwas anders machen, wenn ich mein Leben ein zweites Mal zu leben hätte? Du selbst hast kürzlich dieses Was-wäre-wenn-Spiel erwähnt. Könnte ich also noch einmal von vorn anfangen, wüsste ich ganz genau, wo mein Fehler lag. Ich hätte dich nicht wieder fortlassen dürfen, als du damals aus London zurückkamst. Spätestens da hätten mir die Augen aufgehen und ich mir eingestehen müssen, wer diese Freundin und Kommilitonin in Wahrheit für mich ist, die mir von oben herab erklärt hat, ich würde einmal ein interessanter alter Knabe sein, die mir beigestanden hat, als meine Brüder ums Leben kamen, die ungeniert mitten auf der Straße Basketball spielt, die dieses bezaubernde Parfüm trägt, von dem ich immer noch nicht weiß, wo sie es herhat. Das war der Moment, in dem ich Klartext hätte reden müssen. Was inzwischen aber auch egal ist, denn jetzt habe ich ja, was ich schon immer wollte. Und natürlich bist du kein Trostpreis, sondern der Hauptgewinn.«

»Und du bist ein Schlangenbeschwörer, Kim. Der größte von allen.« Laura setzte sich auf seinen Schoß und schlang ihm die Arme um den Hals. Es war magisch und befremdlich zugleich, wundervoll und unglaublich, sich in den besten Freund zu verlieben. Normalerweise war es umgekehrt. Ein Paar verliebte sich und wurde im Lauf der Zeit und des Zusammenlebens zu Freunden. Was für ein Glück sie gehabt hatte. Was für ein Glück sie beide gehabt hatten, diesen Weg gegangen zu sein. »Ich liebe dich auch. Sehr. Du interessanter alter Knabe.«

»Mmmh …« Sie rieben die Nasenspitzen aneinander wie die Eskimos. »Hast du dir nie vorgestellt, was du anders machen würdest, wenn …«

»Ach, weißt du … Irgendwann habe ich beschlossen, dass es besser ist, nach vorn zu blicken als zurück. Es tut nicht gut. Und wir können nicht zweimal in denselben Fluss steigen. Das ist unbestreitbar. Das vorbeifließende Wasser ist nicht mehr das gleiche, und auch wir wandeln uns ständig. Wir wachsen, wir altern, die Umstände verändern sich, nichts bleibt, wie es war.«

»Das mit dem Fluss hast du von deinem Professor mit den Schwimmflossen, nehme ich an.«

»Nein, du Idiot. « Sie zwickte ihn kräftig. »Ich glaube, das ist von … Ach, egal, ich hab's vergessen.«

So verbummelten sie den Sonntag, füllten das Haus mit Worten und sahen sich Fotos aus Universitätszeiten an, während sie ihre Lebensgeschichte ins Reine schrieben. Laura klappte ihren Laptop auf, der auf der Kochinsel am Ladegerät hing, und zeigte ihm Beutelteufel, Ameisenigel und Komodowarane, die sie in Australien gesehen und von deren Existenz sie zuvor nichts geahnt hatte. Gemeinsam blätterten sie in einem riesigen Bildband über Dalí, einer alten Ausgabe mit vielen Illustrationen, die als einziges Buch auf Kims niedrigem Couchtisch lag. Und bei alldem fand Laura einfach nicht den geeigneten Moment, um ihm von dem neuen Jobangebot in ihrem Posteingang zu erzählen. Später hielten sie eine sommerliche Siesta. Als sie erwachten, war der Nachmittag glühend heiß, und sie hatten Lust auf einen kalten Tee mit Minze. Abends, nach einer Portion Pasta mit Parmesan – ein Teller, zwei Gabeln –, kuschelten sie sich aufs Sofa und taten etwas völlig Neues: Sie ließen sich über das Fernsehprogramm aus. Nachdem sie eine Debatte über ein paar auf einer einsamen Insel gestrandete Schiffbrüchige mittendrin abgeschaltet hatten, gingen sie erneut in den Garten. Die Magnolie leuchtete in hoffnungsvollem Grün. Sie schmiedeten keine Pläne. Es war das beste Präludium für ein neues Leben.

Am Montagmorgen war die Hitze unerbittlich. Vom Bett aus rief Kim im Rafaeli an, um Bescheid zu geben, dass man heute nicht mit ihm rechnen solle, er sei den ganzen Tag zu Terminen und Besorgungen unterwegs. Seinen Kindern schickte er eine WhatsApp-Nachricht: Alles klar bei euch? Bis morgen, meine Lieben. Dann schaltete er sein Handy aus. Ein Festnetztelefon hatte er nach seinem Umzug gar nicht mehr anschließen lassen.

»Hey, Kontrolletti.« Laura fuhr ihm mit der Hand übers Kinn. »Wirst du es denn an einem Werktag überhaupt zu Hause aushalten?«

»Ich bin immer noch für eine Überraschung gut.«

»Und das schlechte Gewissen, um welche Zeit wird es dich überfallen?« Sie streichelte seinen Hals. »Du kratzt.«

Um Punkt zehn Uhr steckte Anabel von außen den Schlüssel ins Schloss. Eine Drehung, zwei, dann fiel die Tür hinter ihr ins Schloss.

»Verflucht!«

»Wer ist das?«

»Anabel. Die habe ich völlig vergessen.« Dann rief er laut, damit Anabel ihn im Erdgeschoss hörte: »Der Alarm ist aus! Ich bin zu Hause!«

Die Haushälterin – Ecuadorianerin, achtunddreißig Jahre alt, legal eingewandert und brave Steuerzahlerin – war immer pünktlich auf die Minute, ob sie kam oder ging. Laura flüchtete ins Bad.

»Ist doch kein Problem …«

»Na, die wird mich für eine deiner Miezen halten.«

»Aber nein, Laura, nach Hause habe ich nie eine mitgenommen.« Das glaubte er sicher selbst nicht, doch wurde seine Lüge vom Wasserrauschen ohnehin übertönt.

Anabel gab sich den ganzen Tag über äußerst diskret, doch während sie die Küche putzte, die Waschmaschine ein- und ausräumte, das Bett machte und in beiden Etagen staubsaugte, musterte sie Laura unauffällig von oben bis unten. Sie hätte auch gern so eine weiße Bluse gehabt wie die Geliebte des Hausherrn, ärmellos, aber mit Kragen und einem gewagten Rückenauschnitt. Wobei es ihr diese gesteppten silbernen Turnschuhe fast noch mehr angetan hatten, die sie, wenn auch nicht zum Joggen, auch so hätte gut gebrauchen können, um ihren Freundinnen zu zeigen, dass sie ebenso viel Klasse besaß wie die neue Flamme ihres Chefs. Aber etwas an Laura war anders. Anabel hatte es jedenfalls noch nie erlebt, dass Senyor Ráfales einen ganzen Montag zu Hause geblieben war.

Kurz nach fünf, als Anabel von ihrem Mann im Auto abgeholt worden war und Laura und Kim sich aufatmend auf einen Nachmittag in trauter Zweisamkeit zu freuen begannen, läutete es wieder an der Tür.

»Sie wird etwas vergessen haben.«

»Hat sie keinen Schlüssel? Heute Morgen ist sie doch …«

»Wahrscheinlich will sie uns vorwarnen.« Kim, der aufgestanden war, um zu öffnen, kannte die vorgeschützte Diskretion der Hausmädchen. »Uns nicht auf frischer Tat ertappen, weißt du?«

»Im Ernst? Meinst du, die denkt, wir würden wie die Teenager übereinander herfallen, kaum dass wir allein sind?«

»Hatten wir das denn nicht vor?«

Anzüglich zwinkerte er ihr zu, sie sagte, halt den Mund, du Lustmolch, und wieder lachten sie. Kim sah aufs Display der Gegensprechanlage.

»Komisch«, er drückte den Knopf, um die Haustür zu öffnen, »es ist Elsa.«

»Elsa?« Laura vergewisserte sich, dass sie in Sichtweite war und Elsa keinen Schrecken bekam, wenn sie mit einem Mal aus den hinteren Räumen auftauchte, als hätte sie sich bereits häuslich niedergelassen.

Kim zog den Riegel zurück und ging seiner Schwester entgegen.

»Kim, wo steckst du denn? Ich habe die ganze Zeit versucht, dich anzurufen!«

Schon von Weitem sah er ihre verzweifelte Miene. Und die nassen Augen.

»Was ist los, Elsa?«

Elsa fiel ihrem Bruder um den Hals

»Was machst du für ein Gesicht?«

Sie fing heftig an zu weinen. Dann stieß sie nur hervor:

»Kim, Papa ist …«

»Was ist passiert …«

Von Verzweiflung überwältigt, brachte sie nichts weiter heraus. Kim verstand nur, dass es bereits zu spät war, und als ihr großer Bruder zog er sie tröstend an sich. Laura stand ganz still da und schaute auf die Geschwister, die sich in den Armen hielten. Sie spürte, dass die beiden sich aneinander festhalten mussten. Allein. Pacos Kinder. Als sie es vor Ergriffenheit selbst nicht mehr aushielt, trat sie zu ihnen und strich ihnen über die Köpfe, streichelte ihnen verzagt übers Haar. Nach und nach wagte sie, die Fragen zu stellen, die dem fassungslosen Kim nicht über die Lippen wollten. Wo ist er? Was ist passiert? Warum habt ihr uns nicht früher benachrichtigt?

Paco hatte gefrühstückt wie immer, um die übliche Zeit, neben sich die Zeitung. Ein weiches Ei, Orangensaft und eine Scheibe Toast mit etwas Überraschungsmarmelade. An diesem Morgen aus aromatischen Heidelbeeren. Er hatte sich den süßen Geschmack mit geschlossenen Augen auf der Zunge zergehen lassen, nicht ahnend, dass dieser ihn bis zum letzten Atemzug begleiten würde. Dann war er zum Empfang hinuntergefahren, um guten Morgen zu sagen, ohne über Unwohlsein zu klagen, und ohne dass von denen, die er begrüßt hatte – zwei Rezeptionistinnen, ein Gepäckträger, ein Page und der Mann vom Wachdienst, der sich auf seinen Feierabend freute –, jemand irgendwelche Anzeichen für ein so unmittelbar bevorstehendes Ende bemerkt hätte. Im Gegenteil. Bei seinen letzten Worten hatte Paco Ráfales ausgesprochen vital gewirkt.

»Wisst ihr, warum das Four Seasons in London das beste Hotel der Welt ist?« Er hatte sich die Hosen hochgezogen und seine Frage selbst beantwortet: »Weil in der Lobby jeden Morgen der schönste Blumenstrauß steht, den man sich nur vorstellen kann, täglich ein frischer. Ab morgen möchte ich im Eingang vom Rafaeli auch so einen haben. Den schönsten der Welt, und zwar jeden Tag.«

Die Mädchen an der Rezeption dachten, na, dann sagen Sie es doch Ihrem Sohn oder Ihrer Tochter, aber stattdessen lächelten sie freundlich zurück und erwiderten, selbstverständlich, Senyor Ráfales. Niemand hatte ihn in den Aufzug steigen sehen. Niemand hatte auf ihn geachtet. Bis zu diesem Augenblick war der 25. Juli 2016 noch ein ganz gewöhnlicher Tag gewesen.

In der Fahrstuhlkabine wurde es Paco schwindlig. Plötzlich war er schweißgebadet. Als sich die Türen im fünften Stock öffneten, warf ihn ein starker Schmerz im Brustkorb zu Boden. Er versuchte noch, sich an der Wand abzustützen, konnte den Fall aber nicht mehr aufhalten. Der Druck auf der Brust war unerträglich, drängte bis zum Kiefer hinauf und überstieg jedes ihm bekannte Maß. Noch nie hatte ihm etwas so wehgetan. In den siebzehn Sekunden, von denen er schon nicht mehr würde berichten können, schossen ihm sieben Gründe durch den Kopf, am Leben zu bleiben. Kim, Elsa, die vier Enkelkinder. Und das Fünfsternehotel Rafaeli natürlich. Vor seinem Auge zog flüchtig eine Taufkerze vorbei, Großvater Francisco, der einen Säugling im Arm hielt. Àlex und Roger in einem Fotorahmen. Ein Plakat mit der Ankündigung von La Fenice. Die *Fornarina* beim Verlassen des Hafens. Zia Mina, wie sie Romulus und Remus säugte. Verzeih mir das mit der Laborde, Maria. Der Horizont in einer Distanz von zweiundzwanzig Kilometern. Die weihnachtlich erleuchtete Fassade am Passeig de Gràcia. Ein Tanz mit Laura. Das erste Fahrrad. Die Geräusche um das Büffet im Rafaeli zur Frühstückszeit. Die Finger des Pianisten, schon unscharf, die über die Tasten glitten. Jemand sang, jemand schrie, jemand weinte. Er meinte, Gott um die Ecke lugen zu sehen. Im Epilog zu seinen Halluzinationen vernahm er noch einen gedämpften Trommelwirbel, der sich immer weiter zu entfernen schien, bevor der Vorhang endgültig fiel.

Er war des Lebens keineswegs müde gewesen. Es war lediglich ein böser Streich seines Herzens, das aufgehört hatte zu schlagen, als es die Zeit für gekommen hielt.

Die Überwachungskameras lieferten den Beweis. Paco hatte seinen Kragenknopf geöffnet und mit einer letzten Handbewegung den Knoten seiner grünen Montagskrawatte gelockert.

28

Auch er war einmal jung

Getreulich befolgten sie seine Anweisungen. Sie waren sicher, er hätte sich gefreut, wenn sie seine Wünsche exakt erfüllten. Kim wusste, dass ihr Vater seinen letzten Willen schriftlich niedergelegt und irgendwo verwahrt hatte. Elsa äußerte die Vermutung, im Safe seines Büros würden sie einen Umschlag finden. *Den* Umschlag. Sie entdeckten ihn ganz zuunterst zwischen Eigentumsurkunden und Firmenverträgen. Ohne Zweifel handelte es sich um den Schatz, nach dem sie mit bangem Herzen und bebenden Finger gesucht hatten. Die Handschrift, wie von einem scharfen Westwind schräg nach rechts geneigt, war die seine. Das Kuvert, wie die Notizzettel, die der Vater ihnen in der Schulzeit immer hingelegt hatte, orange beschriftet. Ausdruck seiner künstlerischen Ader. Der orangefarbene Filzstift, die bunten Krawatten. Auf der Vorderseite standen zwei Zeilen.

Für Kim und Elsa

Schnell öffnen, wenn ich nicht mehr bin

Der Humor ihres Vaters trieb ihnen die Tränen in die Augen. Vorsichtig schlitzten sie den Brief auf und begannen, die posthumen Regeln zu lesen, die er irgendwann für sie aufgeschrieben hatte. Sie wussten nicht, ob es eine Woche, zehn Monate oder fünfzehn Jahre her war. Der Brief – knapp, unverblümt, durchdacht – war nicht einmal datiert. Kim und Elsa lasen mit halblauter Stimme die zwölf Zeilen und waren wie vor den Kopf geschlagen. Nachdem sie geglaubt hatten, Paco Ráfales bis ins Mark zu kennen, verlangte er mit einem

Mal von ihnen, ihn nicht an der Seite ihrer Mutter zu begraben. Er hatte andere Pläne für den Tag seiner Bestattung oder – wörtlich – sobald man ihn zu Asche verbrannt habe und seine Überreste abgekühlt seien, darin lasse er ihnen Spielraum. Auch wenn es ihnen ein Opfer abverlangte, war es immerhin der Wunsch ihres Vaters, daran gab es nichts zu rütteln. Sie sahen sich an und fanden, dies sei nicht der rechte Moment, ihm den Gehorsam zu verweigern.

»Ein echter Ráfales«, sagte Laura, als sie seit gut vier Stunden auf See waren. »Absolut professionell. Alles berücksichtigt. Überlasst ihr eigentlich nie etwas dem Zufall?«

Jana nahm ihr das Schreiben aus der Hand. Sie hatte soeben begriffen, dass es sich dabei um den letzten Willen ihres Großvaters handelte. Víctor drängte sie, alles laut vorzulesen.

»Nein, du Nervensäge«, entgegnete sie schroff und wischte sich mit dem Ärmel übers Gesicht.

»Wie nett von der Laborde, nicht wahr?« Kim wollte die anderen ablenken, damit seine Tochter in Ruhe weinen konnte.

»Ja«, antwortete Elsa lakonisch, während sie sich das Gesicht zum wiederholten Mal mit der Sonnencreme ihrer Zwillinge einrieb. Die Kinder waren zu Hause geblieben. Sie waren zu klein, um über zehn Stunden auf dem Wasser zu verbringen. Fünf Stunden hin, die Asche ins Meer streuen und fünf Stunden zurück.

»Eine schöne Geste von ihr, zum Hafen zu kommen, um sich zu verabschieden.«

»Und genau so einen Blumenstrauß mitzubringen, wie Papa ihn ihr immer überreicht hatte, wenn er nach der Vorstellung am Theater auf sie wartete. Eine tolle Frau, diese Laborde.«

»Wie eine Göttin sah sie heute aus, so ganz in Schwarz.«

Der Kapitän, ein schweigsamer Mann, der sich darauf beschränkt hatte, ihnen seinen Preis zu nennen, ohne sie darauf hinzuweisen, dass es verboten war, Asche ins Meer zu streuen, weil er dann die Miete eines ganzen Tages eingebüßt hätte, wandte plötzlich den Kopf und rief:

»Das muss in etwa die Stelle sein, deren Koordinaten Sie mir gegeben haben.«

»Danke, Herr Kapitän«, sagte Miquel Angulo, Elsas Ehemann.

Das Meer war spiegelglatt. So weit das Auge reichte, war kein anderes Boot in Sicht. Ungefähr hier waren Àlex und Roger gefunden worden. Ungefähr hier, in diesem Teil des Meeres ohne Anfang und Ende, hatte die *Fornarina* den Container gerammt und war gesunken. Ungefähr hier, auf halbem Weg zwischen Barcelona und Eivissa, waren zwei junge Leben ausgelöscht worden. Alle dachten an die beiden, aber niemand sprach ihre Namen aus. Besser, die Aufgewühltheit nicht noch zu steigern. Das passte nicht zu den Ráfales. In seinem Brief verlangte Paco, der das Meer, nachdem es ihm seine Söhne entrissen hatte, nie wieder eines Blickes würdigte, unmissverständlich, er wolle nach seinem Tod dorthin zurückkehren. Genau an den Ort des Unfalls. Und dort befanden sie sich jetzt – inmitten eines Meeres, das so reglos dalag, als wäre sich selbst die Natur des besonderen Anlasses bewusst. Alle standen sie da, Elsa und Miquel, Jana und Víctor sowie Laura, die sich ein wenig abseits hielt, um nicht zu tun, als gehörte sie zur Familie. Kim war in die Kajüte gegangen und kam mit der Urne in den Händen wieder heraus. Um dem feierlichen Moment gerecht zu werden, stoppte der Kapitän den Motor.

»Sollten wir nicht wenigstens ein Hemd überziehen?«, fragte Miquel. »So in Badehose und Bikini die Asche verstreuen, ich weiß nicht …«

»Wir sind auf dem Meer und haben den ersten August. Hör auf«, gab Elsa zurück. »Was meinst du wohl, was dein Schwiegervater heute angehabt hätte?«

Kim ging zum Heck und näherte sich der Reling.

Er hielt die Urne fest in der Hand. Der Moment war gekommen.

Jana und Víctor fassten sich bei der Hand. Víctor reichte seine andere Hand Miquel. Miquel ergriff Elsas. Elsa winkte Laura heran, um auch sie bei der Hand zu nehmen, während Kim das Gefäß öffnete und Paco Ráfales' sterbliche Überreste langsam ins Wasser rieseln ließ. An genau dem Ort, wo das Schiff gekentert war. Wie er es sich gewünscht hatte.

»Also dann, Papa … gute Reise. Und vielen Dank«, Kim räusperte sich. »Vielen Dank für alles. Du hast deine Sache sehr gut gemacht. Und es nicht leicht gehabt.«

Er legte den Deckel wieder auf die Urne und fuhr mit dem Finger darüber, als streichelte er über den Arm seines Vaters. Er sah zu den anderen hinüber, die ganz still dastanden. Er bemerkte, dass Laura tief bewegt war, sich aber zusammenriss.

»Möchte jemand noch etwas sagen?«

»Wir werden dich vermissen, Opa«, brach es mit einem unterdrückten Schluchzen aus Jana heraus.

Elsa schüttelte den Kopf. Sie zitterte am ganzen Körper.

»Vielleicht könnten wir ein Vaterunser beten.«

»Miquel, ich bitte dich! Mein Vater war nicht …«

»Na und? Ein Vaterunser, für alle Fälle …«, beharrte Miquel ohne große Überzeugung. »Schaden würde es bestimmt nicht.«

»Aber wenn ich dir doch sage …« Elsa sprach den Satz nicht zu Ende. »Ich habe eine bessere Idee. Wie dumm von mir, fast hätte ich es vergessen.«

Sie lief in die Kajüte und kam mit einer CD wieder an Deck, die noch in Geschenkpapier gewickelt war.

»Das ist die Musik, die Papa dir zu deinem Fünfzigsten mitgebracht hat.«

Sie drückte Kim das Päckchen in die Hand, dem es mit einem Mal sehr leidtat, die CD nicht an dem Abend ausgepackt zu haben, als sein Vater noch da war.

»Mein Gott!« Mit einem Mal befiel ihn unbändige Neugierde, welche wohl Pacos Lieblingsmusik gewesen sein mochte.

»Wie schön, dass du daran gedacht hast, Elsa.« Laura merkte, wie sie eine Gänsehaut bekam. Ein letzter Gruß von Paco Ráfales. »Was für eine wunderbare Idee, seine CD mitzubringen.«

Kims Finger zerfetzten ungeduldig das Papier.

»Wow, Renato Carosone.«

»Wer ist das, Papa?«

»Ein italienischer Sänger.«

»Gib her, wir legen sie auf.«

Als er die Hülle aufklappte, um die silberne Scheibe herauszunehmen, fand er eine von Pacos Visitenkarten, die dieser mit einer Widmung versehen und dazugelegt hatte. Mit seiner winzigen Schrift im gewohnten Orange.

»Meine Güte, eine Überraschung nach der anderen.«

Vergiss nie, lieber Kim, dass auch unsere Generation einmal jung gewesen ist. Du bist es noch. Mit fünfzig kann alles anfangen. Genieße es.

Darunter stand *Papa*. Weiter nichts.

Die Kinder rannten los, um Carosone aufzulegen, und Elsa drehte die Lautsprecher nach außen. Wieder fassten sich alle an. Diesmal aber legten sie einander die Arme um die Schultern und lauschten der *Piccolissima Serenata* wie einem Abgesang. Auf Paco Ráfales. Den Vater. Den Großvater. Den eleganten Hotelier vom Passeig de Gràcia in Barcelona.

»Auch er war einmal jung.«

Als die Musik zu Ende war, hatte niemand Lust zu reden. Jeder versank in seinem eigenen Schweigen. Aus dem tiefen Bedürfnis heraus, Paco noch einmal ganz nah zu sein. Das ewige Blau des stillen Meeres verlieh dem Moment eine besondere Intimität, und alle hingen ihren Erinnerungen nach. Elsa blickte in den Himmel und saß zum ersten Mal in ihrem Leben in einem Flugzeug, das nach Amsterdam flog, wohin sie ihren Vater zur Einweihung eines Hotel begleitet hatte. Jana sah sich an Weihnachten in der Wohnung ihrer Großeltern Geschenke auspacken, den Duft der Festtags-Escudella in der Nase. Víctor saß wieder auf Großvaters Knien und wehrte sich, weil Paco ihn kitzelte und ihm ständig das Kinn zwischen seine kleinen Rippen bohrte. Und wie geschickt er darin war. Miquel Angulo entsann sich, wie er, typisch Schwiegersohn, Paco die Einrichtung einer WhatsApp-Gruppe gezeigt hatte. Kim hatte die Augen fest geschlossen und sah seinen Vater im Rafaeli, in seinem Büro, an der Rezeption, beim Beaufsichtigen von Bauarbeiten, über Bilanzen gebeugt, bei der Übergabe der Gratifikationen am Jahresende für besonders verdiente Mitarbeiter, beim Geraderücken der Bücher in der Bibliothek oder beim Wässern der Topfpflanzen im Dachgarten seiner Frau. Alles, was ihm in den Sinn kam, spielte sich im Rafaeli ab. Außerhalb des

Hotels hatte er kein einziges Bild. Für Laura bedeutete der Moment eine Rückkehr zu dem Ball an jenem Tag vor dem Unglück, das das Leben der Familie Ráfali in ein Vorher und ein Nachher unterteilte. Immer wieder dieser Tanz. *Moonlight Serenade.*

Wenige Minuten später ließ der Kapitän den Motor an, und das laute Knattern beendete die Trauerzeremonie.

Als das Boot wieder seine Geschwindigkeit von sechzehn Knoten erreicht hatte, sagte Elsa, sie habe Sandwiches mitgebracht, und fragte, wer eines wolle. Die Fahrt hatte sie hungrig gemacht, und Elsa ging hinein, um die mit gekochtem Schinken und Käse belegten Weißbrotdreiecke in den Toaster zu legen. Nach diesem späten Mittagessen legten sich Jana und Víctor an Deck in die Sonne. Kurz darauf setzte sich Kim zwischen die beiden.

»Mal sehen, wer von euch schneller ist … Wer kann mir als Erster sagen, wie weit es bis zum Horizont ist?«

»Wie meinst du das?« Jana hatte sich aufgesetzt und spielte mit der Selfie-Stange, an deren Ende ihr Handy steckte.

»Bis wohin reichen die Augen?«

»Ach, Papa, was weiß denn ich …?«

»Euer Opa hat es mir beigebracht. Es sind zweiundzwanzig Kilometer.«

»Ich fände es besser, wenn die Erde keine Kugel wäre, sondern ein Ende hätte. Eine Kante, hinter der es runtergeht.«

»So ein Schwachsinn, Víctor«, wies Jana ihren Bruder zurecht.

Kim wollte noch zur Pointe seiner Ausführungen kommen.

»Der Horizont ist in unseren Augen, so hat es mir euer Großvater erklärt, als ich noch klein war. Der Horizont ist in unseren Augen. Was für eine Lektion, findest du nicht?« Er legte Elsa die Hand in den Nacken. »Hat er dir das nie gesagt?«

»Nein … na ja, ich weiß nicht. Vielleicht doch.«

»Machen wir ein Bild von uns allen zusammen?«, fragte Jana und schwenkte ihren Selfiestick.

»Ich fotografiere euch«, erbot sich Laura, während sich Miquel Angulo und die vier Ráfales, die es noch gab, in Pose stellten.

Kim, der genug von der Sonne hatte, verzog sich in die Kajüte, schenkte sich ein Glas Orangenlimonade ein und ließ sich auf das Ecksofa aus weichem Leder fallen. Bald kam ihm Laura nach und setzte sich zu ihm.

»Alles gut?«

»Ja.«

»Hat doch alles gut geklappt.«

»Ja.«

»Möchtest du lieber allein sein?«

»Nein, nein … Ein friedlicher Tag, ja. Und die Bootsfahrt mit der Familie ist prima gelaufen. Glücklicherweise war das Meer heute ruhig.«

»Aber?« Laura hatte das Gefühl, nachhelfen zu müssen.

»Aber ich kann immer noch nicht glauben, dass wir heute meinen Vater bestattet haben.«

»Es fühlt sich sehr seltsam an, ja.« Laura legte ihm die Hand auf den Oberschenkel.

»Es ist alles so schnell gegangen.« Er sah ihr in die Augen.

»Du warst sehr tapfer, Kim.«

»Diesmal bin ich jedenfalls nicht seekrank geworden, stimmt.« Er wusste genau, dass Laura sich nicht auf das

Schaukeln des Bootes bezog. »Ein Glück, dass ich heute Morgen ein Biodramin-Omelette zum Frühstück hatte. Das hilft gegen die Seekrankheit …«

»Sag mal, Kim …«, fragte Laura sanft. »Liege ich richtig in der Annahme, dass du seit dem Tod deiner Brüder kein Boot mehr bestiegen hast?«

Er konnte ihr nicht antworten. Er presste die Lippen zusammen. Laura sah, wie ihm die Tränen in die Augen stiegen. Einen Mann mit fünfzig seine eiserne Selbstbeherrschung verlieren zu sehen, zerriss ihr das Herz. Wahrscheinlich warf Kim sich nach dreißig Jahren noch vor, nicht selbst nach Eivissa gefahren zu sein und auf diese Weise seinen Bruder Roger in den Tod geschickt zu haben. Sie ließ sein Knie los, griff nach seiner Hand und drückte sie zärtlich.

»Du bist sehr tapfer gewesen«, wiederholte sie noch einmal. »Hörst du? Sehr.«

»Mir ist ja auch nichts anderes übriggeblieben.« Er zuckte mit den Schultern. »Es war Papas letzter Wunsch. Er hatte alles schriftlich verfügt. Zum Glück schriftlich.«

»Ein waschechter Ráfales eben.«

»In seinem Brief schreibt er – denn er wusste nur zu gut, dass weder Elsa noch ich seit damals je wieder auf einem Boot gewesen sind –, er verstehe sehr wohl, welches Opfer er uns damit abverlange, aber er habe bereits vor vielen Jahren entschieden, dass seine Asche … Wie auch immer. Wir haben ihm den Gefallen getan und können zufrieden sein.«

»Ihr habt das großartig gemeistert.« Laura versuchte, ihn auf andere Gedanken zu bringen. »Was ist eigentlich mit Pacos Bruder, dieser Onkel in Rom, lebt der noch?«

»Onkel Vicenç, ja. Der Kaktus allerdings hat schon länger das Zeitliche gesegnet.«

»Der Kaktus?«

»Zia Mina.« Kim schmunzelte. »Papa nannte sie so. Ich weiß nicht, woran sie gestorben ist. Vermutlich hat sie sich an ihren eigenen Stacheln verschluckt.«

»Und er wollte nicht zur Trauerfeier gekommen?«

»Angerufen hat er schon, um zu fragen, ob er und die Kinder kommen sollen. Und weißt du, was Elsa ihm geantwortet hat? Wie ihr wollt, ich kann es euch nicht verbieten, aber erwünscht seid ihr hier nicht, damit das klar ist.«

»Und diesen Wink mit dem Zaunpfahl haben sie dann begriffen, nehme ich an.« Laura lachte.

»Oh ja. Elsa kann durchaus taktvoll sein. Man darf sie halt nicht in Rage bringen.«

»Unerwünscht ... Wenn man mir so was sagen würde. Alle Achtung, Elsa Ráfales.«

Kim nahm ein Hochglanzmagazin in die Hand, das jemand aufgeschlagen auf dem Sofa liegengelassen hatte, und begann mechanisch darin zu blättern. Schon immer hatte er sich gern die Häuser reicher Leute angesehen. Als er das Heft zuklappte, spürte er Lauras Blick auf sich ruhen, die anscheinend darauf wartete, dass er vom Bilderbetrachten genug hätte, weil sie ihm etwas sagen wollte.

»Was ist?«

»Kim ... Ich habe hin und her überlegt, und es fällt mir schwer, dir das zu sagen. Aber in einer Woche muss ich abreisen.«

»Abreisen? Wohin?«

»Ich gehe zurück nach Australien.«

»Das ist nicht dein Ernst.«

»Doch, Kim. Man hat mir einen Posten an der Universität angeboten, auf den ich seit Jahren warte.«

Kims Gesichtsausdruck veränderte sich, als ihm dämmerte, dass Laura nicht spaßte.

»Ich wollte es dir schon sagen, als wir bei dir zu Hause waren, ich hatte die E-Mail kurz nach meiner Ankunft in Barcelona erhalten. Aber dann kam Elsa mit der schlimmen Neuigkeit und die Dinge überstürzten sich.«

»Aber, Laura … Pläne lassen sich ändern.«

Sie schüttelte den Kopf.

»Ich habe mich so gefreut, bei deinem Geburtstag dabei gewesen zu sein, es war gut, dich zu sehen, und ich glaube, wir haben etwas getan, was schon lange überfällig war …«

»Und das war schön. Sehr schön. Oder etwa nicht?«

»Doch, sehr schön. Wahnsinnig schön. Und ich bin sehr traurig, dass dein Vater nicht mehr da ist, aber trotz allem auch froh, in diesem Moment bei dir gewesen zu sein. Auf dich kommt jetzt eine Menge Arbeit zu. Ohne deinen Vater wirst du die Zügel übernehmen und dich um alles kümmern müssen.«

»Nein, nein, Laura, da irrst du dich. Die Zügel, wie du es nennst, halte ich schon seit einiger Zeit. Zusammen mit Elsa. Das Hotel läuft von allein. Wir haben eine gute Mannschaft. Darum musst du dich nicht sorgen. Benutz nicht mich und meinen Vater als Vorwand.«

»Du hast mich schon verstanden. Was ich meine, ist, dass das Rafaeli oberste Priorität hat. Ich weiß, wie wichtig dir deine Arbeit ist.«

»Und das sagst ausgerechnet du? Du bist diejenige, die wegen eines Postens an einer Universität nach Australien zurückwill. Wozu wollen sie dich ernennen? Zur Dekanin? Zur Rektorin womöglich?«

»Sieh mich nicht so an, Kim.«

»Wie sehe ich dich denn an?«

»Das weißt du selbst. Deine Augen verraten dich. Die haben dich immer verraten.«

»Hör mal, Laura …« Er bemühte sich um einen möglichst neutralen Gesichtsausdruck, was unter diesen Umständen nicht einfach war. »Versteh mich bitte richtig, das sollte nicht heißen … Ich bin sicher, dass dir eine ganz tolle Stelle angeboten worden ist. Aber was sollen meine Augen schon sagen? Was soll ich dazu sagen? Ich verstehe es eben nicht. Du bist hier. Du bist hier bei mir. Ich glaube dir nicht, dass du nur gekommen bist, um mir zu gratulieren. Für eine Geburtstagsparty setzt man sich keine vierundzwanzig Stunden in ein Flugzeug.«

»Mann, Kim, sag nicht so was … Das habe ich deinetwegen getan, und zwar von Herzen gern. Und ich würde es wieder tun. Diese Tage mit dir waren …«, sie suchte nach dem rechten Wort, »… von einer unvergesslichen Intensität.«

»Und warum kann es nicht jeden Tag so weitergehen? Intensität, Leidenschaft, Glück. Was willst du denn noch?«

»Ich gebe zu, ich habe wahrscheinlich den falschen Zeitpunkt gewählt, um es dir mitzuteilen.«

»Um mir mitzuteilen, dass du gehst, gibt es keinen richtigen Zeitpunkt.«

Jana kam herein und gab vor, nichts mitbekommen zu haben.

»Bist du taub, Papa?«

Erschrocken rückten Kim und Laura auf dem Sofa auseinander.

»Ich habe dich dreimal gerufen.«

»Ich habe dich nicht gehört, entschuldige, mein Schatz. Was gibt's?«

»Wir wollen Scrabble spielen. Tante Elsa und Víctor sind ein Team, jetzt fehlt noch jemand, der mit mir spielt.«

»Frag doch Miquel.«

»Der hat keine Lust, er meint, er wolle sich nicht auslachen lassen. Komm schon, Papa, bitte!«

»Nimm Laura mit, dann gewinnst du garantiert.«

»Prima!« Erfreut streckte Jana die Hand aus, um Laura vom Sofa zu ziehen.

»Einverstanden«, meinte Laura mit gespielter Begeisterung. Sie klatschte Jana ab, wie sie es mit ihrer Basketballmannschaft zu tun pflegte, blieb aber sitzen. »Bereitet schon mal alles vor, ich komme gleich.«

Jana verschwand mit glücklicher Miene.

Als Kim und Laura sicher waren, dass sie an Deck gegangen war, meinte Laura:

»Im Delegieren hast du offenbar Übung.«

Dann umarmte sie ihn.

»Ich liebe dich. Es tut mir leid.« Sie gab ihm ein paar Küsschen auf die Wange.

Auch Kims Ton wurde sanfter. Ohne sie loszulassen, das Gesicht an ihres geschmiegt, sagte er:

»Gibt es irgendetwas, das ich tun könnte, damit du es dir noch einmal überlegst? Was müsste ich sagen, um diese Laura Altimira umzustimmen, die stur ist wie ein Maultier?«

»Auf einen oder zwei Tage kommt es mir nicht an, Kim aber ich werde nach Australien zurückfliegen.«

»Laura!«, rief Jana von draußen, mit Betonung auf beiden Silben.

»Sei's drum, Laura, ich liebe dich auch.«

»Was soll das heißen, sei's drum?« Sie tat eingeschnappt, stand mit einem gezwungenen Lächeln auf und ging hinaus, um beim Scrabble zu gewinnen. Eine Partie nach der anderen. Jana und sie waren ein unschlagbares Tandem.

Kim blieb auf dem Sofa sitzen und starrte durch die große Panoramascheibe ins Leere. Ehe er es sich versah, hatten ihn das gedämpfte Plätschern der Wellen, das Gelächter der Spieler und das sanfte Schaukeln des Bootes eingelullt, und er sank in einen ausgedehnten Mittagsschlaf.

Sie erreichten den Hafen, bevor das Blau des Meeres sich schwarz verfärbte.

29

Und er bedeckte das Blatt mit beiden Händen

Sie brauchten fünf Viertelstunden vom Passeig de Gràcia nach Cerdanya. Den Tag nach ihrer Schiffsfahrt, wo sie nur das unendliche Blau des Meeres gesehen hatten, wollte Kim unbedingt im Grünen verbringen. Er sehnte sich nach den Bergen und der Heiterkeit eines Himmels in greifbarer Nähe. Die Kühle des Sommerabends würde ihnen helfen, sich auszulüften nach all den Beileidsbekundungen und unangenehmen Pflichten. Laura kannte das Hotel Torre del Remei nicht, ein Fünfsternehaus mit elf luxuriösen Zimmern in einem kleinen Jugendstilpalast, der vor der Restaurierung jahrelang geschlossen und unter den Bäumen und Büschen eines verwilderten Parks und den Geschichten aus dem Bürgerkrieg begraben gewesen war. Sie zögerte. Wenn es darum gehe, an einem Tag hinzufahren und am nächsten wiederzukommen, sei es ihr recht, meinte sie schließlich. Das wäre dann sozusagen ihr Abschied, bevor sie nach Canberra fliege. Kim bestätigte eifrig, ja, selbstverständlich könnten sie in zwei Tagen zurück sein, über die Autobahn und durch den Cadí-Tunnel sei es ein Katzensprung, die Fahrt dauere gerade mal eineinhalb Stunden von Hotel zu Hotel. Von Tür zu Tür.

Auf dem Weg von Barcelona nach Puigcerdà schilderte er ihr jeden Zwischenhalt und jedes Highlight aus der Zeit, als er mit seinem Vater öfter ins Tal gefahren war. An der Tankstelle in Sallent hätten sie einen Affen gehabt, der in einem Käfig gesessen und allerlei Faxen gemacht habe. Àlex und Roger hätten einen Heidenspaß daran gehabt. In Manresa hätten ein paar Cousinen ihrer Mutter gewohnt, die er aber aus den Augen verloren habe. Sein Onkel Joan habe in Berga eine Mehlverpackungsanlage aufgezogen. Nach Vilada seien sie immer ausgebüxt, um steinharte Kekse zu kaufen. In Cercs hätten sie immer an einer bestimmten Bäckerei angehalten, um eine traditionelle Coca mitzunehmen, die sie hinterher mit Hartwurst und Quitten-Allioli verspeisten. Kim musste lachen, als er an Cocu dachte, den Hund des Bäckers. Über die faltige Himmelfahrtsnase dieses Schoßhündchens hatten sie sich jedes Mal köstlich amüsiert. Bei der Abzweigung nach La Molina, das sie rechts liegen ließen, fiel ihm ein, dass sich sein Vater hier beim Skilaufen abseits der Piste mal einen Bänderriss zugezogen hatte.

Im Torre del Remei gab man ihnen die Suite *Pla de la Boira*. Anfang August aber zeigte sich keine Spur von Nebel. Die Luft war so klar, dass sie vom Balkon aus das weite, sonnige Tal überblicken konnten. Das Hotel beherbergte etliche Amerikaner, die nachmittags erschöpft von Radwanderungen durch die Berge zurückkehrten. Kim und Laura beschlossen, die Tour zu Fuß zu machen. Kim kannte eine Abkürzung, um von dem Dorf Bolvir hinunterzugelangen und, vorbei an alten Häusern mit alten Steinmauern und Schieferdächern, Fontanals zu erreichen, das inmitten der Ebene lag. Während sie an Bäumen und Stoppelfeldern entlangwanderten, sprachen sie über Paco, suchten nach dem Wort für Kuhglocke in fünf verschiedenen Sprachen, verglichen die Apps auf ihren Handys, redeten über Jana und Víctor, über lang zurückliegende Elternabende und die eine oder andere

Anekdote aus dem Rafaeli. Laura staunte nicht schlecht, als Kim ihr von dem Russen erzählte, der einen Müllsack voller Geldscheine zur Aufbewahrung an der Rezeption abgeben wollte, weil in seinem Zimmersafe kein Platz mehr war.

Beim Gehen legten sie sich gegenseitig die Arme um die Schultern, dann wieder schlangen sie ihre Finger ineinander und schritten Seite an Seite, plauderten oder sie ließen den Blick geistesabwesend über die grüne Weite schweifen, die sich vor ihnen erstreckte.

Sie sprachen über alles Mögliche.

Das eigentliche Thema jedoch streiften sie nicht.

Das Thema, von dem sie wussten, dass es noch ausstand und dass sie es früher oder später würden anschneiden müssen, und doch wollte keiner von beiden damit anfangen. Vielleicht will sie damit warten, bis wir heute Abend in unserem Zimmer sind, dachte Kim. Vielleicht fängt er morgen beim Frühstück davon an, während wir das Rührei mit Kaviar essen, von dem er mir so vorgeschwärmt hat, dachte Laura, als sie wieder ins Hotel zurückkehrten.

»Um wie viel Uhr wollen wir zu Abend essen?«

»Gegen neun, wenn es dir recht ist. Ich habe den Tisch für Viertel vor reservieren lassen. Hat der Fußmarsch deinen Appetit geweckt?«

»Bergluft macht eben hungrig«, erwiderte sie. »Was tust du da?«

»Nicht gucken.« Kim saß am Schreibpult neben dem Art-déco-Kamin und verdeckte mit der Hand das Papier.

Laura fasste ihn spielerisch von hinten bei den Schultern und versuchte, einen Blick auf das Geschriebene zu erhaschen, konnte aber nur erkennen, dass er das Briefpapier des Hotels verwendete.

»Komm, lass sehen.«

»Nein, hab ich gesagt.«

»Sind es neue Ideen für das Rafaeli, oder ist es ein Brief an mich?«

»Du sollst aufhören zu spicken, wie oft muss ich es dir noch sagen?« Er legte den Bleistift hin und bedeckte das Blatt mit beiden Händen.

»Sind wir jetzt wieder an der Uni, oder was?« Barfuß ging sie durch die Suite bis zum Kühlschrank der Minibar, die sich in einem Dielenschrank verbarg, und suchte nach einem Eistee. »Wir fahren in die Berge, du bittest mich um zwei Tage Aufschub, wir schließen uns in einem Hotelzimmer ein, und du setzt dich hin und schreibst?«

»Aber wir waren drei Stunden zusammen unterwegs, Laura. Wir sind von hier bis hinunter nach Fontanals und zurück gelaufen. Wir haben die gesamte Ebene der Cerdanya durchwandert, die auf dem Rückweg so eben gar nicht ist …«

»Armer Opa! Geht dir die Puste aus, seit du fünfzig bist?«

»So fit wie zurzeit war ich noch nie. Noch nie. Und ich schreibe nicht.« Er klopfte mit dem Stift auf den Schreibtisch. »Ich zeichne, wenn du es genau wissen willst.«

»Umso schlimmer. Wieso fängst du jetzt mit einem Mal an zu zeichnen. Hat dich die Landschaft inspiriert? Du, hier gibt's keinen Nestea.« Sie ließ sich auf die Knie sinken und räumte die vorderen Getränke beiseite, um nachzusehen, was sich dahinter versteckte. »Tonic, Mineralwasser, zwei Coca-Cola Zero, Ananassaft, Orangensaft …«

»Ich zeichne dir ein Schwein.«

»Willst du den Ananassaft?«

»Wenn du ihn nicht willst, ja, bitte.«

»Du zeichnest was?«, fragte sie dann.

»An der Universität sollte ich dir mal ein Schwein zeichnen, erinnerst du dich?«

»An dein berühmtes Schweinchen, na klar!«

»Wolltest du mich damit eigentlich in Verlegenheit bringen?«

»Nein, nein, das war einfach so ein psychologischer Test. Ein Trick, um einen Jungen kennenzulernen, von dem ich fand, er habe etwas …« Sie dachte kurz nach. »Etwas Enigmatisches, das wäre wohl der richtige Ausdruck.«

»Ich weiß nicht mehr, wie das damals ausgegangen ist. Von allem, was du zu mir gesagt hast, ist mir nur ein Ausdruck im Gedächtnis haften geblieben.«

»Ach ja?«

»So was wie … emotional unbedarft. Was, bitte schön, sollte ich davon halten? Du hast mich als emotional unbedarft bezeichnet, dort in der Bar vor allen anderen, als wäre überhaupt nichts dabei.«

»Bist du das denn nicht?«

»Hast du den Eindruck?«

»Heutzutage … wohl eher nicht.« Laura stellte ihm ein Glas mit Ananassaft auf einen Untersetzer, um keinen Rand auf dem Holz zu hinterlassen.

»Danke.« Instinktiv legte Kim wieder die flache Hand über die Zeichnung. »Heutzutage. Und damals?«

»Was glaubst du denn?«

Kim Ráfales wollte daran nicht denken. Er stellte sich nicht gern vor, wie er mit achtzehn gewesen sein mochte, als Student eines Fachs, für das er nur eingeschrieben war, weil sein Vater verlangt hatte, dass er sich für irgendetwas entscheiden sollte, und er somit wenigstens Sprachen lernen würde.

»Hör mal, lass mich rasch mein Kunstwerk beenden, solange die Inspiration anhält, und anschließend erkläre ich es dir.«

»Na, dann werde ich mal duschen, bevor wir zum Essen runtergehen.«

Kim wendete den Kopf und sah sie an. Es hätte ja sein können, dass sie schon ausgezogen war.

»Soll ich dir inzwischen einen Nestea raufbringen lassen? Das geht hier sicher blitzschnell. Wir sind im besten Hotel Spaniens, musst du wissen.« Um den Wasserschwall zu übertönen, als sie den Hahn des Jacuzzi aufdrehte, rief er: »Das ist nicht das Rafaeli. Hier reißen sie sich beide Beine aus für ihre Gäste.«

Im Restaurant saßen sie so, dass beide die Aussicht genießen konnten. Man hatte für sie den runden Tisch direkt am Fenster gedeckt, mit Blick auf den herrschaftlichen kleinen Park, der sich bis zum Wohnhaus der Hoteleigentümer erstreckte. Flankiert von hundertjährigen Kastanien bot sich ein friedvolles Bild. Dahinter färbte das Abendlicht die Wiesen und die runden Kuppeln der Berge rings um das Tal zartrosa. Wie lang die Tage in der Cerdanya sind. Wie schwer es die Nacht im Sommer hat, sich durchzusetzen. Laura gefiel, dass der Küchenchef persönlich an den Tisch kam, um die Bestellung aufzunehmen. Josep Maria Boix, in seiner weißen Kochjacke mit dem kleinen Stehkragen und dem eingestickten Namen auf der Brust, sprach ihnen zu Paco Ráfales' Tod sein Beileid aus.

»In unserer Branche kennt man sich. Wir sind ein kleines Land«, sagte er mit der sanften Stimme und dem verhaltenen Tonfall des höflichsten Mannes der Pyrenäen. »Wenn dein Vater zu uns kam, hat er jedes Mal dasselbe gegessen. Ravioli mit Foie gras, das Jungmasthähnchen mit wildem Spargel …«

»Und den Apfelkuchen.« Kims Erinnerung war sofort aktiviert.

»Wollt ihr wissen, was es außerhalb der Karte noch gibt?«

Laura fasste Kim bei der Hand.

»Das wird nicht nötig sein, oder? Lass uns doch zu Ehren deines Vaters zweimal das Paco-Ráfales-Menü nehmen.«

Kim hob erfreut die Brauen. Auch dem Koch schien die Idee zu gefallen.

»Er war ein Mensch mit festen Gewohnheiten. Immer sind es die Besten, die gehen müssen. Ein Jammer«, sagte er dann und ging mit ruhigen Schritten und in andächtigem Schweigen in seine Küche zurück.

Laura war nicht entgangen, dass Kim unauffällig ein paar Blätter Papier unter den Arm geklemmt und mit heruntergebracht hatte.

»Wirst du es mir freiwillig zeigen, oder muss ich Gewalt anwenden?«

»Jetzt gleich?«

»Siehst du nicht, dass ich es nicht länger aushalte?«

Der Künstler prüfte die Reihenfolge der Blätter und legte Laura das erste vor. Dabei verdeckte er es zur Hälfte mit einer Hand und forderte Laura auf zu erraten, wen die Zeichnung darstellte.

»Ist das ein Hund?«

»Ein Schwein ist es eindeutig nicht, oder?«

»Aber das ist ja Dickens«, entfuhr es ihr. »Du hast ihn wirklich perfekt getroffen!«

Er nahm seine Hand weg und enthüllte auch den Rest der Karikatur.

»Und das hier? Das bin ja ich! Mann, aber du hast mich sehr jung gemacht, mit langen Haaren und Pferdeschwanz. Und sogar der Leberfleck ist da. Du bist mir ja einer!«

»Du ahnst nicht, wie oft ich dich so gezeichnet habe …«

»Und du hast es mir nie gezeigt? Und warum bin ich in diesem Trainingsanzug mit den Elefantenbeinen?«

»Es war deine Basketballzeit. Du warst Trainerin. Da warst du doch so angezogen, oder nicht?«

»Ja, ja.« Laura bemerkte, dass er zum zweiten Blatt griff. »Was kommt jetzt?«

Kim drehte das Blatt um. Wieder Laura, aber diesmal mit kurzem Haar und einem tief dekolletierten Kostüm.

»Wo soll das sein?«

»London. Am Serpentine Lake.«

»Da sehe ich schon älter aus. Aber mit so einem Ausschnitt bin ich nie rumgelaufen. Das hättest du wohl gern.«

»Gefällt es dir?«

»Sehr. Zeig mir die anderen.«

»Das hier …« Er wendete ein drittes Blatt. »Bin gespannt, ob du erkennst, wann das ist.«

Er hatte sie so gezeichnet, wie sie am Nachmittag bei ihrem Ausflug ausgesehen hatte, in dem geblümten Sommerkleid und den Wanderschuhen.

»Moment, Kim, hier stimmt was nicht. Wo ist denn der Leberfleck? Du hast ihn vergessen …«

Er verdrehte die Augen.

»Aber das ist doch deine andere Seite. Wenn du darauf bestehst, lasse ich mir einen Bleistift geben und male ihn dir auf die falsche Seite.«

»Schon gut, schon gut.« Sie breitete die drei Zeichnungen vor sich auf dem Tisch aus und betrachtete sie eingehend. »Also, wenn ich's mir recht überlege, hättest du mich als Studentin statt im Trainingsanzug auch zeichnen können, als ich zum ersten Mal im Rafaeli war und mich für euer Fest in Schale geworfen hatte. Meine Mutter und halb Banyoles hatten mir dabei geholfen. Du kannst dir nicht vorstellen, wie besorgt wir waren, ob mein Kleid fein genug wäre oder ob ich unter all den Leuten aus Barcelona unangenehm auffallen würde. Du glaubst gar nicht, wie aufgeregt ich war und wie verlegen, weil ich nicht das hässliche Entlein sein wollte. Erinnerst du dich an deine Reaktion, als du mich gesehen hast?«

»Beim besten Willen nicht.«

»Du hast gesagt, ich sei wunderschön. Nicht zu fassen. Ich, verrückt vor Angst, mich zu blamieren, und du beruhigst mich mit einem Satz.« Sie trank einen Schluck Cava. »Ich wollte bloß nicht durchfallen, aber du hast mir eine Auszeichnung verliehen.«

»Willst du nun die letzte Zeichnung sehen oder nicht?«

»Du interessierst dich überhaupt nicht für das, was ich dir erzähle, stimmt's?«

»Willst du sie nun sehen oder nicht?«

»Ja, klar.«

Mit einem flinken Taschenspielergriff drehte Kim das Papier um und schob es neben Lauras Teller.

»Und diese beiden?«

»Du und ich? Du und ich.«

Kim hatte einen Finger auf seiner Karikatur und erklärte weiter:

»Das sind wir beide in zwei Jahren. Oder in fünf. Oder vielleicht auch erst in zehn.«

»Bin ich froh, dass ich in fünf Jahren noch genauso aussehe wie jetzt. Dich hast du ein bisschen korpulenter gemacht. Allerdings hast du die Krawatte weggelassen. Sehr zeitgemäß, Krawatten sind sowieso out.«

»Laura, jetzt lass mal deine Scherze, und hör mir einen Moment zu.«

»Scherze?« Sie tat verständnislos.

Jetzt oder nie. Kim gab sich einen Ruck.

»Ich habe es gezeichnet, weil ich wahrscheinlich nicht sehr gut darin bin, es mit Worten auszudrücken. Im Reden warst du immer besser als ich. Diese Zeichnung soll dir sagen … sie soll dir einfach sagen, dass ich dich nicht gehen lassen will. Du sollst nicht wieder nach Australien. Nicht noch einmal. Weder heute noch morgen, noch sonst irgendwann. Nie wieder. Diese Zeichnung bedeutet: Ich will dich nicht verlieren, ich werde nicht noch einmal so verrückt sein, dich zum Flughafen zu bringen und zuzusehen, wie du aus meinem Leben verschwindest. Diesen Fehler habe ich schon vor fünfzehn Jahren gemacht, als … Egal, damals war eine schwierige Zeit, und ich hatte in dem ganzen Wirrwarr nicht begriffen … Mein Kopf war nicht klar genug. Der geplante Verkauf des Hotels, der Streit mit Míriam und zu allem Überfluss auch noch die Tatsache, dass ich von der Familie meines Onkels erpresst wurde. Alles war verquer in jenen Tagen. Aber was früher war, spielt heute keine Rolle mehr. Ich kann mit allem meinen Frieden machen, wenn es uns jetzt gelingt, uns freizumachen von den alten Geschichten und Bedenken und einfach das zu tun, wonach uns ist, denn wir sind alt genug, und es steht uns zu. Niemand wird uns dafür verurteilen. Du weißt, du bist die beste Freundin, die ich jemals hatte, und ich bin dein bester Freund. Wir waren füreinander da, wann immer wir uns gebraucht haben. Wir waren uns nah, auch aus der Ferne, in London oder am anderen Ende der Welt. Wir haben uns oft genug gegenseitig gerettet. Wir haben gelacht und geweint. Wir haben uns umarmt und geredet und wieder gelacht, aber das ist mir jetzt zu wenig. Wir haben eine Menge mehr verdient, Laura. Ich weiß nicht, wie ich es sagen soll, ich brauche dich. Ich brauche dich bei mir. An meiner Seite, jeden Tag. Nenn mich einen Egoisten, wenn du willst, aber ich liebe dich, und es ist mir nicht leichtgefallen, mir einzugestehen, wie sehr. Ich weiß jetzt, dass ich jeden Morgen neben dir aufwachen will, mit dir leben, sprechen, mit dir diskutieren will, wie wir es so gut können. Ich bin angefüllt von all der Liebe, die wir bisher unterdrückt hatten, weil wir zu feige oder zu weit voneinander entfernt waren oder in unserer Jugend einen blödsinnigen Schwur geleistet haben. Jetzt bin ich nur noch ich, Laura. Ich habe sonst niemanden mehr. Meine Eltern sind tot, meine Brüder nur noch Erinnerung, Elsa hat ihr eigenes Leben, ich bin seit ich weiß nicht wie vielen Jahren geschieden, und die Kinder sind längst flügge. Jetzt beginnt meine Zeit. Diese Jahre gehören nur uns. Bleib bei mir. Bleib hier. Das hätte ich dir schon vor fünfzehn Jahren sagen sollen, habe es aber, eingespannt, wie ich war, nicht fertiggebracht. Aber jetzt sage ich es dir, auch wenn ich vor Scham fast vergehe. Ich muss es dir einfach sagen. Ich habe nichts mehr zu verlieren. Und deshalb lege ich meinen Panzer ab, weil ich dich liebe und weil du mir unbedingt sagen musst, dass ich nicht pathetisch klinge, und weil du diese Tickets zerreißen und nur noch einmal nach Australien gehen solltest, nämlich um deine Sachen zu holen und sofort nach Barcelona zurückzukehren und dann für immer bei mir zu bleiben. Oder, wenn dir das lieber ist, komme ich mit dir nach Australien. Wenn dir deine Arbeit so wichtig ist, können wir es auch umgekehrt machen. Sollte es ein Problem geben, finden wir eine Lösung. Das Leben erwartet uns. Wir lieben uns so, wie wir sind. Es ist ein Riesenvorteil, dass wir bis heute durchgehalten haben und uns in- und auswendig kennen. Und Lust haben auf mehr und noch viel mehr. Ich glaube an dich, ich vertraue mir selbst, und ich bin überzeugt von uns beiden. Wir sind fünfzig Jahre alt und wissen alles voneinander, mit großen Überraschungen ist also nicht mehr zu rechnen. Noch nie war ich mir einer Sache so sicher. Sag wenigstens, dass es einen Versuch wert ist. Sag, dass wir uns diese Chance geben müssen. Ich lege meine Hand für uns ins Feuer, meine beiden Hände, in der Gewissheit, mich nicht zu verbrennen. Wir sind keine Kinder mehr, Laura. Wir wissen, was wir wollen, wir haben gelernt, ja oder nein zu sagen, und begriffen, wo es im Leben langgeht. Du hast es neulich selbst gesagt: Der Tod erinnert uns daran, dass wir leben sollen. Und wir haben nur ein Leben, nämlich das hier, und genau in diesem Augenblick beginnt unsere große Zeit. Du siehst doch auch, dass es die Chance unseres Lebens ist, oder nicht?«

»Wow …« Sie schob mit dem Messer ein paar Brotkrümel zusammen. »Darf ich jetzt auch mal was sagen?«

»Ich bitte darum«, erwiderte Kim, der immer noch erstaunt darüber war, tatsächlich ausgesprochen zu haben, was er nicht geglaubt hatte, je über die Lippen zu bringen.

»Das Paco-Ráfales-Menü ist dir hervorragend bekommen.«

Sie fassten einander auf der Leinentischdecke an beiden Händen, sahen sich in die Augen und lachten nervös. Kim senkte verlegen den Kopf.

»Habe ich viel dummes Zeug geredet?«

»Halb so schlimm. Es ging gerade noch. Wurde wohl langsam Zeit, dass du dich ein bisschen auf mein Niveau begibst. Voller Vorfreude aus Australien zu einem Geburtstagsfest anzureisen und bei einer Bestattung zu enden, ist kein Pappenstiel.«

Laura nahm ihr Sektglas, das man unbemerkt nachgefüllt hatte, und hob es, um einen Toast auszubringen.

»Auf Paco Ráfales.«

»Auf Papa, aber sicher. Und … auf uns beide?«

Er stellte ihr die alles entscheidende Frage. Sie antwortete nicht gleich. Ihr Blick schweifte in den Garten. Die Nacht hatte die Berge jetzt endgültig verschwinden lassen. Das gelbliche, ein wenig verlorene Licht einiger Laternen verbannte die Landschaft in den Hintergrund. Nachdenklich hob Laura ihr Glas aufs Neue und stieß mit Kim an. Dann beugte sie sich über den Tisch und gab ihm einen Kuss, die Lippen noch feucht vom Cava.

»Auf uns.« Sie trank einen raschen Schluck und sah in Kims Augen, wie sein Herz einen Sprung machte. »Weißt du, was man dir an der Uni gesagt hätte? Dass *auf uns beide* eine Redundanz ist. Wenn wir nur zu zweit sind, genügt *auf uns*.«

»Du musst entschuldigen …«, Kim hatte sich von all der Aufregung noch nicht erholt, »ich habe wohl damals zu viel geschwänzt.«

»Trotzdem hast du es ja am Ende doch noch zu was gebracht, Herr Hotelier.«

»Siehst du, ich hab doch gesagt, dass es uns nicht langweilig werden würde, dir und mir.« Er stockte. »Dir und mir, ist das korrekt?«

Sie teilten sich den Apfelkuchen, bestellten noch zwei Kräutertees und gingen dann hinaus zu einem geruhsamen

Spaziergang durch den Park. Arm in Arm schauten sie in die stille Nacht. Zurück in ihrem Zimmer entdeckten sie, einer am anderen, eine Schönheit, auf die sie nicht vorbereitet waren. Eine Schönheit, die immer bleiben würde. Sie schliefen bei weit geöffnetem Fenster, um den Himmel mit seinen Abermillionen von Sternen zu sehen.

Nach dem Frühstück am nächsten Morgen zahlten sie, luden ihre beiden leichten Koffer ins Auto und waren im Nu wieder in Barcelona. In fünf Viertelstunden – »Du fährst zu schnell, Kim« – von Tür zu Tür.

Am folgenden Tag war die Eingangshalle des Rafaeli mit dem schönsten Blumenstrauß geschmückt, den man sich vorstellen kann. Es war der schönste Blumenstrauß der Welt. So wie Paco Ráfales es sich gewünscht hatte. Und Laura sorgte dafür, dass die Blumen jeden Tag erneuert wurden.

Am 5. Juli 2016, dem Tag,
an dem mein Vater Jordi Bosch i Bonjoch aus Guixers
achtzig Jahre alt geworden wäre,
habe ich in Sant Cugat del Vallés diesen Roman beendet.